中華文學史料

第五辑

主　编 ◎ 刘跃进

副主编 ◎ 孙少华　陈才智

中国社会科学出版社

图书在版编目（CIP）数据

中华文学史料·第五辑／刘跃进主编.—北京：中国社会科学出版社，2020.8
ISBN 978-7-5203-6166-8

Ⅰ.①中… Ⅱ.①刘… Ⅲ.①中国文学—文学史—史料学—文集 Ⅳ.①I209-53

中国版本图书馆 CIP 数据核字（2020）第 050932 号

出 版 人	赵剑英
责任编辑	宫京蕾
特约编辑	李晓丽
责任校对	夏慧萍
责任印制	郝美娜

出　　　版	中国社会科学出版社
社　　　址	北京鼓楼西大街甲 158 号
邮　　　编	100720
网　　　址	http://www.csspw.cn
发 行 部	010-84083685
门 市 部	010-84029450
经　　　销	新华书店及其他书店

印刷装订	北京君升印刷有限公司
版　　　次	2020 年 8 月第 1 版
印　　　次	2020 年 8 月第 1 次印刷

开　　　本	710×1000　1/16
印　　　张	20
插　　　页	2
字　　　数	338 千字
定　　　价	118.00 元

凡购买中国社会科学出版社图书，如有质量问题请与本社营销中心联系调换
电话：010-84083683

目　录

下编　民族文学史料研究

深度整理史料　凸显当代价值
（代序）

刘跃进

（中华文学史料学学会　会长）

我们的史料整理、史料研究工作正处在一个前所未有的最好的历史时期。近年，各层级的科研项目、评奖项目，文献整理相对容易入围，也容易获得青睐。这是因为，文献整理工作可以形成规模，可以看出深浅。所以，很多人，无论有无资质、有无基础，都对文献整理趋之若鹜，形成热点。尤其是国家社会基金的重大招标项目，中标者多为系统的文献整理项目。

纵观中国的学术发展史，文献整理主要有三种形式，第一种是相对单纯的注释、疏通。譬如东汉后期的郑玄遍注群经，唐代前期的孔颖达主持的《五经正义》，清代对几乎所有经书的重新整理，多采用这种形式。这是古籍整理校订的最基本、最重要的形式。这也是最基本的一种形式。第二种是比较系统的资料汇总，多以集注方式呈现出来。譬如《昭明文选》的六臣注，清人校订十三经，大多如此，带有集成特点。第三种是独特的疏解古籍大意，具有思想史价值的整理方式。譬如魏晋时期郭象《庄子注》、王弼《周易注》，也包括清代戴震的《孟子字义疏证》等著述，就与上述两种恪守文字校勘原则的传统注释学很不相同。它实际上是一种义理的推衍，思想的阐发。

上述三种古籍注释形式都很重要，并无高低薄厚之分，也无孰轻孰重之别。没有单纯的字词训释，没有典章制度、历史地理、历代职官等方面的解说，对于多数读者来讲，很多古籍根本无法读懂。而所谓的集注，所谓的义理阐发也无从说起。所以，单纯的注释，依然是今天最值得关注的古籍整理形式，也就可以理解了。只不过这里有一个误解，即每位整理者，都希望自己的著作是经过整理的定本。从学术发展的历史看，这种想法，只是一厢情愿。历史上，从来就没有过所谓定本之说。尽管如此，一代一代的学者，依然孜孜以求，从事古籍整理的最基础性工作。当然，古籍整理的目的，首先是为了读懂古籍，其次还引导读者思考古书中所说的内容。这就要求我们要对古籍进行深度整理。

随着电子化时代的来临，国家经济实力的增强，大规模地收集、影印乃至深度整理海内外古籍，不在少数。很多过去所谓稀见资料，现在已经进入寻常百姓家。我们应该庆幸生逢这样一个前所未有的好时代，读书已不是问题，问题是如何读书，如何写书。

一个时代有一个时代的学术。将来的学术史在回顾我们这个时代的学术业绩时，该怎样概括？我想最鲜明的特色，就是大规模的古籍影印整理。国家相关部门正在积极组织专家对中国现存古籍进行系统普查，对流失海外的古籍文献进行系统的回购或者影印出版。在此基础上历代文献的系统整理多已立项，如全唐诗、全唐文已经重新整理，全宋文、全宋诗、全元诗、全元文、全明诗、全明文等，业已完成或接近完成。这就为我们进一步开发古籍资源提供了基本条件。

在这样的背景下，我们提出深度整理文献，彰显时代特色的问题。总结前辈学术大家的治学经验，我特别关注四个方面的问题。

一、仔细阅读典籍，系统整理古籍，精致处理材料。现在的问题是，多数情况下，我们是粗犷式地整理材料。各省市、各地市乃至各县市，不管是否有条件，现在都在一窝蜂地以地域冠名，编纂大型丛书。这些书，系统影印出来确实壮观。乾隆时期编纂的《四库全书》，已经很了不起了，现在的文献整理，已经远远超出《四库全书》的规模。如何系统地整理古籍，郑振铎先生《整理古书的建议》有很好的建议："我以为，今天整理古书，必须分三个阶段。第一，选择最好的，即最正确、最可靠的本子，加以标点（或句读），并分别章节，加以必要的校勘，附以索引。这工作不太简单，必须专家来做。虽是'章句之儒'的事业，却非大师们亲自出马不可。第二，把那些重要的古书，凡是有'注'的，或别的书里注释或说明它的一篇一章、一节一语的，或批评到它的某一篇、某一句的文章，全部搜集在一起，作为集注，像王先谦著的《汉书补注》《后汉书集解》或丁福保著的《说文解字诂林》那样。……第三，然后进一步才可以谈到'新注'，即新的解释和研究。这也是十分必要的，但不是一步即可办到，需要很长的过程。"① 至于所谓精细的处理材料，远未实现。我们读开明书店编纂的《二十五史补编》，清人整理传统文献的各种方法，尽收眼底。

二、我们从事史料研究的人，容易把史料视为一堆"死"材料，没有生命。其实，我们必须强调文献整理的综合性，彰显古典文献的生命活力。这就涉及文献整理研究的目的问题。我认为，文献整理的目的不在文献，而在文献中体现出来的生命价值和思想张力。为此，我们应当特别关注政治制度史和社会思潮史。研究文学、研究历史、研究哲学，都离不开政治制度史与社会思潮史的研究。政治制度属于上层建筑，社会思潮则反映民众心声。我们研究历史，要关注上层和下层的关系，关注知识阶层在这两个结构的地位、作用。我们注意到，20 世纪以来的一流学者，如陈寅恪、王国维等，都很关注政治史、社会思潮史。这引起了学术界的注意。我的一些年轻同事，也开始注意这个问题，提出了"社会思潮视野下的中国现代文学"，将 20 世纪中国革命与文学联系起来，重新走进红色经典产生的历史现场。近年，他们从事赵树理、孙犁、柳青、周立波、丁玲等作家研究，抛开先入为主的观念，细读作品，重新深入这些作家生活的历史场景中，体验生活，获得新的感受。

三、就像商业要有品牌，学术也要有品牌。当我们有时候写了十本、二十本书，甚至著作等身，如果只是资料的堆积，更甚者只是简单的资料堆积，这样的学术虽然也有用，但是还不够，深度还不够，所以要有自己的品牌。我们回想所有成功的学者，人们说起他们的名字，就会首先联想到他的作品，还有他提出的重要命题，如陈垣先生的《励耘书屋丛刻》、严耕望先生的《唐代交通图考》。说到陈寅恪先生，就会想到他提出的关陇集团命题；说到田余庆先生，就会想到他提出的东晋门阀士族等命题。

四、发现与发明并重。王国维、史语所，都主张发现新资料，解决新问题。陈寅恪《敦煌劫余录序》说："一时代之学术，必有其新材料与新问题。取用此材料，以研求问题，则为此时代学术之新潮流。治学之士得预于此流者，谓之预流。其未得预者，谓之未入流。"王国维在 1925 年清华大学做"近十年来中国学问之大发现"讲座时就提出，一切新学问皆由于新发现。王国维提倡新材料、新发现。与此同时，黄侃则主张熟读经

---

① 《郑振铎全集》第三册，花山文艺出版社 1998 年版，第 364—366 页。

典，贵在发明。黄侃在他的日记里，对王国维的主张颇有微词。这些事距今已有百年，当王国维、黄侃已经成为历史时，我们应该明白"发现""发明"，缺一不可。没有新材料、新学问（是不行的），但是如果只有新材料，对旧材料不加以关注也是不行的。黄侃不可替代的地方就在他对汉唐时期的著述太熟了，所以他就能提出观点。学问不是比谁掌握了新材料，而是在寻常材料当中能读出一些新问题，所以他主张熟读十三经。《黄侃日记》中可以读到，黄侃每天喝完酒回来，第一件事就是"温经"，就是不断温习十三经，所以他留下来《白文十三经》的批注。作为后来的学者，我们既要强调发明，也必须重视发现。

只有建立在上述认识基础上，我们才有可能说到文献整理的深度开发问题。即以《昭明文选》为例，作为专门学问，"文选学"已有千年历史。那么多的《文选》学著作，成千上万。我最初读《文选》时也苦于找不到门径，虽然我认认真真读了三遍，但是都读不出东西来，可以说看了前头忘后头，看了上篇忘下篇。做校订也是如此，在汇总各种旧注之后，还是感觉到隔膜，只是注意到一字一句的差异，而忽略了全篇主旨及文章的妙处。阮元在杭州诂经精舍组织一批学者如段玉裁、顾千里等校订十三经；同时他还提出一种设想，通过一种胪列众说的方式，把清朝学术成果具体而微地保存下来，即在《尚书》《诗经》等经典的每一句话下罗列出清朝人的注释。清朝经学著作，此前已有纳兰性德的《皇清经解》，此后有王先谦的《续皇清经解》，具有丛书性质。但是，还没有像阮元设想的这种大规模集成性质的著作。可惜，这项工作难度较大，尽管他官职高，学术资源丰富，还是没有完成。傅刚兄告诉我他曾买到一部类似的著作，只是分量较小。这种设想，游国恩先生有所尝试。他是楚辞研究的大家，采用了这种最笨也是最有效的读书方法，编纂了《离骚纂义》《天问纂义》等，就是在每句下罗列历代注释、考订成果，然后加上自己的按语，很多按语都是"引而不发"，给后人留下了无限的想象空间。今天来看这样的学问，实际上体现了当代人对历代整理的一种清晰的把握。上海古籍出版社出版的李若晖《老子集注汇考》（第一卷），我做《〈文选〉旧注辑存》，也使用这种方法。《老子集注汇考》第一卷是对《老子》第一章进行集注汇考，包括"解题""总论""分句集注""章旨""韵读""字数"六个门类。其中，"分句集注"一项又包括"异文""句读""释词""阐义"四个子项。既考虑到文字、音韵、训诂、版本、校勘等小学方面的情况，也包括思想义理层面的内容，几乎将老学研究所涉及的重要方面，都包括进来。我是将《文选集注》、北宋刻本中的李善注、五臣注以及各类钞本中的佚文古注辑录在一起，供读者参考定夺。很多古注，尤其是早期钞本、刻本中的注释，多为清代学者王念孙、段玉裁、顾千里等大学问家所未见。在从事这项工作的时候，我常常生发感慨，感叹我们正处在最好的读书时代，想要什么材料就有什么材料，读书不难，但是把书读好就特别难了。资料都明摆在那里，汇总起来并不难，难的是如何按照新的思路整理资料，思索问题。这就有点像打牌，洗出一把牌，就可以别开生面。学会整理资料，就像重新洗牌一样，把资料整理好了，学问就成功一半。

我主张重读经典，就是希望用我们今天所能看到的资料，所能想到的问题，重新整理经典，理解经典。作为文学史料学学会会长，我希望所有会员能够达成某种共识，深度整理资料，服务当代社会。

上　编
古代文学史料研究

安居香山、中村璋八《纬书集成》的辑佚问题
——以《孝经纬》为例

张峰屹

（南开大学文学院）

谶纬是理解汉代社会政治、思想文化不可或缺的重要知识，已经成为学界共识。但是，谶纬研究中存在着一些尚未彻底解决的基础性问题，如谶纬是什么？谶纬何时起源及怎样发展？谶纬具有怎样的性质特征？这些基本问题，相互关联，纠结复杂，对它们的认知，无疑会直接影响对谶纬思想的理解和评断。虽经历代学者反复探讨，但由于史料匮乏，学者们的价值观念、思想立场也不尽相同，这些问题迄今仍无普遍共识，各持所见的情况还将长期存续。

还有一个更为根本的问题，即：谶纬原文献的辑佚、确认和校理。这个研究工作，与上述谶纬名义、起源演进、性质特征的认识密切相关，不仅仅是"技术性"问题，也是"思想性"问题——它与对谶纬名义、起源演进、性质特征的认识互为因果，因此也不易得到清晰的校理。但是，先行整理出那些最可靠的基本文献，是研究谶纬及与之相关诸问题的首要的基础性工作。

众所周知，存世的谶纬文献形态散乱，被零散地记录或引用在唐宋（含）以前的类书及诸多经、史、子、集及其注笺之中。元末明初开始有学者辑佚；到清代，持续有各种辑佚著作问世，成就尤为卓著。① 到 1994

---

① 明清时期重要的谶纬辑佚著作：（1）陶宗仪《说郛》所辑纬书（宛委山堂百廿卷本，涵芬楼百卷本）；（2）孙毂《古微书》三十六卷（文渊阁《四库全书》本；嘉庆二十一年陈世望对山问月楼重校刻本；嘉道间张海鹏照旷阁墨海金壶本等）；（3）杨乔岳编，杜士芬校《纬书》十卷（明刊本，日本内阁文库藏）；（4）《易纬》郑玄注（文渊阁《四库全书》辑自《永乐大典》）；（5）清河郡本《纬书》（已佚）；（6）殷元正编，陆若璇增订《集纬》十二卷（一名《纬书》，日本京都大学图书馆及北京图书馆、上海图书馆均有收藏，以平江苏氏钞本（转下页）

年，先后出版了两种《纬书集成》：一种是上海古籍出版社汇辑影印的明清诸辑佚书本，六月份出版；另一种是安居香山、中村璋八辑校并标点、整理的排印本，由河北人民出版社出版。两种《纬书集成》的相继面世，为学界提供了相对比较完整的谶纬基础文献，并且各具特色，学术贡献甚大！

但也毋庸讳言，从严谨的学术立场看，这两种《纬书集成》都各有缺憾，尚不能称为完善。上海古籍出版社的《集成》，只是照原本影印编者所能搜获的明清辑佚纬书，就其出版目标而言，它的主要问题在于：（1）搜集谶纬辑佚书尚不完全，如日本内阁文库藏明人杨乔岳编、杜士芬校《纬书》十卷，可能由于客观原因，未能辑印；（2）有的谶纬辑佚书所据版本不是最佳，如清人殷元正编、陆若璇增订《集纬》（一名《纬书》）钞本，乃据上海图书馆藏本影印，此本有残缺（如佚失《孝经纬》《论语纬》，《春秋纬》也是残卷），不如北京图书馆和日本京都大学图书馆藏本更为完善。其优长和缺憾均较明晰，这里不拟讨论。本文要讨论的是安居香山、中村璋八整理的校点排印本，因为它不仅仅是简单地辑集文献而已，还做了点校和一定程度的编排。这是迄今纬书基础文献唯一的集成并点校、整理本，学术影响甚大。也因此，就更加应该正视其中存在的一些问题。

一

在正式考述之前，应先简要阐明本文对几个相关基本问题的认识。

第一，关于谶纬的内涵、基本性征及其流行的基本时限。"何为谶纬"之问题，唐代以来的历代学者多有论说，持见不一。笔者曾撰《历

（接上页）较完善）；（7）赵在翰辑《七纬》三十八卷（清嘉庆十四年侯官赵氏小积石山房刊本；有钟肇鹏、萧文郁点校本，中华书局2012年版）；（8）马国翰辑《玉函山房辑佚书·经编纬书类》（清同治十三年刊琅嬛馆补校本，《续修四库全书》，第1203册）；（9）黄奭辑《通纬》（江都朱氏1937年刊《黄氏逸书考》本，《续修四库全书》，第1208—1209册）；（10）乔松年辑《纬攟》十四卷（清光绪三年强恕堂刊本，《续修四库全书》，第184册）；（11）王仁俊辑《玉函山房辑佚书续编·经编纬书类》（清光绪二十年钞本，《续修四库全书》，第1206册）；（12）陈乔枞辑《诗纬集证》（清道光二十六年小琅嬛馆刊本，《续修四库全书》，第77册）。

史维度的缺失——自唐迄今谶纬名义研究之述评》和《两汉谶纬考论》二文，对此一学案做出比较详细的清理，并提出了自己的看法①。简要地说，谶纬的本质属性，是伴随并依附着儒家经学兴起而并生的一种政治文化思潮。辨识谶纬的根本标志，是以谶"纬"经，以及与此紧密相关的以谶议政；换言之，只有当"图谶""谶记""符命"等与政治、经学三者在思想上纠结交织在一起的情形下，它们才属于谶纬。因此，单纯的谶言、预测、谶验故事等不应认作谶纬（此类谶语预言，有汉之前、两汉以后迄今均大量存在）。也缘乎此，谶纬作为一种思潮，其发生、流行的主要历史时期也可明确：有汉之前经学尚未确立，故不得有谶纬；魏晋之后，如仅限于预言、占测之类神秘活动而与经学、政治无关的谶记、谶言等，亦不得目为谶纬。谶纬风行，主要是两汉时期的事。

第二，关于汉代谶纬的篇目。谶纬文献在汉代曾有两次官方的整理发布，一次是王莽于始建国元年（9 年）秋，"遣五威将王奇等十二人班《符命》四十二篇于天下"②；另一次是刘秀于建武中元元年（56）"宣布图谶于天下"③。王莽时期的谶纬，更多是与政权替易直接相关，其所颁行的 42 篇《符命》，就是直接论证王氏代刘姓取天下的合法性、合理性④，而与经学牵合互释的"学理色彩"相对较弱。随着刘秀复汉中兴，这 42 篇《符命》也就失散并且毫无影响了，今天只能看到一鳞半爪。而刘秀末年颁行的"图谶"，则是一个重要的谶纬文献。首先，它是经过认真整理的，据《后汉书》《后汉纪》《东观汉记》等文献记载，至少尹敏、薛汉都曾受诏于刘秀初年开始校定图谶，彼时参与校定图谶的学者肯

---

① 参见张峰屹《历史维度的缺失——自唐迄今谶纬名义研究之述评》，载《文学与文化》2010 年第 2 期（《中国古代近代文学研究》2010 年第 11 期转载）；《两汉谶纬考论》，载《文史哲》2017 年第 4 期。

② （汉）班固著，（唐）颜师古注：《汉书·王莽传中》，中华书局 1962 年版，第 4112 页。

③ （南朝宋）范晔著，（唐）李贤等注：《后汉书·光武帝纪下》，中华书局 1965 年版，第 84 页。

④ 《汉书·王莽传中》载，《符命》四十二篇，包括"德祥五事，符命二十五，福应十二，凡四十二篇。""其德祥，言文、宣之世黄龙见于成纪、新都，高祖考王伯墓门梓柱生枝叶之属。符命，言井石、金匮之属。福应，言雌鸡化为雄之属。其文尔雅依托，皆为作说，大归言莽当代汉有天下云。"《王莽传中》还引录了《符命》的"总说"部分，对其内容作了稍为详具的说明（文长不引）（以上见班固《汉书》，第 4112—4114 页）。根据这些说明，则所谓"德祥五事，符命二十五，福应十二"，极可能有相互交叉者，《符命》四十二篇可能并非严谨的定本。

定不止此二人①；其次，它是刘秀在位的最后一年向天下郑重颁布的。因此，这个"图谶"文献，可以肯定：其形态是固定的，是个定本。可惜的是，它也失传了。

刘秀颁布的这个"图谶"定本，究竟包含哪些具体篇目呢？史无具载。但是《后汉书·张衡传》中张衡上顺帝疏"《河》《洛》《六艺》，篇录已定，后人皮傅，无所容篡"李贤注，提供了重要信息："衡集《上事》云'《河》《洛》五九，《六艺》四九'，谓八十一篇也。"② 这应该就是说，刘秀所颁行的"图谶"，包括《河图》《洛书》四十五篇，《六艺》纬书36篇，合计81篇。③《隋书·经籍志一》记载稍详具些：

> 说者又云：孔子既叙《六经》以明天人之道，知后世不能稽同其意，故别立纬及谶，以遗来世。其书出于前汉，有《河图》九篇、《洛书》六篇，云自黄帝至周文王所受本文；又别有三十篇，云自初起至于孔子，九圣之所增演，以广其意。又有《七经纬》三十六篇，并云孔子所作。并前合为八十一篇。而又有《尚书中候》《洛罪级》

① 参见张峰屹《两汉经学与文学思想》的考述，生活·读书·新知三联书店2014年版，第348—349页。

② （南朝宋）范晔：《后汉书·张衡传》，第1913页。

③ 张衡所说"篇录已定"的"《河》《洛》五九，《六艺》四九"，是否就是刘秀所颁行的"图谶"篇目？尚需更直接的文献证据。若据《隋书·经籍志一》所述，则81篇纬书（《河图》《洛书》45篇、《七经纬》36篇）尽管"出于前汉"，可都是孔子及之前的著作（《隋志》与张衡所说的81篇是否相同？也还需要确证）。但《隋志》此说可信性不足（此点应是共识），这81篇里是否有孔子之后以至汉人所作者？似乎不能排除这个可能性（若以存世谶纬佚文考核之，更确定无疑）。此其一。其二，张衡说81篇"篇录已定"，从一般情况看，他或是说早已有定（比如先秦时期就已确定——但未见《隋志》之外的文献记载），或是指刘秀确定并宣布的图谶（而不大可能是指王莽颁布的那42篇《符命》）。依据当时思想文化情势推测，指刘秀颁布者的可能性更大。故本文暂作如此论述。实际上，张衡上顺帝疏有诸多谜团，与本文直接相关者，如"至于王莽篡位，汉世大祸，八十篇何为不戒"云云，由此可见：第一，张衡明确反对"八十篇"（应就是81篇，取其成数而言）；第二，似是平莽时即已有81篇的定本或成说了（但史无记载）。张衡这里所谓"八十篇"，是否就是《隋志》所述者？若然，《隋志》又说它们都是孔子及之前的谶纬书。按照今天的理解，至少也包含着早期的部分谶书——也就是包含着张衡在上疏中明确认可的先秦"谶书"。若不然，"八十篇"又是指什么？另外存在一个"八十篇"的可能性应该不大。然则，张衡到底反不反对81篇？还是他只反对81篇中的一部分？"《河》《洛》《六艺》，篇录已定，后人皮傅，无所容篡"又当怎样理解？凡斯种种，都还需要深刻考索，明确体认。

《五行传》《诗推度灾》《泛历枢》《含神务》《孝经勾命决》《援神契》《杂谶》等书。①

《隋志》这个记录有模糊不明之处：据其"孔子既叙《六经》"而又"别立纬及谶"这样的叙述，则经、纬、谶三者之界划应该是分明的，但是其下文所列纬、谶之三个部分的书目篇目，却又比较混乱无序，哪些是纬、哪些属谶，并不很明确②；唯有"八十一篇"之数目（无论其包含哪些具体篇目），则与李贤引述张衡之说吻合，可见这是初唐人的共识。

"八十一篇"之中，《河图》《洛书》四十五篇，究竟包含哪些具体篇目，古今学人的说法比较纷乱，迄今尚无明确认识。而"六艺"纬或"七经纬"（加《孝经》纬）36 篇，《后汉书·方术·樊英传》李贤注具列了 35 个篇名：

> 七纬者，《易》纬《稽览图》《乾凿度》《坤灵图》《通卦验》《是类谋》《辨终备》也；《书》纬《琁机钤》《考灵耀》《刑德放（一作收）》《帝命验》《运期授》也；《诗》纬《推度灾》《记（一作泛）历枢》《含神务（一作雾）》也；《礼》纬《含文嘉》《稽命征》《斗威仪》也；《乐》纬《动声仪》《稽耀嘉》《汁（一作叶）图征》也；《孝经》纬《援神契》《钩（一作勾）命决（一作诀）》也；《春秋》纬《演孔图（一作孔演图）》《元命包（一作苞）》

---

① （唐）魏徵等：《隋书·经籍志一》，中华书局 1973 年版，第 941 页。

② 根据后世的一般认识，其第一部分《河图》《洛书》属谶，《隋志》却列在最前面。由此也导致后人认知之歧义，如明人胡应麟《少室山房笔丛》卷十四《四部正讹·上》（文渊阁《四库全书》本）即云"《河图》《洛书》等纬，皆《易》也"——既判断为纬，又归之于《易纬》，或即源于《隋志》如此记述。第二部分的《七经纬》属纬，应无疑义。而其第三部分中，《尚书中候》《诗推度灾》《泛（记）历枢》《含神务（雾）》《孝经勾（钩）命决》《援神契》这六个篇目，如果从其翼经的性质看，均应属于"七经纬"，后世辑本也均辑入纬书，并且，除《尚书中候》外，另五个篇名都在《后汉书·方术·樊英传》李贤开具的"七纬"之中，但是《隋志》却把它们跟《洛罪级》《杂谶》等一起，放在了《七经纬》之外，似是说它们不属于"《七经纬》三十六篇"。此外，《洛罪级》一种，陈槃以为是《尚书中候》的一个篇名，这可能是根据《隋志》把它列在《尚书中候》之后而作出的判断；而安居香山、中村璋八则根据《开元占经》引用该篇时往往冠以"洛书"之名，认为当属于《洛书》之纬（见《纬书集成·解说·关于〈尚书中候〉》，河北人民出版社 1994 年版，第 32 页）。《五行传》一种，乔松年《纬攟》卷十三《古微书订误》认为并不是纬书。而这两个篇目，《隋志》都置于第三部分。

《文耀钩》《运斗枢》《感精符》《合诚图》《考异邮》《保乾图》《汉含孳》《佑助期》《握诚图》《潜潭巴》《说题辞》也。

这份七纬篇名目录，包括《易》纬六篇、《书》纬五篇、《诗》纬三篇、《礼》纬三篇、《乐》纬三篇、《春秋》纬十三篇、《孝经》纬二篇，合计三十五篇，比张衡所说"《六艺》四九"少了一种（这缺少的一种，应该用哪一篇补足，古今学人有不同看法）。这是今天所能见到的最早、最可靠、最明确的汉代谶纬书目。①

有一个问题必须提出来：《汉书·艺文志》并未记录这份"图谶"书目，令人费解。照常理来说，《汉志》虽是班固整理刘向、刘歆父子的目录（《别录》《七略》）而成，但毕竟经过了班固的修订②；班固生于刘秀建武八年（32），卒于和帝永元四年（92），刘秀颁行"图谶"之时（56）他已经25岁了；而且他于明帝时奉诏撰写《汉书》，于章帝时奉诏纂集《白虎通》。无论从其撰作《汉书》的时间，还是从时代思潮及其知识结构来看，都很难理解《汉志》为何没有记录刘秀颁布的"图谶"目录。不得已，一个可能的理解是：班固遵循了刘歆《七略》的体例，虽

---

① 陈槃对《隋志一》和《后汉书》注开列的谶纬书目有所怀疑，其《谶纬命名及其相关之诸问题·谶纬互辞考》云："以三十六篇为纬，《隋志》以前，未有闻焉。三十六纬之篇目，李贤以前，亦未有闻焉。……《隋志》以下，以三十六篇为七纬非谶之说，实无据。"（陈槃：《古谶纬研讨及其书录解题》，上海古籍出版社2010年版，第155—156页）陈氏所以不相信初唐史臣、学者提供的书目，是因为他主张"谶纬无别"，这两份书目（尤其《隋志》的叙述）不能支持他的观点。但是，八十一篇之数目，《后汉书·张衡传》李贤注明确说引自"衡集《上事》"，而《隋志》和《后汉书·方术·樊英传》李贤注记载的两份书目也必当有其依据，非随意编造者。如果没有直接而可靠有效的证据能够证伪，仅凭"今天不见于唐前典籍"之理由来作论断，还是不足以否定这两份书目的可信性。

② 班固绝非照抄或者简单编辑刘氏父子原作，应可确定。以《艺文志》而言，清人章宗源撰《隋书经籍志考证》（今仅存其史部十三卷），其卷八"《七略》七卷"条下按语云："班固因《七略》而志《艺文》，其与歆异者，特注其出入，使后人可考刘氏原本。"章氏并以诸书引《七略》文相校，举出不少例证，指出《汉志》有"异《七略》之旧文""未取"《七略》和"虽依《七略》而语多从简"三种情况（见《二十五史补编》第四册，中华书局1955年据开明书店原版重印本，第5002—5003页）。陈其泰、赵永春《班固评传》也说："班固以《七略》为基础加以删改……有的是对篇目和分类进行调整……有的增入，有的删除，有的调整入别类之中。……班固还对《七略》原文作了改写。"（南京大学出版社2002年版，第359—360页）唯缘《别录》《七略》亡佚，今已无从详知刘、班之异同。

然没有像后来《隋志》那样在经书之后专列图谶一小类，但是他把图谶类书目分别纳入诸略各类之中了。①

　　今存之谶纬篇名，据安居香山、中村璋八《纬书の基础的研究·现存纬书篇目一览表》，共有 231 个②。而陈槃《古谶纬书录解题》系列文章中所论及的篇名，如《白泽图》《师旷占》（均见于《隋志》五行类。《师旷占》，《隋志》称"师旷书三卷"，两《唐志》称"师旷占书一卷"）等，还不在其中。就按安居、中村二氏辑校《纬书集成》所收存有佚文的篇名，也有 176 个③。这些存世的谶纬篇目之中，最为可信的汉代谶纬名目，当然是刘秀中元元年（56）十一月"宣布图谶于天下"所删定的 81 篇。

　　第三，关于谶纬的文献形态及其影响。后世辑校谶纬文献，出现各种误收、错置以及字句讹误等情况，一个根本原因，就是作为谶纬佚文源文献的唐宋（含）之前的类书及经、史、子、集及其注释，它们在引录谶纬文献时，原本就存在各种问题。不仅其基本形态如散金碎玉，杂乱无统，且有引录方式或泛引或具录，或精确或檃栝，或节录或综述，或显明或含糊等多种复杂情形；同一条佚文，不同的源文献冠名亦常有大小不一

---

　　① 《汉书·艺文志》著录了大量类似图谶的书籍，择其显明者，其《兵书略》"兵阴阳"类，有如《太壹兵法》一篇、《天一兵法》三十五篇、《别成子望军气》六篇、《辟兵威胜方》七十篇等。其《数术略》著录尤多："天文"类有如《汉五星彗客行事占验》八卷、《汉日食月晕杂变行事占验》十三卷、《图书秘记》十七篇等；"五行"类有如《务成子灾异应》十四卷、《十二典灾异应》十二卷、《钟律灾异》二十六卷等；"形法"类有如《宫宅地形》二十卷、《相人》二十四卷、《相六畜》三十八卷等；而其"蓍龟"类、"杂占"类，更不必列举，全都是预测占验一类书籍。另外，谶纬思潮与阴阳五行家思想具有深切关联，梁启超曾统计《诸子略》阴阳家、《兵书略》阴阳家和《数术略》五行家这三类图书的数量，说："即以此三门论，为书一千三百余篇，对于《艺文志》总数万三千二百六十九卷，已占十分之一而强。其实细绎全《志》目录，揣度其与此等书同性质者，恐占四分之一乃至三分之一。"（梁启超：《阴阳五行说之来历》，文载《古史辨》第五册，上海古籍出版社 1982 年版，第 358 页）这些与图谶关联紧密的阴阳五行家的著述，大多属先秦时期，但亦不乏西汉人的作品。

　　② 包括：《易纬》37，《尚书纬》11，《尚书中候》23，《诗纬》6，《礼纬》8，《乐纬》5，《春秋纬》37，《孝经纬》33，《论语纬（谶）》9，《河图》41，《洛书》11，其他谶类10。见安居香山、中村璋八《纬书の基础的研究》第二篇所附《现存纬书篇目一览表》，汉魏文化研究会 1966 年刊行。

　　③ 包括：《易纬》24，《尚书纬》8，《尚书中候》21，《诗纬》4，《礼纬》4，《乐纬》4，《春秋纬》29，《孝经纬》15，《论语纬（谶）》9，《河图》43，《洛书》15。

或归属不同的现象。这是辑校谶纬佚文者都要面对的棘手问题：一条残留的佚文究竟应该摭入哪一经纬（谶）的哪一篇，多条佚文之间是什么关系，甚至某条佚文是否属于谶纬，以及可能影响意义理解的字句异文（及讹误）等，在某些情况下（比如较早出处引述不明确，或者几个不同的较早出处引述不一致等），都会成为费思量、考学识的难题。第一个专力搜辑谶纬佚文的明代学者孙瑴，在其《古微书略例》中即自道：

> 是集多得之《十三经注疏》及《二十一史》书志、《太平御览》《玉海》《通典》《通考》《通志略》诸大部所援引，中或载数段，或数行，或数句。前所见者，俟后续之；后所得者，征前冠之。中有异同者，诘前后络之。……故其首尾都无伦次，正不必苛其端绪、摘其挂漏也。①

谶纬佚文散见于诸书的存留形态，客观上即造成了后世辑校工作的两类困境：一是有些佚文难以准确安顿。尽管历代学者参酌前人成说，并结合自己的判断，尽可能为每条佚名的、泛名的、多名的佚文寻找其某经纬（谶）、某篇目的具体位置——这是辑校佚书时理所当然的工作，但由此也就新生了一些可以仔细商酌的问题；二是佚文字句的异文和讹误较多，并且情状复杂，校订困难。本文以为，今天整理谶纬佚文，安顿每一条佚文的归属和校订佚文的文字，如果没有直接的（至少是间接而有效的）文献依据，或是没有足够的学理依据以及合理缜密的分析判断，则无论是遵循前人旧说还是重作推断，都是难以令人信服的。

二

对上述几个基本问题有了比较明确的认识，就可以进入正题了。源于安居、中村辑校《纬书集成》（以下简称《集成》）文献数量巨大，本

---

① 本文引用《古微书》，均据商务印书馆《丛书集成初编》1939 年影印张海鹏照旷阁《墨海金壶》本。

文仅以其《孝经纬》为例，对其辑校中存在的主要问题，作一大略揭示①。

（一）《孝经纬》的篇名问题

《集成》之《孝经编》共辑录《孝经》纬十五个篇名的佚文，即：

> 《孝经援神契》；《孝经中契》；《孝经左契》；《孝经右契》；《孝经钩命决》（钩，或作"勾"。决，或作"决""诀"）；《孝经内事》（内事，或作"内记"）；《孝经内事图》（内事图，或作"内记图"）；《孝经河图》；《孝经中黄谶》；《孝经威嬉拒》；《孝经古秘》（古秘，又作"方秘"）；《孝经雌雄图》；《孝经雌雄图三光占》；《孝经章句》；《孝经纬》（又作"孝经谶"或"孝经说"）

这些篇目是否完全可信呢？这首先与对谶纬性质的认识有关。吕宗力、栾保群为《集成》所作的《前言》有云："纬书是对一批流行于西汉末年至东汉末年的带有相当神秘色彩的书籍的总称。其内容极为庞杂，涉及天文、地理、哲学、伦理、政治、历史、神话、民俗，以及医学等自然科学。"②笔者并不同意其纬书起源于西汉末年的说法（这也是学界通行的说法）③，所谓"带有相当神秘色彩的书籍"也太过泛泛，不能明确纬书之根本性质，但是吕、栾二氏对纬书内容构成的描述是准确的，尤其明确指出纬书是两汉时期的产物，笔者深以为然，且以为这是考校后世辑佚纬书是否精确的关键指标之一。

前文说过，如果没有确实的证据，今天还是应该相信初唐人提供的纬书书目。我们先看初唐之前《孝经》纬的著录情况。

［A］《后汉书·方术·樊英传》李贤注提供的《七纬》书目中，《孝经纬》有《援神契》《钩命决》两个篇名。

［B］《隋书·经籍志一》记载的书目较多，除"《孝经勾命决》六

---

① 安居香山、中村璋八两位日本学者辑校谶纬佚文的工作，用力久苦，耙梳细致；尤其研究纬书的许多著述，见解大都公允精深，令人十分敬重和钦佩！然而讨论学术问题，有圣训"当仁不让"者；事关谶纬基础文献的准确与否，未可轻忽，于此似可不揣冒昧也。冀同道谅之！

② 《纬书集成·前言》，第 2 页。

③ 详见张峰屹《两汉谶纬考论》，《文史哲》2017 年第 4 期。

卷、《孝经援神契》七卷"外，还有"《孝经内事》一卷"。另外还附有一份亡佚书目：

> 梁有《书、易、诗、孝经、春秋、河洛纬秘要》一卷，亡。……梁有《孝经杂纬》十卷，宋均注；《孝经元命包》一卷；《孝经古秘援神》二卷；《孝经古秘图》一卷；《孝经左右握》二卷；《孝经左右契图》一卷；《孝经雌雄图》三卷；《孝经异本雌雄图》二卷；《孝经分野图》一卷；《孝经内事图》二卷；《孝经内事星宿讲堂七十二弟子图》一卷，又《口授图》一卷。①

此外，《隋志三》天文类还著录有"《孝经内记》二卷"；其五行类有"《孝经元辰决》九卷，《孝经元辰》二卷"，又有"《孝经元辰》四卷（自注：梁有《孝经元辰会》九卷，《孝经元辰决》一卷，亡）"。

[C]《日本国见在书目·异说家类》著录：

> 《孝经勾命决》六卷（宋均注），《孝经援神契》七卷（同注），《孝经援神契音隐》一卷，《孝经内事》一卷，《孝经雄图》三卷，《孝经雌图》三卷（上中下），《孝经雄雌图》一卷。②

再来看唐前其他古籍引述《孝经》纬所见之篇目，粗略检索结果如下：

---

① （唐）魏徵等：《隋书·经籍志一》，第940页。按：关于《隋书·经籍志》自注中"梁有某某"部分，朱彝尊《经义考》卷二九四（文渊阁《四库全书》本）、钱大昕《廿二史考异》卷三四（方诗铭、周殿杰校点本，上海古籍出版社2004年版）、章宗源《〈隋书·经籍志〉考证》卷八（《二十五史补编》第四册，中华书局1955年重印上海开明书店原版）以及姚名达《中国目录学史·分类篇》（商务印书馆1998年影印1938年原版）等，都认为乃是迻录自萧梁阮孝绪之《七录》。安居香山、中村璋八默认此说，故其《集成》在考述纬书篇名时往往有"《七录》有某某篇"之说。然姚振宗《〈隋书·经籍志〉考证·后序》（《二十五史补编》第四册）则认为："（《隋志》）所注'梁有'，不止《七录》一家。……或以为'梁有'诸书皆《七录》，不尽然也。"姚振宗之说更加合理可从。

② 《日本国见在书目》，（清）黎庶昌辑：《古逸丛书》影旧抄本，广陵书社2013年影印光绪十年黎氏日本东京使署刊本。

《援神契》，《钩命诀》，《孝经谶》（见《白虎通》）

《孝经援神契》（见《鲁相史晨祠孔庙奏铭》，《隶释》卷一）

《孝经中黄谶》（见《三国志·魏书·文帝纪》注，《宋书·符瑞志上》）

以上就是传世文献所载唐前《孝经》纬书之篇目①，本文以为应该视为今天考论《孝经》纬书目的基本依据。

把上述传世文献所载唐前《孝经》纬篇目与《集成》比对，可以清晰地看到：《集成》比《隋志》少了《孝经元命包》《孝经分野图》《孝经内事星宿讲堂七十二弟子图》《孝经内事星宿讲堂七十二弟子口授图》《孝经秘要》《孝经元辰》六种；比《日本国见在书目》少了《孝经援神契音隐》《孝经雄图》《孝经雌图》三种。与此同时，《集成》又比唐前篇目多出《孝经河图》《孝经威嬉拒》《孝经章句》三种（其他互见之篇目，名目也不尽一致，可能有所异同）。

《集成》多出来的篇名，究竟来自哪里呢？下面再把明清以后辑佚纬书中辑录《孝经纬》篇目的情况，用表格列出来：

明清辑佚纬书	《孝经纬》篇目
（明）陶宗仪《说郛》	《孝经援神契》《孝经钩命决》《孝经左契》《孝经右契》《孝经内事》《孝经纬》
（明）孙瑴《古微书》	《孝经纬》《孝经援神契》《孝经钩命诀》《孝经中契》《孝经右契》《孝经左契》《孝经威嬉拒》《孝经内事图》
（明）杨乔岳《纬书》	《孝经援神契》《孝经钩命诀》《孝经威嬉拒》《孝经左契》《孝经右契》《孝经中契》《孝经内事》《孝经纬遗》②
（清）殷元正《集纬》	《援神契》《钩命诀》《中契》《左契》《右契》《内事》《雌雄图》《孝经纬》
（清）清河郡本《纬书》	此书已佚

① 宋人书目，两《唐志》"《孝经》类"，均著录"《孝经应瑞图》一卷"；其"谶纬类"，均著录"宋均注《孝经纬》五卷"；其"五行类"，均著录"《孝经元辰》二卷"。《新唐书·艺文志》"天文类"还著录"《孝经内记星图》一卷"。此外，元人脱脱等《宋史·艺文志》"五行类"著录"《孝经雌雄图》四卷"。大抵均见于唐前篇目（具体名称或有异），可为参照，本文暂不以为据。

② 杨乔岳《纬书》十卷，笔者暂未得见。此书《孝经》纬篇目，乃据钟肇鹏《谶纬论略》，辽宁教育出版社1991年版，第252页。

续表

明清辑佚纬书	《孝经纬》篇目
（清）赵在翰《七纬》	《孝经援神契》《孝经钩命决》《孝经纬》
（清）刘学宠《诸经纬遗》	《孝经援神契》《孝经钩命决》《孝经左契》《孝经右契》《孝经内事》
（清）顾观光《七纬拾遗》	《孝经内记》《孝经雌雄图》《孝经内事》《孝经古秘》《孝经中契》《孝经右契》《孝经左契》《孝经谶》
（清）马国翰《玉函山房辑佚书》	《孝经纬援神契》《孝经纬钩命诀》《孝经中契》《孝经左契》《孝经右契》《孝经内事图》《孝经章句》《孝经雌雄图》《孝经古秘》《孝经河图》《孝经谶》
（清）黄奭《通纬》	《孝经（纬）》《孝经中契》《孝经左契》《孝经右契》《孝经契》《孝经右秘》《孝经威嬉拒》《孝经章句》《孝经钩命决》《孝经援神契》《孝经内记图》
（清）乔松年《纬攟》	《孝经援神契》《孝经中契》《孝经左契》《孝经右契》《孝经钩命决》《孝经内事》《孝经河图》《孝经中黄》《孝经威嬉拒》《泛引孝经纬》
（清）王仁俊《玉函山房辑佚书续编》	《孝经纬援神契》《孝经纬钩命诀》《孝经中黄谶》

很明显，《集成》多出的《孝经河图》《孝经威嬉拒》《孝经章句》三个篇名，乃是沿袭了明清的辑佚纬书。而明清辑佚纬书又是辑自哪里呢？

《孝经河图》，辑佚书中首见于马国翰《玉函山房辑佚书》，仅辑录一条①，置于《孝经纬》佚文之末，作为《附录》。马氏按语云："《孝经河图》，《隋志》无此目，意其引《孝经纬》及《河图》也。然无明据，姑依所题，附录于此。"② 此条佚文，乃辑自《太平御览》卷一三五之注文。乔松年《纬攟》亦辑录了此条佚文，并且把马氏漏辑的另一条③也辑录出来。依现存传世文献考核，《孝经河图》这个篇名，出自宋初《太平御览》，其可信度较之唐初书目，可能还是要再打些折扣。而把《孝经纬》与《河图》合成一个篇名，本身亦颇为奇怪——因为二者有纬、谶之别，故马氏有"意其引《孝经纬》及《河图》"之说。

---

① 此条佚文为："伏羲在亥，得人定之时。"见《太平御览》（中华书局 1960 年影宋本）卷一三五之注文。

② 《玉函山房辑佚书·经编纬书类》，《续修四库全书》第 1203 册，第 537 页。

③ 此条佚文为："少室之山，大竹堪为釜甑。"见《太平御览》卷九六二。

　　《孝经威嬉拒》，辑佚书中首见于明人孙瑴《古微书》，辑录仅一条佚文①，乃辑自《太平御览》卷三五六（按：与宋本《太平御览》录文略异，然义涵无差）。杨乔岳《纬书》也辑录此篇，因笔者未见该书，不知具情如何。清人黄奭《通纬》亦辑录此条，然于搋入《威嬉拒》外，又据清河郡本重复辑入《援神契》（按：文渊阁《四库全书》本《太平御览》此条文字之篇名，即为《孝经援神契》）。乔松年《纬攟》亦辑录此一条，并云："《唐类函》作《援神契》，误。"可见，《孝经威嬉拒》这个篇名，从今存文献看，也是出自宋初之《太平御览》。且也，此条佚文还有两属于《援神契》《威嬉拒》之问题。

　　《孝经章句》，辑佚书中亦首见于马国翰《玉函山房辑佚书》，马氏有《序》云："《孝经章句》一卷，撰人缺。按：隋唐《志》均无《孝经章句》之目。其书大指言五星及列宿占验事，亦纬谶之属也。考《隋志》注云：'梁有《孝经内事星宿讲堂七十二弟子图》一卷，又《口授图》一卷，亡。'意此二书之佚文欤？"② 马氏所辑《孝经章句》佚文共三十四条，均出自唐人瞿昙悉达于玄宗开元年间编撰之《开元占经》③，分见其卷二五、二六、三二、三四、六一、六二、六三、七九、八〇、八一、八二、八六。黄奭《通纬》亦辑录《孝经章句》佚文，但仅有八条，亦全出《开元占经》，分见其卷二五、二六、三三、三四、三九、四〇，与马氏所辑有较大差异——具体出处有所异同，并且似是只保留了文字、内容相对比较完整者。《孝经章句》这个篇名，虽出自《开元占经》，但是初唐之前纬书书目并无记载。马氏把它辑录出来，只是因为"其书大指言五星及列宿占验事"，故推测它"亦纬谶之属"；即便如马氏所推定，它是《孝经内事星宿讲堂七十二弟子图》《孝经内事星宿讲堂七十二弟子口授图》二书之佚文，也还不能确定它究竟是不是汉代谶纬书。

　　总之，《集成》多出的《孝经河图》《孝经威嬉拒》《孝经章句》三个篇名，尽管均有唐宋典籍之依据，但还不能坐实为汉代谶纬书。

　　鉴于上述，关于《孝经纬》之篇目问题，尚有可进一步申论者。

　　———————————

　　①　此条佚文为："欲去恶鬼，须具五刑，令五人皆持大斧，著铁兜鍪驱之。常使去四五十步，不可令近人也。"

　　②　《玉函山房辑佚书·经编纬书类》，《续修四库全书》第1203册，第531页。

　　③　（唐）瞿昙悉达：《开元占经》一百二十卷，台湾商务印书馆1986年影印文渊阁《四库全书》本，第807册。

　　首先，如何对待传世文献记载的唐前谶纬篇目？这不仅是谶纬研究的基础或曰起点，也是一个重要的思想问题。笔者以为，研究历史问题，还是要坚持以扎实可靠的史料为立论根基之原则，同时，可在切合学理和历史思想文化语境的情况下，进行一定程度的"理断"——而这种蠡测推断，实为见仁见智，考校着研究者的学术水准。具体到谶纬篇目问题，如果没有其他扎实、可靠并且充足的文献根据，今天还是要相信初唐人提供的书目、篇目，不可单凭研究者对谶纬的思想认识，去判断唐前谶纬篇目的真伪，此其一。其二，《隋志》记录的谶纬书目、篇目，包括初唐时尚存的纬书和已经亡佚的纬书（存目）两部分。这两类情形的纬书中，除去有明确标注者（如"郑玄注""宋均注""郗萌撰"）外，都有何者为汉代纬书、何者为魏晋以后纬书的问题。这就需要穷搜、排比所有相关的文献史料，结合研究者切合学理和历史思想文化语境的精确判断，进行一番艰苦的甄别——而在这个研究过程中，初唐人提供的谶纬书目及篇名，应该视为极重要的依据。当然，由于史料乏征，初唐书目、篇目中不少的纬书著述，可能一时还难以做出准确可信的判断。但无论如何，依据可靠的文献史料，基本相信初唐谶纬书目及篇目——此二者，至少是现在判断谶纬书目、篇名及相关问题时，应该坚持的原则。

　　其次，是纬书辑佚的思想原则和方法。这涉及多个繁复问题，择其要者：第一，涉及辑佚者对纬书之性质和时限的理解。安居、中村二氏在其《集成·解说》中论《孝经纬》，有云："从以上所述来看，纬书是在不同时候、由不同的人做成的。总之，存在于东汉的《孝经纬》只有《援神契》和《钩命决》（尽管后世能见到许多篇名），其他各篇都是在魏晋南北朝期间基于各种目的而制造出来的。"① 既是如此，为何还是把汉代以后产生的谶纬篇名及其佚文辑录进来？这就与二氏对纬书之性质和时限的理解有关——这是一个谶纬研究者需要彻底思考清楚的问题；而无论如何理解，都应该毫不含糊地阐明其学理和自己的认识。第二，涉及辑佚的工作原则和目标。辑佚当然以竭泽而渔、搜罗殆尽为最理想，但同时更需要准确，需要辨伪。换言之，搜辑"完全"仅是辑佚的基础目标，而做到"完全并准确"才是辑佚的终极目标。只以篇目而言，《集成》所辑者，较之初唐书目、篇目乃至明清各辑佚书目，都有所增益，那些多出来的书

---

① 安居香山、中村璋八辑校：《纬书集成·解说》，第 54 页。

目、篇目（即使出自明清学人所辑），它们是否凿实可信呢？笔者以为应该尽可能进行辨伪工作（限于史料等客观因素，当下难以辨伪者可以作一说明，暂时阙如）。这一点，清人乔松年《纬攟》便做得较好（尽管他做得并不彻底）。第三，涉及辑佚的体例和方法。辑录佚文，当然要根据现存传世文献之实际情状进行，存有佚文者要尽可能辑出来；但是那些可靠的并且有书名、有篇名而今天不存佚文者，本文以为亦应作"存目"处理——虽无佚文，但应保留其书目、篇目，以示纬书之整体面貌。不宜因为某些纬书于传世文献中不存片言只语，就连其书名、篇名也舍弃不录了。

（二） 所辑佚文之真伪问题

《集成》辑佚中存在一些问题，以下分类列举，并作简单论说。

《集成》有沿袭明清旧辑，将非谶纬文字作为谶纬佚文辑录的情形。例如：

> 神农长八尺有七寸，弘身而牛头（头，《路史》作愿），龙颜而大唇，怀成钤（钤，《路史》作铨），戴玉理。（《集成》第965页，乃据《广博物志》录文）

此条最早出自南宋罗泌《路史·后纪三》①，未明示其出处。明人董斯张《广博物志》卷二五辑录，亦未注明出处②。而孙瑴《古微书》卷二八则摭入《孝经援神契》。《古微书》辑录文献均不注明出处，清道光中钱熙祚校订《古微书》，始补增其佚文出处③，此条之出处注为"《广博物志》"。董斯张、孙瑴同为明末人，年齿相当（唯董氏英年早逝），钱熙祚说孙瑴乃引据董氏是可能的。但问题是，董氏并未注明此条佚文之

---

① 《路史》传本较杂乱，相对完善者为《四部备要》本（上海中华书局1936年据明万历三十九年乔可传校刻本重校铅印），本文即以此本为据。参见朱仙林《罗泌〈路史〉版本考辨》，文载《古籍整理研究学刊》2012年第3期。

② 董斯张：《广博物志》五十卷，文渊阁《四库全书》本（台湾商务印书馆1986年影印本，第980—981册）。董氏此书摘编文献，多数注明来源；也有少量失注出处者，本条佚文即是。

③ 李梅训：《〈古微书〉版本源流述略》，《文献》2003年第4期。

出处，孙氏何以攗入《援神契》？若无其他根据，窃臆测之，盖因董氏于此条佚文之前一条"伏羲山准，禹虎鼻"下注为"《援神契》"。但是，董氏于本条佚文及其后一条"黄帝身逾九尺……"之下，并未注出处。而于再后一条"黄轩四面，非有八目……"下，则注明出自"《刘子》"。盖孙毂乃是沿用董氏上一条佚文（即"伏羲山准，禹虎鼻"）之出处，而将此条佚文及后一条"黄帝身逾九尺……"均攗入《援神契》的。但是，核之董氏《广博物志》编例，凡两条以上并见某书则连续编排，在第一条下注明出处，再于最后一条下注明"上"或"并上"，并没有"未加注者出处即同上"之体例。孙毂的做法，可能并不恰当。清人的辑佚纬书，如《七纬》《玉函山房辑佚书》《通纬》等①，皆依从孙毂，或有直接嫁名董氏《广博物志》者。唯乔松年《纬攗》不收录此条佚文②，并于其卷一三《古微书订误》云："罗泌《路史》未言是纬，孙氏攗作《援神契》，妄也。"而《集成》虽是以乔氏《纬攗》为底本，却仍据《古微书》等收录此条佚文，编入《援神契》。显然是为了求全，而轻视了文献的准确与否。

下面这个例子，情形相同：

> 黄帝身逾九尺，附函，挺朵，修髯，花瘤，河目，隆颡，日角，龙颜。（《集成》第965页，乃据《广博物志》录文）

此条佚文，最早也出自《路史·后纪五》（《集成》误作《路史·后记三》），未明示其出处。《广博物志》卷二五编录，亦失注出处。而《古微书》卷二八攗入《孝经援神契》（其原因盖亦同上述），清人之《七纬》《玉函山房辑佚书》《通纬》等皆依之。乔松年《纬攗》卷一三《古微书订误》已指出其并非谶纬文字，不予收录。《集成》仍据《古微书》等辑入《援神契》，求全却失考。

以上两条佚文，最早出处《路史》均未言其为谶纬文。自孙毂误判为谶纬佚文，后人一直沿袭此误。《集成》虽于此二条佚文下特别注明

---

① （清）赵在翰：《七纬》，钟肇鹏、萧文郁点校本，中华书局2012年版。（清）黄奭《通纬》，1934年朱长圻补刊《黄氏逸书考》本，《续修四库全书》第1208—1209册。

② （清）乔松年：《纬攗》十四卷，（清）光绪四年强恕堂初刊木，《续修四库全书》第184册。上海古籍出版社1994年影印《纬书集成》收录。

"无纬名"，较之明清辑佚书似更为谨慎，但仍然延续《古微书》之误判，辑入《孝经援神契》篇。此类情形，即使这些佚文像极了谶纬文，若没有源文献的明确依据，亦不当辑录。在这一点上，乔松年《纬攟》的做法是可取的。

（三）所辑佚文之归属问题

《集成》延续了明清辑佚纬书中存在的多种失误，问题最大且情形多样者，当属佚文归属问题。择要分类例述如下。

1. 佚文误置入篇。如：

> 伏牺之乐曰立基，神农之乐曰下谋，祝融之乐曰属续。（《集成》第984页辑入《孝经援神契》，失注出处；又其第1012页辑入《孝经钩命决》，云据《礼记·乐记》疏、《路史·前纪》辑录，而录文与此有异：均无"之"字，"曰"均作"为"）

此条佚文，唐宋古籍引录之实情如下。

孔颖达《礼记·乐记》正义（清阮元校刻《十三经注疏》本）引作："《钩命决》云：伏牺乐为立基，神农乐为下谋，祝融乐为祝续。"罗泌《路史·前纪八》注引作："古非帝王不作乐，《孝经钩命决》云：伏羲氏有立基，神农氏有下谋，祝融氏有祝续。"王应麟《玉海》（光绪九年浙江书局刊本）卷一〇三录作："《孝经纬钩命决》：伏羲氏曰立基，神农氏曰下谋，祝融氏曰属续，少昊乐曰九渊。"他们都明确说出自《孝经钩命决》。清人之《七纬》《玉函山房辑佚书》《通纬》皆从之。唯贾公彦《周礼·春官·大司乐》疏（清阮元校刻《十三经注疏》本）云引自《孝经纬》，无具体篇名，文作："伏羲之乐曰立基，神农之乐曰下谋，祝融之乐曰属续。"据上述实情，则这条佚文理当仅辑入《孝经钩命决》，而将贾公彦《周礼·大司乐》疏附后或写入校语。

而《古微书》卷二八则把这条佚文攟入《孝经援神契》，却并未辑入《钩命决》，甚是奇怪，不明其根据为何。乔松年《纬攟》则两置于《援神契》《钩命决》。乔氏于《援神契》仅录"伏牺之乐曰立基"一句，出处注为"字典"。按：查《康熙字典·丑集·土部》"基"字，其原文为："《孝经纬》：伏牺之乐曰立基。"并无具体篇名，显然是迻自贾公彦

《周礼·大司乐》疏。乔氏将此句辑入《援神契》，实际是依据《古微书》。

《集成》完全依从《古微书》和《纬攟》，两置入《孝经援神契》《孝经钩命决》。于《援神契》录文下，失注出处；于《钩命决》录文下，出处注为"《礼记·乐记》疏、《路史·前纪》"，实则其录文乃是辑自贾公彦《周礼·大司乐》疏。然则，《集成》不仅延续了孙瑴以来将此条佚文误入《援神契》之错误，它自己标注佚文出处也失于混乱。

2. 不仅误置入篇，同一条佚文还被辑入不同经（谶）的篇目中。如：

伏羲在亥，得人定之时。（《集成》第 1028 页辑入《孝经河图》；又其第 1144 页辑入《河图握矩记》）

此条佚文，《太平御览》卷一三五注、《路史·后纪一》注及《广博物志》卷九注，均引自《孝经河图》（《路史》《广博物志》之引文，"时"字作"应"）。

而《古微书》卷三三摭入《河图握矩记》，未知何据。《通纬》从之。而《玉函山房辑佚书》更摭入《诗纬含神雾》，自注云："《路史·后纪》卷一注引《诗纬含神雾》《孝经河图》。"① 今见诸本《路史·后纪》卷一注，唯有"《孝经河图》云"，并无"《诗纬含神雾》"字样，未知马国翰是否另有其他版本依据。在《孝经河图》的此条辑文下，马氏又注云："《太平御览》卷一百三十五引《孝经河图》。按：《孝经河图》，《隋志》无此目，意其引《孝经纬》及《河图》也，然无明据。姑依所题，附录于此。"② 在这里，马氏十分严谨地把此条佚文作为附录处理。《纬攟》卷一三《古微书订误》以为"《御览》《路史》皆引作《孝经河图》"，不当摭入《河图握矩记》。

《集成》则两摭入《孝经河图》《河图握矩记》。于《握矩记》所辑佚文下注出处为"《路史·后纪一》注、《御览》卷一三五"，并且也说明了此二出处之篇名均"作《孝经河图》"，却依然沿袭了《古微书》之误，将此条佚文并置入《河图握矩记》。

---

① 《玉函山房辑佚书·经编纬书类》，《续修四库全书》第 1203 册，第 372 页。

② 同上书，第 537 页。

3. 较早出处引述某条佚文，本来只称其类名而无具体篇名，却被辑入某个具体篇目之中。如：

> 日和五色，明照四方。黄白失信，赤青夺明，黑多暴害。乖离失信则慢。（《集成》第 957 页辑入《孝经援神契》；又其第 996 页辑入《孝经中契》）

此条佚文，源出唐瞿昙悉达《开元占经》卷五引"《孝经契》曰"，无具体篇名。而《太平御览》卷三、（宋）吴淑《事类赋》① 卷一注及（明）陈耀文《天中记》（文渊阁《四库全书》本）卷一均录其前二句（文作"日神五色，明照四方"），均谓出自《孝经援神契》。《古微书》、杨乔岳《纬书》（此种未见，此据《集成》说）、《玉函山房辑佚书》均从之。而《七纬》《纬攟》均未辑录此条佚文。

尽管《开元占经》并无具体篇名，但《太平御览》注为"《援神契》"，或有所本。后人辑佚，将此条佚文录入《孝经援神契》，亦不为失据。清人中，唯黄奭《通纬》遵从《开元占经》，专列《孝经契》篇名，且仅辑此一条。窃以为黄氏的做法似较谨慎。

而《集成》并未采取《孝经契》这个类名，并且于《孝经援神契》《孝经中契》二篇目中均录入此条佚文。其辑入《援神契》尚有依据，但同时又辑入《孝经中契》，据其"资料"标注，乃是遵从《汉学堂丛书》本《通纬》。问题是，黄奭此编之《孝经中契》篇名下并无此条佚文，殊为奇怪！

4. 同一条佚文，较早出处所题篇名不一，乃以己意辑入不同篇目中。如：

> 三皇无文，五帝画象，三王肉刑。（《集成》第 1004 页辑入《孝经钩命决》；又其第 964 页引首句辑入《孝经援神契》，第 391 页引首句作"三皇无文字"，辑入《尚书纬》）

此条佚文，出自贾公彦《周礼·春官·外史》疏及《秋官·司圜》

---

① （宋）吴淑撰并注，冀勤等校点：《事类赋注》，中华书局 1989 年版。

疏，云引自"《孝经纬》"；又其《周礼·地官·保氏》疏引"三皇无文"句，谓出自"《孝经纬援神契》"。孔颖达《尚书序》正义（清阮元校刻《十三经注疏》本）引"三皇无文字"一句，则说出自"《尚书纬》及《孝经谶》"。杜佑《通典》① 卷一六三《形制上》注引"五帝画象，三王肉刑"二句，云出自"《孝经纬》"。《路史·余论二·书契说》有云："《书纬》与《孝经援神契》则俱以为'三皇无文'……"《玉海》卷六七《舜象刑》引录贾公彦《周礼·司圜》疏，即标注出处为《孝经纬》，无具体篇名；又其卷三七《三皇五帝书　古三坟》引"三皇无文"句，亦云出自"《孝经纬》"，也无具体篇名；又其卷四四《周六书　书名》引"三皇无文"句，则云出自"《孝经纬援神契》"。总之，唐宋古籍引录此条佚文，有《孝经纬》《孝经援神契》《尚书纬》《孝经谶》四个出处。

而《古微书》卷三十则摭入《孝经钩命决》，且仅置于此篇，未知何据。钱熙祚为其补注出处为"《周礼·外史》疏、《司圜》疏"，而上文已揭明，贾公彦于彼处只说"《孝经纬》云"，并无具体篇名。

清人诸辑佚纬书辑录的情况是：

《七纬》据《周礼·保氏》疏，辑入《孝经援神契》。

《玉函山房辑佚书》亦录入《孝经援神契》，注云："《地官·保氏》疏引首句，作《孝经援神契》，与《钩命决》文小异。孙氏并入《钩命决》，今移正。"② 马氏从孙瑴所辑《钩命决》中移出此条佚文，置入《援神契》，无疑是正确的。唯《古微书》卷三十《孝经钩命决》所辑那段所谓文字"小异"之文，即："孔子曰：三皇设言民不违，五帝画象世顺机，三王肉刑揆渐加，应世黠巧奸伪多。"马氏自注其出处为"《春秋公羊传·襄公二十九年》何休注，徐彦疏云《孝经说文》"。马氏谓出自何休《公羊传》注是对的，但是嫁名徐彦谓出自《孝经说文》，则有误。③ 徐彦原文为："'孔子曰云云'者，《孝经说文》言：'三皇之时，天下醇粹……'"④ 徐氏是引用《孝经说文》之语来解释何休注的这段

---

① （唐）杜佑撰，王文锦等点校：《通典》，中华书局1988年版。

② 《玉函山房辑佚书·经编纬书类》，《续修四库全书》第1203册，第514页。

③ 明杨慎《古音余》（文渊阁《四库全书》本）卷二《五歌》引"孔子曰：三皇设言民不违"云云，谓出自《孝经纬》，亦未知何据。

④ 《春秋公羊传注疏》，中华书局1980年影印清阮元校刻《十三经注疏》本，第2312页。

引文的，并非何休注之引语出自《孝经说文》之义。而孙毂《古微书》将何休《公羊传》注"孔子曰"云云这段话，搋入《孝经钩命决》，仍是不知何据。马氏于此亦并无辨正。

《通纬》据《古微书》搋入《钩命决》，又据《周礼·外史》疏、《司圜》疏搋入《援神契》。

《纬攟》据《周礼·保氏》疏，辑录"三皇无文"一句入《援神契》，确有根据。但是，乔氏又自注云据《周礼·外史》疏、《司圜》疏，将本条佚文搋入《钩命决》，则实为误人（因贾公彦只说出自《孝经纬》，并无具体篇名），其实际依据乃是《古微书》。此外，乔氏将何休《公羊传》注之引文删除了"孔子曰"三字，归入"泛引孝经纬"，确为谨慎；但是自注出处为"《公羊》襄二十九年引《孝经说》"，又误矣（理由见上）。

《集成》乃据唐宋明清所有说法，将此段佚文分别搋入《尚书纬》《孝经钩命决》《孝经援神契》；又将何休《公羊传》注文（"三皇设言民不违"云云）辑入《孝经纬》。考据不甚严谨，延续了孙毂以来的错误。

以上述说《集成》辑录谶纬佚文的篇目归属问题，本文的分类并不十分严谨，容有交错，盖仅为指出明清以来辑佚纬书之错谬也。从上述几个例证，约略可见：（一）谶纬佚文辑录之失误，往往源自孙毂《古微书》（当然，后人也时有各式各样的新生错误）。（二）明清辑佚纬书均各有优长和缺漏，未可从一而信（相较而言，乔松年《纬攟》更为精确一些，但也存在不少错误）。故今人重辑或考订谶纬佚文，应该直接依据唐宋（含）以前的相关古籍进行；明清的辑佚纬书，只可作为参照。（三）安居、中村的《纬书集成》，虽号称以乔松年《纬攟》为底本，但时时旁逸斜出，甚至不惜违背乔氏正确的判断，唯务求佚文全备无遗漏——实际上是以明清全部辑佚纬书为其依据，所谓"底本"仅为"基本参照"而已。职是故，其佚文的辨正工作薄弱，延续了孙毂以来不少失误，文献的准确性可靠性不足。

三

上文以《孝经纬》为例，从篇目核定、佚文真伪、佚文归属三个最重要的方面，例叙《集成》当中存在的辑佚问题。实际上，《集成》还存在佚文增删不当、漏辑、重出、佚文连缀或排序失当以及字句讹误、文字脱漏、句读不当等多方面的问题。限于篇幅，这里不能一一详说了。

应该特别说明的是：本文所述谶纬佚文辑佚中存在的各种问题，不只安居、中村《纬书集成》，也是明清以来谶纬辑佚书中普遍存在的现象。若概括言之，大体可以归结为佚文真伪（把非谶纬文字辑作谶纬佚文）、佚文归属（把谶纬佚文错置甚或妄置入篇）、辑校失误（佚文各种讹误、漏辑及点校错误等）三个方面的问题。第一、第三种情况，即把不是谶纬的文字当作谶纬佚文和遗漏及点校失误等，是无可争议的错误。第二种情况的发生，即谶纬佚文之归属问题，不排除一个或存的原因，即也许谶纬篇章本来的样貌就是比较混乱、你中有我我中有你的①。不过，这应该不是正常现象。少数共传的说法在不同篇章互见是可以理解的，但是存在比较多的互见条目，尤其在性质不同的经（谶）中有较多的互见错置，对于曾经刘秀组织删定并宣布于天下的、拥有国家意识形态地位的重要文献而言，无论如何是不可理解的。并且，根据上述，由辑佚者（尤其是首位专力辑佚者孙瑴）将佚文臆断入篇的情形也比较普遍②。只不过，由于谶纬原文献全部散佚，今天已经很难对此一问题做出精准的校考。

---

①　研究谶纬的学者，似乎都默认谶纬原文献本即杂乱，这可以陈槃为代表。其《古谶纬书录解题（七）》云："谶纬之类，大都彼此互相钞袭。孰为先后，未可知也"；"案谶纬之书，大都互相剽袭，故往往大同小异。……至于孰为抄袭，孰为先后，今则莫能详矣。"（《古谶纬研讨及其书录解题》，上海古籍出版社 2010 年版，第 535 页，第 539 页）这个判断，其实是根据存世谶纬佚文作出的。明清已还各种谶纬辑佚书确是互相错杂，就是作为谶纬佚文主要原始出处的《北堂书钞》《艺文类聚》《初学记》《文选》注和《太平御览》等，及其他唐宋之前典籍所引录的谶纬文段，也有较多文字相同（或相近）而篇名不同等情况。此种文献形态，今天当然也可以理解为原文献本身就混乱（如陈槃所说），但也不排除类书及其他典籍引录时发生错谬，或是类书及其他典籍流传翻刻中产生错误之可能，或许还有其他可能（如辑佚者臆断等）。安居香山曾一再强调：存世谶纬佚文可能与汉代谶纬原文献不尽相同（参见安居香山、中村璋八《纬书の基础的研究》第一篇第一章《纬书思想研究における问题の所在》，东京：汉魏文化研究会1966 年刊印），惜乎这个看法似未能引起学者的广泛重视。按常理说，谶纬思潮在汉代（尤其后汉）作为一种国家意识形态，并且其图书曾于后汉初年由刘秀组织删定，之后郑重宣布于天下，似不当"大都互相剽袭，往往大同小异"。今存的杂错佚文，并不能呈现谶纬书原貌。其错乱的主要原因可能有：（一）魏晋以后，谶纬遭到不同程度的禁毁，其地位不再是不可侵犯的；（二）谶纬本身的神秘特质决定了它易于被改造和利用。如此，因各种需要而附益、篡改甚至伪造之事，也就不难发生。

②　参见乔松年《纬攟》卷一三《古微书订误》，即可见其一斑。

论窦宪伐北匈奴路线兼论《燕然山铭》问题

黄 鸣

（中央民族大学文传学院）

东汉永元元年（公元89年）六月，汉车骑将军窦宪率军五万骑出塞，分兵三路攻北匈奴，此战围歼了北匈奴主力，单于北逃，歼名王以下1.3万人，获牲100万头，归降者81部20余万人。此为汉匈战争以来，战果最为辉煌的一役——三年之后，绵延数百年的汉匈战争结束，北匈奴西去，从此离开了中原王朝的视野。

在此战之后，窦宪、耿秉登燕然山，令中护军班固刻石记功，是为《封燕然山铭》，颂扬了汉朝的威德。此铭原石一直没有找到，只是在《后汉书》中记载了全文。2017年8月，从中蒙考古队传来消息，此铭原刻石已在今蒙古国中戈壁省找到，且提供了发现此铭的坐标位置：北纬45°10′403″，东经104°33′147″，此刻石所在山名"InilHairhan"。①

从历史地理学的视角看，该铭铭文的释读并不重要，因为史书中早已记载了全文。最具有价值的，是原刻石所在的地理坐标。它能帮助我们补足关于此役历史地理与军事地理的重要信息，从而对历史上一些固有结论加以修正。

一 问题的提出：燕然山与杭爱山

长期以来，历史地理学界一般认为，燕然山就是杭爱山。

杭爱山之名首见于《元史》，作"沆海山"。② 此为明初人沿袭元人

---

① 于淑娟：《中蒙考察队中方专家齐木德道尔吉：发现〈封燕然山铭〉》，2017年8月14日，澎湃新闻网，参见 http://www.thepaper.cn/newsDetail_ forward_ 1762768。

② （明）宋濂撰：《元史·太祖纪》，中华书局1976年版，第12页。

的地理观念。清人以"杭爱山"代之，并推断其即古之燕然山。《大清一
统志》卷五四四"喀尔喀"下有"杭爱山"条曰："在鄂尔坤河之北，
直甘肃宁夏北二千里许，翁金河西北五百余里，其山最为高大，山脉自西
北阿勒坦山来，束趋，逾鄂尔坤土拉诸水，为大兴安肯特诸山，又自山西
枯库岭北折，环绕色楞格河上流诸水发源之处。抵俄罗斯国界千余里。鄂
尔坤塔米尔诸河皆发源于此。按此当即古之燕然山。"① 民国及中华人民
共和国成立以来，皆以杭爱山当燕然山。至如权威性的谭其骧先生主编之
《中国历史地图集》，皆将今蒙古人民共和国境内之杭爱山标注成燕然山。

　　本次科考地理坐标的确定，为重新审查这个问题提供了新的视角。

　　这个刻石所在的地理坐标，与今天蒙古境内的杭爱山位置大相径庭，
甚至可以说，与杭爱山并没有多大关系（见图1）。

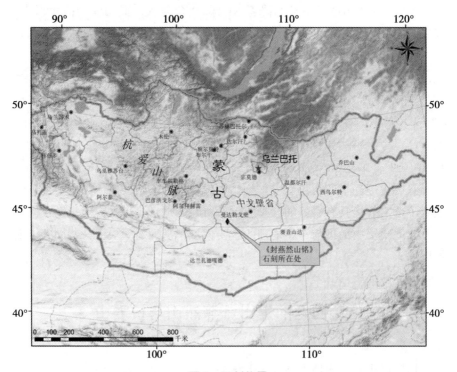

图1　石刻位置

<hr />

　　① （清）穆彰阿、潘锡恩等纂修：《大清一统志》第12册，上海古籍出版社2008年版，第622页。

　　杭爱山脉在蒙古西部，西北向东南延伸 700 公里，横贯扎布汗、前杭爱、后杭爱省。平均海拔 2000—3000 米，最高峰鄂特冈腾格里峰海拔 4031 米。北坡较缓，称后杭爱，多针叶林，南坡称前杭爱，多草原牧场，是色楞格河、鄂尔浑河等发源地。其东南余脉与《封燕然山铭》石刻所在地相距 200 公里。

　　那么，古代史籍中屡屡出现的燕然山究竟在何处？新闻公布的刻石所在位置，能否解决这个问题呢？

　　要解决这个问题，最根本的路径是逐一考定窦宪出军的路线。据《后汉书》窦宪本传记载，窦宪此次出军路线，为"宪与秉各将四千骑及南匈奴左谷蠡王师子万骑出朔方鸡鹿塞，南单于屯屠河将万余骑出满夷谷，度辽将军邓鸿及缘边义从羌胡八千骑，与左贤王安国万骑出稒阳塞，皆会涿邪山。宪分遣副校尉阎盘、司马耿夔、耿谭将左谷蠡王师子、右呼衍王须訾等精骑万余，与北单于战于稽落山，大破之，虏众崩溃，单于遁走，追击诸部，遂临私渠比鞮海，斩名王已下万三千级，获生口马牛羊橐驼百余万头。于是温犊须、日逐、温吾、夫渠王柳鞮等八十一部率众降者，前后二十余万人。宪、秉遂登燕然山，去塞三千余里，刻石勒功，纪汉威德，令班固作铭"[1]。按汉军此次分三路出塞，分别由鸡鹿塞、满夷谷、稒阳塞出兵，会师涿邪山后，前锋军直趋稽落山，与北匈奴主力会战，大破之，单于北逃，窦宪遂提军追至私渠比鞮海，之后登燕然山勒石纪功。

二　窦宪出军路线之出发地的考察

　　按东汉上承西汉，其进军漠北路线，亦与西汉相承。西汉进攻漠北，是在收复河南地、将匈奴割裂为东西两段、打通河西走廊和西域之后。公元前 119 年的第一次进攻漠北之战，汉军出军地为定襄与代郡，由今蒙古国东戈壁省渡过大漠，主攻方向为今乌兰巴托方向。在这一战中，卫青军在西，他率军击破了单于主力，迫使单于遁往杭爱山脉。霍去病率军击败左贤王军，逐北至狼居胥山。漠北之战促使匈奴势力向西部退缩，左贤王

---

①　（南朝宋）范晔撰、（唐）李贤等注：《后汉书》，中华书局 1973 年版，第 814 页。

面对的方向是云中方向，右贤王移至酒泉、敦煌地区附近方向，单于主力则退回漠北。[①] 汉朝在北部边境东部所面临的威胁基本解除，所以，在汉武帝后期对匈奴的六次战役中，汉军进攻出发地集中转移到了定襄郡以西的朔方、五原乃至河西地域。而在汉宣帝时代的五路出击战役中，从五原、西河、云中出击的汉军面对的是东部匈奴，从张掖、酒泉出击的汉军面对的是西部匈奴，而这次取得的唯一战果右谷蠡王部，在敦煌西北方向。到了汉元帝时呼韩邪单于款塞内附的阶段，郅支单于更是远走西迁至康居，后被陈汤所诛。以下是西汉时代 12 次对匈奴的主要战役的汉军出发地的列表对比（见表 1）。

表 1　　　　　　　　西汉对匈奴历次战役的进攻出发地

序号	年号	时间	战役名称	汉军出发地	战争结果
1	元朔二年	公元前 127 年	反击河南之战	云中	收复河南地
2	元朔五年	公元前 124 年	袭击右贤王庭之战	右北平/朔方、高阙塞	将匈奴分割为东西两段
3	元朔六年	公元前 123 年	袭击漠南单于本部之战	定襄	单于北遁
4	元狩二年	公元前 121 年	第一次河西之战	北地/陇西	打通河西走廊，置武威、酒泉郡
5	元狩四年	公元前 119 年	第一次进攻漠北之战	定襄/代郡	漠南无王庭，封狼居胥
6	元鼎五年	公元前 112 年	第二次河西之战	五原/令居	置张掖、敦煌郡
7	太初二年	公元前 103 年	受降城之战	朔方	汉军全军覆没
8	太初三年	公元前 102 年	防御反击左右贤王之战	定襄、云中/酒泉、张掖	汉军防御要点成功
9	天汉二年	公元前 99 年	天山之战	酒泉	涿邪山游兵无功，李广利军死伤大半
10	天汉四年	公元前 97 年	第二次进攻漠北之战	朔方/五原/雁门	汉军无功而返
11	征和三年	公元前 90 年	第三次进攻漠北之战	五原/西河/酒泉	李广利全军覆没
12	本始二年	公元前 72 年	五路出击匈奴之战	西河/云中/五原/张掖/酒泉	击破右谷蠡王部

---

　　① 《中国军事史》编写组编：《中国军事史·兵略（上）》，解放军出版社 1986 年版，第 298 页。

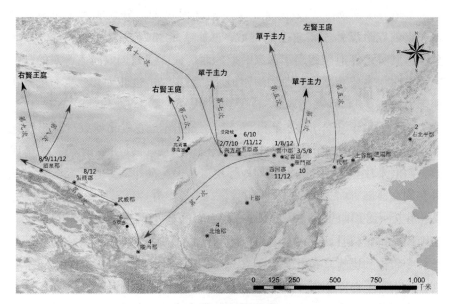

图 2　汉军进军路线

　　由图 2 可见，朔方、五原、河西诸郡，就是匈奴在汉军压力下向西移动后，汉军的主要进攻出发地，其所面对的进攻正面，是今蒙古国戈壁阿尔泰省、巴彦洪果尔省、南戈壁省及其以北一线。而东部云中、定襄、雁门、代郡诸郡，其所面对的进攻正面，是今蒙古国东戈壁省、肯特省一线。具体来说，朔方、五原、高阙方向，面对的是今南戈壁省中西部及其迤北地域，进攻匈奴单于龙庭方向，一般取此道。学者张晓非、石坚军说："前人已言汉高阙塞位于今狼山石兰计山口，自石兰计山口去匈奴龙庭之路里程最为捷近，迄今仍有草原自然道路可以直达。经（新）西受降城，出高阙、自鹏鹈泉北入碛而至回鹘牙帐之回鹘西路，为唐代北通漠北最主要交通路线。"[①] 唐代漠北交通，与汉代一脉相承，由朔方高阙北进，其兵锋可循山脉和河流北上，至匈奴龙庭；河西诸郡方向，面对的是西域方向以及今蒙古国戈壁阿尔泰省方向，进攻匈奴右贤王以及西域匈奴，一般取此道。

　　东汉初年，匈奴趁乱南掠，其左部又回到东部区域。东汉政府曾不得不将代郡、雁门、上谷三郡军民内迁，以避匈奴。其时匈奴兵锋甚锐，甚至曾南下劫掠上党、扶风、天水、上谷、中山一线。但在建武二十二年

　　① 张晓非、石坚军：《黑山威福军司与兀剌海地望辨析》，未刊稿。

（公元 46 年）开始，匈奴内乱，又受到乌桓攻击，分裂成南、北匈奴二部，南匈奴附汉，连年攻击北匈奴。从此，北匈奴成为东汉主要作战对象，但其势力亦退至相当于西汉时期的西部地区。北匈奴向南面对的汉朝作战方向，主要在高阙以西的河西地域。而东汉进攻北匈奴，主力也放在西部方向。

永平十六年（公元 73 年），东汉兵分四路，进攻北匈奴。其出发地是平城、高阙、居延、酒泉，前三路皆无功而返，唯窦宪所率领的第四路，由酒泉攻至天山，击败北匈奴呼衍王，追至蒲类海。这四路，除平城外，均在西部方向。

在公元 89 年的作战中，窦宪三路出军的鸡鹿塞，为西汉朔方郡边塞。在今内蒙古磴口县西北沙金套海苏木西北古城（在今哈隆格乃山口）。其地在今磴口县巴音乌拉北，侯仁之先生在 60 年代确定其为汉代鸡鹿塞所在。[①] 鸡鹿塞是汉代进入漠北的交通要道。此为三路出军的西路。

满夷谷，在今内蒙古固阳县西南，即今内蒙古包头市北部昆都仑河河谷。此为三路出军的中路。

稒阳塞，在汉代稒阳县。《水经注·河水》："河水又东迳稒阳县故城南，王莽之固阴也。《地理志》曰：自县北出石门障。"按王莽之固阴在今陕北，与此地悬隔，郦道元误。石门障，在今包头市石拐区，《水经注·河水》："河水又东流，石门水南注之，水出石门山。《地理志》曰：北出石门障。即此山也。"按石门水即今之五当沟，其水源出于固阳县下湿壕填头道井山区，于包头市东郊石沟圪旦村西南汇入黄河。则汉之稒阳县当在其入黄处附近，在今包头市东河区沙尔沁镇东园村附近。稒阳塞当在县北，稒阳道由稒阳出发，北经今五当沟河谷，北逾阴山，进入今固阳县界。此为三路出军的东路。

这三路出兵的出发地，相对于西汉与匈奴的战争史来说，处在西部出发地区域。其所面对的战术方向，即蒙古国南戈壁省中西部方向，其第一目标地点，就在涿邪山。

---

①　侯仁之：《乌兰布和沙漠北部的汉代垦区》，《历史地理学的理论与实践》，上海人民出版社 1979 年版，第 69—94 页。

三　对窦宪出军路线之第一目标地点涿邪山的研究

汉军进攻出发地的向西移动，是与匈奴单于以及左右贤王的管辖地域的变动相关的。值得注意的是，在上表所示的天汉二年的天山之战中，汉武帝曾派因杆将军公孙敖和强弩都尉路博德作为偏师，以涿邪山为会合点，东西游弋，但无功而返。汉武帝的这个战术动作，是与五年前的受降城之战有关的，因为太初元年的受降城之战，汉军远出朔方到浚稽山接应匈奴左大都尉的投降，匈奴调集八万骑兵拦截，使赵破奴率领的汉军全军覆没。五年后，汉武帝为了策应李广利的作战，派公孙敖与路博德游弋于涿邪山，也有想以此让匈奴分兵的意图。但匈奴没有中计，而是集中兵力攻击李广利，汉军死伤大半。

而征和三年的第三次进攻漠北之战，单于主力也分布在涿邪山附近，可见涿邪山也是匈奴在漠北的要地，所以，窦宪伐北匈奴，三路汉军以涿邪山为第一目标地点，也就可以理解了。

涿邪山，按《汉书·匈奴传》：天汉二年（前99），"汉又使因杆将军出西河，与强弩都尉会涿邪山"。《后汉书·南匈奴传》：永平十六年（73），"南单于遣左贤王信随太仆祭肜及吴棠出朔方高阙，攻皋林温禺犊王于涿邪山。虏闻汉兵来，悉度漠去。肜、棠坐不至涿邪山免"。又据《后汉书·祭肜传》："十六年，使肜以太仆将万余骑与南单于左贤王信伐北匈奴，期至涿邪山。信初嫌于肜，行出高阙塞九百余里，得小山，乃妄言以为涿邪山。肜到，不见虏而还，坐逗留畏懦下狱免。"据此知涿邪山在东汉时，已成为汉军西路出军的重要军事目标，并被设为攻击到达地。西路军应由狼山向西北方向攻击前进，因为狼山之北是大漠，只有狼山的西北方向，才有山脉。又汉代里制，秦汉尺的长度如商鞅量尺、新莽铜斛尺、后汉建武铜尺都是一尺等于0.231米。秦汉时六尺一步，一里三百步，由此可以算出一里等于1800尺为415.8米。则九百余里，约当今400公里。今以狼山石兰计山口设一西北向路径，则其兵锋所到之处，指向今蒙古人民共和国南戈壁省戈壁阿尔泰山脉，其行军路线，经由今蒙古额珠盖加查尔平地，其地海拔1000—1600米，地势由北向南倾斜，平坦开阔，有大量干河床，地下水位高的地方有沃土和红柳丛，供水条件较好。涿邪山相当于戈壁阿尔泰山脉最高峰尚德山地域，尚德山又称东赛汗山，位于古尔班察汗岭，其山海拔 2825 米，相对海拔高度 1000 余米，属于这一地域最高的地标，所以能成为汉朝各路军会聚的标的。又左贤王信出高阙，行九百余里得小山，妄言以为涿邪山，左贤王信大抵未曾到此处，在偏东南的方向见到小山便撤回，左贤王所见之山，可能是南戈壁省的赫尔赫山。

四　窦宪出军路线之会战地及追击地稽落山、燕然山的考察

稽落山，正史中只见于《后汉书》，即窦宪的这次征战中。可注意的是，窦宪是在各路大军在涿邪山会合后，再"分遣副校尉阎盘、司马耿夔、耿谭将左谷蠡王师子、右呼衍王须訾等精骑万余，与北单于战于稽落山，大破之，虏众崩溃，单于遁走，追击诸部，遂临私渠比鞮海"。也就是说，窦宪在诸军会合于涿邪山后，派军与北单于战于稽落山，大破之。这里我们可以注意到一点，即北单于在汉军占领涿邪山后，并没有立刻北撤，而是在附近地区与汉军进行了一次会战，会战失败后，方才北遁。古代骑兵，在极端条件下，日行 200 公里是有可能的，但会完全丧失作战能力。以日后的蒙古骑兵的进攻速度来看，以每日 60—80 公里的进攻速度，方可保持战斗力，而且这种进攻速度，也不能持久，必须保障后勤以及后备马匹的补给。而以当时汉军的后勤能力与骑兵战斗力，追击北单于，只能是短促突击性质，不可能是长程追击。须知，汉武帝时代追击匈奴至漠北，所损耗马匹物质不可胜计，那还是西汉最强盛的时代，但所消耗的人力、物力、财力，也让西汉元气大伤。东汉章帝时代，国力不及武帝时代，对窦宪的后勤支持，也难以像西汉时代那样以举国之力。所以，窦宪所能进行的战斗，只能是有限突击与追击，不可能长驱直入匈奴龙庭。这样，我们大致可以得到两个结论：一是稽落山会战当发生在涿邪山北面不远处，二是追击所至的私渠比鞮海当距稽落山不远。

从这两个结论出发，稽落山与私渠比鞮海之地，可以判定。稽落山与浚稽山，相去不远。史籍中有东西浚稽山的记载。一是《史记·匈奴列传》所载太初二年赵破奴受命远出朔方 2000 余里，接应投降的匈奴左大

都尉，期会于浚稽山。二是《汉书·李陵传》载李陵于天汉二年率军从居延出塞，行三十日，"至东浚稽山南龙勒水上，徘徊观虏"。浚稽山即今蒙古国巴彦洪戈尔省图音河南博克多之南的博克多山，其山有东西两峰，西峰高 10130 英尺，东峰高 11760 英尺。这就是西浚稽山与东浚稽山。其东有阿尔茨包格德山，主峰高 8090 英尺，即稽落山。稽落山坐标为北纬 44°30′，东经 102°30′15″。其地距涿邪山约 140 公里，刚好是汉军行军两天后，与北单于会战之地。私渠比鞮海即今蒙古国南戈壁省北部的乌兰湖，其湖为翁金河的源头，北单于作战失败后，沿此湖北上逃回漠北，沿途有翁金河的水源可以取用，便于行军。汉军追至此地，窦宪等率主力续至，沿翁金河北上追逐北单于，继续追逐 100 公里左右，抵达今中戈壁省的德勒格尔杭爱山（北纬 45°10′，东经 104°35′），遂勒石记功，此即中蒙考古队在同一坐标附近发现的燕然山铭所在之地。由此，燕然山即蒙古国中戈壁省的德勒格尔杭爱山，得以判定。

有观点认为私渠比鞮海即今蒙古国西南拜德拉格河注入之邦查干湖。误。因为北单于的逃亡方向是向鄂尔浑河方向，邦查干湖是往西阿尔泰山脉逃亡的方向，与匈奴单于传统上在鄂尔浑河流域的龙庭方向大相径庭，故不取。

五　《燕然山铭》所载出军路线的讨论

班固《燕然山铭》中有"遂陵高阙，下鸡鹿，经碛卤，绝大漠"以及"遂逾涿邪，跨安侯，乘燕然，蹑冒顿之区落，焚老上之龙庭"之语。高阙、鸡鹿已如前述，至于碛卤，则吾友石坚军先生认为，此"碛卤"盖即唐代鸊鹈泉北之沙碛，在今内蒙古乌拉特后旗西北、西受降城之北 300 里。此为今蒙古国南部戈壁区翁奇夏尔园丘地地域，正处在由高阙向涿邪山进攻的必经之路上。

安侯，安侯河亦作史侯河。即今蒙古国境内之鄂尔浑河。《后汉书·鲁恭传》载永元元年议遣窦宪、耿秉等击匈奴，鲁恭上疏谏曰："今匈奴为鲜卑所杀，远臧于史侯河西，去塞数千里。"按窦宪此役并未北进至鄂尔浑河流域，其铭辞盖统言兼溢美之言，亦为刻石记功常见之体。

窦宪于此战，是受到很大制约的。《后汉书·鲁恭传》言："今匈奴为鲜卑所杀，远臧于史侯河西，去塞数千里，而欲乘其虚耗，利其微弱，是非义之所出也。前太仆祭肜远出塞外，卒不见一胡而兵已困矣。白山之难，不绝如缍，都护陷没，士卒死者如积，迄今被其辜毒。孤寡哀思之心未弭，仁者念之以为累息，奈何复欲袭其迹，不顾患难乎？今始征发，而大司农调度不足，使者在道，分部督趣，上下相迫，民间之急亦已甚矣。三辅、并、凉少雨，麦根枯焦，牛死日甚，此其不合天心之效也。群僚百姓，咸曰不可，陛下独奈何以一人之计，弃万人之命，不恤其言乎？上观天心，下察人志，足以知事之得失。臣恐中国不为中国，岂徒匈奴而已哉！惟陛下留圣恩，休罢士卒，以顺天心。”这是当时东汉面临的实际财政困窘的情况，而窦宪此次出兵，在当时的士人舆论看来，有邀功固宠之志。前节已言及西汉举兵攻入漠北，国力大损的情况，东汉弱于西汉全盛之时，能由窦宪支配的后勤力量，很难达到汉武帝对卫青和霍去病提供的程度。其兵锋必不能到漠北龙庭，可知也。其刻铭于今德勒格尔杭爱山，即其逐北所到的战线北限。

此外，吾友石坚军先生有一推测，他说：

那么为什么勒铭燕然，而并非稽落山、私渠北鞮海或匈奴单于庭附近某山？此就涉及窦宪登临燕然山时间，以及燕然勒铭原因。《后汉书》并未载燕然山为汉军大破北匈奴之地，而燕然山公元前90年曾为贰师将军李广利大军惨败之地，《汉书·匈奴传》载其自郅居水向南“引兵还至速邪乌燕然山”后，“单于知汉军劳倦，自将五万骑遮击贰师，相杀伤甚众。夜堑汉军前，深数尺，从后急击之，军大乱败，贰师降”。可知燕然山曾为汉匈激烈交战之地，汉军（向南）撤退途中，在燕然山被匈奴骑兵掘堑围困、（自南向北）背后邀击而惨败。因此，燕然山之战确实发生过，不过公元前90年此战汉军惨败。

如果今 Inil Hairhan 山摩崖石刻果真为东汉公元89年班固所书《燕然山铭》，而摩崖石刻所处位置并非位于匈奴单于庭附近，北匈奴单于亦基本上不可能亲自南下至其地拦阻窦宪诸部北上，因此不得不令人怀疑窦宪班师南撤时始登燕然山，勒铭纪功，且所纪念战功并非所谓“燕然山一战”，而应为稽落山之战，乃至追击至私渠北鞮海之事。而且选择燕然勒铭，可能含有洗刷李广利兵败燕然山之耻、缅怀其时阵亡汉军士兵之意味。①

　　按此战李广利欲立大功以赎罪，不恤士众，进军至郅居水，引军南还，在燕然山被匈奴单于率军堵截，在其军营南面进行土工作业，挖出堑壕，匈奴主力由北往南进攻，汉军为南面堑壕所隔，遂全军覆没。石坚军先生提出的窦宪和班固选择在燕然山刻铭，有纪念180年前这场血战的意味，是非常精辟的见解。而这个战例也给本文的论断添加了一个重要证据，即燕然山的位置，在龙庭之南，而非其西、其北的今杭爱山。

　　综上所述，中蒙考古队在蒙古国境内相应地点所拓印的《燕然山铭》，其地点与窦宪北征、班固作铭之处相应，燕然山即在此处，而非今天所认为的杭爱山地域。

---

　　① 石坚军：《燕然山位置与〈燕然山铭〉真伪》，未刊稿。

后秦时期羌人诗歌《琅琊王歌辞》和《钜鹿公主歌辞》再探

徐希平　王　康

（西南民族大学文学与新闻传播学院）

一　《琅琊王歌辞》和《钜鹿公主歌辞》产生的背景

《琅琊王歌辞》和《钜鹿公主歌辞》，是两组遗存在《乐府诗集·梁鼓角横吹曲》中的羌人歌诗。从郭茂倩于《乐府诗集》中所提供的材料来看，这两组歌诗当为后秦（384—417年）时期的作品。至于它们是属于民间创作，还是文人创作，学术界目前还存有不同的意见。如中国社会科学院文学研究所编《中国文学史》将《钜鹿公主歌辞》编入"北方乐府民歌"，[①] 而杨生枝则认为：《钜鹿公主歌辞》应"出于贵族、文人之手，则无可置疑"。[②] 鉴于它们至迟在梁代（502—557年）时已确写定的文本，这里不妨把它们作为羌族书面创作来加以讨论。

汉代以后，北方氐、羌等少数民族，与汉人杂处交往过程中，不断向内地迁徙，生产和文化水平都有了较大发展。至晋及十六国时期（265—439年），各民族文化的交流进一步增多，随着姚氏羌人在关中一带的崛起，尤其是后秦政权的建立，羌人使用汉语表达和创作的情况更为常见。

姚氏原为汉代甘青地区烧当羌后裔。东汉明帝永平元年（公元58年），烧当羌七世孙填虞，率部进扰西郡（今青海化隆县境）时，被

---

①　中国社会科学院文学研究所编：《中国文学史》第一册，人民文学出版社1979年版，第276页。

②　杨生枝：《乐府诗史》，青海人民出版社1985年版，第390页。

汉将马武击败，于是徙出塞外。填虞九世孙迁那时，又率部内附，受
到了东汉王朝的嘉奖，"假冠军将军，西羌校尉，归顺王"，[①] 并将其
部安置在南安赤亭（今甘肃陇西县东）一带。迁那所率领的烧当羌部
落一支，从此就定居于塞内。三国后期，迁那的玄孙姚柯迴因有功于
魏国，被封为镇西将军、绥戎校尉、西羌都督。西晋永嘉之乱
（307—312 年）时，柯迴之子姚弋仲率领其部东徙至榆眉（今陕西千
阳县），并自封护羌校尉、雍州刺史、扶风公。后赵之时，又被石虎
封为奋武将军、襄平县公、西羌大都督。但姚弋仲并不想依附于后
赵，遂于公元 351 年向东晋请降。次年，其子姚襄率部南下归晋，但
却受到东晋扬州刺史殷浩等人迫害，被迫引军北还，屯兵许昌、洛阳
一带。不久，姚襄在与前秦苻坚交战中兵败身亡，其弟姚苌被迫投降
苻坚。淝水之战以后，前秦政权动摇，姚苌遂乘虚于公元 384 年称王
自立。两年后又攻占长安，改元建初，国号大秦，建立了后秦王国，
由羌人贵族姚苌所建的后秦（384—417 年），为十六国之一，也是最
早为正史所载羌人建立的政权。都城长安（今陕西西安西北），统治
地区有今陕西、甘肃、宁夏、山西一部分。国主共历姚苌、姚兴、姚
泓三代。公元 417 年为东晋刘裕所灭。

　　后秦政权建立后，羌人的文化水平不断提高，书面创作也有了一定的
发展。其主要表现在：这一时期能用汉文写作的羌人大大超过以前；散文
创作的数量明显增多，其中，个别篇章在思想和艺术上都达到了相当的高
度；歌诗创作的水平有所提高，诗体形式亦有新的发展。此外，值得一提
的还有少数文化程度较高的羌人，积极从事佛经翻译的组织活动，个别人
甚至亲自参与某些译经事宜，为当时的佛经翻译做出了重要贡献。总之，
从各类历史典籍的记载来看，羌人在晋至十七国时期，当有较多的书面作
品产生。但是由于种种历史的原因，特别是东晋刘裕在攻灭后秦时，抄杀
焚烧，"建康百里之内，草木皆焦死焉"，[②] 使这一时期产生的羌人书面作
品，大多在战火中散失了。例如《晋书·载记第十九》云："姚泓博学善
谈论，尤好诗咏。"但姚泓所作的诗歌，人们迄今却未觅见一首。另据史

---

① （唐）房玄龄等：《晋书·载记第十六》，上海古籍出版社 1986 年影印版，第
346 页。

② （唐）房玄龄等：《晋书·载记第十九·后秦姚泓》，上海古籍出版社 1986 年影印版，第
353 页。

书记载，姚泓曾与后秦儒生胡义周、夏侯稚等"以文章游集"，[①]但今查姚泓的散文，除一道简短的"下书"外，其余作品均荡然无存。再如，仕至给事黄门侍郎的姚和都，在姚泓时也曾"撰（后）秦记，记姚苌时事"，[②]但其所撰的"秦记"（当为史书），现在亦残缺不全……凡此种种，不胜尽举。诚然，经过战火的洗劫和历史的拣淘，晋及十六国时期留下的羌人书面创作已为数不多，但通过这些有限的作品，人们仍可以了解到这一时期羌族书面创作的大致情况及其发展步履。晋及十六国时期留下的散文，多为书表之作，其内容和成就大致可分为三类。一类是为招贤求士而作的诏文，如姚兴的《与桓、标二公劝罢道书》《与僧迁等书》等等。这类作品，内容深邃，情感真挚，骈散相间，文采流溢，可算其散文中的上品。另一类是以谈论佛教理义为主的撰述，如姚兴的《通三世论》、姚嵩的《上后秦主姚兴佛义表》等。这类文章，内容虚玄，文字深奥，但一些比喻却较为生动，富有文学意味。还有一类是为处理军政国事而作的文书，如姚弋仲的《上石勒书》、姚苌的《下书禁复私仇》、姚兴的《敕关尉》、姚泓的《下书复死事士卒》等。这类作品，内容多比较单薄，文字也很简短，史学价值较高，然文学意味不足。这一时期留下的歌诗，数量虽然很少，[③]但反映的社会生活面却比较广泛——无论是民族的性格，还是战争的忧患；无论是黎民的疾苦，还是官家的享乐……歌诗中都有所触及。另外，从艺术上看，这一时期留下的歌诗，风格豪爽雄健，可读性亦明显增强。其中一些较好的篇章，联想奇特，意境幽深，在体物言情方面达到了较高的水平。再有，这一时期留下的歌诗，均为五言体和七言体，而这些诗体在以前的羌族书面诗作中都是不曾见过的。它们的出现，也标志着羌族歌诗创作在十六国时期的新发展。羌族的书面创作所以会在晋及十六国时期出现一个短暂的勃兴，是有其社会、历史及文化等方面的原因的。如前所述，族属羌人系统的姚氏，在其祖先——迁那时移居塞内后，便一直生活在中原文化的辐射圈内。随着历史的推移，他们自然会受到中原文化的强烈影响。加之姚氏系统的羌人，自东汉以来，又世为

---

① （唐）房玄龄等：《晋书·载记第十九·后秦姚泓》，上海古籍出版社1986年影印版，第352页。

② 臧励龢：《中国人名大辞典·姚和都》第638页。《广雅丛书》收有姚和都《后秦记》一卷，（清）广雅书局原辑；番禺徐绍棨，汇编.—刻本，汇印民国九年（1920）。

③ 目前所见，仅《琅琊王歌辞》和《钜鹿公主歌辞》等内组歌辞。

官宦，他们在与中原王朝及其臣吏的交往中，免不了要接触和使用各类汉文文书；同时，他们的政治地位和经济实力，也允许他们选派其部分子弟去读书深造。这一切都为姚氏羌人学习文化、掌握汉字，提供了良好的条件。所以至迟在西晋后期，姚氏羌人中已出现了一些汉文化程度较高的人物。如姚弋仲就有书面作品传世。弋仲之子姚襄，也是一位"少有高名"的羌族将军，由于他"好学博通，雅善谈论，英济之称著于南夏"，① 故使一些以博学自恃的汉族官吏（如殷浩等）也"惮其威名"。及至后秦政权建立以后，姚氏统治者为了巩固其政权，不仅注意招抚流民，发展生产，而且也十分重视文化教育。姚苌就曾下令"留台诸镇，各置学官，勿有所废，考试优劣，随才擢叙"。② 姚兴继位后，更是大力提倡儒学和佛教，敕名儒姜龛、淳于岐、郭高均等在长安讲学，收各地学生一万多人。此外，还邀请龟兹名僧鸠摩罗什来国都讲佛译经，广纳门徒，使更多的羌族子弟得到了读书学习的机会。后秦政权的这些措施，一方面促进了羌族知识人才的增多和书面创作的发展；另一方面也大大加速了姚氏羌人自身的汉化进程。所以，后秦政权灭亡后，除部分羌人贵族被问斩之外，大多数的姚氏羌人都迅速与汉族融合了。这也是使羌族书面创作，在晋及十六国时期出现了一度的勃兴之后，又迅速湮灭的重要原因之一。

二　《琅琊王歌辞》概况

郭茂倩《乐府诗集》引《古今乐录》曰："《琅琊王歌》八曲，……最后（一曲）云：'谁能骑此马，唯有广平公。'"按《晋书·载记》：广平公姚弼，（姚）兴之子，（姚）泓之弟也。"③ 这一段文字，为后人识辨《琅琊王歌辞》的产生年代及其作者族属，提供了"最可宝贵的信息"。④ 据史书记载，羌人姚弼，确有武略，骁勇好战，后因与其兄姚泓

---

① （唐）房玄龄等：《晋书·载记第十六·后秦姚襄》，上海古籍出版社 1986 年影印版，第 347 页。

② 同上。

③ （宋）郭茂倩：《乐府诗集》（第二册），中华书局 1979 年版，第 364 页。

④ 祝注先：《十六国时代少数民族的诗人和诗作》，《民族文学研究》1985 年第 3 期。

争夺王位，于后秦弘始十八年（416年），被姚兴赐以自尽。① 萧涤非先生认为：从诗中赞颂"广平公"的句子来看，"此歌当作于（姚弼）未赐死前"。② 对于这种说法，陆侃如等先生有过不同的意见。他们认为，《琅琊王歌辞》"当作于570年顷"，③ 而且诗中的"广平公"，也"决非泓弟"。但从他们目前所持的证据和其具体论证来看，此说或难以成立。如祝注先《十六国时代少数民族的诗人和诗作》一文中曾作具体说明，故现在一般学者还是多认为，《琅琊王歌辞》是后秦时期的羌人诗歌。今存《琅琊王歌辞》共有八首作品，每首五言四句。从字句上看，它们的篇幅都不长，但反映的社会生活却比较广泛，其中，有的作品在艺术上也达到了一定的高度。自晋"八王之乱"以来，黄河以北的广大地区，一直是处于战乱的状态。公元304年，匈奴贵族刘渊起兵称王后，北方的各族豪酋也纷纷效仿。他们为建立或保全自己的割据政权，互相征战，彼此攻杀。致使干戈之事愈演愈烈、长期蔓延。频繁的战争给姚氏羌人贵族带来了后秦国主的王冠，但同时也给广大的羌族人民带来了灾难与忧叹。如《琅琊王歌辞》之三：

　　东山看西水，水流盘石间。公死姥更嫁，孤儿甚可怜。

　　在此展现的是一幕父亲死后，母亲改嫁，孤儿无人照管之凄惨景象。造成这种社会悲剧的直接原因之一，就是那罪恶的战争。这首作品与同期出现的"枉杀墙外汉"（《慕容垂歌辞》），和"尸丧狭谷口，白骨无人收"（《企喻歌》）等北歌诗句相互印证，共同揭露了战争给人民带来的巨大灾难。由于残酷的战争，不少无辜的羌民百姓被迫背井离乡，辗转四方。但流落在外的人们，终不能割断对家乡的思念。如《琅琊王歌辞》之四：

　　琅琊复琅琊，琅琊大道王。鹿鸣思长草，愁人思故乡。

---

① （唐）房玄龄等：《晋书·载记第十八·后秦姚兴》，上海古籍出版社1986年影印版，第347页。

② 萧涤非：《汉魏六朝乐府文学史》，人民文学出版社1984年版，第280页。

③ 陆侃如、冯沅君：《中国诗史》，人民文学出版社1983年版，第246页。

作品引类取譬，以"鹿鸣思长草"来诱发思乡之句。一个"愁"字，把作者远徙羁旅、思乡难返的痛楚心情，表现得淋漓尽致。

迫于战争的威胁，也出于求生的欲望，流徙在外的羌民们，自然产生了依从"强主"的思想，如《琅琊王歌辞》之七：

> 客行从主人，愿得主人强。猛虎依深山，愿得松柏长。

正如余冠英先生指出这首诗表现的是一种特殊的社会背景，而"不是泛泛的羁旅之词"，[①] 当时人口迁移，往往数千百家组织起来。平民大都依附大族同行，因为大族带着部曲，旅途比较安全。不能或不肯迁移的羌人往往保聚以自卫。保聚的方法是纠结上千的人，依山阻水，建筑坞堡，聚积兵器粮食，推举出"坞主"作领袖。强有力的坞堡就成了独霸一隅的地方武装集团，流人来依附的往往很多。本诗所谓"主人"可能指逃难时拥有部曲的大族，也可能指保聚自卫的坞堡主。但无论哪一种"主人"，都是越"强"越可靠。这就曲折地反映了战乱给当时人们带来的心理压力，以及人们不甘坐等涂炭，决定依"强"自保的求生心愿。诗篇引类巧妙，联想奇特，字里行间运贯着一种粗犷、豪放的民族性情，因此读起来让人感到词旨苍厚，气度雄壮。

《琅琊王歌辞》第一首也历来为文学史家们所注重，它是一种民族性格与时代风尚交相熔铸的艺术产物：

> 新买五尺刀，悬着中梁柱。一日三摩挲，剧于十五女。

刚勇尚武，本是古代羌族人民在长期艰苦生活环境中形成的一种民族习俗。《华阳国志》卷二曾载，"羌叟之地，土地山险，人民刚勇"。《新唐书·党项传》亦云：羌族人"俗尚武"。可见，尚武爱刀是古羌人的习俗之一。但至于爱刀爱到了"剧于十五女"的程度，则又是与当时的社会战乱相连一起的。因为在那"枉杀墙外汉""出门怀死忧"的十六国时代，只有"大刀"才能抗击"枉杀"，也只有"大刀"才能保护自己心爱的姑娘。

---

① 余冠英：《汉魏六朝诗选·前言》，人民文学出版社1978年版，第27页。

组诗中足以体现战乱时代羌人尚武风貌的作品，还有第八首：

快马高缠鬃，遥知身是龙。谁能骑此马，唯有广平公。

据《晋书·载记第十八》载，广平公姚弼，为人虽"奸凶无状"，但却"才兼文武""骁勇善战"。赫连勃勃反叛后，"后秦诸将咸败亡，独弼率众与战，大破之"。因此，可以说诗中"谁能骑此马，唯有广平公"之句，虽是在称颂姚弼马技的高超，但也流露出作者对羌族武士那种"以力为雄"风尚的赞叹！作品气势苍雄，出语豪爽。其思想内容虽不足取，但艺术手法却是值得借鉴的。

此外，组诗《琅琊王歌辞》中还有一些反映其他生活内容的作品。如第二首：

琅琊复琅琊，琅琊大道王。阳春二三月，单衫绣裲裆。

第五首：

长安十二门，先门最妍雅。渭水从龚来，浮游渭桥下。

第六首：

琅琊复琅琊，女郎大道王。孟阳三四月，移辅逐阴凉。

以上这些作品，或叙写季节引起的变化，或粉饰后秦都城的"妍雅"。思想内容平泛，艺术上也没有什么突出的耀眼之处，应属整组歌诗中的下品。总之，《琅琊王歌辞》这八首歌诗，所涉触的社会问题比较广杂，艺术功力也不尽一致，彼此间的排列顺序亦缺乏某种逻辑依据，可能非是出自同一作者之手。

三 《钜鹿公主歌辞》概况

《唐书·乐志》云："梁有《钜鹿公主歌》，似是姚苌时歌。"姚苌以后秦政权的开国君主公元387—393年在位，故从《钜鹿公主歌辞》产生的年代来看，当在《琅琊王歌辞》之前。但《乐府诗集》却把它编置于《琅琊王歌辞》之后，郭茂倩的这种做法，可能是考虑到这两组歌诗在乐府诗中所具有的不同价值。的确，与《琅琊王歌辞》相比，《钜鹿公主歌辞》所反映的社会生活面要狭窄得多，其艺术成就也不及《琅琊王歌辞》。

至于今存《钜鹿公主歌辞》是否属翻译过的文本，学术界有两种不同的说法：一种认为，"此歌是北歌入南译为汉语的"；[①] 另一种则认为，此歌"并非翻译"之作。[②] 而这两种不同意见所持的依据，又是出自同一文献材料，即《唐书·乐志》所云："梁有《钜鹿公主歌》，似是姚苌的歌，其词华音，与北歌不同。"不过，据现存的文史材料看，说《钜鹿公主歌辞》"并非翻译"之作，似乎更近于史实。如杨生枝先生所说，从作品的内容和文采来看，此歌当出于"文人之手"；[③] 而后秦时期，羌族中能运用汉文来从事诗文写作的人，已为数不少。例如，姚弋仲、姚苌、姚兴、姚泓、姚旻、姚嵩等羌族人士，都有用汉文书写的文书传世。其中，姚兴的某些作品还达到了较高的水平。诚然，上述诸人传至今日的作品，皆为一些散文之作，但这并不能说明后秦羌人不具备用汉文作诗的能力。《晋书·载记第十九》曾云姚泓"博学善谈论，尤好诗咏"。可见，在十六国时代，某些文学素养较高的羌人，直接采用汉文来创作《钜鹿公主歌辞》等一类的歌诗，是完全可能的。至于《唐书·乐志》所谓的"其词华音，与北歌不同"，可能是指《钜鹿公主歌辞》是少数民族作者用汉文创作的北歌，它不同于那些用"虏音"创作的北歌。今存《钜鹿公主歌辞》共三首，皆为七言歌诗。兹录全文于下：

> 官家出游雷大鼓，细乘犊车开后户。
> 前车女子年十五，手弹琵琶玉节舞。
> 钜鹿公主殿照女，皇帝陛下万几主。

作品所描绘的是后秦皇族"出游"时的阔绰情景：车马济济，鼓乐

---

① 中国社会科学院文学研究所编：《中国文学史》，人民文学出版社1979年版，第276页。

② 祝注先：《十六国时代少数民族的诗人和诗作》，《民族文学研究》1985年第3期。

③ 杨生枝：《乐府诗史》，青海人民出版社1985年版，第390页。

轰鸣，侍从舞女，前呼后拥。如此宏大的排场，在那烽火遍地、物质匮乏的十六国时代，实可谓煞是气派。同时，也与那"公死姥更嫁，孤儿甚可怜""鹿鸣思长草，愁人思故乡"的社会景象形成了鲜明的对比。由此可看出，后秦时期羌族的"官家"皇族，与黎民百姓在生活境况上存在着的悬殊。

四　《琅琊王歌辞》和《钜鹿公主歌辞》的文学地位及影响

《琅琊王歌辞》和《钜鹿公主歌辞》虽是两组篇幅不长的歌诗，但它们在文学史上却有着相当的地位与影响。首先，它们以新的汉歌诗体，丰富了羌族书面文学的样式。截至目前，《琅琊王歌辞》是我们所见到的最早的羌族书面五言诗作；而《钜鹿公主歌辞》则是我们所见的最早的羌族书面七言诗作。它们的出现，标志着羌族作者用汉文从事歌诗创作的水平，在十六国时代已进入了一个新的发展阶段。其次，它们以雄浑刚健的文风和写实抒意的精神，与同一时期其他少数民族的诗作交相辉映，为冲破当时文坛的绮靡之风，繁荣我国的诗艺园地，做出了自己的贡献。也正因为此，才深得后世诗人、学者的赞赏。如，清初诗人兼诗文选家陈祚明《采菽堂古诗选》惊叹它是"奇想，奇语！"清代诗人王士禛在说到古乐府诗时，就称《琅琊王歌辞》之第一首，"是快语，语有令人'骨腾肉飞'者，此类是也"。[1] 当代著名学者萧涤非先生对此诗的评价也颇高，说它"不独情豪，抑亦语妙"。[2] 再如，《客行依主人》一诗，也是颇受后人称誉的作品，余冠英欣赏它"反映'五胡乱华'时期一种特殊背景，也不是泛泛的羁旅之词"，[3] 此外，像众多的文学史家，在各自的学术著作中，引述或详论这两组羌人歌诗的例子，就更是举不胜举了。

---

① （清）王士禛：《香祖笔记》卷九，商务印书馆 1933 年版，第 84 页。
② 萧涤非：《汉魏六朝乐府文学史》，人民文学出版社 1984 年版，第 279 页。
③ 余冠英：《汉魏六朝诗选》，人民文学出版社 1978 年版，第 27 页。

王维《过太乙观贾生房》之"太乙观"辨

陈才智

（中国社会科学院文学研究所）

王维《过太乙观贾生房》云："昔余栖遁日，之子烟霞邻。共携松叶酒，俱簪竹皮巾。攀林遍云洞，采药无冬春。谬以道门子，征为骖御臣。常恐丹液就，先我紫阳宾。夭促万涂尽，哀伤百虑新。迹峻不容俗，才多反累真。泣对双泉水，还山无主人。"① 杨径青《王维的终南隐居——与陈铁民先生商榷》② 一文云，太乙观在嵩山，并转引《中国道教》为据。

按，《中国道教》第四卷云："景日昣《说嵩》卷二十称，嵩山南麓，汉时曾建万岁观，唐代更名太乙观，宋易名崇福宫。"③ 首先，景日昣，应为景日昣。景日昣（1665—?），字东旸，河南登封人。有《嵩厓学凡》六卷（《四库存目丛书》影印清康熙间刻本，子部第25册），《菘台学制书》三种（日本东研藏清刻本）。昣，明也，与"东旸"相应。其次，作者卿希泰先生此处乃撮述《说嵩》大意，并非径引原文。景日昣《说嵩》卷二十原文云："太乙观，即汉万岁观。唐高宗将封泰山，属久雨，命刘道合祈祷有验，就其所居，建太乙观居之。宋敏求《退朝录》云：唐建观，奉太乙，塑像尽服王者衣冠。宋熙宁中，议太乙冠服，乃于亳州太清宫视唐像，诏如其制。"④ 最后，清人景日昣《说嵩》亦非原始文献，较其更早，元代河南府路总管梁宜（1291—?）《嵩阳崇福宫修建碑》云："崇福宫，踞嵩岳之麓，即汉万岁观，有奉邑。唐改曰太乙。宋升为宫，

---

① 陈铁民：《王维集校注》，中华书局1997年版，第244页。

② 《文学遗产》2001年第4期。

③ 卿希泰：《中国道教》第四卷，知识出版社1994年版，第164页。

④ 景日昣：《说嵩》卷二十，《四库存目丛书》影印清康熙岳生堂刻本，史部第238册，第257页；郑州市图书馆文献编辑委员会编"嵩岳文献丛刊"第3册，中州古籍出版社2003年版，第429页。

以太乙殿改祈真，又曰保祥。左右建真宗元神、本命二殿。天圣中，保祥北为真宗御容殿，像真献后于西阁帐内，宫设提举管勾，以主祝釐，高选若范忠文、刘元城、吕献可皆尝奉祠。司马温公及子康，程明道与父太中，迭任斯职，馀不能殚举，皆当代闻人。"①元人梁宜这篇碑文，清人景日昣《说嵩》卷二十六曾有节选。②《全元文》据清乾隆五十二年刻本《登封县志》卷十九所录梁宜《崇福碑》，仅为转引和节录本而已，不足原文 1/10，可据《嵩书》予以换改。③

　　而如果追溯嵩山太乙观之来历，元人梁宜《嵩阳崇福宫修建碑》之前还有更早的记载。南宋学者王应麟（1223—1296）《玉海》卷一百"天禧崇福宫"云："在嵩山下，古太一观也。天禧三年重建。五月已巳赐名太一殿，曰祈真三尊殿，曰会元。"王维集《过太乙观贾生房》之"太乙观"，《文苑英华》卷二百二十六即作"太一观"。盖太乙称谓，彼时尚未确定，有时亦称为太一，或泰一、太壹等。《玉海》卷一百又专门立有"唐太一观"，中云："《潘师正传》：'高宗诏即其庐作崇唐观，及营奉天宫，受敕直道遥谷，作门曰仙游，北曰寻真，时太常献新乐，帝更名祈仙、望仙、翘仙曲。'刘道合亦居嵩山，帝即所隐，立太一观使居之。（永隆元年三月己未，幸师正所居，旧史云云，别起精思院以处之。太一观，本朝为崇福宫。）"可与之相参者，另一位南宋学者、与王应麟同时而生年略早的黄震（1213—1280），其《古今纪要》卷十（《文渊阁四库全书》本）云："潘师正。道士。对高宗：'茂松清泉，臣所须既不乏矣。'诏以其居作崇唐观。时太常献新乐上，名之为祈仙、望仙曲。刘道合。同时隐嵩山，上为立太一观居之。封太山，祝雨，俄霁，先行祈被。为帝作丹，剂成卒。"宋人董正功《续家训》（一作《续颜氏家训》）卷六（《续修四库全书》影印宋刻本）亦云："有刘道合者，与师正同居嵩山，帝即所隐，立太一观，为帝作丹，剂成而卒。"

---

①　引自明傅梅《嵩书》卷二十一章成篇三，明万历刻本；郑州市图书馆文献编辑委员会编《嵩岳文献丛刊》第 1 册《嵩岳志　嵩岳文志　嵩书》，中州古籍出版社 2003 年版，第 507 页。"高选若"三字，原文误点为人名。

②　景日昣：《说嵩》卷二十六，《四库存目丛书》影印清康熙岳生堂刻本，史部第 238 册，第 330 页；郑州市图书馆文献编辑委员会编"嵩岳文献丛刊"第 3 册，中州古籍出版社 2003 年版，第 578 页。

③　《全元文》卷一二二二，凤凰出版社 2004 年版，第 37 册，第 135 页。

　　但是，子部杂家中偏于儒家的《续家训》，与撮举诸史的史部别史《古今纪要》，均非原始文献，《玉海》也只是一部综合性类书，其所引《潘师正传》指两《唐书》之《潘师正传》。不过"太一观"见于《刘道合传》。刘道合，亦名刘爱道，陈州宛丘（今河南淮阳）人，隋末唐初道士。早年住寿春安阳山，隋末迁居苏山，从仙堂观道士孟诜（621—713）传道。曾得神人授以"三天正一盟威摄召符契"之法，自此道法灵验。大业中（605—617），遇潘师正（585—682），见而奇之，建议师正礼茅山派第十代宗师王远知（530—635）为师。而王远知则嘱师正去嵩山修道，于是，唐高祖武德年间（618—626），潘师正与王远知同入嵩山，共居双泉中岭间，前后将近十年。① 高宗闻刘道合之名，降诏于所隐立太一观使居之。咸亨（670—673）中卒。《旧唐书》卷一百九十二《刘道合传》云："道士刘道合者，陈州宛丘人。初与潘师正同隐于嵩山，高宗闻其名，令于隐所置太一观以居之。"《新唐书》卷一百九十六《刘道合传》亦云："又有刘道合者，亦与师正同居嵩山，帝即所隐立太一观使居之。"②

　　北宋道士贾善翔《唐嵩岳太一观蝉蜕刘真人传》述刘道合始末更详，中云："刘道合者，一名爱道，陈宛丘人也。幼怀隐逸志，住寿春安阳山。隋末迁苏山，从仙堂观道士孟诜传道。后入霍山。春分日，启誓文于谷中，返数里，闻雷电而雨，遂止于岩。是夕，梦有人召，觉则恍然有光，见一神人身长丈馀，衣冠剑，佩持符，从介甲士六七人。谓道合曰：'吾乃黄神大威司使者，今六天丑类贼害民物，闻子好道，志节不屈，可制魔群。吾以三天正一盟威摄召符契授子。'道合受而吞之，自是道法所施，无不验。武德中，入嵩山与潘师正同居。高宗闻，降诏于所隐，立太一观，使居之。时将封泰山，雨不止。帝使道合禳祝，俄霁。得宠赐，辄散贫乏。洛邑苦飞蝗，道合以符示官吏，俾散贴境内，则立消。咸亨中，上召作符。既成，未克进，忽料简经书，汲汲然似有行意。弟子问之，则

----

① 参见元刘大彬《茅山志》卷十一，《续修四库全书》影印北京图书馆藏元刻本配明刻本，第723册；陈国符《道藏源流考》，中华书局1963年版，第50页。

② 潘师正其人事迹，详见唐王适《体玄先生潘尊师碣》，《金石萃编》卷六十二；陈子昂（661—702）《续唐故中岳体玄先生潘尊师碑颂并序》，《四部丛刊》景明本《陈伯玉集》卷五；李渤（773—831）《中岳体玄潘先生》，收入宋张君房《云笈七签》卷五（《四部丛刊》景明正统道藏本），《全唐文》卷七百十二题为《中岳体玄潘先生传》。

曰：'龟山（一作庐山）司命君召吾。'有顷，□沐浴具冠褐而化。调露中，创奉天宫，迁道合墓。发棺见骸，有若蝉蜕者（一作惟有空皮，而背上开拆，有若蝉蜕者）。帝闻之，曰：　'为我合丹，而乃自服去耶？'"① 元人张雨《玄品录》卷四"道术"则云："刘道合，陈州宛丘人。初与潘尊师同隐嵩山。高宗闻其名，令于隐所置太一观以居焉，数召入宫。及将封泰山，属久雨，帝命于仪鸾殿作止雨之术，俄而霁朗。帝大悦，即令驰传，先登太山，以祈福佑。前后赐赍，皆散与贫乏。高宗尝命其合还丹，丹成而上之。咸亨中卒。及帝营奉天宫，迁道合之殡室。弟子开棺，将易衣改葬，其尸唯空皮，而背上开坼，有似蝉蜕，尽失其齿骨，众谓尸解。高宗闻之，叹曰：'刘尊师为朕合丹，乃自服仙去矣。'其所上者，卒无异焉。"② 亦可参证，唐时嵩岳确有太一观。

关于嵩岳太一观或太乙观的后世文献，可以参考者尚多，如《御选唐诗》卷十三沈佺期《岳馆》诗注引《嵩山志》云："唐则天后号为神岳，又崇福宫在万岁峰前，唐之太乙观也。其下有亭馆焉。"《河南通志》卷五十"崇福宫"云："在登封县城东北五里，汉武帝创建，名万岁观；唐改名太一观；宋改今名。为真宗祝釐之所，宋韩维、司马光、程颢、程颐、朱熹等皆提举管勾于此。"《大清一统志》卷一百六十三河南府二"崇福宫"云："在登封县北嵩山万岁峰下，相传汉建，曰万岁观，唐改名太乙观，宋天禧三年改今名。为真宗祝釐之所，设提举管勾官，朝臣领之。韩维、吕夷简、司马光及程朱诸臣皆为此职。"以上均可供参证。

不过太乙观并非嵩山所独有，庐山亦有太乙观，在双剑峰下，属江西德化。保大十二年（954）乙卯十一月，倪少通有《太一观董真人殿碑铭》。③ 倪少通（900—990），南岳朱陵道士，洪州道正、知太一观事。④ 董真人，指三国时期的董奉（220—280），字君异，侯官（今福

---

① 据北京大学图书馆藏柳风堂石墨本，引自陈垣编纂《道家金石略》，文物出版社1988年版，第717页。又见元人赵道一《历世真仙体道通鉴》卷二十九，明正统道藏本。

② 张雨：《玄品录》卷四，明正统道藏本，见《张雨集》，浙江古籍出版社2015年版，第586页。

③ 《全唐文》卷九百二十八，陈垣编纂《道家金石略》，文物出版社1988年版，第202页。

④ 倪少通事迹，详见徐铉《洪州道正倪君碣》，《徐公文集》卷二十七，四部丛刊景黄丕烈校宋本。

建长乐）人。少时治医学，医术高明，与南阳张机、谯郡华佗齐名，并称"建安三神医"。对所治愈病人只要求在其住宅周围种植杏树，以示报答。日久郁然成林，董氏每于杏熟时于树下作一草仓，如欲得杏者，可用谷易之。后世以"杏林春暖"，"誉满杏林"称誉医家。董奉在庐山遗迹颇多，在山南般若峰下居住地称董奉馆，又称董真人升坛，还有杏林即董奉种杏处，后在此处又曾建杏坛庵，山北亦有杏林。董奉去世后，当地人相传董奉为天上太乙使者，故在其升仙处建太乙宫祀之。永嘉元年（307），赐董奉为"太乙真人"，号"碧虚上监"。南唐升元元年（937），徐知证作《太乙真人庙记》。保大间，在杏林故地建太乙观。宋祥符间，建太乙祥符宫。宣和五年（1123）重修太乙观，九江人王易简有《重修观记》。周必大《庐山后录》云："又三里，有谢景先草堂，乃杏林故地。天气未佳且有乡导，不果遍游。杏林者，后汉董奉治人疾，不敢赀，使愈者人植杏五株，然奉自有太乙观，在山北，或曰杏林在此，而上升太乙观耳。"①

而终南山亦有太一观（太乙观）。唐末杜光庭（850—933）《洞天福地岳渎名山记》载七十二福地，其中，"临邛山，在邛州临邛县白鹤山，相如所居。少室山，在河南府，连中岳。翠微山，在西安府终南太一观。大隐山，在明州慈溪县天宝观"（明正统道藏本）。明人章潢《图书编》卷三十"七十二福地"则引作："临邛山，在邛州白鹤山，相如所居。少室山，连中岳。翠微山，在终南太乙观。大隐山，在慈溪县天宝观。"太一观更为具体的地点，宋敏求（1019—1079）《长安志》载："太一观在县南六十里，终南山炭谷口。"② 宋哲宗元祐元年（1086）闰二月十日至十六日，北宋学者张礼，与其友楚人陈明微同游长安城南，访唐代都邑旧址，撰成《游城南记》一卷，并自为之注。《四库提要》称："凡门坊、寺观、园囿、村墟及前贤遗迹见于载籍者叙录甚备。"此书实际上是宋人对长安城南唐代遗址的实地考察报告，其中写道："又南行七八里，至炭谷。自谷口穿云渡水，蹑乱石，冒悬崖，行十余里，数峰耸削，蹬道之半，有司马温公隶书二十八字曰：'登山有道，徐行则不困，择平稳之地而置足则不跌。人莫不知之，鲜

---

① 《说郛》卷六十四上，《文渊阁四库全书》本；又见周必大《泛舟游山录 三》，《文渊阁四库全书》本《文忠集》卷一百六十九。

② 《（雍正）陕西通志》卷二十八引，《（乾隆）西安府志》卷六十一引作太乙观。

能慎。'谷前太乙观，有希夷先生所撰碑，观南为故处士雷简夫隐居之地。"① 清人毛凤枝《陕西南山谷口考》云："又西为太乙谷，一名炭谷。"其下注曰："太、炭双声，缓言之曰太乙谷，急言之则言炭谷。"又云："在咸宁县东南六十里。有太乙谷水，北入潏水。"下引韩昌黎《题炭谷湫祠堂》诗，称："炭谷之名，唐时已着。"②《大清一统志》卷一百八十西安府三亦云："太一观在咸宁县南六十里，终南山炭谷口。"

唐末道士程紫霄曾与朝士在终南太乙观共守庚申。道教"守庚申"一说，认为在庚申日通宵静坐不眠，清斋修持，可以避免三尸作祟，安定灵魂。唐末丁用晦《芝田录》载："朝士夜集终南太乙观，拉道士程紫霄同守庚申。紫霄曰：'不守庚申亦不疑，此心良与道相依。玉皇已自知行止，任汝三彭说是非。'"③ 宋人曾慥（？—1155）编《类说》卷十二"守庚申诗"述程紫霄事作"太一观"，中云："道士程紫霄有《朝士夜会终南太一观拉师同守庚申》。师作诗曰：'不守庚申亦不疑，此心良与道相宜。玉皇已自知行止，任汝三彭说是非。'"宋人祝穆（？—1256）《古今事文类聚前集》卷三十八"守庚申"引《芝田录》亦作"太一观"，文字与《类说》相同。

宋初秦再思《洛中记异》也有类似记载。④ 宋人高似孙（1158—1231）《纬略》卷十"守庚申"引《洛中记异》云："唐时衣冠往往守庚申。如皮日休、白乐天诸公是也。道士程紫霄有《朝士夜会终南太乙观拉师同守庚申》，师作诗曰：'不守庚申亦不疑，此心良与道相依。玉皇

---

① 张礼：《游城南记》，民国景明宝颜堂秘籍本。《（雍正）陕西通志》卷七十三、《（乾隆）西安府志》卷五十九"雷简夫隐居处"引文略异。

② 毛凤枝：《陕西南山谷口考》，成文出版社有限公司《中国方志丛书》影印同治七年刊本，1985 年版，第 53 页。

③ 引自清周城《宋东京考》卷十六，清乾隆刻本。清吴景旭《历代诗话》卷五十二引《芝田录》文字略异："朝士夜集终南太乙观，拉医师同守庚申，医云：'不守庚申亦不疑，此心良与道相依。玉皇已自知行止，任汝三彭说是非。'"按，"《芝田录》一卷，右叙谓尝憩缑氏，故取潘岳《西征赋》名其书，记隋唐杂事，未详何人，总六百条"（晁公武《郡斋读书志》卷三下，《四部丛刊》三编景宋淳祐本）。

④ 按，《遂初堂书目》著录"《洛中记异》"，《宋史·艺文志》著录"秦再思《洛中记异》十卷"。秦再思，宋初人。

已自知行止，任汝三彭说是非。'"① 在《洛中记异》中记"终南太乙观"，虽则可"异"，亦当有所根据，并非不可能。

宋叶梦得（1077—1148）《避暑录话》卷下述此作"太极观"，中云："且唐末犹有道士程紫霄，一日朝士会终南太极观守庚申，紫霄笑曰：三尸何有？此吾师托是以惧为恶者尔。据床求枕，作诗以示众曰：'不守庚申亦不疑，此心长与道相依。玉皇已自知行止，任尔三彭说是非。'投笔鼻息如雷。诗语虽俚，然自昔其徒未有肯为是言者，孰谓子厚而不若此士也。"《全唐诗》卷八百五十五引《避暑录》同。太极，当为与太乙音近之讹，而在终南则可以确定。

唐代大力扶植道教，当时社会上弥漫着浓厚的崇道之风，堪称道教黄金时代。不仅皇室尊崇，士大夫阶层也因道教思想在某种程度上契合追求人生适意和超凡脱俗、不受羁束的趣味，因此多有认同。朝野上下崇道，又与道教自身的发展成熟相互作用，极大地推动了崇道隐逸风气的盛行，唐代诗人大都有不同程度的崇道表现。王维生当其时，虽然被后人称为"诗佛"，但在宗奉佛家思想的同时，从早年至中年，一直对道家道教有相当大的兴趣，也接受了其影响。《鱼山神女祠歌》《送方尊师归嵩山》《送张道士归山》等，都与之有关。《终南别业》所云"中岁颇好道，晚家南山陲"之"道"，亦联系着老庄与神仙之道。王维自称"愿奉无为化，斋心学自然"（《奉和圣制庆玄元皇帝像之作应制》），"上宰无为化，明时太古同"（《和仆射晋公扈从温汤》），从"山林吾丧我"（《山中示弟》）和"守静解天刑"（《赠房卢氏》）中，可以了解其习道实践。唐玄宗一再制造玄元皇帝（道教教主老子）托梦、显灵的神话，掀起崇道狂热，王维亦撰有《贺玄元皇帝见真容表》《贺神兵助取石堡城表》等，加以宣扬鼓吹。王维在《赠东岳焦炼师》诗中，把当时著名女

---

① （明）彭大翼《山堂肆考》卷一百四十八撰道教"守庚申"引《洛中记》云："道士程紫霄有《朝士夜会终南太乙观拉师共守庚申》。师作诗云：'不守庚申亦不疑，此心良与道相依。玉皇已自知行止，任汝三彭说是非。'"以下又引《酉阳杂俎》："'凡庚申日，三尸言人过于天帝，七守庚申三尸灭，三守庚申三尸伏。'按三彭者，三尸之姓，谓彭质、彭矫、彭居也。凡学仙者，先绝三尸，故柳子有《骂三尸文》。"详见段成式（803？—863）《酉阳杂俎》前集卷二（许逸民《酉阳杂俎校笺》，中华书局2015年版，第145页）。（清）高士奇辑注《三体唐诗》卷三引《洛中记异》曰："道士程紫霄有《朝士夜会太乙观拉师共守庚申》。《酉阳杂俎》曰：凡庚申日，三尸言人过。七守庚申三尸灭，三守庚申三尸伏。"

道士焦炼师写成一个身怀异术的仙人，流露出崇仰之情。道家哲学自然、无为的思想影响到王维的审美趣味和诗歌创作。因为有道家思想作根底，诗人将对自然美的理想融入诗歌创作，形成了"人闲桂花落，夜静春山空"的素雅清淡风格。

王维有很多道士交往之作，如《赠焦道士》《送张道士归山》《送方尊师归嵩山》《赠东岳焦炼师》《送王尊师归蜀中拜扫》《漆园》《游悟真寺》《终南山》等。不只如此，王维自己曾有过一段学道求仙、服食采药的经历，证据即这首五言排律《过太乙观贾生房》。诗中自称"道门子"，叙及一度在山中隐居，与贾生一起，在山里的太乙观学道求仙，采药炼丹。诗的首二句点出从前自己和贾生都在山中隐居。接下四句，回忆两人经常在一起"攀林""采药"的情景。二人一起携带松叶酒，戴着用笋壳做的帽子，攀林登木寻遍高入云端的山洞，四处采药不管是冬天还是春天。① 松叶酒，指一种加松叶酿制成的酒。北周庾信《赠周处士》诗云："方欣松叶酒，自和《游仙》吟。"唐人喜以植物花卉叶片酿入酒中，松叶酒也是其一。张九龄《答陆澧》即云："松叶堪为酒，春来酿几多。不辞山路远，踏雪也相过。"王绩《采药》诗亦曰："家丰松叶酒，器贮参花蛋。"对松叶酒的吟咏，透露出一丝游仙入道的意味。因为松在《名医别录》中被列为上品，松叶气味苦温，无毒，能治"风湿疮，生毛发，安五脏"②；独活祛风胜湿，利筋骨；麻黄亦能除风。以酒浸之，既使药中有效成分能充分析出，同时酒亦为行气血，助药势。《本草纲目》引《圣惠方》"服食松叶"云："松叶细切更研，每日食前以酒调下二钱，亦可煮汁作粥食。初服稍确，久则自便矣。令人不老，身生绿毛，轻身益气。久服不已，绝谷不饥不渴。"篸同"簪"，插戴也，意同白居易《同诸客嘲雪中马上妓》诗："银篦稳篸乌罗帽，花襦宜乘叱泼驹。"竹皮巾，即竹皮冠。秦末刘邦以竹皮所作之冠。《史记·高祖本纪》载："高祖为亭长，乃以竹皮为冠，令求盗之薛治之，时时冠之，及贵常冠，所谓'刘氏冠'乃是也。"③ 宋人邵博《闻见后录》卷十议论说："汉高祖一竹

---

① 参见陈铁民《新译王维诗文集》，台湾三民书局2009年版，第157页。

② 《本草纲目》卷三十四，《文渊阁四库全书》本。

③ 裴骃《集解》引应劭曰："以竹始生皮作冠，今鹊尾冠是也。"司马贞《索隐》引应劭曰："一名'长冠'。侧竹皮裹以纵前，高七寸，广三寸，如板。"王绩《被召谢病》曰："横裁桑节杖，直剪竹皮巾。"白居易《赠张处士韦山人》亦云："罗襦蕙带竹皮巾，虽到尘中不染尘。"

皮冠起田野，初不食秦禄，卒能除其暴。"七句至十句说王维入朝为官后，过太乙观贾生房贾生仍在山中隐居学道，自己常恐贾生炼成道教称之为长生不老药的还丹金液，先于自己成仙，成为道教仙人紫阳真人的宾客。下面"夭促"二句，忽然笔锋一转，说没料到贾生却短命早死，不免令人"哀伤百虑新"。"迹峻"二句，乃承"百虑新"而言，其中颇有反思，既与贾生夭促有关，又作了由个别到一般的提升，感叹行为孤高难免不为世俗所容，才华很多反而妨碍保持本性；其蕴涵丰富，耐人寻味，堪称警句。末二句"泣对双泉水，还山无主人"，是对贾生的哀悼，寓情于景，真挚感人。

而王维《过太乙观贾生房》诗题之"太乙观"，究竟在河南嵩山，还是陕西终南山，事关此诗编年和王维行迹，值得斟酌。结合诗中"谬以道门子，征为骖御臣"之句，若为嵩山，则应作于开元二十三年（735）结束隐居嵩山，至洛阳任右拾遗后不久。若为终南山，则应作于天宝元年（742）自岭南回归长安转任左补阙之后。目前看，前者可能性更大，原因有三。首先，刘道合、潘师正隐居处，或云在"双泉中岭间"[①]，或云在"双泉顶"[②]，唐代雍州司功参军王适《体玄先生潘尊师碣》亦有"漱阴巘之双泉，庇阳崖于二室"之语。[③] 而王维诗中正有"双泉水"之描写，从这一对应关系看，王维诗之太乙观在嵩山似为更妥。双泉，又名双璧泉，明人傅梅《嵩书》卷二峙胜篇载："双璧泉，太室之南，二泉相并，亦名双泉。"其次，诗中松叶、云洞等自然环境之描写，与潘师正尊师"但嚼松叶饮水而已"，应对唐高宗之语"松树清泉，山中不乏"[④]，亦可互文。最后，前引文献中，庐山、终南山之太一观（太乙观），皆始见于唐末，而嵩山太乙观则唐初即有，因此更切王维之诗。但从严格意义上看，毕竟还难以完全否认终南山的可能性，除了楼观、骊山这两处道观

① 参见（元）刘大彬《茅山志》卷十一，《续修四库全书》影印北京图书馆藏元刻本配明刻本，第723册。

② 参见（元）赵道一《历世真仙体道通鉴》卷二十五，明正统道藏本。

③ （明）傅梅《嵩书》卷二十章成篇二，明万历刻本。阴巘，又作阴屿，见《金石萃编》卷六十二；陈垣编纂《道家金石略》，文物出版社1988年版，第83页；《全唐文》卷二百八十二；（清）叶封《嵩阳石刻集记》卷上（《文渊阁四库全书》本）。

④ （唐）李渤：《中岳体玄先生传》，见《全唐文》卷七百十二。《旧唐书》卷一百九十二《潘师正传》亦云："所须松树清泉，山中不乏。"

较为集中之外，距离长安最近的道观，即位于终南山炭谷口的太乙观，这是唐代士人与道士交往的重要场所之一。当然，王维诗之太乙观也可能泛指终南山主峰太乙山之庙观。总之，王维《过太乙观贾生房》诗题中的"太乙观"，究竟在河南嵩山，还是陕西终南山，目前只能姑且阙疑，以俟多闻。

与太乙观相关联，还有太乙宫。相传汉武帝见终南山谷云气融结，隐然成象，于是在此建宫，名太乙宫，又名太一宫。宋人陈抟（871—989）有《太一宫记》。① 今终南山主景区翠华山所在地，即长安县太乙宫镇。但亦可泛指，如王维《和仆射晋公扈从温汤》诗云："天子幸新丰，旌旗渭水东。……奠玉群仙座，焚香太乙宫。"诗注云："时为右补阙。"据上下文之意，太乙宫并非特指，而是泛指祭祀太一神的宫殿，业师陈铁民先生《王维集校注》即如此理解，② 当可据信。

唐人诗中还有太乙庙。李益（748—827?）有《同萧炼师宿太乙庙》诗："微月空山曙，春祠谒少君。落花坛上拂，流水洞中闻。酒引芝童奠，香余桂子焚。鹤飞将羽节，遥向赤城分。"③ 诗题中的太乙庙，有的注本予以回避未加确指。④ 也有两部今人之李益诗注认为是指终南山炭谷口的太乙观。⑤ 此说未必可信，其实李益诗题中的太乙庙应在嵩岳，而非终南山。首先，此诗曾被清人景日昣收入《说嵩》卷二十八，只是将作者误署为李峤（645—714）。其源当来自明人龚黄《六岳登临志》卷三中岳嵩山（明钞本），其中也收入此诗，也是将作者其误署为李峤，虽署名不足为训，但归为描写嵩山之诗有据可按。其次，李益《同萧炼师宿太乙庙》诗题之萧炼师，很有可能即许浑（791? —854）《赠萧炼师》中的萧炼师，而此萧炼师在嵩岳，而非终南山。因为许浑《赠萧炼师》诗序

---

① 《金石萃编》卷一二三；陈垣编纂《道家金石略》，文物出版社 1988 年版，第 211 页。

② 陈铁民：《王维集校注》，中华书局 1997 年版，第 217 页；《新译王维诗文集》，台湾三民书局 2009 年版，第 276 页。

③ 《全唐诗》卷二八三，中华书局 1999 年版，第 3211 页。

④ 参见范之麟《李益诗注》，上海古籍出版社 1984 年版，第 65 页；《增订注释全唐诗》卷二七二，文化艺术出版社 1997 年版，第 891 页。

⑤ 参见王亦军、裴豫敏《李益集注》，甘肃人民出版社 1989 年版，第 382 页；王胜明《〈李尚书诗集〉编年校注》，社会科学文献出版社 2014 年版，第 249 页。另，王胜明《李益研究》称《同萧炼师宿太乙庙》等"皆为诗人为排遣内心负面情绪而到附近名胜华山寻仙访道时的纪行之作"（巴蜀书社 2004 年版，第 94 页），恐并无根据，华山是否有太乙观倒还在其次。

云："炼师，贞元初，自梨园选为内妓。善舞柘枝，宫中莫有伦比者，宠锡甚厚。及驾幸奉天，以病不获随辇，遂失所止。泊复宫阙，上颇怀其艺，求之浃日，得于人间。后闻神仙之事，谓长生可致，乞奉黄老。上许之，诏居嵩南洞清观，迨今八十余矣，雪肤花颜，与昔无异，则知龟鹤之寿，安得不由所尚哉！因赋是诗，题于院壁。"①其中点明萧炼师所居在嵩南，所述萧炼师事迹，与李益《同萧炼师宿太乙庙》正相符合。但其中所记萧炼师"贞元初自梨园选为内妓"，"及驾幸奉天，以病不获随辇"，德宗即位，次年改元建中，至建中四年（783）十月，泾原兵过长安，哗变，唐德宗仓皇出走，奔奉天县，原泾原节度使朱泚入京称帝。次年五月，李晟收复长安，朱泚被杀，七月德宗回京，改元为兴元，公元785年再改元为贞元。②萧炼师贞元初自梨园选为内妓，则德宗驾幸奉天之事已过，不当再有"以病不获随辇"事。诗序所述时间颠倒，殊不可解。疑"贞元"为"建中"之误。萧炼师自梨园选为内妓，当在大历、建中之间，其供奉梨园在此之前，或在大历间。据《旧唐书》卷十二《德宗本纪》："大历十四年五月……停梨园使及伶官之冗食者三百人，留者皆隶太常。"《新唐书》卷七《德宗本纪》云："大历十四年五月……癸未，罢梨园乐工三百人。"萧炼师自梨园选为内妓，当在大历十四年（779）五月德宗罢梨园乐工时，其时依例约为二十。萧炼师（759？—？）在德宗驾幸奉天时未能随行，德宗回京后才得以重新回到宫中，许浑《赠萧炼师》称萧炼师"后闻神仙之事，谓长生可致，乞奉黄老"，恐未可尽信。盖当时宫中放女伎，多令其到道观修道，萧炼师应是年长后被放出宫。《赠萧炼师》"网断鱼游藻，笼开鹤戏林"，已隐约暗喻而言之。据"迨今八十余矣"，则已阅六十余载，可知此诗当为开成四年（839）以后所作。

孟郊（751—814）有《送萧炼师入四明山》，诗云："闲于独鹤心，大于高松年。迥出万物表，高栖四明巅。千寻直裂峰，百尺倒泻泉。绛雪为我饭，白云为我田。静言不语俗，灵踪时步天。"诗题和诗句均点明四明山，从地点上看，与上述李益、许浑诗中曾供奉梨园之萧炼师同姓而已，并无干系。元和十三年（818），白居易（772—846）有《送萧炼师

---

①《全唐诗》卷537，蜀刻本许浑诗集题为《赠萧炼师二十韵》。

②事见两《唐书》之《德宗纪》《资治通鉴》卷二二九。

步虚词十首，卷后以二绝继之》："欲上瀛州临别时，赠君十首步虚词。天仙若爱应相问，可道江州司马诗。""花纸瑶缄松墨字，把将天上共谁开。试呈王母如堪唱，发遣双成更取来。"可知白居易为萧炼师写过《步虚词》十首，与供奉梨园之萧炼师不知是否为一人。① 如系一人，则时年已近耳顺的萧炼师倒是颇有知名度。只是并无实据，而且有时历史原貌远比我们想象的复杂，因此亦不妨阙疑，以俟多闻。

---

① 黄永武《中国诗学·考据篇》认为李益、白居易、许浑三人诗中之萧炼师是同一人（巨流图书公司1977年版，第37页；新世界出版社2012年版，第52页）。

皎然著作流传考述

甘生统

（青海师范大学人文学院）

　　皎然是天宝至贞元年间的著名人物，在当时的僧俗两界均有较大影响：他不仅有较高的佛学造诣，为许多高僧大德撰写过碑铭，留下了许多佛学著述；还一度作为浙西诗人群体事实上的盟主，与颜真卿等人主持了在文学史上具有重大意义的浙西联唱。他绍承前人加以新创形成的诗学思想，因"时有妙解"①，对当时及后世诗歌创作产生了重要影响；他创作的诗文也因"辞多芳泽""律尚清壮"②，而于其尚在世时（贞元八年）被征诏入藏宫廷秘阁。这样一个重要诗人，他的存世作品也相对完好，但截至目前，国内外竟没有一部完整的校注本，这不能不说是唐代文学研究的一大缺憾。

一

　　释皎然，俗姓谢，字清昼，晚年以字行，湖州长城（今浙江长兴）人。自称谢灵运十世孙，实为梁吴兴太守谢朏的七世孙。约生于唐玄宗开元八年（720），卒于德宗贞元九年至十四年间（793—798），享年七十余岁。他年轻时自负文华，一度应举求仕，失败后始遁入空门，约于天宝三载出家润州长干寺，七载受戒于律师守真。皎然出家后不但未放弃文学活动，反而更加热衷于创作和研究诗歌。他于天宝后期漫游各地名山，并到过京师，以诗歌与公卿大夫交游。至德至贞元年间，基本上定居湖州，与

---

① 胡震亨：《唐音癸签》，上海古籍出版社1981年版，第330页。

② 皎然：《杼山集·序》，上海古籍出版社1992年版，第3页。

历任州县长吏、过往士人及江南隐士词客往还酬唱。在近五十年的著述生涯里，皎然创作出了大量作品，见于记载的就有文集十卷、《诗式》五卷、《诗评》三卷、《儒释交游传》、《内典类聚》四十卷、《号呶子》十卷、《茶诀》一篇。今存文集十卷、《诗式》五卷、《诗议》一卷，集外诗若干。这些存世作品，由于版本纷杂，错讹散佚之处较多，情况较为混乱，现简要分述如下。

诗文集流传情况。皎然诗文集历代公私书录均有记载，但著录情况均不一致，差异较大。总括而言，差异表现在如下几方面。一是关于皎然诗文集的命名。皎然诗文集的书名，于頔"序"中并未明言，后来的典籍所载名称不一，纵考历代书目，皎然诗文集计有如下一些异称：（一）"皎然诗集"（始见《新唐书·艺文志》，另见《通志》《秘书省续编四库阙书目》等）；（二）"昼上人集"（见《湖录经籍考》《铁琴铜剑楼藏书目录》《结一庐书目》《别本结一庐书目》《双鉴楼善本书目》等）；（三）"吴兴昼上人集"（首见明代《也是园藏书目》，另见《丹铅精舍目录》）；（四）"吴兴集"（见《直斋书录解题》）；（五）"皎然集"（首见明《国史经籍志》，另见《澹生堂藏书目》）；（六）"杼山集"（首见南宋《郡斋读书志》，另见《文献通考》《百川书志》《脉望馆书目》《红雨楼书目》《钱遵王述古堂书目》《季沧苇藏书目》《吟香仙馆书目》《浙江采集遗书总录》《钦定四库全书总目》《邵亭知见传本书目》《八千卷楼书目》等）；（七）"皎然诗文集"（见《吴兴掌故集》）。以上名称中，出现时间最早者为"皎然诗集"，出现频率较高者依次为"杼山集""昼上人集""吴兴昼上人集"。二是关于皎然诗文的数量及编次问题。今传《四部丛刊》影印傅增湘双鉴楼藏影宋精抄本《昼上人集》卷首附于頔《序》云："贞元壬申岁，余分刺吴兴之明年，集贤殿御书院有命征其文集，余遂采而编之，得诗笔五百四十六首，分为十卷，纳于延阁书府。"据此可知，皎然集乃奉集贤殿御书院敕牒之命征集，成书之后纳藏于延阁书府，编者为于頔，成书于贞元八年，共分十卷，诗文总量为546首（篇）。又据现存四部丛刊本、汲古阁本、四库本等十卷本可知，皎然集的编次情况为：采用先诗后文的编排方式，把诗和文前后分开加以编辑，卷一至卷七收诗，卷八、九收文，联句则置于卷十。七卷诗中，从体裁看，除将七言歌行集中编于卷七中，其余各卷均不规则地杂录五、七言古、近体诗。从内容来看，各卷中酬赠、送行、宴集、感怀诸题材交错置放。从创作时间看，各时期作品在各卷中交错相呈。由于传抄中的讹误、舛漏等原因，今传诸本数量都和"序"所记有出入。两卷文的编排相对整饬：16 篇"赞"集中于卷八，3 篇"书"集中置于卷九，全集均只有1 篇的"记""传""偈"置于卷九末，11 篇塔（碑）铭分置于卷八和卷九。从明代开始，不断有学者对其进行辑补。截至目前，历代学者共补皎然集外诗 60 首，断句 1 联，补足 2 首，其中 6 首为他人诗阑入，3 首及断句 1 联重出。① 三是皎然集的版本及校勘问题。皎然集主要版本有一卷本和十卷本两种。一卷本为皎然诗的选集，即南宋宝祐六年（1258）李龏编选之《唐僧弘秀集》，选皎然诗七十首。明代朱警辑《唐百家诗·中唐二十七家》、明抄《唐四家诗》、清江标影《唐人五十家小集》，均有《唐皎然诗集》一卷，即录自《弘秀集》。其中，《唐四家诗》本另据总集补 15 首。十卷本多为单行本。目前内地及台湾地区所能见到明清时期十卷本皎然集的抄、刻本共计十余种。这些版本可分两个系统。其一为影抄宋本系统。属于该系统的有如下几个版本：明代叶氏赐书楼抄本、钱谷原本、汪士钟（阆源）家精写本、《四部丛刊》所载《吴兴昼上人集》十卷本。以上四种版本，叶氏赐书楼本为钱谷抄本，汪士钟（阆源）家精写本即《四部丛刊》《吴兴昼上人集》十卷本据以影印者，故其内容两两相同。以《四部丛刊》本与明代叶氏赐书楼抄本对校，两本次第相同，只是收诗数量稍异。可见四本原出自一个本子。其二为明代柳佥补宋本。《藏园群书经眼录》卷十九录皎然《诗式》五卷，并录明代柳佥"跋"，据"跋"可知柳佥于嘉靖三年得宋抄本《杼山集》十卷，并从《唐僧弘秀集》等书录诗补足之。属于此系统的有如下版本：汲古阁本、湖东精舍本、清卢文弨抄本、清绣佛斋抄本、《四库全书》本、季振宜《全唐诗稿本》本、《全唐诗》本。以上七个版本中，汲古阁本、卢文弨抄本、清绣佛斋抄本、《四库全书》本篇目次第皆同。季振宜《全唐诗稿本》《全唐诗》本均以汲古阁本为底本。湖东精舍本的情况较复杂。据傅增湘《藏园群书经眼录》卷十二载："此（注：指湖东精舍本）与余所藏汪阆源家精写本相同，第行款有异耳。"但以湖东精舍本与《四部丛刊》等版本对校，发现两本间存在差异较大，而与毛晋汲古阁本则极为相近。② 据

---

① 参见贾晋华《皎然年谱·皎然著作考》，厦门大学出版社 1992 年版。

② 参见成亚林《明代湖东精舍本〈杼山集〉版本考述》，《兰州大学学报》2013 年第 2 期。

此，可推断湖东精舍本与毛晋汲古阁本可能出于同一版本。另有系统不明者三本。一为明徐惟起《红雨楼书目》卷四与清代徐乾学《传是楼书目》所录"皎然《杼山集》四卷"。二为清吴郡冯舒抄本《杼山集》十卷。该本分诗七卷，碑志书序杂文二卷，联句一卷。另有张睿卿编吴兴《五家集》，仅四卷，篇目与冯舒抄本略同。三为明代胡震亨《唐音癸签》卷三十录《皎然集》十卷与《唐音统签》卷八七四至八八三《庚签》一收《皎然集》。该本按诗体分卷，已非本集面目；但每卷末附有从《文苑英华》《唐僧弘秀集》《万首唐人绝句》《唐诗纪事》《唐诗品汇》等集中所辑皎然集外诗，共 39 首。其中至少有 14 首为汲古阁本所多出者。以上版本中，一卷本因是选集，作品数量极为有限；不明系统之胡震亨录《皎然集》，因按诗体分卷，篡改了本集面目，故不足依凭。余本各有优劣，但相对而言，十卷本影抄宋本在编排上保持了原本面貌，柳金补宋本则因补散佚诗而较佳。两系中，前者以《四部丛刊》本堪执牛耳，后者则以汲古阁本、《四库全书》本、《全唐诗》本为翘楚。

皎然论诗著作流传情况。根据自唐迄清的公、私书目记载，皎然的诗论著述有《诗评》《诗式》《诗议》《中序》四种。经过考订，《中序》的归属问题已得以解决，学者们普遍以为，《中序》乃自五卷本《诗式》割取而成，并非一部独立之论著。① 对《诗式》《诗议》和《诗评》的争议最大。此三者之关系，近人的看法大致有三种。第一种观点认为，《诗议》是《诗式》的简本或草本。陈晓蔷《皎然与诗式》、卢盛江《皎然〈诗议〉考》就持此。② 第二种观点以为，《诗议》在《诗式》之外别为一书，而《诗评》（《评论》）是杂抄《诗议》和《诗式》而成。罗根泽《中国文学批评史》以为："评议义近，盖即一书。""评论一卷，是后人割裂《诗议》《诗式》凑成的。"③ 贾晋华《皎然年谱·皎然著作考》也以为："皎然论诗著作原有《诗式》五卷，《诗评》（《诗议》）三卷，今

---

① 许清云：《皎然诗式研究》，文史哲出版社 1988 年版，第 59 页；贾晋华：《皎然年谱·皎然著作考》，厦门大学出版社 1992 年版，第 160 页；周维德：《诗式校注》，浙江古籍出版社 1993 年版，第 148 页。

② 陈晓蔷：《皎然与诗式》，《东海学报》1967 年第 1 期；卢盛江：《皎然〈诗议〉考》，《南开学报》2009 年第 4 期。

③ 罗根泽：《中国文学批评史》，上海书店出版社 2003 年版，第 323 页。

存《诗式》五卷,《诗议》一卷(以《文镜》所录补《格致丛书》本)。"① 周维德《〈诗式〉校注·〈诗式〉的版本及其他》则认为:"《诗议》是原来的书名","《诗评》名称疑出后人所加","唐人为指导当时的文学创作,把《诗式》中的文学理论批评部分辑出来,别成一书("中序"条前的辑成一卷,"中序"条后的辑成一卷),和《诗议》一起刊行,共三卷,定名《诗评》。""宋人还其本来面目,《诗议》一卷,仍存其名;把从'中序'条前辑成的一卷叫《评论》,'中序'条后辑成的一卷叫《中序》,又把它们从《诗评》中分离出来。""宋人称《诗评》和唐人称《诗评》的内容已经完全不同。唐人称《诗评》三卷,除《诗议》一卷外,还包括《评论》和《中序》二卷;宋人称《诗评》一卷外,实际就是《诗议》一卷。"② 第三种观点认为,皎然只著有《诗式》一书,《诗议》《诗评》都是其中一部分。如郭绍虞《中国文学批评史》就说:"至于《诗评》,虽有数则为五卷本《诗式》所无,然大部分均在其中,则当是后人择其衡量昔人著作或论述作法之语,别行辑出者。"又云:"或《诗议》原亦《诗式》中之一部分,皎然所著早经后人窜乱,故即五卷足本中亦难睹其全耶?"③ 许清云《皎然诗式研究》也以为:"李(笔者注:指李洪)吴(笔者注:指吴季德)二氏编录勒成的五卷本诗式应该包括诗议、评论、诗式三部分。"④

《诗式》的流传,据文献记载有一、二、三、五卷本以及不分卷本等几种版本系统。其中以五卷本和一卷本最为常见,二卷本仅见于《澹生堂书目》,三卷本见于南宋何汶《竹庄诗话》引郑文宝《答友人潘子乔论诗书》。一卷本《诗式》流传最广,是五卷本的简本,收入五卷本中卷一《中序》以前理论的部分内容,但删去其中所有的诗例及卷首总序。元末陶宗仪编《说郛》、明吴永编《续百川学海》、明钟人杰编《唐宋丛书》、清何文焕编《历代诗话》、清朱琰编《诗触丛书》、清曹溶编《学海类编》、清王启原编《谈艺珠丛》等所收,皆为此种。不分卷数的有《吟窗杂录》本和《诗学指南》本。《吟窗杂录》本是目前所能见到的最早的《诗式》版本。明代胡文焕《格致丛书》收《诗议》《评论》《中序》,完

① 贾晋华:《皎然年谱·皎然著作考》,厦门大学出版社1992年版,第163页。
② 周维德:《〈诗式〉校注》,浙江古籍出版社1993年版,第141—150页。
③ 郭绍虞:《中国文学批评史》,百花文艺出版社1999年版,第184、185页。
④ 许清云:《皎然诗式研究》,文史哲出版社1988年版,第52页。

全根据《吟窗杂录》本抄录，只是不录《诗式》而已；清代顾龙振《诗学指南》收《诗议》《评论》《诗式》，也出自《吟窗杂录》，其中《诗议》和《评论》有所增删，而《诗式》变动较大，割裂了《吟窗杂录》的体例。五卷本《诗式》有明叶奕抄本和毛晋校明抄本，其中最为完备的本子是毛晋校明抄本。陆心源《十万卷楼丛书》所录即为此本。对这些版本的研究中，争议最大的就是《吟窗杂录》本《诗式》与"十万卷楼"本《诗式》的关系问题。张少康《〈诗式〉版本新议》对《诗式》的版本提出了一种假说，认为"吟窗本"是《诗式》的草本系统，而五卷本为《诗式》的定本，其主要依据是两本所引诗例的变化。日本兴膳宏则依据"吟窗本"《诗式》和《诗议》的相同之处，对此提出质疑。对于《诗式》的原貌也有很多争议。台湾许清云《皎然诗式研究》以为"五卷本诗式的原样，应该是近似吟窗杂录中的面貌"，并以此体例编订《皎然诗式辑校新编》。周维德《诗式校注》、张伯伟《隋唐五代诗格汇考》则以为"十万卷楼"本最接近《诗式》原貌，并在编排上述著作时以"十万卷楼"本为底本。李壮鹰《诗式校注》在编排体例上大致采用了"十万卷楼"本，但又对有些条目的位置做了调整，不知其所据。

二

如前所言，皎然在盛中唐僧俗两界均具有举足轻重的地位。这一地位主要是由其创作、诗学思想及在大历浙西诗人联唱所起的纽带作用决定的。

首先，皎然历来被推为唐代诗僧之冠。严羽就说："释皎然之诗，在唐诸僧之上。"（《沧浪诗话·诗评》）但实际而言，皎然的成就和影响，远远超出了诗僧群体，而成为大历诗人的重要代表之一。皎然集中，诗歌是其主体。皎然现存诗作，据最新统计，共有 531 首，计五言诗 341 首，七言 115 首，杂言 26 首，联句 51 首。这些诗歌的内容虽不出山林景致、寺院隐逸、说佛谈禅、宴集游赏、赠答酬和等范围，偶尔也有感伤战乱、怜悯生民之作，但其风格体式却相当丰富多彩，不仅"能备众体"（刘禹锡《彻上人文集纪》），且影响甚巨。大历诗人一般都工于五律，皎然也不例外。唐人选唐诗《极玄集》《又玄集》《才调集》所选皎然诗，几乎全为五律。相较而言，大历其他诗人的五律大多精于刻画，长于炼饰，律对精严，但皎然则从理论到实践均表现出大异时趣的倾向。其《诗式》力斥世俗之拘制声病，《诗议》所论八种对，旨意也在变工丽为宽散，诗作中新体平仄出律者十居其三，通篇不偶者亦有数首，颔联不偶者更是比比皆是。如其《寻陆鸿渐不遇》："移家虽带郭，野径入桑麻。近种篱边菊，秋来未着花。扣门无犬吠，欲去问西家。报道山中去，归时每日斜。"从偶对角度言，此诗可谓通篇不偶，平仄也不严格，但诗作句句禅意而不落言筌，题为寻人不遇，随缘任运的高士形象却跃然纸上，写得散淡浑圆，颇有盛唐风韵。杨慎《升庵诗话》评此诗"虽不及李白之雄丽，亦清致可喜"。沈德潜《说诗晬语》也说此诗："兴到诗成，人力无与，匪垂典则，偶存标格而已。"另，大历五律往往联缀现成意象，依靠意象间的类型联系来构造情调氛围，皎然却大异其趣，他善于摄取眼前身旁的实际景物，构造新鲜细致的景联。如《早秋桐庐思归示道谚上人》。这种写法为后来的贾岛、姚合一派所继承，姚合编《极玄集》，列王维于卷首，所选仅三首，选皎然五律却多达四首，足见此派对皎然五律之重视。大历诗中长篇歌行很少见，《皎然集》第七卷却有一卷约 38 首七言歌行，分散在他卷中的亦有数十首。这些歌行虽有因袭前人之嫌，如《姑苏行》取李白《苏台览古》之意，《风入松》《短歌行》仿《古诗十九首》，但绝大多数均气势充沛，挥洒自如，大有天宝歌行的气势和活力。皎然的五、七绝也自成一家，大致可分为两类：一类是沿袭盛唐的闲适诗，这类诗因事而发、借景生情，写得含蓄自然，情韵兼胜。如《七言夜过康录事造会兄弟》："爱君门馆夜来清，琼树双枝是弟兄。月在诗家偏足思，风过客位更多情。"（卷三）另一类是富有理趣的禅悦诗。作为诗僧，皎然的涉佛诗数量较多，其中的禅悦诗所占比重也不少。这些受马祖禅影响的诗作，亦庄亦谐，生动而富有灵趣，可谓中晚唐诗僧"清中狂外"诗风的典型。如《答李季兰》："天女来相试，将花欲染衣。禅心竟不起，还捧旧花归。"《偶然五首》之一："乐禅心似荡，吾道不相妨。独悟歌还笑，谁言老更狂。"之二："偶然寂无喧，吾了心性源。可嫌虫食木，不笑鸟能言。"（卷六）这类诗不但是后世禅师写诗作偈常常效仿的对象，其谐谑笔调、狂怪义兴对包括刘禹锡在内的中唐诗人也有着深远影响。皎然的古体诗也是其用力较多、富有创新意味的诗体之一，初盛唐古体基本上沿袭魏晋古风，大多不出阮籍《咏怀》诗之范围，皎然则与同时的孟云卿、韦应物一样，致力于探索唐代自己的新古体。他在《赠包中丞书》

中称赞灵澈诗"不下古手，不傍古人"（本集卷九），在《答苏州韦应物郎》中称赏其古体"何必郢中作，可为千载程"（本集卷一），这些都体现了他在古诗创作中的创新意识。其古诗创作也努力突破前人窠臼，而有新的创获。根据贾晋华的研究，皎然的五古有两方面的新意：一是登览游集诗上承族祖谢灵运的山水诗，善于记叙游览过程，描绘山水景致，阐发禅机玄理，但同时采用了盛唐的"兴象"手法，将此三者有机地交融，而不再是谢灵运式的三段分列，如《夏日集李司直纵溪斋》（本集卷三）、《白云上精舍寻杼山禅师》（本集卷二）等；一是五古咏怀赠答诗不断从乐府民歌中汲取养料，多用比兴、复沓、顶针等手法，如《五言答黎士曹黎生前适越后之楚》（本集卷一）《杂言戏赠吴冯》（本集卷二）等。这些创新之处为崇拜皎然的孟郊所吸收，从而创制出一种新的古诗体式。[①] 皎然的七古也颇值得称道。赵昌平以为，大历时期七言歌行虽不乏秀句，但气格卑弱，结构平衍，索寞而乏生气，而皎然的七古前承谢灵运、杜甫，下开韩愈、孟郊，深得传统"势"论之真谛，极善利用写法上的顿束开合，作纵横捭阖之挥洒抒发，在大历贞元之间独树一帜。[②]

其次，皎然的诗论是唐人诗学理论中最具体系和价值者。胡震亨论唐人诗话，认为"惟皎师《诗式》《诗议》二撰，时有妙解。"（《唐音癸签》卷三二）两著中尤以《诗式》为最。所谓《诗式》，就是作诗的法式、标准。有唐一代，以"格""式"标名的诗格类著作数量极大（参张伯伟《全唐五代诗格汇考》），这类著作大多论述各种作法及修辞造句的法则，如对仗、声调、病犯等，琐碎苛细。日僧空海在《文镜秘府论》序中就曾批评这类著作"卷轴虽多，要枢则少，名异义同，繁秽尤甚"。[③] 但皎然的诗论却没有停留在那些细节的罗列，而是进入诗歌内部结构和创作思维的探讨，对诗的构思、取境、结构、布局、用典、语辞、意蕴、情致、风格、鉴赏、复变本质等各方面都有较为深刻的认识和阐述。皎然不仅提出了许多值得探讨的诗学命题如"明势""明作用""二离""四深""四至""诗道""复变""五格论诗""辩体一十九字"等，而且对之前似已成定论的很多问题加以质疑，并提出了新的看法[④]。如对陈子昂的评

---

① 贾晋华：《皎然年谱·前言》，厦门大学出版社1992年版。

② 赵昌平：《唐五代诗鉴赏·皎然诗》，上海古籍出版社1998年版，第327页。

③ 卢盛江校注：《文镜秘府论汇校汇考》，中华书局2006年版，第24页。

④ 参见甘生统《皎然诗学渊源考论》，人民出版社2012年版。

价。作为初盛唐诗歌转关时期的著名诗人，陈子昂在当时及后世诗坛上均
有重要影响，人们对他的肯定性评价几乎是异口同声，子昂好友卢藏用在
《陈子昂集序》中称"道丧五百年而有陈君"，对陈子昂的推崇到了无以
复加的地步。皎然则从文学史实际出发，认为："迩来年代既遥，作者无
限。若论笔语，则东汉有班、张、崔、蔡；若但论诗，则魏有曹、刘、三
傅，晋有潘岳、陆机、阮籍、卢谌，宋有谢康乐、陶渊明、鲍明远，齐有
谢吏部，梁有柳文畅、吴叔庠，作者纷纭，继在青史，如何五百之数独归
于陈君乎？藏用欲为子昂张一尺之罗，盖弥天之宇，上掩曹、刘，下遗康
乐，安可得耶？"① 这一观点虽然遭到了拥陈派的反对，但从陈子昂的实
际创作及卢藏用的评价方式看，确在一定程度上纠正了陈、卢之偏，其理
论价值不可低估。② 另外，《诗式》实际上是一部诗歌选集，书中以五格
十九体品诗，甄选品评了自汉至唐的大量诗篇和秀句，体现了皎然对诗歌
史的完整认识和把握，矫正了初盛唐复古论诗鄙弃齐梁的偏颇。因此，在
诗学史上的意义不容小觑。

最后，皎然是大历江南诗坛的风云人物。安史之乱中，北方文士纷纷
南渡，在江南形成了新的文学中心，而其后南北政治、经济形势的变动，
又使这一中心保持下来。皎然由于特殊的身份和特出的诗才，而与避地、
游宦、出使、隐居江东的几乎所有著名诗人交往唱酬、论诗讲艺，包括陆
羽、李季兰、刘长卿、顾况、吴筠、颜真卿、张志和、李华、耿湋、杨
凭、杨凝、韦渠牟、李嘉佑、朱放、灵澈、包佶、梁肃、秦系、韦应物、
权德舆等。其中尤以大历八年至十二年颜真卿刺湖时形成的联唱集团影响
最为宏大。该集团以颜真卿和皎然为核心，前后参与者达九十多人，联唱
作品后结集为《吴兴集》十卷。联唱中形成的联句体、游戏诗等诗体，
对中晚唐诗歌创作产生了深远影响；联唱中诗人之间的相互切磋，对皎然
诗学理论的形成具有一定的促进作用；皎然本人的创作也成了不少士子学
习的典范，于頔《吴兴昼上人集序》称："江南词人，莫不楷范。"说的
就是这种情况。

---

① 张伯伟：《全唐五代诗格汇考》，凤凰出版社 2002 年版，280 页。
② 参见甘生统《论皎然和陈子昂的诗学分歧》，《求是学刊》2016 年第 3 期。

三

笔者拟对唐代著名诗僧皎然现存所有诗文（含辑佚作品）进行校笺（按：因《诗式》《诗议》已有李壮鹰等为之作注，其注甚详，且流传甚广，故只出校、不作注），对能确定作年的作品进行系年，并附录历代论者对皎然作品的评价、历代书目对皎然集的著录及皎然简谱。针对皎然作品流传较为复杂这一现状，校注中本着实事求是的原则对具体问题具体处理：在名称上采取折中策略，取流传较广、概括性较强的"皎然集"为名。在版本选择上，以讹误相对较少的《四库全书》本为底本，校以汲古阁本《杼山集》本、湖东精舍本、《全唐诗稿本》、《全唐诗》本、《四部丛刊》本、《全唐文》"皎然文"。另参以《极玄集》《又玄集》《才调集》《唐文粹》《文苑英华》《万首唐人绝句》《唐僧弘秀集》《唐诗纪事》《唐诗品汇》、清江标影刻宋本《唐人五十家小集·唐皎然诗集》（简称江本），对今人的相关成果如王启兴主编《校编全唐诗》、周绍良主编《全唐文新编》、乾源俊主编《诗僧皎然集注》等，也时有采纳。在编次上基本采用原本的编排方式，共分十卷，前七卷为诗，八、九卷为文，最后一卷为联句；另设"集外诗"一卷，将历代学者辑补之诗，经考证为原集所有的补于集中，无从考证的则置于"集外诗"中。设"阑入诗考辨"一栏，对阑入集中的他人作品加以考证辨析。经过重新整理，共得皎然名下诗歌 537 首，"集外诗" 20 首，联句 51 首，经考辨为他诗阑入者 6 首。阑入诗名分别为《九日阻雨简高侍御》《春夜与诸公同宴呈陆郎中》《浣纱女》《劳山居寄呈吴处士》《潜别离》《怀旧山》，前五首仅见于《全唐诗》本，后一首收于四库本、汲古阁本。共得皎然名下文 34 篇，其中《全唐文》卷九一七皎然名下有《寄赠于尚书书》一篇，此文已经贾晋华女士考证，明显为他文阑入。① 去除阑入诗文 7 篇（首）和集外诗 20 首，共有诗文 544 篇（首），此数量与《四部丛刊》本《昼上人集》卷首附于頔《序》中所言"得诗笔五百四十六首"仅有 2 篇（首）之差。确定为皎然作品的分卷情况如下：卷一 65 首，卷二 58 首，卷三

---

① 参见贾晋华《皎然年谱》"贞元九年"条，厦门大学出版社 1992 年版。

70 首，卷四 68 首，卷五 67 首，卷六 88 首，卷七 39 首，卷八 24 篇，卷九 9 篇，卷十 51 首，四库本"补遗"5 首，集外诗 20 首。论诗著作中，《诗议》以《定本弘法大师全集》第六卷《文镜秘府论》为底本，校录该书"论文意""六义"两节，以明刻本《吟窗杂录》为底本，校录"诗对有六格""诗有八种对""诗有十五例"诸节，并以《文笔眼心钞》、明钞本《吟窗杂录》《诗法统宗》《词府灵蛇》《诗学指南》及许清云《皎然诗式辑校新编》等书参校；《诗式》校记以《十万卷楼丛书》本为底本，并以《吟窗杂录》《诗法统宗》《词府灵蛇》《诗学指南》《历代诗话》《诗人玉屑》《冰川诗式》诸本参校，今人船津富彦《诗式校勘记》、许清云《皎然诗式辑校新编》、李壮鹰《诗式校注》、周维德《诗式校注》，将亦有所参考。

明代杜集版本述略

——以成都杜甫草堂博物馆明代杜集为中心

陈 宁

（成都杜甫草堂博物馆）

自唐以来，历代学者对杜甫都非常推崇，集杜、注杜、评杜的集子相继出现，锦绣不绝，宋代更加鼎盛，出现了"千家注杜"之况。明代大型论杜著作略少，但在杜集文献整理和笺注上，亦有自己的时代特色，对杜甫思想、杜诗特点、杜诗成就等方面的认识和评论都更加深刻和精辟。明代进步的刻印技术，更加推动了明人杜集的整理与研究。据近年古籍普查数据统计，存世明代杜集有近百种。明人在编选杜诗、笺注杜诗及翻刻前代杜集等方面都起到了承前启后的作用，为杜诗文化的继承与发扬作出了卓越的贡献。

成都杜甫草堂博物馆作为国内外收集整理杜甫资料最集中、最丰富的地方，拥有古籍上万册，包括善本古籍 6000 余册，所藏古籍自成体系且独具特色，古籍善本虽少却精，宋元善本所占比例较高，品相好。2009 年 6 月 9 日，被国务院公布为全国古籍重点保护单位。2009 年、2010 年先后入选《国家珍贵古籍名录》共 11 部，包括 3 部宋刻本、3 部元刻本、5 部明刻本[①]。其中，入选的明刻本有：明张潜辑《杜少陵集十卷》明正德七年（1512）刻本、宋刘辰翁批点《集千家注批点补遗杜工部诗集二十卷》明嘉靖九年（1530）石亭陈沂刻本、元高楚芳编《集千家注杜工部诗集二十卷》明嘉靖十五年（1536）玉几山人刻本 5 部，均属国家二级古籍，并被《中国古籍善本书目》收录。

---

① 详见李霞锋《成都杜甫草堂博物馆馆藏古籍入选第二、三批〈国家珍贵古籍名录〉版本评介》，《杜甫研究学刊》2010 年第 4 期。

一　成都杜甫草堂馆藏明代杜集分类

成都杜甫草堂博物馆有明代古籍近 200 部，明代杜集近 80 部（不含《唐诗集》等唐诗选集），除去相同版本有 30 余种，基本反映了明人对杜甫诗集的研究和整理情况。所以本文重点论述的杜集版本大部分皆为成都杜甫草堂博物馆所藏，非草堂所藏版本另行注明。文章将草堂馆藏明代杜集分为杜甫别集、李杜合集、千家注杜、杜律选注、明人编注等。因内容较丰富全面，故分类稍有交叉重叠之处，但此分类方法也基本体现了明代杜集较为突出的类别情况。下文将按类重点介绍草堂所藏明代杜集版本，并附带提及馆外所藏杜集情况，以期能反映明代杜集概略。

1. 杜甫别集

杜工部诗文集一直有很多类别，明人根据个人喜好或诗文风格编选杜诗成集。此类别只选无注的杜甫别集。草堂所藏杜甫诗文集包括《杜少陵集》《杜工部诗》《杜工部分类诗》《杜工部全集》《杜工部诗集》《杜工部文集》等。

明正德七年（1512）《杜少陵集》，十卷，8 册，明张潜编，山西宋灏校刻本，十行二十字，单边，白口，线装，钤“石仓”“石仓藏书之印”等印。① 以诗体编次，各体之内不编年，诗文无注，校订甚精。内容分类为：卷一、二为五古，卷三为七古，卷四绝句，卷五、六为五律，卷七、八是七律，卷九附录，卷十杂文。该书由于其独特的体例，且传世稀少，具有重要的历史、学术、版本价值。

明嘉靖五年（1526）净芳亭《杜工部诗》，八卷，残存卷一、六，10 册，明许宗鲁编，十二行二十二字，白口，左右双边，有朱笔圈点，评语较多。中逢下有“净芳亭”三字。“净芳亭”为许宗鲁斋名，此本为明刻小字本。诗先分体，后又依编年排序，与宋人之分门类略有不同。后明嘉靖二十一年（1542），万虞恺、邵勋将李濂编《李白诗集》十二卷本与许宗鲁所编《杜工部诗》八卷本重编为《唐李杜诗集》十六卷本。

---

① 版本特征详见丁浩编著：《杜甫草堂博物馆馆藏精品版本卷·书海拾贝》，四川文艺出版社 1982 年版。

明万历二年（1574）李氏自刻《杜工部分类诗》，十一卷赋一卷，明广陵李齐芳编，6 册，九行十八字，白口，四周单边，单鱼尾，有朱笔批点。诗按内容分类，首纪行、述怀，终送别、杂附。李齐芳编《杜工部分类诗》自序云："杜诗传者甚多，有古本、有蜀本、有集略、有小集、有少陵、有别题、有杂编，有千家虞赵注，序者持异同，解释分户牖。……予深慨夫学人之无宗也，暇日得别本玩之，为之分门别类，加以裁割。"可见其编目初衷。然后周采泉《杜集书录》评价："其所分之类，较宋代之门类为简。但杜诗分类，为编杜之下乘，如本集秦州杂诗与秋兴八首强作聪明，任意割裂……故其书不为世所重，未见有翻刻本。"① 但是这种尝试为杜诗分类的精神还是值得赞赏的，只是限于才识，偶有谬误。

明代刘世教编校《杜工部分体全集》，又名《杜工部全集》，为明万历四十年（1612）刘氏合刻李杜全集本，六十六卷，6 册。九行十八字，单边白口，单鱼尾。前有万历壬子年（1612）姚士麟等人序跋，次为黄鹤撰杜工部年谱。编次赋在前，次五古、七古、五律、七律、排律、绝句等，末为杂文。

草堂所藏还有明崇祯三年（1630）毛晋重订校刻本《杜工部诗集》，二十卷，6 册；毛晋自刻本《杜工部文集》，二卷，1 册。皆为九行二十字，小字双行，白口单鱼尾。《杜工部文集》书中钤有"邻葛""无是楼""一氓藏书""成都李一氓"等印章。"邻葛"，杨宇霆（1885—1929），字邻葛，系北洋军阀执政时期奉系军阀首领之一。后三枚均为李一氓藏书印，可知其收藏来源。

除草堂馆藏外，还有明万历四十一年（1613）傅振商辑《杜诗分类》傅氏刻本，五卷，5 册。傅振商，字君雨，汝阳（今属河南）人，生卒年不详。万历三十五年（1607）进士，官至南京兵部尚书。《杜诗分类》始于王洙千家注。傅振商此编，则又因千家注本稍为更定而成。《四库全书总目》曾列为存目，并加以介绍。国家图书馆、首都图书馆等有藏。② 后清顺治十六年（1659）张缙彦、谷应泰、汪憺漪又再次辑定傅振商的《杜诗分类》为《杜诗分类全集》，有还读斋刻本，可见其传承。

---

① 周采泉：《杜集书录》，上海古籍出版社 1986 年版，第 134—135 页。
② 古籍数据来源于"全国古籍普查登记基本数据库"（http：//202.96.31.78/xlsworkbench/publish），下文不再说明。

此外，明本杜集白文本还有：明万历三十年（1602）郑朴刻本《杜工部诗》，郑朴编，八卷附录一卷，4 册，二十一行二十字，白口，左右双边，天津图书馆藏；《新刊杜工部诗集》，二十卷年谱一卷诸家诗话一卷附录一卷，为残本，仅 1 册，存三卷（一至三），宁波市天一阁博物馆藏。

以上可见明人编排杜诗大致按体分类，体下或按编年排序，也有少数按内容分类，如李齐芳编《杜工部分类诗》，却不太被认可。

2. 李杜合集

李白和杜甫分别为两个不同诗歌流派的代表人物。明人论诗尊崇盛唐，李、杜二人被奉为宗匠，且喜欢李杜并论，反映在诗集编著上，二人合刻之本甚多。草堂所藏明代李杜合集有四五种，包括《杜工部集、李翰林集》《唐李杜诗集》《杜诗选、李诗选》《唐二家诗钞》等。

明正德八年（1513）鲍松刻本《杜工部集、李翰林集》，八十卷，16 册，宋蔡梦弼编，十行二十字，四周单边，白口，钤"南疑子拄笏楼藏书"印。鲍松（1467—1517），明代藏书家，字懋丞，号钝庵，安徽歙县人，平生喜爱购藏图书，先后达万余卷。他根据所藏之书，多方征求异本，校核异同。此本为其精刻本。

明嘉靖二十一年（1542）无锡万虞恺刻本《唐李杜诗集》，十六卷，8 册，明万虞恺、明邵勋辑，十二行二十二字，左右双边，白口，首为李集古赋。万虞恺（1505—1588），字懋卿，号枫潭，少曾受业于王守仁，嘉靖进士，授无锡知县，后擢南京兵科给事中，曾为山东参议，历右副都御史，总督漕运、粮储，终刑部右侍郎。万虞恺学问精深，得王阳明真传，嘉靖间曾讲学南昌，为一时盛况。此本国家图书馆、天津师范大学图书馆也有藏。

明万历凌蒙初朱墨套印本《李诗选、杜诗选》，十一卷，2 册，明杨慎选，八行十八字，四周单边，李诗古风在前。明凌蒙初刻朱墨套印本还有名为《李杜诗选》的李杜合集，有张愈光编、杨慎等评的版本，也有闵暎璧辑、杨慎等评点的版本，北京师范大学图书馆、天津图书馆、宁波市天一阁博物馆、湖南图书馆等有藏。同名为《李杜诗选》的还有明嘉靖三十七年（1558）金澜刻本，明顾明精选，十二卷，4 册，重庆图书馆藏。

明万历六年（1578）《唐二家诗钞》，十二卷，10 册，李猷、郑继之刻，梅鼎祚选释，八行十六字，四周双边，白口，单鱼尾，李诗乐府在前，钤"粹芬阁"等收藏印。梅鼎祚（1549—1615），字禹金，号胜乐道人，是明中晚期著名的诗文选本家、诗人及戏曲家。据陈晨的《〈唐二家诗钞〉版本考述》一文考证：在十二卷本《唐二家诗钞》刊行之前，梅鼎祚已经刊行过一部卷次稍小的《李杜二家诗钞》，现存十二卷本《唐二家诗钞评林》《合刻李杜诗钞评林》都是梅氏《唐二家诗钞》的衍生另刊本，其题署均系书坊妄题。① 明代，以"唐二家"命名的仅梅鼎祚一人，此书不仅体现了梅氏自身的重要诗学思想，还广泛地反映了明代诗学演变、唐诗学运动、李杜诗歌批评等一系列重大问题。

除草堂所藏李杜合集外，还有明许自昌校辑的《李杜全集》存世较多，各大图书馆多藏有此本。有明万历三十年（1602）许自昌刻本，为宋杨齐贤集注，元萧士赟补注，明许自昌校辑；还有明云林五云堂刻本。许自昌（1578—1623），明文学家、刻书家、藏书家。字玄佑，号霖寰，又号去缘，别署梅花主人，江苏长洲（今苏州甪直镇）人。同名为《李杜全集》的还有宁波市天一阁博物馆藏明正德八年（1513）鲍松刻本，鲍松编，9 册，缺十一卷（杜工部集一至十、外集）。

此外，还有：天津图书馆藏明万历四十年（1612）刘世教刻本《合刻分体李杜全集》，明刘世教辑，14 册，九行十八字，白口，左右双边；湖南图书馆藏明万历宗文书舍刻本《新刻翰林考正京本李诗评选、杜诗评选》，明何烨辑，明李廷机评，1 册，缺一卷（杜诗评选四）；湖南图书馆藏明末书林汪复初刻本《分类补注李太白诗、集千家注杜工部诗集》，19 册，李诗二十五卷，由宋杨齐贤集注；杜诗二十卷文集二卷，元高楚芳编。

明代李杜年谱合编的不多见。国家图书馆藏有 1 册明刻本《李翰林年谱、杜工部年谱》各一卷，分别由宋人薛仲邕、黄鹤编。

由上可知，李杜合集大都分体分类，李集在前，而编排体例又各不相同。正德、嘉靖时期，李杜诗集大多为单行本，在万历初期开始形成合流，可以看出明人李杜并重的观念。

3. 翻刻千家注杜

"千家注杜"产生于宋代，由于宋人对前代文学创作成就的重视，出

---

① 陈晨：《〈唐二家诗钞〉版本考述》，《古籍整理研究学刊》2009 年第 3 期。

现了一大批校勘家和笺注家对杜集进行研究和整理，号称"千家注杜"。宋以后，研究杜甫之风益烈，其中有对千家注杜的翻刻，最受推崇者为元人刘辰翁评点，其门人高崇兰编集的《集千家注批点杜工部集》，明代重刻之本甚多，草堂所藏各具特色，有《集千家注批点补遗杜工部诗集》《集千家注批点杜工部诗集》《重刊千家注杜诗全集》《集千家注杜工部诗集》《须溪批点选注杜工部诗》等，多为明人翻刻本。① 还有刘须溪批点、杨人驹编辑的《杜子美诗集》也是间采各家之语，可见千家注杜的传布和刘辰翁在明代的地位和影响。

刘辰翁批点《集千家注批点补遗杜工部诗集》明刻本草堂所藏有 5 部。元末明初的《集千家注批点补遗杜工部诗集》，二十卷并附录、年谱、目录各一卷，十行二十三字，小字双行同，黑口，四周双边，双鱼尾。此本纸质、墨色及刻工均属上乘，与元本风格相近。还有嘉靖九年（1530）王九之依金銮正德本翻刻的《集千家注批点补遗杜工部诗集》二十卷，与前本行字有异，其余相似之处颇多。

草堂所藏宋刘辰翁批点、元高楚芳编《集千家注杜工部诗集》明刻本有 20 余部，可谓全国之最，多为明嘉靖、万历年间刻本，有：嘉靖十五年（1536）的玉几山人校刻本、明易山人校刻本，万历九年（1581）黄升校刻本，万历三十年（1602）长洲许自昌校刻本等。其中，明刻千家注杜集子佼佼者为玉几山人刻本。此本二十卷附文集二卷，8 册，八行十七字，四周双边，白口，双鱼尾。玉几山人姓曹名道，字达之，玉几为其号。此本依据高楚芳本翻刻，全录高本之注，校雠精深，版阔字大，刻印俱佳。因此，后人据其版篡名重印较多，草堂藏明易山人本既是将"玉几"挖改"明易"而成。

万历间金銮刻《重刊千家注杜诗全集》和黄升刻《集千家注杜工部诗集》，均为二十卷附文集二卷。金銮（1494—1587），明代散曲家，字在衡，号白屿，陇西（今属甘肃）人。金銮本编次同高楚芳本，按编年排序。黄升本刻于陕西，依据金銮本梓刻，所不同者是依体编次，各体之中再编年，为明代陕西所刻唯一一部杜集，传世极罕见，二本皆弥足珍贵。

明代除以高本为蓝本翻刻的千家注外，还有以元人彭镜溪本为祖本者

---

① 详见丁浩《杜甫草堂藏明刻杜集述评》，《杜甫研究学刊》1990 年第 3 期。

称《须溪批点选注杜工部诗》，宋刘辰翁批点、元虞集注解，二十二卷，4 册，十一行十八字，四周单边，白口，黎尧卿刻于正德四年（1509），草堂有藏。所载评语比高本简略，亦有高本未录者，可与高本互参，但由于刊刻质量较差，高本一出，即被冷落，后不易见。国家图书馆还藏有一部明云根书屋刻本《须溪批点选注杜工部诗》，为二十四卷本，8 册。

宋刘辰翁评点杜集草堂所藏还有明天启四年（1624）刻本《杜子美诗集》5 部。国家图书馆所藏此本 6 部，草堂所藏杜集之富可见一斑。此本为明天启四年（1624）小筑刊刘须溪批点九种本，明代杨人驹编辑。全本 12 册，二十卷，九行二十字，白口单边，单鱼尾。前有刘将孙序及刘辰翁杜诗总论十三则。刘辰翁圈点评语较多，间采各家注语。除此之外，国图还有明方升刻本《刘须溪杜选》，七卷，4 册，宋刘辰翁辑，增虞集七言杜选一卷和赵汸五言类选一卷，可见刘辰翁在明代的重要影响。

除草堂所藏，千家注杜明代翻刻本还有国家图书馆藏明初潘屏山圭山书院刻本《集千家注分类杜工部诗》，二十五卷年谱一卷，24 册，宋徐居仁编次、黄鹤补注。此书以徐居仁《分类杜诗》为底本，编入黄鹤注及刘辰翁评语而成。所分门类 72 门，其注释除黄氏父子及刘辰翁语外，与宋阙名集注《分门集注杜工部诗》相近。可知此书是用诸家评语辐凑而成的坊刻本，版刻甚多，流布颇广，乃至日本亦有覆刻本行世，可见当时影响之大。到清代，分类一门渐不为人所重，此书之影响亦渐衰。此书草堂所藏元刻本较多。

另一部注疏详备，为宋人及后人所引较多的杜集注解本为宋赵次公《新定杜工部古诗近体诗先后并解》。此书成书于宋高宗绍兴四年（1134）至十七年之间。原刻五十九卷，惜早已泯没。今国家图书馆所藏明抄残本 10 册，仅存二十六卷，弥足珍贵。是书以编年为序，注释详明，广征博搜，引经据典，考据用力尤勤，资料翔实。每诗逐句诠释，后又有长言概论。千家注杜，就其详切而论，无逾此者。后林继中辑佚成《杜诗赵次公先后解辑校》一书。

4. 杜律选注

律诗是杜诗的精华，明人对杜甫律诗格外关注，对杜律进行选评与解说，是明代治杜的一大特色。现存明代杜律选本有 40 余种，以嘉靖、万历间刊刻选本较多，草堂所存 10 余种，有《杜工部五言律诗》《杜律五言》《杜律五言注解》《翰林考正杜律五言赵注句解》《杜律七言注解》

《杜子美七言律》《杜工部七言律诗》《杜律单注》《杜律》等。

杜律五言注本较为有名的是赵汸的《杜律五言》，后翻刻本较多，草堂所藏有《杜工部五言律诗》《杜律五言注解》《翰林考正杜律五言赵注句解》等。赵汸（1319—1369），字子常，号东山，休宁（今安徽省黄山市休宁县）人，元延祐至明洪武间在世，在元官枢密院都事，入明修《元史》，有《东山存稿》及《周易文诠》等著述。草堂藏《杜工部五言律诗》为明正德九年（1515）鲍松刻本，二卷，八行十八字，小字双行同，四周双边，白口，单鱼尾，刻印精良。另一部《杜律五言》为明万历七年（1579）桐花馆刻本，二卷，2册，八行十六字，四周双边，白口，单鱼尾，版心下刻"桐花馆"三字。《杜律五言注解》为明万历十六年（1588）吴怀保七松居刻本，三卷，九行二十字，单边，白口，单鱼尾，字仿赵体。还有万历三十年（1602）建邑宗文堂刻《翰林考正杜律五言赵注句解》，三卷，十行二十一字，白口，四周双边，单鱼尾，其"宗文堂"是建邑郑豪书坊之名，此为坊刻本，刻印有元本风范。

七律为元人虞集所注较为出名。虞集（1272—1348），字伯生，号道园，世称邵庵先生，元代著名学者、诗人，南宋左丞相虞允文五世孙，有《道园学古录》。明代虞注七律版本甚多，卷数体例各不相同。草堂有明嘉靖二十六年（1547）退省堂刻本《杜律七言注解》，一卷，九行二十字，白口单边，双鱼尾，诗分类编次。草堂还有一部虞集注《杜工部七言律诗》，为明冯维讷删简本，明万历四十三年（1615）刻本，二卷，1册，九行十九字，白口无鱼尾，首有冯维讷《杜律虞注删序》认为虞伯生为注杜七律之宗，然亦有枝蔓繁衍之病，就删其冗语，并采须溪、虚谷、二泉诸家评语于后，以简快使读者醒悟，与原本有别。杜律虞注后人多怀疑其脱胎于张性《杜律演义》。据周采泉考证，虞集为赵汸的老师，应该先有虞注而后有赵注，但赵注却在前，且未提及其师有此书，属于假集之名。但是此书开杜诗七律选本之先河，虽不免有瑕疵，然不乏精当之处，后世翻刻较多。

虞集注杜律本，国家图书馆藏《杜律七言注解》有明正德三年（1508）刻本和明万历十六年（1588）吴怀保七松居刻本两部，还有明万历苏民怀桐花馆刻本《杜律注》、明遗安草堂刻本《杜律虞注》、明正统石璞刻本《虞邵庵分类杜诗注》；福建省图书馆藏明遗安草堂刻本《杜工部七言律诗》；开封市图书馆藏明王同伦刻本《杜工部七言律诗》等，可见虞注在明代已广受欢迎。

　　除虞注外，草堂藏杜诗七律本还有：明万历四十五年（1617）闵齐伋刻三色套印本《杜子美七言律》，为明郭正域批选，2 册，八行十八字，左右双边，不分卷，卷内钤印"闵齐伋印"，可见为刻者原藏初刻本，国家图书馆所藏此本题名为《评选韩昌黎文批点杜工部七言律》；明张綖本义《杜工部七言律诗》，四卷，2 册，十一行二十二字，黑口，左右双边，双鱼尾。以上七律本编次体例和刻印风格又不相同。

　　还有一部七律选本为国家图书馆藏明崇祯十四年（1641）刻本明薛益集注《杜工部七言律诗分类集注》，二卷，2 册。薛益（1563—1640），一作薛明益，字虞卿，明江苏苏州人。薛益为文征明的外从曾孙，明末书法大家。

　　未明确分为五七言的杜律集本，草堂所藏单复《杜律单注》十卷为明代第一部杜律选本，又《杜诗单注》，明陈明辑，明嘉靖十一年（1532）景姚堂刻本，八行二十二字，四周单边，白口，单鱼尾。此书系陈明选辑单复《读杜诗愚得》十六卷中律诗 149 首而成，代表了杜诗由全集注本向杜律单行注本的转变。另外草堂所藏明万历二十一年（1593）孙鑛批点《杜律》四卷，九行二十字，白口，单边，单鱼尾，也是五七律合注本，首七律，次五律，所收诗篇较少。

　　对后世杜律评注产生深远影响的还有明邵傅的《杜律集解》六卷，分为《五律集解》四卷和《七律集解》两卷。福建省图书馆所藏有明万历十六年（1588）刻本，就分别为题为《杜律五言集解》《杜律七言集解》。邵傅，字梦弼，三山（今属福建）人，著有《青门集》六卷，《朴巢集》二卷。此书收杜甫五律 387 首，七律 137 首，用编年法编次，主要依照单复《读杜诗愚得》所新定年谱。据王燕飞《邵傅〈杜律集解〉研究》介绍：书名"集解"，意在发明诗旨，故撮其典故简要，采择诸家之说，如千家注、单注、默翁注及当时学者张罗峰、赵滨州及其父之注等，皆并钩录，集解附于句下及篇末，单字偶有注音、释义。① 但邵傅受单复影响，解诗好言比兴，有时会过于简略而流于浮泛。

　　除以上所举杜律评注本外，亦有：国家图书馆藏明嘉靖张氏溪山草堂刻本明张三畏撰《杜律韵集》；天津图书馆藏明嘉靖二十六年（1547）熊

---

① 王燕飞：《邵傅〈杜律集解〉研究》，《语文教学通讯》2013 年第 4 期。

凤仪刻本明章美中辑《杜律二注》；天津图书馆藏明万历二十五年（1597）张应泰刻本谢杰评注《杜律詹言》；辽宁省图书馆藏明万历书林种德堂熊冲宇刻本范濂注《杜律选注》；陕西省图书馆藏明万历刻本明赵统注《杜律意注》；北京大学图书馆等藏明刻本颜廷榘笺《杜律意笺》；北京师范大学图书馆藏明和乐堂刻本《唐杜工部律诗》；宁波市天一阁博物馆藏明龚雷刻本《杜律五七言》等众多版本。

明万历四十五年（1617）闵齐伋刻三色套印本郭正域编《韩文杜律》，二卷，2册，为国图、天一阁、重图等收藏。可见杜律在韩国等东亚国家也广为传播流行，杜诗的艺术美为域外接受。

5. 明人编注

明人编选评注杜集传承宋代，又有发展拓延，取得了很大的成就，种类众多且有自己的特色，明人对杜诗的研究方式主要是选评和评点，如上文所述的杜律选本，可见明人对杜甫律诗的喜爱。明代研究杜诗的成就还体现在对杜诗的编选、评点、注释以及题跋上，如《读杜诗愚得》《杜工部诗通》《杜诗钞述注》《批选杜工部诗》《杜诗胥钞》《杜诗选》等。

草堂所藏《读杜诗愚得》为明天顺二年（1458）江阴朱熊景姚堂刻本，十八卷，16册，十二行二十四字，黑口，四周双边，双鱼尾，体现了明早期版刻特色，字体书写和排列并不是那么工整严谨。作者为单复，字阳元，剡源（今浙江嵊县）人，明洪武间汉阳知县，博古通今，著述极丰富，为明初浙东名士。单复在《读杜诗愚得自序》中认为杜诗注释者虽众，但多有穿凿附会，即使是刘须溪的评点也"未明作者立言之旨意"，所以他为了弥补前人的不足，就"取杜子美长短古律诗，……考其出处，……分阶段以详其作诗命意之由，及遣词用事之故。且于承接转换照应处，略为之说，其诸家注释之当者取之，而删其穿凿附会者"。单氏重订了年谱，将诗目列于年谱之中，而分卷列之，不再另著目录，较为独特。注释全列于诗末，先引前人语，后为其评语，用符号"○"标示，颇有自己独到见解。他本多以此选辑，如上文所说的邵傅集解《杜律集解》、陈明辑《杜律单注》等。《读杜诗愚得》传本较少，初刻本为朱善庆宣德九年（1434）刻本，草堂所藏为其子朱熊重刻本，今天能见到的也就二三部，甚是珍贵。国图、重图有藏，辽宁图书馆藏的是明邵廉刻本。

明隆庆六年（1572）张綖编撰《杜工部诗通》，十六卷，6册，十行二十二字，白口，单边。张綖，明代诗文家、词曲家，字世文，自号南湖居士，高邮（今属江苏）人，官光州知州。张綖所编依据元人范梈《批选杜诗》略作增补，选诗340余首，不分体，只编年，对前人注释穿凿之说多有辨正，各篇均有简明题解，诗歌注释先诠释，后串解，并分析章句之法，采宋人之说加以融会贯通，颇多见地。此本国图有藏，为8册本。宁波市天一阁博物馆藏有范梈批选、张綖释《杜工部诗释》三卷，仅存1册一卷（卷一），明嘉靖刻本，题目稍异，应为《杜工部诗通》较早版本。

明天启间林兆珂撰《杜诗钞述注》，十六卷，16册，八行二十字，白口，单边。林兆珂，字孟鸣，莆田（今属福建）人，官刑部郎，历知廉州、衡州、安庆，能诗，有《林伯子诗钞》。《杜诗钞述注》刻于林兆珂出任衡州知州时，当在天启年间。自序述其刻书经过，称其闲暇之余喜读诗史，手抄成帙，并间附己见，成书为《杜诗钞述注》，后出任衡州，见衡州不得善本以传，故取所抄者付梓补衡地之缺。共选诗六百余首，或采自"千家注"，或自注，依据个人好恶选注诗篇。《四库全书总目提要》评其："然甫诗全集凡一千四百余首，巨制名章，往往不录。而于《杜鹃行》《虢国夫人》二诗，向因黄鹤、陈浩然二本误入者，反并登选。其《秦州杂诗》二十首，则仅录八首。《游何氏山林》十首，则仅录六首，竟以'其一''其二'标写次第，似原诗止有此数，尤不可解。至注中援引事实，多不注出典。此又明代著述之通病，非独兆珂一人矣。"①

明郝敬《批选杜工部诗》，四卷，4册，为一杜诗分体选本，草堂所藏是据中国科学院图书馆藏本钞录②的抄本。此本系出郝敬撰《山草堂集二十六种》刻本，刻本不易获见，故草堂有此抄本也弥足珍贵，姑且一提。据古籍普查数据库数据，国家图书馆藏有此本，为明万历、崇祯郝洪范刻本，40册。草堂抄本前有明天启六年（1626）郝敬题辞，分体后又按年编排，选五言古十四首，七言古七十五首，五言律二百首，七言律六十六首，长律七首，绝句九首。郝敬批注虽简略，然不乏深刻见解，颇有参考价值。

明崇祯五年（1632）尊水园《杜诗胥钞》刻本，卢世㴶编撰，十五

① （清）永瑢：《钦定四库全书总目》，卷一百七十四。

② 丁浩编著《杜甫草堂博物馆馆藏精品版本卷·书海拾贝》，四川文艺出版社1982年版，第93页。

卷，6 册，八行十九字，白口、单边、单鱼尾，有圈点批注。卢世㴶，字德水，一字紫房，号南村病叟，德州（今山东德州）人，明天启进士，任户部主事、监察御史等职，博通经史，喜好杜诗，于居处尊水园建杜亭，设杜像祭祀，自号"杜亭亭长"，与钱谦益交情甚密。《杜诗胥钞》分体论杜诗，体下编年，顺序为五古、七古、五律、七律、五七言排律、五七言绝句等。《杜集书录》谓其"为白文无注之选本，分体编次，收全诗曰十分之八，取舍精当，选诗中卷帙之多仅次于全集，为清人选杜之可法者"①，评价甚高。此本系卢世㴶家刻，未见后人翻刻，传本极少，草堂所藏为原刻，为难得之珍本。温瑜的《孙承泽手批〈杜诗胥钞〉孤本研究》中说："南京图书馆藏孙承泽手批明末清初卢世㴶的《杜诗胥钞》，为传世孤本。"② 可见《杜诗胥钞》的版本价值之大，为后人所珍重。

草堂所藏《杜诗选》有两种，一为杨慎批选万历间刻朱墨套印本，一为张含、杨慎批选明嘉靖三十七年（1558）金澜刻本。杨慎，字用修，号升庵，新都（今属四川）人。正德六年（1511），殿试第一，授翰林院修撰，世宗继位，任经筵讲官。平生著述极富，明代推为第一。其编选的《杜诗选》按年编次，选诗 240 首，由于其精通考据训诂之学，故其评语多详析用典用语，补辨前人的阙误，仇注引者甚多。嘉靖间的刻本为六卷，八行十八字，黑口，四周双边，双鱼尾，除杨慎批注外，还有张含批选并附增注，小字双行附于诗句之下，比万历本简略，无套印。他馆所藏多为朱墨套印本。

苏州图书馆、辽宁省图书馆皆藏有明末刻本《杜诗攟》，前为 2 册，后为 1 册。明唐元竑（1590—1647）撰。《四库全书总目提要》载："元竑，字远生，乌程人。万历戊子举人。明亡，不食死，论者以'首阳饿夫'比之。是编乃其读杜诗时所札记。所阅盖千家注本，其中附载刘辰翁评，故多驳正辰翁语。"③ 自宋人倡"诗史之说"，笺注杜诗者就以刘昫、宋祁二书为稿本，注重字句笺注，务使与纪传相符。唐元竑认为诸注多牵强附会，咏月而以为比肃宗，咏萤而以为比李辅国，则诗家无景物；谓"纨下服比小人"，"儒冠上服比君子"，则诗家无字句。元竑所论，虽

---

① 周采泉著《杜集书录》，上海古籍出版社 1986 年版，第 339 页。

② 温瑜：《孙承泽手批〈杜诗胥钞〉孤本研究》，《暨南学报》2015 年第 1 期。

③ （清）永瑢、纪昀主编《四库全书总目提要》，卷一百四十九，集部二。

未必全得杜意，而除去附会之言，颇能涵咏性情，会于言外，远胜旧注的穿凿附会。

此外，明人编注杜集其他收藏单位亦有：明弘治五年（1492）王弼、程应韶刻本谢省注《杜诗长古注解》，国家图书馆藏；明万历二十年（1592）周子文刻本邵宝集注《刻杜少陵先生诗分类集注》，南开大学图书馆、湖南图书馆皆藏；明刻本胡震亨编注《杜诗通》、明隆庆五年（1571）海宁周氏刻本周甸会通《杜释会通》，北京大学图书馆藏①；等等。

明代喜好杜诗的士人沿袭集句传统，把杜诗重组再创造，形成新的诗歌，如：明杨东野刻本《杜诗集吟》，二卷，1册，明杨光溥集句，现藏黑龙江省图书馆。

由上可见，明人注杜多重选本，全集较少，根据个人喜好选编，评论方式多为点评加集解，亦借鉴前人之语，也多有见地，要言不烦，注重结构分析和大意阐释，由传统的重笺注转为着重诠释诗意，援引事实，多不出典，考据之学稍逊清人。明人自编选本多因喜爱，自梓刻印，传本较少，影响稍逊宋代及清代，但诗歌文化总是薪火相传，明人之功亦不可没。清代亦有翻刻明人注杜之作，如明人傅振商编的《杜诗分类全集》，有清初杜濬就明刻本补刊的刻本，还有清顺治十六年（1659）张缙彦、谷应泰辑定的刻本，由此可见一斑。

二　明代杜集刻印风格

明代的刻书风格可分为三个阶段：洪武至弘治，正德至隆庆，万历至崇祯②。明代三个阶段在刻书的版式、字体、纸张等方面都各有变化，形成不同的特色。草堂所藏明代部分杜集刊刻时间从明初至明末贯穿整个明代，基本上能体现明代各个时期的刻书风格，也反映出雕版印刷技术的发展变化和日益精进。

1. 馆藏明代杜集情况基本反映了明代的刻书风格

---

① 数据来源于"学苑汲古—高校古文献资源库"（http：//rbsc. calis. edu. cn）。

② 明代版刻阶段分期依据黄永年：《古籍版本学》，江苏教育出版社2009年版，第110页。

明初期刻本大多是"黑口赵字"，继承元代刻书的版式风格，纸张多用黄、白绵纸，很少用麻纸与竹纸。如刘辰翁批点高楚芳编的明初《集千家注批点补遗杜工部诗集》及明天顺二年（1458）江阴朱熊刻单复撰《读杜诗愚得》就是上下粗黑口，四周双边，双顺黑鱼尾，赵体字。赵体黑口有些地方一直维持到万历、天启年间仍不变化，与有明一代相始终，如元高楚芳编《集千家注批点杜工部诗集》、明嘉靖张含、杨慎批选《杜诗选》等。

明中期一面大量翻刻宋本，一面仿宋新刻，多为白口，字体结构趋方正，常用白绵纸，其次是竹纸。书口由黑转白是刻书精细的表现，明中期至后期一直流行此种版式。正德时期的刻本多为白口单边，如明正德七年（1512）张潜辑《杜少陵集》十卷、明正德八年（1513）鲍松刻蔡梦弼编《杜工部集》、明正德黎尧卿刻刘辰翁批点虞集注解《须溪批点选注杜工部诗》均是四周单边，白口，无鱼尾，字体方正，笔画圆润。嘉靖时期刊刻的书籍，绝大多数都是纸白墨黑，行格舒朗，白口，左右双边，颇有宋版遗风。[①] 如草堂藏明嘉靖五年（1526）净芬亭刻许宗鲁编《杜工部诗》、明嘉靖二十一年（1542）无锡万虞恺辑《唐李杜诗集》、明嘉靖净芬亭刻许宗鲁编《杜工部诗》、明嘉靖高楚芳编《集千家注杜工部诗集》均为左右双边。但也有：四周双边，如明嘉靖十五年（1536）玉几山人刻高楚芳编《集千家注杜工部诗集》；四周单边，如明嘉靖二十六年（1547）退省堂《杜律七言注解》。鱼尾或有或无，或白或黑，多为双对鱼尾，但大致都是白口，字势铿锵，笔锋锐利，仿宋版特点突出。

明晚期万历至崇祯时期，由于印刷技术不断提高，各类印本大量出现，字体变长，更加规则，形成"白口长字有讳"的变化，开始避崇祯的讳。用竹纸较多，其次是绵纸、毛边纸、毛太纸。[②] 关于明代刻书分期，有所分歧，国家图书馆赵前老师著的《明代刻书概述》认为晚期应从万历后期开始。从草堂藏大量明万历时期的杜诗刻本分析，万历时期基本上继承了中期白口、字体方正，或赵体或宋体的风格，如万历二年广陵李齐芳编刻《杜工部分类诗》、万历十六年吴怀保刻赵汸注《杜律五言注解》及万历四十三年虞集注冯维讷删《杜工部七言律诗》，皆为赵体字。

---

① 赵前编著：《明代版刻图典》，文物出版社 2008 年版，第 56 页。

② 郭大仁：《杜甫草堂博物馆馆藏古籍探索》，《杜甫研究学刊》2001 年第 3 期。

宋版由于其刀法剔透、端庄古朴、纸墨精良等优点，历来被世人推崇，其版式一直占据着雕版印刷的主流，明后期的大量书籍亦为仿宋，如万历六年梅鼎祚编次《唐二家诗钞》、万历七年桐花馆刻赵沨注《杜律五言》、万历九年金鸾校刻《重刊千家注杜诗全集》、万历三十年长洲许自昌校刻《集千家注杜工部诗集》、万历三十年宗文堂刻《翰林考正杜律五言赵注句解》、万历四十年海监刘世教校刻《杜工部全集》、崇祯三年毛晋自刻《杜工部文集》等。但是，明晚期出现的不同于前的版刻特点就是字体变为瘦长，中无界行，版式也因此变得疏朗美观，便于阅读，如明万历四十五年闵齐伋刻郭正域批选《杜子美七言律》、明万历凌蒙初刻杨慎选《李诗选、杜诗选》朱墨套印本等。

2. 明代私刻和坊刻杜集情况

明代私人刻书和坊肆刻书是比较普遍的。刻梓者主要是文人雅士和一些官员，刻书质量较高。除私人刻书外，全国各地的坊肆在明代大量刻书，使刻书业得到了长足发展，推动了文化和科技的兴盛。草堂所藏明代杜集也有很大一部分是私人刻书或坊肆刻书。

私人刻书有：黎尧卿刻于正德四年（1509）的《须溪批点选注杜工部诗》；明万历二年（1574）广陵李齐芳编并自刻的《杜工部分类诗》；嘉靖九年（1530）石亭陈沂刻的《集千家注批点补遗杜工部诗集》；嘉靖十五年（1536）玉几山人刻的《集千家注杜工部诗集》；万历四十年（1612）海盐刘世教编校并刻印的《杜工部全集》等等。这些私人刻书大多不为出售，不惜工本，纸墨精良，刻书者本人又学识渊博，参与编校，所以其中不乏善本，如嘉靖十五年（1536）玉几山人刻《集千家注杜工部诗集》，此本依元本翻刻，校雠精深，版阔字大，实为善本中的精品。

坊肆刻书有：嘉靖十一年（1532）景姚堂刻《杜律单注》；嘉靖二十六年（1547）退省堂刻《杜律七言注解》；万历七年（1579）桐花馆刻《杜律五言》；万历三十年（1602）宗文堂刻《翰林考正杜律五言赵注句解》等等。坊肆刻书不同于私人刻书之处主要是为盈利，所以会刊刻时局所需较流行的本子，多刻小说、戏剧、医书、科举用书、生活用书等。价格低廉，销量较大但质量稍逊，如金陵、建阳坊肆刻书。也刻较为著名的诗词文集，如杜甫律诗选集。版心下方或牌记处多标明刻书机构名称，如"景姚堂""桐花馆"标示于版心下方，"宗文堂"见于牌记。坊肆刻书由于销量较大，流传于世的版本也较多，成为文化传承的重要载体。

3. 明代套色印刷杜集情况

明代在传统雕版印刷技术继续发展的同时，套色印刷技术也被创造了出来，从而将雕版印刷技术推向了极致。这种技术最早起源于元代至元六年（1340），明代最著名的套版印刷为吴兴的闵齐伋及凌蒙初两家，套色也由朱墨两色向多色发展。草堂藏《杜子美七言律》即为明万历四十五年闵齐伋刻朱黛黑三色套印本，《李诗选、杜诗选》为凌蒙初刻朱墨二色套印本。墨色为正文，朱笔等为圈点评注，显著明朗，便于阅读者辨识区分。

在明代多为朱墨双色套印，发展到清代，更加受世人喜爱。为了便于标注出自多人的注疏，书坊更是把套印技术发展到五色、六色，更加缤纷精美，如：清道光十四年（1834）蕓叶盦刻五色套印本清卢坤辑评《杜工部集》、清光绪二年（1876）粤东翰墨园刻六色套印本明王世贞等评《杜工部集》等。

何若瑶《〈春秋公羊传〉注疏质疑》研究

许外芳

（华南师范大学新媒体文化研究中心）

何若瑶是清代中期广东著名朴学家，字石卿，广东番禺人。其生平见《番禺志》本传。① 他"生平勤学嗜古"（《番禺志》本传）。著有《春秋公羊注疏质疑》《两汉书注考证》《海陀华馆诗文集》。他的《两汉书注考证》学术成就甚高②，《〈春秋公羊传〉注疏质疑》（下文简称《质疑》）名气更大，几部丛刊都予以收录：清光绪年间，被收入《广雅书局丛刊》"经部"第65册③；后又被收入上海书店辑《丛书集成续编》第13册④、《广州大典》第一辑《广雅丛书》第四册⑤，刘晓东、杜泽逊编《清经解四编》（十）。⑥ 陈璞《何宫赞遗书序》高度赞扬了何若瑶的学术成就："余惟《公羊》之学，国朝惟刘申受（刘逢禄）、孔㧑轩（孔文森）二家为最著，而宫赞复能于二家外，抉何、徐之藩篱，蓟榛莽而达康庄，以'质疑'为名者，不敢自是耳。"⑦ 然而遗憾的是，因其尚为刻本，阅读困难，至今未见有研究著作。下面我们试作介绍，以供同好参考。

---

① 陈建华、曹淳亮主编：《广州大典》第一辑《广雅丛书》第四册，广州出版社2008年版，第519页。

② 许外芳、夏东锋：《何若瑶〈两汉书注考证〉研究》，《古籍整理研究学刊》2016年第4期。

③ （清）广雅书局辑：《广雅书局丛书》"经类"第65册，广雅书局刊民国九年（1920）番禺徐绍启汇编重印本。

④ 上海书店编：《丛书集成续编》第13册"经部"，上海书店出版社1994年版。

⑤ 陈建华、曹淳亮主编：《广州大典》第一辑《广雅丛书》第四册《春秋公羊注疏质疑》，广州出版社2008年版。

⑥ 刘晓东、杜泽逊编：《清经解四编》（十），齐鲁书社2015年版。

⑦ 《春秋公羊注疏质疑二卷》，光绪二十年春二月广雅书局刊，参见《广州大典》第一辑《广雅丛书》第四册，广州出版社2008年版，第519页。

一　充分吸收前代与同时代研究成果

何若瑶在考证中，很注意吸取前人或同时代学者的研究成果，以避免不必要的重复考证。如隐公六年春，"郑人来输平"，《传》："输平，犹堕成也。"《质疑》考证云：

> 堕成何以曰"来"？《传》与《经》不协。惠学士曰："《易·豫之上六》曰：'成有渝，无咎'。成犹平也。则'渝平'犹'渝成'矣。上应'三三①''有悔'，上'有咎'，两国交争之象也。三悔不迟，上咎不长，变而更成，两无咎悔。故《春秋》善之，《左传》以为'更成'是也。二《传》'渝'作'输'，训为'堕'，谓之'败成'，误矣。或训'输'为'约②'，尤不辞。"义似得之。

这里引用了惠士奇《惠氏春秋说》卷十二③，指出"输平"解释为"堕成"，乃是"渝"误作"输"所致。至于把"输"解释为"约"，则纯粹是因为"平"有结盟之意而作出的臆解。

又如桓公三年，"夏，齐侯、卫侯胥命于蒲。胥命者何？相命也。何言乎相命？"《传》："近正也。古者不盟，结言而退。"《注》："善其近正，似于古而不相背。"对此，何若瑶引用齐召南的观点：

> 《穀梁》："以是为近古也"。《注》似本之。古者，《注》不言何时，范注《穀梁》"谓五帝时"，齐侍郎据"诅盟不及三王"，古者谓"三王之世"，近是。

齐侍郎即齐召南，著有《春秋左氏传注疏考证》一卷④。此句解释，

---

① "三三"疑为"六三"。"六三"爻辞"迟有悔"。

② "约"，《惠氏春秋说》原文作"纳"。见惠士奇《惠氏春秋说》，《文渊阁四库全书》第178册，经部第172册，台湾商务印书馆1983年版。

③ 《惠氏春秋说》卷十二，《文渊阁四库全书》第178册，第900页。

④ （清）齐召南：《春秋左氏传注疏考证》，广东学海堂1829年。

遂为定论，此后的刘文淇《春秋左氏传旧注疏证》①、杨伯峻《春秋左传注》② 均不再作考证。

又如桓公元年三月，"诸侯时朝乎天子，天子之郊，诸侯皆有朝宿之邑焉。"《注》："（即位）比年，使大夫小聘；三年，使上卿大聘；四年，又使大夫小聘；五年一朝。"何若瑶引《五经异义》云：

> 郑驳《异议》云："三年聘，五年朝，文、襄之霸制。《周礼·大行人》：'诸侯各以服数来朝'。其诸侯岁聘闲朝之属，说无所出。晋文公，强盛诸侯耳，非所谓三代异物也"。是《注》所言，皆文、襄之制也。③

《公羊传注疏》以为诸侯即位之"小聘""大聘"是桓公时礼制，但郑玄指出，这是文公、襄公时的旧制，纠正了《疏》的失误。

二　运用多种典籍纠正《注疏》失误

《质疑》在考证时，多引用《左传》来纠正《注疏》失误。如襄公七年十二月，"公会晋侯、宋公、陈侯、卫侯、曹伯、莒子、邾娄子于鄬"，而"陈侯逃归。"《注》："起郑伯欲与中国，卒逢其祸，诸侯莫有恩痛自疾之心，于是惧，然后逃归，故书以刺中国之无义。加逃者，抑陈侯也。"何若瑶说：

> 陈侯以子辛侵，欲以国，故背楚即晋。及二庆通楚胁君，乃惧而逃归。逃之者，责举动之轻可耳。若谓诸侯莫有恩痛自疾之心，则郑之祸，繇其臣下，与诸侯无关。且悼公并未尝汲汲然以力服郑，则谓刺中国之无义，亦非也。从《左》为允。

---

① 刘文淇：《春秋左氏传旧注疏证》，科学出版社 1959 年版。

② 杨伯峻：《春秋左传注》，中华书局 1990 年版，第 99 页。

③ "聘闲"，《五经异议疏证》作"聘间"，见（清）陈寿祺《五经异义疏证》卷下"质家立弟"，上海古籍出版社 2012 年版，第 136 页。

何若瑶对古代典籍十分熟稔。如桓公"元年春，王正月，公即位"。《注》："先谒宗庙，明继祖也。还之朝，正君臣之位也。事毕而反凶服焉。"《疏》："皆时王之礼也"。何若瑶引唐人典故，指出这根本不是"时王之礼"，而是古礼：

> 《唐书》："张柬之曰：《顾命》云：'四月哉生魄，王不怿'，是四月十六日也。'翼日乙丑'，是十七日也。'丁卯，命作册度'，是十九日也。'越七日癸酉，伯相命士须材'，是四月二十五日也。则成王殂至康王麻冕黼裳，中间有十日，康王方始见庙。十二月，祗见其祖。《顾命》见庙讫，诸侯出庙门俟，《尹训》言'祗见厥祖，侯甸群后咸在'，则殂及见庙，殷、周礼并同。此周因殷礼，损益可知也。"① 《注》谒庙还、朝事毕、反凶服、礼本殷、周，谓"时王之礼"，未尝考古耳。桓公除元年、二年、十年、十八年外，俱不书王。据《繁露》，则元年亦不书王。所书王者，实三年耳，宜诸家有"无王"之说。

他引用《旧唐书》《春秋繁露》，指出了《疏》的失误。

考据离不开地理学知识，何若瑶常引用《水经注》来考证。如文公十二年冬，"季孙行父率②师城诸及运。"《注》："言率③师者，刺鲁微弱，臣下不可使，邑久不修，不敢徒行，兴师厉众，然后敢城之。" 《质疑》云：

> "庄二十六④年"："城诸及防"，"诸，鲁邑"也。前此已城，故《注》曰"修"。运，莒地；城运，莒必争，故率师。《穀梁》以为"有难"，是也，《注》非是。

---

① 此处刻工失误较多。"翼日"，《旧唐书》作"翌日"；"殂"，《旧唐书》作"崩"；"中闲"，《旧唐书》作"中间"；"尹训"，《旧唐书》作"伊训"；"因"，《旧唐书》作"因于"。见《旧唐书》卷九十一，列传第四十一，中华书局1975年版，第2937页。

② "率"，《春秋公羊传注疏》作"帅"，中华书局1980年影印本，第78页。

③ "言率"，《春秋公羊传注疏》作"帅帅"，中华书局1980年影印本，第78页。阮校已指出当为"书帅"。

④ 按："城诸及防"事在"庄二十九年"。

> 《水经注》：潍水北径诸县故城西，即行父所城。后世分诸县之
> 东为海曲县，故俗谓此为东诸城。

潍水、诸县、海曲县、东诸城，这些地名，一直沿用到南北朝时期，
《水经注》都明确记载下来①，更可见"城诸及防"，是为战争的需要。

有时，不需引经据典，只需根据情势推理，就可发现、纠正《注疏》
的错误。如僖公元年，春，王正月，"齐师、宋师、曹师次于聂北，救
邢"。《传》："此其言次何？不及事也。不及事者何？邢已亡矣。曷为不
言狄灭之？为桓公讳也"。对此，何若瑶研判了当时情势：

> 次者，止也；止者，不宜止也。曰师者，将虽卑，师则已众，非
> 有俟也。序三国之师，大之之词。次于聂北，若畏狄而不敢进。然次
> 何以故曰"救邢"？盖不得已而出师，非有意于救邢也。为桓讳者，
> 非也。

指出此番出师，完全是做做样子，而《公羊传》也是有意"大之"而已。

又如襄公二十五年，"十有二月，吴子谒伐楚，门于巢卒"。《注》：
"吴子欲伐楚过巢，不假涂。卒暴入巢门，门者以为欲犯巢而射杀之。君
子不怨所不知，故与巢得杀之。使若吴为自死文，所以疆守御也。"何若
瑶分析巢牛臣射死吴王而不受《春秋》之贬的原因：

> 据《左传》："巢牛臣曰：'吴王勇而轻，若启之，将亲门。我获
> 射之，必殪。'从之。吴子门焉，牛臣隐于短墙以射之，卒。"情事
> 自确。而《注》不从之者，正以上云"伐楚"，下云"门于巢卒"。
> 其间更无事，巢无因射而杀之。且下无报复之文，《经》又若吴自死
> 焉者，故知其曲在吴，而不在巢矣。

吴王诸樊"勇而轻"，骄而不设防，遭牛臣轻易伏击而亡，又碍于楚
国之强大，自然不敢报复。何若瑶的分析合情合理。

---

① （南北朝）郦道元著，杨守敬、熊会贞疏，段熙仲点校、陈桥驿复校：《水经注疏》，江
苏古籍出版社 1989 年版，第 2267—2268 页。

三 纠正《穀梁传》《左传》《史记》失误

《质疑》不仅考证《注疏》失误，也考证了《穀梁传》《左传》《史记》以及其注疏、集解的失误。

《质疑》纠正了不少《穀梁传》的错误。如文公六年冬，"闰月不告月，犹朝于庙"。《注》："礼：诸侯受十二月朔致[①]于天子，藏于太祖庙。每月朔朝庙，使大夫南面奉天子命，君北面而受之。比时使有司先告朔，谨之至也。"

> 《周礼》"太史[②]"："颁告朔于邦国。"郑注："诸侯藏之祖庙。"《礼记》："玉藻"："诸侯皮弁以听朔于太庙。"均与《注》同。范注《穀梁》独言"诸侯受于祢庙"者。"十六年"《穀梁传》曰："诸侯受乎祢庙。"范注故从之，实则非是。

用《周礼》《礼记》来纠正范宁注《穀梁传》的失误，很有说服力。

又如宣公元年秋，"晋赵盾率师救陈。宋公、陈侯、卫侯、曹伯会晋师于斐林，伐郑"。《传》："曷为不言赵盾之师？君不会大夫之辞也。"《穀梁传》云："善救陈也。列数诸侯而会晋赵盾，大之也。其曰师何？大之也。地而后伐，疑词也。此其地何？则著其美也。"[③] 何若瑶引《左传》指出《穀梁传》的这种解释还不如《公羊传》：

> 案：会谋而后伐之，非疑词。《左传》："楚蒍贾救郑，遇于北林，囚晋解扬，晋人乃还"，则"大之"云者，妄也。以为"著美"，亦非也。《公羊》得之。

对于此次征伐，《穀梁传》既说"地而后伐，疑词也"，又说"此其

---

① "致"，《春秋公羊传注疏》作"政"，中华书局 1980 年影印本，第 74 页。

② "太史"，《周礼注疏》作"大史"，见郑玄注、贾公彦疏《周礼注疏》，北京大学出版社 1999 年版，第 692 页。

③ 此处引《穀梁传》，为概述引用，词句稍有不同。

地何？则著其美也"，态度肯定还是否定，犹豫矛盾。何若瑶引《左传》很干脆地指出"会谋而后伐之"，不存在任何疑问；《穀梁传》说《春秋》点出了会诸侯地点，就是"大之""著美"，也不对，因为晋受楚威逼，不得已而后撤。

《质疑》也纠正了《左传》的一些失误。如成公十四年，"九月，侨如以夫人妇姜氏至自齐"。何若瑶云：

> 上文言"叔孙"，故此文去族，省文也。《左传》以为"尊夫人"，非是。妇有姑之词，胡《传》有妾姑去氏、嫡姑不去氏？《穀梁》："大夫不以夫人，以夫人，非正也，刺不亲迎也。"侨如之挈夫人也，由上致之也；不亲迎者，不亲迎于馆也。《解》诂天子逆后使公，诸侯逆夫人使卿，侨如以卿逆夫人，礼也。夫人始至，例月，以"文九年，夫人姜氏至自齐，"《注》："月者，妇人危重，从始至例。"《疏》："独行无制，恐有失礼之患①，故曰危重也。言从始至例者，即宣元年'三月，遂以夫人妇姜至自齐'，成十四年'九月，侨如以夫人妇姜至自齐'之属是也。"

详细引用《公羊传注疏》《穀梁传注疏》来证明《左传》的"尊夫人"之说不正确。

又如，定公八年冬，"盗窃宝玉大弓"。定公九年夏，四月。"得宝玉大弓。"《传》："国宝也。丧之书，得之书。"《注》："微词也。使若都以重国宝，故书。"何若瑶考证：

> 以为微词，实得《春秋》之旨。《左》《穀梁》皆非是。

因为盗弓者实为季氏之宰阳虎，阳虎掌握鲁国实权，故《注》以为"微词"，符合《春秋》"微言大义"的写法。

《质疑》也纠正了《史记》及其注解的一些失误。如襄公二十九年，"吴子使札来聘"，何若瑶考证说：

---

① "失礼之患"，《春秋公羊传注疏》作"非礼之恶"，中华书局 1980 年版，第 76 页；北京大学出版社 2000 年版，第 293 页。

《史记》：余祭四年，使季札聘于鲁；十七年，余祭卒，弟余昧立。据此，则余祭既卒，而使之来聘者，余昧也。《史记》季札之聘，与余祭之卒，相去十有四年。据此，则余祭之卒，与季札之聘，同在一年。《史记》之错误如此。

"据此"，即据《公羊传注疏》。《史记》所记余祭聘鲁、余祭卒，时间前后不符，相差14年。而据《公羊传注疏》，则为余祭卒、余昧聘鲁，前后时间一致。

又如昭公八年，"楚人执陈行人于征师，杀之"。何若瑶指出：

齐人执单伯，《传》："称'行人'而执者，以其事执也；不称'行人'而执者，以已执也。"杀世子者，招也，行人何罪？执之已非，杀弥暴矣，故称"人"以贬之。无月、日者，执例时。《史记》"杀陈使者"，《索隐》谓即"司徒招"，误。

"行人"只是使者而已。文公十四年冬，"单伯如齐，齐人执单伯"。然而并未杀单伯。文公十五年六月，"单伯至自齐"。昭公八年春，"陈侯之弟招杀陈世子偃师"。《史记》卷三十六《陈杞世家》：哀公三十四年，"哀公病，三月，招杀悼太子，立留为太子。哀公怒，欲诛招，招发兵围守哀公，哀公自经杀。招卒立留为陈君。四月，陈使使赴楚。楚灵王闻陈乱，乃杀陈使者，使公子弃疾发兵伐陈，陈君留奔郑。九月，楚围陈。十一月，灭陈。使弃疾为陈公"。显然，《索隐》的说法是不可靠的。

四　指出前人考证之误

何若瑶对前人的考证多有指正。如关于诸侯立嗣，成公十五年，《疏》引《五经异义》云："《异义》：'《公羊》说云：质家立世子弟，文家立世子子，而《春秋》从质，故得立其弟。'以此言之，婴齐为兄后，正合诸《春秋》之义，何得谓之乱昭穆之序者？正以质家立世子弟者，谓立之为君而已，岂得①作世子之子乎？"② 何若瑶不同意许慎的这种说法，指出："立之为君者，以弟而继兄也；作世子之子，则以弟而后兄矣。"这是符合春秋时期一贯传统的。

何若瑶既引用《惠氏春秋说》，也能纠正其失误。如桓公二年三月，"以成宋乱"。《注》："受赂便③还，令宋乱逐成"，把"成"解释为"成功""成就"。何若瑶云：

> 《注》训不辞。案：惠学士《春秋说》："成，即'小宰'之'八成'，成谓之听，八成谓之八听。"④《经》文曰"乱"，以"乱"为"狱"，亦似未允。"隐六年"《传》："输平者何？犹堕成也。"是"平"即"成"也。"以成宋乱"，以"平宋乱也"。"宣四年"，"公及齐侯平莒"。《左传》曰："平国以礼，不以乱。"此之取赂，犹之取向也。《穀梁》曰："乘义而为利"⑤，是也。

惠士奇《惠氏春秋说》把"成"解释为"听狱"，但上文《惠氏春秋说》引《易》云"成犹平也"，相互矛盾。何若瑶据《左传》《穀梁传》，支持了"成犹平"的解释。

何若瑶也纠正了一些王引之《经义述闻》的错误。如昭公二十五年九月，"昭公将弑季氏"，子家驹曰："季氏得民众久矣，君无多辱焉。昭公不从其言，终弑而败焉。"对于"君无多辱焉"，《经义述闻》云："'多'读为'祗'，祗，适也，言君无适辱焉。"何若瑶指出这种解释"似不辞。如字为允，言无多此一辱也"。《经义述闻》卷二十四"君无多辱焉"条，其文如下：

---

① "得"，《春秋公羊传注疏》作"谓"，中华书局 1980 年版，第 102 页；北京大学出版社 2000 年版，第 398 页。

② （清）陈寿祺：《五经异义疏证》卷下"质家立弟"，上海古籍出版社 2012 年版，第 185 页。

③ "便"，《春秋公羊传注疏》作"使"，中华书局 1980 年版，第 2213 页。

④ 惠士奇：《惠氏春秋说》，《文渊阁四库全书》第 178 册，经部第 172，台湾商务印书馆 1983 年版，第 648 页。

⑤ （晋）范宁集解，（唐）杨士勋疏：《春秋穀梁传注疏》，北京大学出版社 2000 年版，第 221 页。

"季氏得民众久矣，君无多辱焉。""多"字，《释文》无音。家
大人曰："'多'读为'祇'，祇，适也。言民皆为季氏用，君若伐
之，则民必助之，无适自取辱也。昭二十九年，《左传》曰：'君祇
辱焉'是也。祇、多，古字通，说见前'多遗泰禽下'。"①

王引之的依据是"家大人"即著名朴学家王念孙之言，但并未说明
出自哪部著作。《释文》，即陆德明的《经典释文》。"多"字，《经典释
文》确实无音，但《说文解字》卷七"多部"有读音："重夕为多，古
文多。得何切。"② 所以何若瑶说："如字为允"，即还是以"多"为准。

五　有助于版本点校

据《质疑》，可以纠正《春秋公羊传注疏》一些版本的字词失误。如
襄公二十七年夏，"公子鱄挈其妻子而去之。将济于河，携其妻子，而与
之盟"。《注》："刺鱄兄为强臣所逐，既不能救，又移以③事剽，背为奸
约。献公虽复因喜得反，诛之，小负未为大恶，而深以自绝，所谓守小信
而忘大义，扬小介而失大忠。"《质疑》云：

> 案：《史记》："日旰不召……不释射服，而与之言"，以小节见
> 逐臣，强可知。曰"从君东西南北"，是从公在外，未尝事剽。不得
> 已与之约，亦非"背为奸约"也。不信公之盟，而信鱄之约，以为
> 鱄能保献公也。是喜之死，死于献公，实死于鱄也。《穀梁》以为
> "鱄之去，合乎《春秋》"，是也。不夺献公葬者，宁喜弑君，不得
> 为无罪。

"鱄"，《春秋公羊传注疏》中华书局影印本第 118 页、北京大学出版
社第 459 页均作"缚"，误。《春秋穀梁传注疏》卷十六："卫侯之弟专出

---

① 王引之：《经义述闻》，世界书局 1975 年再版，第 581 页。

② 许慎：《说文解字》，中华书局 1985 年影印本，第 6 页。

③ "以"，《春秋公羊传注疏》作"心"，见中华书局 1980 年版，第 118 页；北京大学出版
社 2000 年版，第 459 页。

奔晋"。《注》曰："专,《左氏》作'鱄'",可证《质疑》。

又如,昭公二十一年"冬,蔡侯朱出奔楚"。《质疑》记载:

> 《注》:"恶背中国而与楚。"
>
> 《左传》楚听谗人之言,胁蔡出朱而立东国,何以朱反奔楚?《注》恶之,亦有见,非故与《左》立异也。

"恶",《春秋公羊传注疏》中华书局 1980 年版第 130 页、北京大学出版社 2000 年版第 513 页均作"意"。案上下文义,当作"恶"。此处《公羊传注疏》原文如下:

> 冬,蔡侯朱出奔楚。《注》:"出奔者,为东国所篡也。大国奔,例月,此时者,意背中国而与楚,故略之。恶,乌路反;下音佩。"

显然,"恶,乌路反",这是对"恶"的注音反切。而查上下文,无论《经》《注》《疏》,都无"恶"出现。显然,"意"是"恶"的误刻。而何若瑶看到的版本,是"恶"而非"意"。"恶背中国而与楚",即《春秋》批评蔡侯不与晋结盟,而与楚结盟。因为晋出自周成王之弟唐叔虞,是周天子的嫡系亲属,而楚为蛮夷。陆德明撰、黄焯汇校《经典释文》亦作"恶"。①

六　《质疑》的不足

何若瑶是封建士大夫,有浓厚的封建伦理思想。如《公羊传》卷二十一襄公三十年记载:"宋灾,伯姬存焉。有司复曰:'火至矣!请出。'伯姬曰:'不可。吾闻之也,妇人夜出,不见傅母不下堂。傅至矣,母未至也。'逮乎火而死。""秋,七月,叔弓如宋,葬共②姬。"《传》:"外夫

---

① 陆德明撰、黄焯汇校:《经典释文》,中华书局 2006 年版,第 649 页。

② "共",《春秋公羊传注疏》作"宋共",中华书局 1980 年版,第 120 页;北京大学出版社 2000 年版,第 313 页。

人不书，此何以书？隐之也。宋灾，伯姬卒焉。其称谥何？贤也。"《质疑》云：

> 《穀梁》于卒曰"贤"，伯姬于葬，曰"吾女也"。贤贤而亲亲，与此曰"隐"曰"贤"同义。《左传》以为"女而不妇"，盖共姬年已耆矣。然以贞为行，古列女所难，以贤录为尤。

房屋失火而共姬不逃走，被活活烧死。何若瑶认为是"以贞为行，古列女所难，以贤录为尤"。封建伦理竟然大于人命，《质疑》却予以赞扬。

有时《质疑》表述不清，易生歧义。如"（昭公）九年，春，叔弓会楚子于陈"。《注》："陈已灭矣①，复见者，从地名录，犹宋郜以邑录。不举小地者，顾后当存。"《质疑》云：

> 《疏》："会时，未必在其国都，所以不举小地而举陈者，正以楚人暴灭，《春秋》欲闵陈而存之，故还举其大号而言也。"然则书"会陈"，非会陈也。

"然则书会陈，非会陈也"，在没有标点的句读时代，此句不如作"然则书'会于陈'，非会陈也"，更一目了然。

受条件所限，何若瑶阅读的《公羊传注疏》，有印刷错误，影响他的考证。如襄公二十三年夏，"栾盈将入晋，晋人不纳，由乎曲沃而入也"。《注》："曲沃大夫当坐，故复言'入'"。《疏》："正以入者，出入恶之文，而入于曲沃，故知从晋卿②曲沃之时，有罪明矣。曲沃大夫受纳有罪之人，故云当坐。"这里的"晋卿"让博学的何若瑶头疼：

> 案：乐盈因齐以夜入曲沃，因魏献子以昼入绛，胥午非卿也。魏献子在绛，不在曲沃。《疏》"从晋卿曲沃"，不可晓。

---

① "矣"，《春秋公羊传注疏》无此字，中华书局 1980 年版，第 125 页；北京大学出版社 2000 年版，第 488 页。

② "卿"，《春秋公羊传注疏》作"乡"，中华书局 1980 年版，第 115 页；北京大学出版社 2000 年版，第 451 页。

栾盈，《史记》作"乐逞"。据《史记》，其入绛与魏氏谋，亦无"从晋卿曲沃"之文。

何若瑶觉得"从晋卿曲沃"难以理解。但《春秋公羊传注疏》的中华书局 1980 年影印本第 115 页、北京大学出版社 2000 年版第 451 页"卿"均作"乡"，轻易解决何若瑶的疑问。

古代雕版印刷，雕刻易出错误，致文义差舛较大。如昭公二十年夏，"宋华亥、向宁、华定自陈入于宋南里以畔"。《传》："宋南里者何？若曰因诸者然。"《注》："因诸者，齐故刑人之地。"

《穀梁》："其曰宋南里，宋之南鄙也。"《左传》："华氏居庐门，以南里叛。宋城旧墉及桑林之门而守之。"则南里即国中之里，故系以宋。下文"翟偻新居于新里"，"华姓居于公里"，可证。以为南鄙，非是；以为刑人之地，亦非是。

"华姓"，《左传正义》作"姓"。① 真是失之毫厘，谬以千里。

又如成公二年秋七月，《传》："萧同侄子者，齐君之母也。"《注》："萧同，国名；侄子者，萧②君侄娣之子，嫁于齐，生顷公。"《质疑》云：

《左传》作"萧同叔子"。《注》："同叔，萧君字，其子齐君母。"③ 案：《春秋》有"萧国"，无"萧同"，"国"不知何据。

前面既然说有"萧国"，无"萧同"，则"国不知何据"，当为"同不知何据"。

何若瑶生活在清代，对于典籍的引用，自然没有今人规范。这导致在点校时，无形中增加很大的困难。如《注》："礼：天子雕弓，诸侯彤弓，

----

① "姓"，《左传正义》作"姓"，见杜预注、孔颖达疏《左传正义》，北京大学出版社 2000 年版，第 1632 页。

② "国"，《春秋公羊传注疏》作"同"，中华书局 1980 版，第 91 页；北京大学出版社 2000 年版，第 374 页。

③ 此概述《左传正义》文义，非原文。

大夫婴弓，士卢弓。"《疏》："古礼无文。"《质疑》云：

> 雕弓彤弓见诗彤弓一彤矢百玈弓矢千见僖二十八年左氏传释文玈音卢黑弓也荀子谓大夫黑弓与此小异音义谓婴弓见司马法疏以分见诸书如荀子又微有异未见礼之全文故云古礼无文或讥其卤莽非也

查《诗经·小雅·彤弓》有彤弓，无雕弓①。《诗经·大雅·行苇》有敦弓："敦弓既坚"。《传》曰："敦弓，画弓也。天子敦弓。……'敦'音'雕'。"②《释文》《音义》，当指《经典释文》。经查《经典释文》，确实有关于"玈弓""婴弓"的解释。③《荀子》原文为："天子雕弓，诸侯彤弓，大夫黑弓，礼也。"④把这些解释都聚集在一起的是段玉裁《说文解字注》第十二卷"弓部"之"弴"：

> 弴，画弓也。《大雅》："敦弓既坚"。《传》曰："敦弓，画弓也。天子画弓。"按：荀卿子："天子雕弓，诸侯彤弓，大夫黑弓，礼也。"《公羊传》何注曰："礼：天子雕弓，诸侯彤弓，大夫婴弓，士卢弓。卢弓即玈弓，黑弓也。婴弓。"陆德明云见《司马法》。⑤

但段注又和前面诸书字词有异，"分见诸书"，确实给读者带来很大麻烦。根据前面诸书，点校如下：

> 雕弓、彤弓，见《诗》。"彤弓一，彤矢百，玈弓矢千"，见"僖二十八年"《左氏传》。《释文》："玈音卢，黑弓也。"荀子谓大夫黑弓。与此小异。《音义》谓"婴弓见《司马法》"。《疏》以分见诸书，如荀子，又微有异，未见《礼》之全文，故云"古礼无文"。或

---

① 毛亨传，郑玄笺，孔颖达疏：《毛诗正义》，北京大学出版社1999年版，第628页。

② 同上书，第1083页。

③ 黄焯汇校：《经典释文汇校》（黄延祖重辑），中华书局2006年版，"玈弓"见第497页，"婴弓"见第649页。

④ 王先谦：《荀子集解》（沈啸寰、王星贤点校），中华书局1988年版，第487页。

⑤ 段玉裁：《说文解字注》，上海古籍出版社1981年版，第640页上。

讥其卤莽，非也。

以上简要介绍了何若瑶《春秋公羊传注疏质疑》的学术成就及其存在的不足，其间定有诸多谬误，恳请指正。

中　编
近现代文学与海外
华文史料研究

林莽文学年表

刘福春
（中国社会科学院文学研究所）

1949 年

11 月 7 日　生于河北徐水，原名张建中。

1958 年

到北京，入小绒线胡同小学读书。

1962 年

9 月　入北京三中读书。

1965 年

9 月　入北京四十一中读书。

1966 年

"文化大革命"开始，家庭受到冲击。开始阅读从"砸烂"的图书馆中流出的各种书籍，其中近两年时间读中外古典文学名著，为以后的创作打下了基础。

1968 年

秋—冬　与朋友三次骑自行车到白洋淀考察，寻找可以插队的村子。

1969 年

4 月　确定到河北省安新县北何庄插队，因当地武斗，秋天才落实下到插队的村里。

11月 作诗《深秋》。此诗初收诗集《我流过这片土地》,新华出版社 1994 年 10 月出版。林莽讲:"写一种日记性的东西,后来认为日记很危险,'文化大革命'的经验。后来就写成诗歌。我保存下来最早的一首诗《深秋》,情调基本上还是浪漫主义。还是郭小川、贺敬之、闻捷这些人的东西穿插在里边。和五六十年代不同在于我写得有血有肉,是一种真实心灵流露,而不是虚假的寄托。到 1973 年接触到黄皮书以后,才突然发生转变。我读的最早的一本是《带星星的火车票》。"(廖亦武、陈勇《林莽访谈录》,见廖亦武主编《沉沦的圣殿》,新疆青少年出版社 1999 年版)

10—12月 作诗《暮秋时节》。

1970 年

1月 作诗《沐浴在晚霞的紫红里》。此诗初收诗集《我流过这片土地》。

2月 作诗《心灵的花》。此诗初收诗集《我流过这片土地》。

7月 作诗《独思》。此诗初收诗集《我流过这片土地》。

9月 作诗《明净的湖水》。此诗初收诗集《我流过这片土地》。

11月 作诗《诉泣》《秋天的韵律》。此二诗初收诗集《我流过这片土地》。

12月 作诗《自然的启示》。此诗初收诗集《我流过这片土地》。

1971 年

5月 作诗《色彩》。此诗收诗集《我流过这片土地》。

1972 年

1月 作诗《凌花》。此诗收诗集《我流过这片土地》。此诗为其早期代表作。

1973 年

4月 作诗《欢迎你,燕子》。此诗收诗集《我流过这片土地》。

10月 作诗《第五个金秋》。此诗收诗集《我流过这片土地》。

12月 作诗《列车纪行》。此诗收诗集《我流过这片土地》。此诗为其接触现代主义诗歌启蒙后的第一首尝试性作品。

是年 参加在安新县城的大学考试，后因张铁生事件及"文化大革命"中父亲被审查，考试不了了之。

同年 参加安新县文化馆的美术学习并帮助筹备当时的展览，在县城居住一段时间，开始学习水彩画。创作油画《秋天的白洋淀》《堤岸》，水彩《春水》《暴雨过后》等作品，收入《林莽诗画：1969—1975 白洋淀时期作品集》，漓江出版社 2015 年 6 月出版。

1974 年

作诗《纪念碑》。此诗初收油印诗集《我流过这片土地》，1981 年夏印行，改题为《二十六个音节的回想——献给逝去的年岁》；又刊 1986 年《回音壁》。林莽说："1974 年我开始进入了现代主义的诗歌领域。用大半年的时间写下了《二十六个音节的回想——献给逝去的年岁》。这是一首由 26 首短诗组成的长诗。在诗中我总结了自己的生活与思考（此诗最初叫《纪念碑》）。接着又写下了另一首长诗《悼一九七四年》。从此我找到了自己的诗歌之路。"（《心灵的历程》，见《我流过这片土地》，新华出版社 1994 年 10 月出版）

同年 创作油画《有红衣服的风景》《太阳》，水彩《清晨的桥》《北何庄东村口》等作品，收入《林莽诗画：1969—1975 白洋淀时期作品集》，漓江出版社 2015 年 6 月出版。

1975 年

1 月 作诗《悼一九七四年》。此诗初收诗集《我流过这片土地》。

年初 自白洋淀"病退"回北京。

4 月 到北京八十七中学任物理教师。

7 月 作诗《盲人》。此诗初收诗集《我流过这片土地》。

1976 年

10 月 作诗《生命的对话》。此诗初收油印诗集《我流过这片土地》。

1978 年

5 月 作诗《飞檐的梦》。此诗初收油印诗集《我流过这片土地》。

10 月 作诗《圆明园·秋雨》。此诗初收油印诗集《我流过这片土地》，又刊 1983 年 6 月 1 日《滇池》1983 年 6 月号。

1979 年

4—7 月 作组诗《我流过这片土地》。此诗初收油印诗集《我流过这片土地》。

5 月 与刘红结婚。

是年 参加"今天文学研究会"活动。

1980 年

6 月 作诗《丁香花正在盛开》。此诗初收油印诗集《我流过这片土地》。

1981 年

2 月 作诗《海明威，我的海明威》。此诗初收油印诗集《我流过这片土地》。

4 月 调入北京经济学院工作。

6 月 女儿张昭出生。

夏 油印诗集《我流过这片土地》，署名林莽。收有《海明威，我的海明威》《二十六个音节的回想——献给逝去的年岁》《我流过这片土地》《断章》等诗，有《序》。《序》说："也许，我不该这样选择。然而，内心的冲动，在不停地撞击。在青年时代的痛苦与兴奋中，在往日的回顾与意愿里，在不停地自我设计与锻造的日子，为了抒发和表达，我选择了诗。"

1982 年

秋 油印诗集《岁月·回声》，署名林莽。收有《丁香花正在盛开》《夏天的夜晚》《回声》《给一个被"遗忘"的人》等诗，有作者《序》。《序》说："时间还过于短暂，历史和生活仍需要沉淀。当人们真的回过头来，以一个微笑作为回答，我想，那时，作为诗人，我将不再为此痛苦。""时间还过于短暂。因此，在这本薄薄的诗集里，为了从痛苦中得以解脱，我努力寻找真实的回声，并仅仅希望：以智慧之光，重新照亮以往的一切，以提示自己，提示人们，提示那些被生活的现实所压弯的灵魂，让它们在艺术的空间里重新确立自己。让人类那些不朽的精神，闪闪烁烁，到处照耀着生活。"

11月25日　诗作《断章》刊于《丑小鸭》1982年11月号，署名张建中。

1983年

3—4月　诗作《还送的礼物》外一首《知觉》刊于《西藏文艺》1983年3—4月号，署名林莽。此后作品发表与出版均用此笔名。

12月1日　诗作《夏天的夜晚》刊于《滇池》1983年12月号。

1984年

9月10日　诗作《编钟》刊于《绿风》诗歌双月刊1984年第5期。

是年　贝岭编的《当代中国诗三十八首》油印发行，选入诗作《给一个被"遗忘"的人》。

1985年

4月5日　诗作《故乡、菜花地》刊于《诗书画》报第7期。

5月10日　诗作《湖边晚归》外一首《雨还在下》刊于《诗刊》1985年5月号《青年诗页》。《湖边晚归》选入《1985·中国新诗年编》（中国社会科学院文学研究所当代研究室编，花城出版社1986年12月出版）。

5月26日　第一届首都大学生星星诗会在北京举行，和牛波、贝岭、一平、骆一禾等到会与同学们一起探讨诗歌创作等问题。

10月10日　诗作《夏夜深谷》刊于《北京文学》1985年第10期。

是年　老木编的《新诗潮诗集》由北京大学五四文学社未名湖丛书编委会印行，选入《海明威，我的海明威》《生命的对话》等诗11首。

是年　老木编的诗论集《青年诗人谈诗》由北京大学五四文学社印行。选入《〈宁静的阳光〉序》《〈我流过这片土地〉序》《〈岁月·回声〉序》《〈无法驱散〉序》《这仅仅是一个开始——谈诗及审美意识的转化》5篇。《这仅仅是一个开始》后选入吴思敬编《磁场与魔方——新潮诗论卷》，由北京师范大学出版社1993年10月出版。《这仅仅是一个开始》讲："我们都生活在同一个时代，有着共同的生活感受及经验，多年的社会变革，使每个人都进入了角色，重重地染上了一层牢固的社会色。那些真正的审美观念，在遭到多年的冷遇后，确实变得遥远而陌生了。""站在过去、现在与未来的汇合点上，人们希望有一代这样的艺术家，他们以敏锐的感知，审视我们的生活，在继承和反抗东方古老文化传统的努力之中，又以他们崭新的表达，照亮了人们心灵深处的希望。艺术对于我们并不陌生，而在于我们是否为其提供了更加广阔的天地，是否具备了那种明彻的眼光。""是步入自然，还是以一个永远无法摆脱的受害者的面孔，无尽无休地重复那些怨气；是用情感来审美，还是用原则去审美；是把艺术纳入所谓的道德规范或其他形式的社会习惯，还是还艺术以自由创造的活力，保持它的灵感与沉思。这将决定着一个人是走向艺术，还是背向艺术而去。"

1986 年

2 月 1 日　诗作《丁香花正在盛开》刊于《诗中国》创刊号。

2 月　诗作《晨光》刊于《星星》诗刊 1986 年 2 月号 "流派诗专号"。

3 月　油印诗集《诗十六首》，收有《听涛三首》《瞬间》《水乡纪事》《滴漏的水声》等诗。

4 月 1 日　诗辑《回声》刊于《草原》1986 年第 4 期，有《深秋季节》《心灵回声》2 首。后选入《诗选刊》1986 年卷 6 月号。

6 月 27—30 日　参加北京作协分会和北京市文联研究部在昌平虎峪主办的 "新诗潮研讨会"。会上发言提出 "新诗潮" 不是起源于 "四五" 天安门事件，而是更早的郭路生、北京地下文学和白洋淀诗人等一些受到现代主义诗歌影响的青年诗歌写作者。

夏　加入北京作家协会。

7 月 10 日　组诗《未完成的纪念》刊于《中国作家》1986 年第 4 期，有《面对大海》《逝去的时光》《滴漏的水声》3 首。

7 月 18 日　诗作《滴漏的水声》外一首《若有所失》刊于《中国》文学月刊 1986 年第 7 期。

8 月 10 日　诗作《瞬间》外二首《记忆，有待磨光的石头》《水乡纪事》刊于《诗刊》1986 年 8 月号；后选入《诗选刊》1986 年卷 10

月号。

10月1日　诗辑《星光与树》刊于《草原》1986年第10期《北中国诗卷》（2），有《星光》《树》《寻找自己》3首，后选入《诗选刊》1986年卷11月号。

1987年

2月10日　短文《在诗中相识——记牛波》刊于《诗刊》1987年2月号。

5月1日　组诗《漫长的旅程》刊于《草原》1987年第5期《北中国诗卷》（4），有《月光下的乡村少女》《感知成熟》《一片被火烧焦的草地》《漫长的旅程》《一切都别出声》《晨光》6首。《月光下的乡村少女》选入《1987年诗选》（诗刊社编，人民文学出版社1989年5月出版）。

5月　诗作《星光》刊于油印诗刊《红旗》第1期。

10月27—29日　参加北京作协在北京八大处主办的"新诗走向研讨会"。会上发言批评了某些人认为中国当前诗歌已经很好了的观念，指出我们的新诗与五六十年代比是有些进步，可与先进文化相比，还有很多的问题与不足。

11月10日　诗作《春日》刊于《中国作家》1987年第6期。

11月20日　组诗《寄自高原的情歌》刊于《人民文学》1987年第11期，有《晨歌》《草场神思》《寄自高原》3首。

12月1日　《未完成的纪念》刊于《诗林》1987年第6期。

12月5日　诗作《灰蓝色的云层》刊于《青年文学家》总第36期诗专号。

12月10日　诗作《雨中长笛》外一首《正午　莫高窟》刊于《诗刊》1987年12月号。

12月　诗作《春日》刊于《中国作家》1987年第6期。

是年　创作谈《心灵的历程》刊于《未名诗人》1987年第8期。

1988年

3月1日　诗作《黄昏，在异乡的寂寞中》外一首《穿越坡地》刊于《草原》1988年第3期《北中国诗卷》（7）。

4月1日　诗作《秋天在一天天迫近尾声》刊于《作家》1988年第4期《诗人自选诗专号》。林莽讲:"一九八五年,我几乎用了一年的时间完成了组诗《未完成的纪念》。那一年,许多往事总是萦绕着我,那些回首与思绪仿佛生命中的落叶,令我听到了秋风之声。当我写完了那十几首给旧友的诗歌,依旧有许多未尽之情,于是我又写下了这组诗的最后一首——《秋天在一天天迫近尾声》。这是一首无任何具体人物所指的纯情感性的作品,但它具有真实的生命体验。""青春已逝,现实生存的经历,并未回答我们那些年的向往与追求。一切都已过去,'不再是如血的残阳/不再是动乱的人流'。然而,情感的冲动并没有熄灭,'秋天的火焰在树丛中燃烧/作为回答我应该呈献什么'。那些年的伙伴都已生活在不同的地方,那属于青春的梦幻与生活,如今它在那儿?'那不属于你们的/同样也不再属于我'。逝去是必然的,生活到底让我知道什么,'那么高远/那么璀璨/永远无法遗忘/永远在心中颤栗'——'雪,落在心中不再消融/往事有许多时辰仍与我们同在/日月匆匆已走过许多年头'。"(《诗与生命同步》,见《一首诗的诞生》,北方文艺出版社2000年1月出版)

5月6日　诗作《春日》《雨声如诉》《面对草滩》《雨滴》《读齐白石先生秋风残荷图》《深夜·幽鸣》刊于《河北文学》1988年第5期,总题为《诗六首》。

6月10日　诗作《九十九页诗选·污水河和金黄色的月光》刊于《诗刊》1988年6月号。

7月　加入"幸存者诗人俱乐部"。诗刊《幸存者》油印出刊,刊出诗作《在一本书与另一本书之间》。

9月19日　诗作《溯源》《谁将被敬之为神》刊于《青年文学》1988年第9期,总题为《寄自高原的情歌》。

9月　诗论《面对诗歌》刊于《山花》1988年第9期。

10月　宗鄂编《当代青年诗100首导读》由安徽文艺出版社出版,选入诗作《瞬间》,王家新导读。

10月1日　诗作《在一本书与另一本书之间》外一首《当雨季匆匆来临》刊于《草原》1988年第10期《北中国诗卷》(8)。

11月8日　出席北京作协主办"诗歌创作和理论问题讨论会",台湾诗人罗门、林耀德与在京诗人、评论家参加,谢冕主持。

1989 年

年初　诗作《岩石、大海、阳光和你》刊于《幸存者》第 2 期。

2 月 10 日　诗作《来自一支乐曲、一个人和一本书的诗》《是春天，也不是春天》刊于《诗神》1989 年第 2 期。

4 月 2 日　幸存者诗人俱乐部举办的首届幸存者诗歌艺术节在北京举行，出席并朗诵《秋天在一天天迫近尾声》。

4 月　诗作《高原遇雨》外一首《愿望，我记起了你》刊于《山花》1989 年第 4 期。

5 月 10 日　诗作《对弈》刊于《诗潮》1989 年第 3 期。

8 月 1 日　诗作《雪一直没有飘下来》外二首《周末纪事》《这一切已是那么地遥远》刊于《草原》1989 年第 8 期。

8 月　陈超编著的《中国探索诗鉴赏辞典》由河北人民出版社出版，选入《感知成熟》《瞬间》《晨风》《星光》《一切都别出声》《若有所失》6 首。

11 月 10 日　组诗《岩石、大海、阳光和你》刊于《诗刊》1989 年 11 月号，有《暖风唤醒了一只柔情的手》《绿色港湾》《我看见曼陀罗洁白的花朵》《星夜海》4 首。

1990 年

1 月 10 日　诗作《音乐的翅膀》刊于《诗神》月刊 1990 年第 1 期。

5 月　诗集《林莽的诗》由中国妇女出版社出版。收有《二十六个音节的回想》《秋天在一天天迫近尾声》《宁静的阳光》《瞬间》等诗，分为《生命的对话》《未完成的纪念》等 5 辑。

6 月 10 日　诗作《岩石、大海、阳光和你》刊于《诗神》月刊 1990 年第 6 期。选入《一九八九年诗选》，人民文学出版社 1991 年 3 月出版。

9 月 20 日　诗作《火红的花束》《再临月夜》《这个冬天》《凉风乍起》《剥开橙子》刊于《人民文学》1990 年第 9 期，总题为《诗五首》。

9 月　被评为讲师。

是年　开设全校选修课《现代艺术认识方法》和《诗歌欣赏与写作》。

1991 年

春　参与编辑的《现代汉诗》油印出刊，诗作《未知　不需要一种错误的解释》刊于《现代汉诗》1991 年春卷。

秋　诗作《雪一直没有飘下来》刊于《现代汉诗》1991 年秋卷。

10 月 1 日　诗作《被遗忘的高原小站》刊于香港《诗双月刊》第 3 卷第 2 期。

10 月 10 日　诗作《雪》刊于《诗神》月刊 1991 年第 10 期。

11 月　诗作《颂》《闲置的椅子》《夏夜狂风》刊于《山花》1991 年第 11 期，总题为《林莽诗三首》。

是年　调入中华文学基金会工作。

1992 年

2 月 3 日　诗作《融雪之夜》《秋歌》《雨中交谈》《秋天的眩晕》刊于《人民文学》1992 年第 2 期，总题为《诗四首》。其中《雨中交谈》选入《1990—1992 年三年诗选》，人民文学出版社 1994 年 3 月出版；又选入《主潮诗歌》，吴思敬编选，北京师范大学出版社 1999 年 9 月出版，为"九十年代文学潮流大系"之一种。

5 月 15 日　诗作《永恒的箫声》刊于《诗林》季刊 1992 年第 2 期。

6 月 10 日　诗作《小镇》刊于《诗神》月刊 1992 年第 6 期。

1993 年

3 月 1 日　诗论《寻求中的崛起　喧嚣中的沉静——新诗潮廿年回顾》刊于香港《诗双月刊》第 4 卷第 4—5 期。

5 月 18 日　主持的食指作品讨论会在北京召开，谢冕、牛汉、吴思敬、蓝棣之、史铁生、芒克等近 90 人参加了这次作品讨论会。

5 月　《食指　黑大春现代抒情诗合集》由成都科技大学出版社出版。为该书作序《生存与绝唱》。

夏　诗作《一封远方的来信到底要说些什么》刊于《现代汉诗》1993 年春夏卷。

8 月 15 日　诗作《大海·阳光·岩石和你》刊于《诗林》1993 年第 3 期。

12 月　诗作《雪一直没有飘下来》刊于《诗季》秋之卷。

12 月　散文《小镇巴日图》刊于《山花》1993 年第 12 期。

是年　加入中国作家协会。

1994 年

1 月　《诗探索》复刊，参加编辑部工作。

3 月 10 日　诗作《夏末十四行》刊于《诗刊》1994 年 3 月号。

3 月 13 日　参加《诗探索》编辑部与北京大学中国新诗研究中心在北京大学举办的"当代中国诗歌"座谈会。

5 月 6—9 日　组织白洋淀诗歌群落寻访活动，牛汉、吴思敬、芒克、宋海泉等参加。"诗人牛汉力倡'白洋淀诗群'说，并为之正名曰：'白洋淀诗歌群落'。""大家围绕着'白洋淀诗群'的人员、时间、背景，以及影响等问题进行了座谈，通过当事人各自的回忆与相互补充，基本上廓清了这段史实。"

5 月　论文《并未被埋葬的诗人——食指》刊于《诗探索》1994 年第 2 辑。

5 月　诗作《一封远方的来信到底要说些什么》《我探知冬天多雪的缘由》《馈赠》刊于《北方文学》1994 年第 5 期，总题为《诗三首》。

6 月 3 日　组诗《夏末十四行》（共 6 首）刊于《人民文学》1994 年第 6 期。

10 月 29 日　与刘福春策划的"中国新诗集版本回顾·首届九十年代新诗集展览"在北京开幕。

10 月　诗集《我流过这片土地》由新华出版社出版，为"诗探索丛书"之一种。收有《深秋》《悼一九七四年》《柏树林》《愿望，我记起了你》等诗，分为《凌花集》《我流过这片土地》等四辑。有《心灵的历程》代序。

10 月　主编的"诗探索丛书"由新华出版社出版。

12 月　主持的"当代诗歌群落"栏在《诗探索》1994 年第 4 辑刊出，刊有宋海泉《白洋淀琐忆》、齐简《到对岸去》、甘铁生《春季白洋淀》、陈默（陈超）《坚冰下的溪流——谈"白洋淀诗群"》等文，撰写《主持人的话》。

1995 年

2 月 10 日　诗作《圣诞夜的告别》刊于《诗神》月刊 1995 年第 2 期。

5 月 20 日　参加《诗探索》编辑部主办的"当代女性诗歌：态势与展望座谈会"。

9 月　论文《芒克印象》和《芒克创作简历》刊于《诗探索》1995 年第 3 辑。

10 月　诗集《永恒的瞬间》由新华出版社出版，为"诗探索之友丛书"之一种。收有《暖风唤醒了一只柔情的手》《来自一支乐曲、一个人和一本书的诗》《这个冬天》《在一本书与另一本书之间》等诗，分为《岩石、大海、阳光和你》《秋天的眩晕》等六辑。有序《寻求寂静中的火焰》和《林莽创作简介》。

10 月　主编的"诗探索之友丛书"由新华出版社出版。

12 月 3 日　诗作《秋雨后游香山曹氏故居》《另外的夏天》《雪落山坳》《释梦》《题古西风禅寺》《银饰》刊于《人民文学》1995 年第 12 期，总题为《诗六首》。

12 月　《诗探索》1995 年第 4 辑刊出"关于林莽"专栏，刊有林莽《寻求寂静中的火焰》、陈超《林莽的方式》和刘福春《林莽创作简历》。陈超讲："林莽的写作具有'中年写作'特征。""林莽诗歌中的'中年'特征，主要体现在对日常生活经验的显幽烛隐，对写作中易感倾向的抑制，对语言自然、准确、内在、透明的追求。这种诗的特点是，不矜持，不藻饰，平静陈述心灵中确切要表达的东西，对世态人情怀着诗心善良的体谅。其题材往往是平凡甚至琐屑的，表面上看缺乏所谓的'诗意'，但深入细辨，我们会体验到它与更深远的个体生命背景联系在一起，一种幸福和苦楚糅和而复杂难辨的领悟。"

1996 年

艺术随笔《以蓝天为"纸"的画家牛波》刊于《视点》1996 年第 5—6 期。

1997 年

3 月　叶玉琳的诗集《大地的女儿》由百花文艺出版社出版，为"21

世纪文学之星丛书"之一种。为该书作序《面对心灵的歌唱》和《责编缀语》。

4月　诗作《冬之雪》《大地上的草垛》《时光断裂的瞬间》《酒》《记忆》刊于《北方文学》1997年第4期，总题为《四首短诗和一首长诗》。是期还刊出诗论《潜心以求》。

6月　论文《李琦论》刊于《诗探索》1997年第2辑。

8月　自印中英文对照诗集《滴漏的水声》。

11月3日　散文《水乡札记》刊于《人民文学》1997年第11期，有《初春》《入夏》《问秋》《冬日》《黑鱼》《黄昏》《秧田》7篇。

11月　诗作《滴漏的水声》刊于《一行》第22—23期。

是年　任首届鲁迅文学奖诗歌评委，与牛汉、谢冕、吴思敬等一同参加了评审工作。

1998 年

2月　郝海彦主编的《中国知青诗抄》由中国文学出版社出版；为该书作序《以青春作证》，并收入《深秋》等诗。

3月　论文《食指论》和《食指生平年表》（署名建中）刊于《诗探索》1998年第1辑。

6月　调入诗刊社工作。

6月　《北京文学》1998年第6期刊出"中国知青专号"，主持"知青诗歌经典重读"栏并刊文《关于"知青诗歌经典"的一点话》。

6月　与刘福春合编的《诗探索金库·食指卷》由作家出版社出版。为该书作序《食指论》《编后记》和《食指（郭路生）生平年表》《食指诗歌创作目录（现存部分）》。

7月　编选的李琦诗集《最初的天空》由春风文艺出版社出版，为谢冕主编的"中国女性诗歌文库"之一种。为该书作序《李琦论》和《李琦创作年表》。

9月5日　主持《诗探索》编辑部与国林风图书公司主办的"一代诗魂、朦胧诗先驱——食指诗歌朗诵会"。

9月25日　参加《诗探索》编辑部与北京国际艺苑皇冠假日饭店主办的"北京之秋·现代诗歌朗诵会"。

10月10日　采访的《郑敏先生访谈录》刊于《诗神》月刊1998年

第 10 期，至 11 期刊完。

11 月 29 日　与刘福春、高小刚陪郭路生（食指）去山东。12 月 4 日参加"食指之夜"——诗歌朗诵会，5 日回北京。

1999 年

1 月 5 日　论文《食指：一位迟到了三十年的诗人》刊于《芙蓉》1999 年第 1 期。

3 月　文论《穿透岁月的光芒》刊于《美文》1999 年第 3 期。

4 月 3 日　组诗《沉入寂静》及诗论《对诗歌写作的一点想法》刊于《人民文学》1999 年第 4 期，组诗有《清晨的蛛网》《无题》《冬之雪》《沉入寂静》《夏末十四行：群鸟》《夏末十四行：品茗》《夏末十四行：听歌》《夏末十四行：梦舞》《是谁的名字有如黄铜嘹亮的号角》9 首。

4 月 16—18 日　提议并参与组织的"世纪之交：中国诗歌创作态势与理论建设研讨会"（后称"盘峰诗会"）在北京平谷召开。

4 月　廖亦武主编的《沉沦的圣殿——中国 20 世纪 70 年代地下诗歌遗照》由新疆青少年出版社出版，收有《食指生平断代（1964—1979）》《并未被埋藏的诗人》和廖亦武、陈勇《林莽访谈录》。

11 月 19 日　获《人民文学》"天洲杯"诗歌奖，出席在人民大会堂举行的《人民文学》创刊 50 周年暨"天洲杯"诗歌奖颁奖大会。

11 月　诗作《暮冬之雪》刊于《中国诗人》诗丛 1999 冬之卷。

是年　接手诗刊社诗歌艺术培训中心的工作。

2000 年

1 月　主持选编的《'99 中国年度最佳诗歌》由漓江出版社出版，撰写《编者的话》。

1 月　策划编辑的《一首诗的诞生》由北方文艺出版社出版，为该书作序《寻访内在的体验——序〈一首诗的诞生〉》。

2 月 1 日　诗作《时光一去就不再回来》刊于《诗选刊》2000 年第 2 期。

4 月　《诗刊》青年版《青年诗人》改刊为《新诗人》出刊，任主编。

5月3日　短文《〈戈雅〉的旋律》刊于《人民文学》2000年第5期。

5月　与牛汉、刘福春合编的诗选《风中站立》由大众文艺出版社出版，执笔撰写序言《面对真实的历史》。

5月　与谢建平主编的《诗刊社诗歌艺术文库·1999卷》由中国文联出版社出版。

8月　北野的诗集《马嚼夜草的声音》由华夏出版社出版，为"21世纪文学之星丛书"之一种。为该书作序《源于生命的风》。此序又刊于《诗刊》2001年第1期。

8月　散文《这雪是为什么而下的》刊于《山花》2000年第8期。

2001年

1月　主持选编的《2000中国年度最佳诗歌》由漓江出版社出版。

4月　诗文集《穿透岁月的光芒》由百花文艺出版社出版，为"三味书丛"之一种。收有《往事》《瞬间》《对诗歌现状的一点想法》等诗文，分为《乡野的风》《生存与绝唱》等3辑。有《后记》。该书封底介绍说："作为'白洋淀诗歌群落'成员之一，林莽可以说是新时期以来诗歌发展的见证人之一。这个集子收入了诗人大部分的散文随笔作品以及一部分诗歌，其中除了对童年故乡和下放的白洋淀水乡的诗化追忆，当代诗歌、诗人印象及现状批评，还有不少对白洋淀时期诗友以及当时的诗歌写作情况的回忆。通过这本书，我们可以对当代诗歌的发展有一个侧面的了解。"

5月25—28日　主持的中国当代诗歌现状研讨会在浙江绍兴召开。

8月19—20日　主持的西部部分省区诗歌研讨会在兰州召开。

10月10日　策划并着手创办的《诗刊》下半月刊试刊号出刊，2002年1月正式出刊。

10月26日　主持的首次诗歌月末沙龙在北京市朝阳区文化馆举行。

12月28日　主持的"新年诗歌朗诵会暨第二届鲁迅文学奖获奖诗人作品朗诵会"在北京市朝阳区文化馆举行。

2002年

1月　主持选编的《2001中国年度最佳诗歌》由漓江出版社出版。

1 月　与高洪波选编的《第二届鲁迅文学奖获奖作品丛书·诗歌》由华文出版社出版。

3 月 15 日　主持的《诗刊》2002 年 3 月号下半月刊刊出"新诗标准讨论"专栏，至 11 月号共刊出 6 期。

3 月 29 日　策划并主持的"京、沪、穗三地诗歌互动：春天送你一首诗"活动在北京启动并分别在北京、上海、广州举行。

3 月　组诗《穿透岁月的光芒》刊于《鸭绿江》2002 年第 3 期，有《瞬间》《来自一支乐曲、一个人和一本书的诗》《被遗忘的高原小站》《无题》《融雪之夜》《夏末十四行·听歌》《夏末十四行·满月》7 首。

4 月 18—21 日　主持的关于中国新诗形态、刊物变革及标准讨论的诗界峰会在苏州举行。

5 月　参与主持编选的《中华诗歌百年精华》由人民文学出版社出版。

12 月 27 日　主持的"月末沙龙"新年特别节目——"2003 年新年诗歌朗诵会"在北京朝阳区文化馆举行。

12 月　主持编辑的《中国诗选·春之风》由中国文联出版社出版。

2003 年

1 月 15 日　主持的《诗刊》2003 年 1 月号下半月刊刊出《诗刊》校园版。

1 月 23 日　主持的关于诗歌与地理关系座谈会在北京朝阳区文化馆召开。

1 月　主持选编的《2002 中国年度最佳诗歌》由漓江出版社出版。

3 月　《林莽短诗选》由银河出版社出版，为"龙香诗丛系列"之一种。

4 月 6 日　主持的 2003 年度"春天送你一首诗"活动启动仪式在北京举行，此后杭州、长沙、深圳、太原、宁波、重庆、厦门等城市参与此活动。

4 月 12 日　提议创办并组织的由诗刊社主办的首届华文青年诗人奖颁奖仪式在长沙举行，江一郎、刘春、哑石获奖。

5 月　应邀到韩国釜山出席东亚大学校主办的中国现代诗歌研讨会，并发表有关白洋淀诗歌群落的专题论述。

5月　诗辑《有些水不会失去》刊于《人民文学》2003年5月号，有《蕨·在一卷古籍的扉页上》《失去的春天》《一夜北风后的大树》《有些水是不会失去的》4首；选入《诗选刊》2003年第7期。

9月　诗辑《透过岁月的薄纱》刊于《上海文学》2003年第9期，有《想起庄子》《石榴花的艳丽让时间弯曲》《风中的芦草》《残雪锈蚀的青春》《夏末十四行·幻象》《夏末十四行·裂痕》6首。

10月15日　诗辑《障日山庄三题》刊于《诗刊》2003年10月号下半月刊，有《初宿山庄》《登障日山，回望东坡书院》《一棵山风中的玉米》3首。

10月　组诗《夏末十四行》刊于《鸭绿江》2003年第10期，有《夏末十四行·幻象》《夏末十四行·裂痕》《夏末十四行·水银》《夏末十四行·村庄》《夏末十四行·远行》《夏末十四行·高原》6首。

11月20—23日　主持的诗刊社第十九届青春诗会在深圳举办。

12月26日　主持的"让我们快乐地走进诗歌——2004中国新诗之夜"在北京举行。

2004年

2月15日　诗作《贡园》刊于《诗刊》2004年2月下半月刊。

2月　主持选编的《2003中国年度最佳诗歌》由漓江出版社出版。

3月21日　组织的2004年度"春天送你一首诗"活动启动仪式在北京朝阳区文化馆举行，此后湛江、鹤壁、长沙、杭州、宁波、深圳、珠海、南昌、廊坊等城市参与此活动。

3月　主持选编的《首届华文青年诗人奖获奖作品》由漓江出版社出版。

5月22日　主持的第二届华文青年诗人奖颁奖仪式在海口举行，江非、雷平阳、北野获奖。

6月　论文《关于"白洋淀诗歌群落"》刊于《淮北煤炭师范学院学报》第25卷第3期。

8月　主持编辑的《中国诗选·水仙卷》由中国文联出版社出版。

9月15日　策划并主持的青年诗人驻校项目启动，华文青年诗人奖获奖者江非作为首位驻校诗人进入首都师范大学，中国首位驻校诗人入校仪式暨诗歌朗诵会是日举行。

9月　主持选编的《第二届华文青年诗人奖获奖作品》由漓江出版社出版。

11月　主持编选的《放歌澳门——庆祝澳门回归五周年同题诗大赛诗选》由时代文艺出版社出版。

2005 年

1月　主持选编的《2004 中国年度诗歌》由漓江出版社出版。

1月　主持诗刊社诗歌艺术培训中心编的诗选《闪烁的星群》12 卷由时代文艺出版社出版。

3月18日　组织的诗刊社诗歌艺术培训中心 20 周年庆典开幕式在北京朝阳区文化馆举行。

3月20日　组织的 2005 年度"春天送你一首诗"启动仪式暨"百名诗人同写抗日战争和世界反法西斯战争胜利 60 周年"征文活动在北京朝阳区文化馆举行，此后连云港、滨州、珠海、济南、廊坊、长沙、宁波、周庄、晋江、长治等城市参与此活动。

5月13日　主持的第三届华文青年诗人奖颁奖仪式在福建晋江举行，路也、卢卫平、田禾获奖。

7月5日　组诗《心中的阳光》刊于《扬子江诗刊》2005 年第 4 期，有《蕨·在一卷古籍的扉页上》《风穴寺》《心中的阳光》《八道弯中的苦雨斋》4 首。

9月23日　策划的华文青年诗人奖获奖者路也作为第二位驻校诗人进入首都师范大学，驻校诗人入校仪式暨华文青年诗人奖诗歌朗诵会是日举行。

9月　组诗《故乡的风》刊于《人民文学》2005 年第 9 期，有《向东眺望——给远离家乡的女儿》《乡村的戏台》《风中的芦草》《故乡的风》4 首；选入《诗选刊》2005 年第 10 期，题为《林莽的诗》。

9月　散文集《时光转瞬成为以往》由华文出版社出版，为"校园文学丛书·心丝花语"之一种。收有《童年的故乡》《告别苇岸》《关于"白洋淀诗歌群落"》等文，分为《乡野的风》《岁月留痕》《青春作证》3 辑。

11月　《林莽诗选》由时代文艺出版社出版。收有《深秋》《面对大海》《我想拂去花朵的伤痕》等诗 132 首，后附《林莽创作年表》。有序《几句简单的话》。序说:"写诗 36 年,只有 200 余首,每年平均只有几首,无法和那些勤奋者相比。但想起某些我敬佩的诗人,他们对诗歌的敬畏一直是对我的一种警示。""36 年是一个不短的人生时间,这些作品记录了某些情感的变迁和个人的阅历,或许,它们还能反映出近三十年来中国新诗的某些变革。作为一个写诗并写一些评论文字的人,这些年,我是在不断地反思与调整中进行着诗歌创作的,面对诗歌这个有绝对难度的文学品类,我是虔诚的。"

11 月　提议创办的《诗探索》作品卷出刊,任主编。

2006 年

1 月　主持选编的《2005 中国年度诗歌》由漓江出版社出版。

1 月　蓝野的诗集《回音书》由作家出版社出版,为"21 世纪文学之星丛书"之一种。为该书作序《善与爱的回音》。

1 月　李润霞选编的诗集《被放逐的诗神》由武汉出版社出版,为"潜在写作文丛"之一种。收录《深秋》《心灵的花》《二十六个音节的回想》等诗 18 首。

3 月 20 日　组织的 2006 年度"春天送你一首诗"启动仪式以"和平·生活——多媒体与诗歌"为主题在朝阳区文化馆举行,此后宁波、济南、苍南、廊坊、长治、晋江、周庄等城市参与此活动。

3 月　主持选编的《新世纪五年诗选》由时代文艺出版社出版。

3 月　主持选编的《第三届华文青年诗人奖获奖作品》由漓江出版社出版。

3 月　与韩常主编的《山东省百名中学校长推荐百首中外诗篇》由中国档案出版社出版。

4 月 9 日　组织的第四届华文青年诗人奖颁奖仪式在宁波举行,王夫刚、李小洛、牛庆国获奖。

5 月 12—15 日　主持的"新世纪十佳青年女诗人"颁奖活动在山东济南、福建晋江两地进行,蓝蓝、路也、娜夜、鲁西西、杜涯、李小洛、海男、安琪、荣荣、林雪被评选为"新世纪十佳青年女诗人"。

6 月 18 日　组织的 2006 年度"春天送你一首诗"活动在吉林查干湖落下帷幕,并同时启动吉林查干湖杯"我们美丽的湖"全国诗歌大奖赛。

6 月 24 日　策划的首都师范大学驻校诗人路也诗歌创作研讨会在北

京举行。

7 月　诗作《我们还有许多事情没有完成》《在秋天》《我想拂去花朵的伤痕》《白蝴蝶》刊于《人民文学》2006 年第 7 期，总题为《诗四首》。

9 月　主持选编的《第四届华文青年诗人奖获奖作品》由漓江出版社出版。

10 月 18 日　策划的华文青年诗人奖获奖者李小洛作为第三位驻校诗人进入首都师范大学，驻校诗人李小洛入校仪式暨诗歌朗诵会是日举行。

11 月　诗辑《白蝴蝶》刊于《鸭绿江》2006 年第 11 期，有《白蝴蝶》《向东眺望》《风中的芦草》《失去的春天》《一夜北风后的大树》《夏末十四行·高原》《挽歌》《是谁的声音有如黄铜嘹亮的号角》《无题》9 首。

2007 年

1 月　主持选编的《2006 中国年度诗歌》由漓江出版社出版。

3 月 31 日　组织的第六届"春天送你一首诗"活动在北京启动，之后在吉林查干湖、宁波、苍南等 33 个地区举行。

3 月　主持选编的《我们美丽的湖——吉林查干湖杯全国诗歌大奖赛》由时代文艺出版社出版。

5 月　邰筐的诗集《凌晨三点的歌谣》由作家出版社出版，为"21 世纪文学之星丛书"之一种。为该书作序《独立而冷静的歌者》。

5 月　孙方杰、王夫刚编的《层面——新世纪山东青年诗选》由中国文史出版社出版，为该书作序《时代风尚与诗歌价值》。

6 月 8 日　组织的"春天送你一首诗"查干湖主会场活动在吉林松原开幕，同时举行了首届"书法写新诗"的展览和第五届华文青年诗人奖颁奖仪式，荣荣、李轻松、苏历铭获奖。

7 月 5 日　策划的首都师范大学驻校诗人李小洛诗歌创作研讨会在北京举行。

8 月　谢宜兴的诗集《梦游》由中国文联出版社出版，为该书作序《在丰富的诗歌生态中成长》。

9 月 18 日　策划的华文青年诗人奖获奖者李轻松作为第四位驻校诗人进入首都师范大学，首都师范大学驻校诗人入校仪式暨座谈会是日举行。

9月　叶橹的论文《独行者的孤寂与守望——论林莽的诗》刊于《诗探索》2007年第1辑理论卷。叶橹讲："当20世纪80年代的中国诗坛上'朦胧诗'崛起并备受瞩目时，人们并不一定知道曾经有过一个处在'荒蛮时代'的'白洋淀诗歌群落'，而这一'群落'的成员中，林莽的诗名并不为圈外的人所知。即使在'朦胧诗'大红大紫的时候，林莽也没有作为它的代表性诗人而被论者所重视。我在这里提及这一事实，丝毫不存在对林莽的诗或评论者的褒贬意味。我只是想借这个事实来说明对林莽的诗的一个基本品质的判断。在我看来，林莽的诗不是'喧哗与骚动'的产物，而他的诗歌艺术追求，也似乎不怎么适合参与到一种群体性的活动之中。尽管'朦胧诗'只是一种局外人的'命名'而非那些诗人们的主动自觉的'宣言'，但是在一般人的心目中，'朦胧诗'的代表性人物北岛，芒克，舒婷，顾城，杨炼，江河等人，还是形成了某种相对固定的艺术取向的。而对林莽的诗，人们却很难说出他归属于哪一种类型。这似乎是林莽的不幸，但这种不幸恰恰成为现在我们得以冷静地审视其诗歌艺术内涵和特征的一种契机。""林莽的不合群，使他有意无意地成为诗坛的独行者，而他踽踽独行的身影，恰恰成为观察他的诗歌艺术的独特性的最好参照。"

9月　主持选编的《第五届华文青年诗人奖获奖作品》由漓江出版社出版。

10月　组诗《秋歌》刊于《鸭绿江》2007年第10期，有《夏夜深谷》《雪》《剥开橙子》《再临月夜》《当大风呼呼地刮过》《秋歌》《寻求》《一封远方的来信到底要说些什么》8首。

11月　谷禾、宋晓杰编的《十九——第十九届青春诗会纪念集》印行，为该书作序《我们真诚，我们面对艺术》。

是年　开始尝试国画创作。

2008年

1月　主持选编的《2007中国年度诗歌》由漓江出版社出版。

1月　徐伟的诗集《不要绝望　不要放肆》由同心出版社出版，为该书作《前言》。

3月20日　组织的纪念知识青年上山下乡40周年暨"春天送你一首

诗"全国诗歌活动启动仪式在北京举行。

5月1日　组诗《我的怀念》刊于《诗选刊》2008 年第 5 期,有《母亲的遗容》《妈妈的晚年世界》《妈妈的"秘籍"》3 首,诗均选自网络。

5月　汶川发生大地震,组织《诗刊》下半月刊编辑出刊《抗震救灾诗传单》。

5月　组诗《怀想与纪念》刊于《星星》2008 年第 5 期,有《五月的鲜花》《腊梅花开　一年一度》《一个少年的忧伤》《午后的秋阳》《陶中菊》5 首。

6月25日　策划的首都师范大学驻校诗人李轻松诗歌创作研讨会在北京举行。

6月　与叶延滨主编的《奥运诗典》由作家出版社出版。

6月　主持选编的诗集《中国,有座城市叫长春》由长春出版社出版。

7月　诗辑《静水之上》刊于《清明》2008 年第 4 期,有《我看见曼陀罗洁白的花朵》《夏末十四行·玫瑰》《夏末十四行·满月》《剥开橙子》《面对草滩》《月光下的乡村少女》《感知成熟》7 首。

9月19日　策划的第六届华文青年诗人奖颁奖暨驻校诗人入校仪式是日在首都师范大学举行,邰筐、李寒、熊焱获奖,邰筐作为第五位驻校诗人进入首都师范大学。

10月1日　诗作《腊梅花开　一年一度》《午后的秋阳》《我想起那片梨花》《秋菊》《五月的鲜花》《铁门关》刊于《诗歌月刊》2008 年第 10 期,总题为《林莽的诗》。

10月　主持选编的《第六届华文青年诗人奖获奖作品》由漓江出版社出版。

11月　组诗《我的怀念》刊于《作家》2008 年 11 月号,有《秋菊》《妈妈走了》《母亲的遗容》《妈妈的"秘籍"》《妈妈的美食》《韧》《妈妈的晚年世界》7 首。

是年　韩国东亚大学白贞淑完成硕士论文《〈我流过这片土地〉研究》并通过答辩。

2009 年

1月7—12日　"纪念诗歌创作四十周年——林莽诗画展"在北京朝

阳文化馆举行，牛汉、袁鹰、屠岸、姜德明、邵燕祥、王燕生、吴思敬、韩作荣等在京及专程从外地赶来的 200 多位诗人、学者出席。为此次画展自印《林莽诗画集》，收有《当大风呼呼地刮过》《这一切已是那么的遥远》《再临秋风》等诗；有《自序》。

1 月　主持选编的《2008 中国年度诗歌》由漓江出版社出版。

3 月 21 日　主持的"春天送你一首诗"全国大型诗歌公益活动启动仪式暨书法写新诗座谈会在北京朝阳区文化馆举行。

3 月　诗作《生活中总有一些突如其来的事情》刊于《人民文学》2009 年第 3 期。

3 月　谢冕主编的《中国新文学大系（1976—2000）·诗卷》由上海文艺出版社出版，选入《瞬间》《秋天在一天天迫近尾声》《雪一直没有飘下来》诗 3 首。

4 月　组诗《苍茫的瞬间》刊于《星星》2009 年第 4 期，有《登祁山谒先秦古墓》《暮色中登君山眺望洞庭》《路遇皇家茶园饮茗中秋有感》《枣园的碎石路》《背向夕阳向东飞行》《阅风云者说》6 首。选入《诗选刊》2009 年第 7 期。

4 月　三子的诗集《松山下》由作家出版社出版，为"21 世纪文学之星丛书"之一种。为该书作序《在感知和领悟中自由飞翔》。此序曾刊于《诗刊》2009 年 2 月号下半月刊。

5 月　《芒克的诗》由人民文学出版社出版，为"蓝星诗库"之一种。为该书作《跋》。

6 月 27 日　策划的首都师范大学驻校诗人邰筐诗歌创作研讨会在北京举行。

7 月　诗集《秋菊的灯盏》由作家出版社出版，为"芳草地诗丛"之一种。收有《我们还有许多事情没有完成》《秋菊》《一条大江在无声地流》等诗，分为《午后的秋阳》《我的怀念》等 3 辑，后附《读写散记》。有《自序》。《自序》讲："诗集名为《秋菊的灯盏》，是想表达我近几年的某种心态。那些辉映我们生命的，或许就是我们身边的那些最平常、最普通的事物。而当我们忽视了它们，也就远离了人生的幸福。在人生的历程中，我们时时期待着那些最质朴的品格与事物的滋养与照耀。""这本诗集是我近几年的作品合集，其他的书中没有收入过。其中有些是我很看重的作品，这些发自肺腑的文字，曾让我的心灵为之激荡。"

8月　赴韩国参加万海诗歌节活动。

8月　主持编辑的《第七届华文青年诗人奖获奖作品》由漓江出版社出版。

9月11日　策划的第七届华文青年诗人奖颁奖会暨首都师范大学驻校诗人入校仪式举行，孔灏、尤克利、阿毛获奖，阿毛作为第六位驻校诗人进入首都师范大学。

10月　诗集《穿越》由《星星》诗歌理论半月刊《诗歌 EMS》周刊出版，为"诗歌 EMS · 60首诗丛"之一种。收有《列车纪行》《秋天的眩晕》《妈妈的"秘籍"》等诗。

10月　参加庐山国际写作营活动。

2010 年

1月　自诗刊社退休，创办"诗探索中国新诗会所"，开始主持《诗探索》编辑部的各项具体工作。

1月　组诗《在秋天》刊于《鸭绿江》2010年第1期，有《我们还有许多事情没有完成》《在秋天》《蘑菇》《午后的秋阳》《秋菊》《远山有雨》《一条大江在无声地流》7首。

1月　主编的《2009 中国年度诗歌》由漓江出版社出版。

2月　诗辑《穿越》刊于《人民文学》2010年第2期，有《穿越》《庐山的雾》《海边的无花果》3首。选入《诗选刊》2010年第4期。

5月7—9日　组织的"白洋淀之春——新世纪主题诗会"在河北白洋淀举办。

夏　去德国探亲，游历德国、瑞士、奥地利等国家。

7月3日　策划的首都师范大学驻校诗人阿毛诗歌创作研讨会在北京举行。

9月17日　策划的华文青年诗人奖获奖者王夫刚作为驻校诗人进入首都师范大学，2010年首都师范大学驻校诗人入校仪式是日举行。

9月22日　华文青年诗人奖改由《诗探索》编辑部主办，主持的"2010年度诗探索·华文青年诗人奖"颁奖会在上海松江区举行，黑枣、徐俊国、林莉获奖。

9月　主持选编的《2010 华文青年诗人奖获奖作品》由漓江出版社出版。

9 月　谢冕总主编的《中国新诗总系》由人民文学出版社出版。第 7 卷（1979—1989）选入《无法驱散》《雨中长笛》《秋天在一天天迫近尾声》诗 3 首；第 8 卷（1989—2000）选入《银饰》《寻求》《清晨的蛛网》诗 3 首。

10 月　受首尔大学邀请去韩国出席文学活动。

11 月 29 日　出席在清华大学举行的《牛汉诗文集》出版座谈会。

2011 年

1 月　主编的《2010 中国年度诗歌》由漓江出版社出版。

4 月　组诗《心灵的风》刊于《中国诗歌》2011 年第 4 期，有《心灵的风——重返白洋淀北何庄》《我想拂去花朵的伤痕》《杜梨》《当我唱起〈小路〉》《写在多雪的冬天》5 首。

5 月 28 日　组织的"2011 诗探索·中国年度诗人诗会暨深圳大望诗歌节"在深圳举行。

6 月 18 日　组织的"2011 年度诗探索·白洋淀主题诗会"在河北白洋淀举办。

6 月　主持编辑的《2011 诗探索·中国年度诗人》由漓江出版社出版。

6 月　去德国探亲，游历意大利。

7 月 2 日　策划的首都师范大学驻校诗人王夫刚诗歌创作研讨会在北京举行。

9 月 19 日　策划的华文青年诗人奖获奖者徐俊国作为驻校诗人进入首都师范大学，2011 年首都师范大学驻校诗人入校仪式是日举行。

9 月 24 日　策划的"红高粱诗歌奖"启动，由《诗探索》编辑部、高密市人民政府联合主办的首届红高粱诗歌奖是日在山东高密颁奖。

10 月　诗作《如果我生活在一百年前的中国》刊于《中国诗歌》2011 年第 10 期。

10 月　主持选编的《2011 华文青年诗人奖获奖作品》由漓江出版社出版。

11 月 7 日　主持的"2011 年度诗探索·华文青年诗人奖"在上海颁奖，蓝野、宋晓杰、谷禾获奖。

2012 年

1 月　主编的《2011 中国年度诗歌》由漓江出版社出版。

2 月　诗作《午后的秋阳》《蜂鸟》《蘑菇》《跪送母亲》《清晨即景》刊于《诗潮》2012 年第 2 期，总题为《诗五首》。

4 月 1 日　诗评《生命的节律和语言的幻象》刊于《诗刊》2012 年 4 月号上半月刊。

4 月 15 日　诗作《一片小树林》《金属的精卫鸟》刊于《诗刊》2012 年 4 月号下半月刊，总题为《写意滨海新区》。

5 月 1 日　诗辑《迟到的约定》刊于《诗刊》2012 年 5 月号上半月刊，有《栗树花开》《清晨即景》《迟到的约定》《初见乌江》《心中的美禽》《远方》《蓝色的湖》《宿命》8 首。

5 月　高建刚诗集《悬空的花园》由漓江出版社出版。为该书作序《走进一座悬空的花园》。

7 月 6 日　策划的首都师范大学驻校诗人徐俊国诗歌创作研讨会在北京举行。

7 月　《林莽诗歌精品集》由南海出版公司（海口）出版，为"中国当代文学百家"之一种。收有《深秋》《当大风呼呼刮过》《在秋天》等诗，后附叶橹《独行者的孤寂与守望——论林莽的诗》等评。有中国当代文学百家编委会《前言》和作者序《写在诗集前面的话》。序讲："这是一本以抒情短诗为主体的诗歌选集，从 1969 年到 2011 年，时间已整整过去了四十二年。""在一个社会生活动荡与变革的时代，一个人抵御喧嚣，力求回归心灵的寂静，无疑是一种耗费心血而又有些奢望的行为。面对无法摆脱的世俗生活，努力寻求自己热爱的那个诗意的世界，同样也是一种幸福。""我希望用真情创作一个与现实生活息息相关的诗的世界，它是一个相对独立的语言艺术的空间，它敞开襟怀，面对每一个希望进入其中的人。""回想几十年的写作，翻阅所有的作品，我感到我的诗歌同我的生命阅历是同步的。同时，它们是真诚的，它们一脉相承地始终保有着一种沉郁的情调，一种与我的精神与情感世界相吻合的旋律与节奏。""尽管这些年，中国的诗坛兴衰迥异，风起云涌，我始终要求自己保持独立的人格与个人艺术的品质。我努力寻找诗歌的真谛，认真地对待每一次写作，同时负起一个人应有的社会责任，做一个真诚生活，力所能及地为自己热爱的诗歌发展做一些具体而有益工作的人。多年来，我一直在这样做。"

夏　去德国，游历东欧和西班牙在大西洋的海岛蓝萨洛特—加龙省。

9月18日　策划的华文青年诗人奖获奖者宋晓杰作为驻校诗人进入首都师范大学，2012年首都师范大学驻校诗人入校仪式是日举行。

10月29日　组织的第二届红高粱诗歌奖颁奖典礼在山东高密举行。

10月　主持选编的《2012华文青年诗人奖获奖作品》由漓江出版社出版。

11月13日　出席诗刊社在河北霸州组织的"纳言——霸州诗群评诗刊"活动。

12月15—16日　组织策划的由北京朝阳区文化馆、诗探索编辑委员会主办的"打开窗户"系列诗歌活动在北京举行，期间举行有"华文青年诗人奖十年庆典暨2012年华文青年诗人奖颁奖仪式"，郭晓琦、丁立、杨方获奖。

12月21—23日　组织的"2012诗探索·中国年度诗人诗会"在深圳举行。

12月　《新文学评论》2012年第4期刊出"诗人档案·林莽"专栏，刊有张清华《主持人语》、林莽《读写散记》、张清华《见证白洋淀诗歌——林莽访谈录》、王士强《"冰层冻裂的轰鸣"与"寂静中的火焰"——论作为"白洋淀诗人"的林莽》。

12月　与蓝野编的诗选《三十位诗人的十年：华文青年诗人奖和一个时代的抒情》由漓江出版社出版，为该书作序《一个独特的青年诗人奖项的诞生与坚守》。

2013 年

1月　去台湾参加天问诗歌峰会。

1月　主编的《2012中国年度诗歌》由漓江出版社出版。

3月　出席韩国釜山东亚大学的诗歌学术活动。

5月9—11日　出席在湖北黄石举办的诗刊社第4届"青春回眸"诗会。

5—6月　游历美国东西部，参加伊萨卡中美诗人朗诵会。

7月10日　策划的首都师范大学驻校诗人宋晓杰诗歌创作研讨会在

北京举行。

9月1日　诗辑《时光追忆》和随笔《我对当前诗歌的一些看法》刊于《诗刊》2013年9月号上半月刊,诗辑有《立秋·读沃尔科特》《六月,在布拉格》《牯岭落叶》《时光追忆》《防线》5首;《中国诗歌》2014年第1期《中国诗选》选入《六月,在布拉格》外一首《牯岭落叶》。

9月24日　策划的华文青年诗人奖获奖者杨方作为驻校诗人进入首都师范大学,2013年首都师范大学驻校诗人入校仪式是日举行。

9月27日　组织的第三届红高粱诗歌奖颁奖典礼在山东高密举行。

10月1日　随笔《牛汉的精神鼓舞着我》刊于《诗歌月刊》2013年第10期。

10月　主持选编的《2013华文青年诗人奖获奖作品》由漓江出版社出版。

11月5日　主持的2013年度诗探索·华文青年诗人奖颁奖仪式在浙江文成举行,刘年、谈雅丽、慕白获奖。

11月　到南美阿根廷和哥伦比亚参加诗歌节活动。

2014年

1月　主编的《2013中国年度诗歌》由漓江出版社出版。

6月　与贾光军主编的《雄关如此多娇——百名知名诗人写嘉峪关》由漓江出版社出版。

7月6日　策划的首都师范大学驻校诗人杨方诗歌创作研讨会在北京举行。

9月18日　策划的华文青年诗人奖获奖者慕白作为驻校诗人进入首都师范大学,2014年首都师范大学驻校诗人入校仪式是日举行。

10月18日　组织的第四届红高粱诗歌奖颁奖典礼在山东高密举行。

10月　刘福春、贺嘉钰编的《白洋淀诗歌群落资料》由中华文学史料学学会、北京师范大学国际写作中心出版,选入《关于"白洋淀诗歌群落"》和《深秋》等诗16首及相关资料。11月24日　主持的2014年度诗探索·华文青年诗人奖颁奖仪式在浙江文成举行,冯娜、陈亮、离离获奖。

11月29日　出席在北京召开的首都师范大学驻校诗人十年回顾研

讨会。

11 月　出席在北京师范大学召开的《白洋淀诗歌群落资料》出版研讨会。

11 月　诗作《我想拂去花朵的伤痕》《我们还有许多事情没有完成》《生活中总有一些突如其来的事情》《午后的秋阳》《跪送母亲》《暮色中登君山眺望洞庭》《也是两个人的车站》《那一瞬我已长大》《入秋》《立秋·读沃尔科特》刊于《青海湖》2014 年第 11 期，总题为《林莽诗十首》。

11 月　主编的《窗前的杨树——首都师范大学驻校诗人诗选》由漓江出版社出版。

11 月　主持选编的《2014 华文青年诗人奖获奖作品》由漓江出版社出版。

2015 年

1 月　主编的《2014 中国年度诗歌》由漓江出版社出版。

3 月　与龙泉主编的《临川之笔——全国诗歌征文获奖作品集》由漓江出版社出版。

5 月　《记忆：一九八四—二〇一四诗选》由作家出版社出版。收有《正午，穿过树林》《雨还在下》《春日》等诗，分为《寂静的火焰》《敞开的窗子》等四辑，后附《林莽创作年表》。有作者《前言》。《前言》讲："我把这本书命名为《记忆》，它也是我的一首长诗的名字。我的写作是以自己真切的生命历程和生活经验为基础的，大都与记忆相关。但诗的外延与内涵无疑是更宽阔的，它应该远远大于文字和词语本身。""这本诗集选择了 1984—2014 年的诗歌作品，历时三十年，前期的作品已另有诗集选入。1984 年也是我诗歌写作自我调整后的新起点，自上世纪 80 年代初，我经历了几年的对诗歌本体的思考，开始努力摆脱以往以社会生活为主体的那种韵味，更多地贴近心灵，更多地贴近生命的感知与领悟，寻找语言艺术的真谛，让诗歌作品更具现代艺术之美。""在经历了近半个世纪的新诗历程之后，出版这本跨度三十年的诗选，也是一个自我总结的过程。我专心地阅读了这一阶段的所有作品，经过筛选，又将它们分为四个部分，将短诗、组诗和长诗等分别开来，每部分的作品都以写作的时间先后排序。这样，也许会有助于大家对作品写作时间背景的了解，以及对诗歌本身的阅读与分析。"

6月　《林莽诗画：1969—1975白洋淀时期作品集》由漓江出版社出版。

7月1日　《林莽：绘画作品要有人的情感和人文意蕴——答诗人杨方问》刊于《江南诗》2015年第4期。

7月8日　策划的首都师范大学驻校诗人慕白诗歌研讨会在北京举行，因在德国探亲写了《给诗人慕白的一封信》表示祝贺。

7月　组诗《寂静中的海》刊于《文学港》2015年第7期，有《斯人可嘉》《一切都可能改变》《写在菜单上的诗》《我想从星光说起》《寂静中的海》5首。

夏　去德国探亲，游历法国南部和西班牙。

8月1日　诗辑《纪念》刊于《诗刊》2015年8月号上半月刊，有《夏日的阳光是那样的美好》《纪念》《秋日将临》《渔村》4首。

9月17日　策划的华文青年诗人奖获奖者冯娜作为驻校诗人进入首都师范大学，2015年首都师范大学驻校诗人入校仪式是日举行。

9月30日　组织的第五届红高粱诗歌奖颁奖典礼在山东高密举行。

9月　组诗《入秋》刊于《花城》2015年第5期，有《入秋》《秋日来信》《午后的秋阳》《感怀》《立秋·读沃尔科特》《秋风在不紧不慢地吹着》6首。

2016年

1月21日　诗论《当代新诗：生机盎然的荒原》刊于《文学报》。

1月　主编的《2015中国年度诗歌》由漓江出版社出版。

1月　主持选编的《2015中国年度作品·诗歌》由现代出版社出版。

1月　主持选编的《2015华文青年诗人奖获奖作品》由现代出版社出版。

1月　主持选编的《2015红高粱诗歌奖获奖作品集》由现代出版社出版。

2月　组诗《岁月履痕》刊于《山东文学》2016年第2期，有《那些值得珍重的日子至今仍一尘不染》《清凉的薄荷》《我的车位前曾有一棵樱花树》《黯然面对》《重伤——悼陈超》《无花果》《束河古镇》《小肥猫客栈饮茶记》《小镇墓园》《铁皮鼓》《玫瑰小镇》《魏玛》《我们即将告别》《无题》《空寂的椅子》15 首。

3 月 23 日　主持的 2015 诗探索·人天华文青年诗人奖颁奖典礼在重庆举行，臧海英、王单单、张巧慧获奖。

4 月 6 日　出席在四川遂宁举行的《诗刊》2015 年度陈子昂诗歌奖颁奖大会。

4 月 26—29 日　诗刊社、浙江省作协、义乌市人民政府联合主办的"骆宾王诗歌奖颁奖典礼暨诗人走进义乌采风活动"在浙江义乌举行，获首届骆宾王诗歌奖。

5 月 1 日　诗辑《梧桐古道》刊于《诗刊》2016 年 5 月号上半月刊，有《我登上的山顶已不再是同一座山顶》《哀伤》《飞越荒原之舞》《梧桐古道》4 首。

5 月 21 日　出席在廊坊召开的北岛诗歌创作研讨会。

6 月　"诗之淀——林莽白洋淀习作展"在青岛"良友书坊"举办。

7 月 6 日　策划的首都师范大学驻校诗人冯娜诗歌创作研讨会在北京举行。

7 月　诗辑《许多事情还没有完成》刊于《海燕》2016 年第 7 期，有《故乡、菜花地、树丛和我想说的第一句话》《灰蜻蜓》《融雪之夜》《月光下的乡村少女》《银饰》《我们还有许多事情没有完成》《黑鸟和紫色的果子》《立秋·读沃尔科特》《鹿港小镇》9 首。

8 月 15 日　诗作《回到久违的宋朝》外一首《有一条诗歌之江叫涪江》刊于《诗刊》2016 年 8 月号下半月刊。

9 月 14 日　策划的华文青年诗人奖获奖者王单单作为驻校诗人进入首都师范大学，2016 年首都师范大学驻校诗人入校仪式是日举行。

9 月 23 日　主持的 2016 诗探索·人天华文青年诗人奖颁奖典礼在武汉举行，张二棍、聂权、武强华获奖。

9 月 25 日　策划的首届"诗探索·中国春泥诗歌奖"颁奖会在青岛举行。

9 月 28 日　组织的第六届红高粱诗歌奖颁奖典礼在山东高密举行。

10 月　"诗之淀——林莽白洋淀习作展"在唐山举办巡回展。

11 月 12 日　策划创办的由《诗探索》杂志编辑部、诸城市委宣传部联合主办的"诗探索·中国新诗发现奖"启动，颁奖会在山东诸城举行。

11 月　《林莽诗六首》刊于《草堂》第 4 卷。

12 月　主持选编的《2016 华文青年诗人奖获奖作品》由吉林大学出版社出版。

12 月　主持选编的《2016 红高粱诗歌奖获奖作品集》由吉林大学出版社出版。

2017 年

1 月　主编的《2016 中国年度诗歌》由漓江出版社出版。

1 月　主编的《2016 中国年度作品·诗歌》由现代出版社出版。

2 月　《散文二题》(《我认识的诗人昌耀》《相思树下的诗情》) 和创作谈《为美丽的飞行，登高而望》刊于《朔方》2017 年第 2 期。

3 月　组诗《与春天相关》刊于《人民文学》3 期，有《元月 4 日看一部新片有感》《春事　暖风浩荡》《在早春的清晨　听一只大提琴曲》《我车位前曾有一棵樱花树》《挥手的道别也许是一生的憾事》《梦中莲花》《翻阅 50 年代〈诗刊〉，在一首诗里听到了乡音》7 首。

4 月　中国作家协会诗刊社编的《中国新诗百年志·作品卷》由中国工人出版社出版，选入《悼一九七四年》《秋天在一天天迫近尾声》诗 2 首。

5 月　诗作《海边的黑松林》刊于《青岛文学》2017 年第 5 期。

5 月　《林莽　康平绘画摄影联展》在嘉峪关举办。

5 月　吴投文的《"我寻求那些寂静中的火焰"——诗人林莽访谈》刊于《芳草》2017 年第 3 期。

6 月 26 日　主持的 2017 诗探索·人天华文青年诗人奖颁奖典礼在河北白洋淀举行，灯灯、陆辉艳、方石英获奖。

6 月　主持选编的《首届诗探索·中国诗歌发现奖获奖作品集》由吉林大学出版社出版。

夏　去德国探亲，游历法国中西部和德国小镇。

7 月 5 日　策划的首都师范大学驻校诗人王单单诗歌创作研讨会在北京举行。

7 月 28—29 日　策划的第二届"诗探索·春泥诗歌奖"颁奖典礼和第二届中国乡村诗歌高峰论坛在青岛平度举行。

9 月 20 日　策划的华文青年诗人奖获奖者张二棍作为驻校诗人进入首都师范大学，2017 年首都师范大学驻校诗人入校仪式是日举行。

9月23日　策划的第二届"诗探索·中国诗歌发现奖"颁奖典礼暨获奖作品研讨会在山东诸城举行。

10月28日　组织的第七届红高粱诗歌奖颁奖典礼在山东高密举行。

10月　组诗《低垂的目光》刊于《青岛文学》2017年第10期，有《那是昨天的落日》《四十二年后题老友赵冰爽水彩画〈水乡春日〉》《地铁车厢对面的女孩》《半潭秋月》《清晨即景》《心中的声音》《回马镇桃园村访贾岛不遇》《蓝色的湖》8首。

2018年

1月　主编的《2017中国年度诗歌》由漓江出版社出版。

2月　组诗《纪念》刊于《福建文学》2018年第2期，有《圣十字湖·黄昏》《纪念》《正午的阳光那么明亮》《黑鸟和紫色的果子》《那是什么味道》《邂逅毕加索和一种开蓝花的树》《蜂鸟》《我登上的山顶已不再是同一座山顶》8首。

2月　主持编辑的《2017华文青年诗人奖获奖作品》《2017红高粱诗歌奖获奖作品集》《首届、第二届"诗探索·春泥诗歌奖"获奖作品集》《第二届诗探索·中国诗歌发现奖获奖作品集》由吉林大学出版社出版。

3月1日　组诗《地铁车厢对面的女孩》刊于《诗刊》2018年3月号上半月刊，有《那碰触我心的只是一个简单的汉字》《我听见我放开喉咙在愉快地呼喊》《疼痛》《地铁车厢对面的女孩》《深夜，在海边》《月亮升起来》《敬畏》7首。

3月　主编的《2017中国年度作品·诗歌》由现代出版社出版。

3月　与陈亮主编的《读家记忆2017年度优秀作品·诗歌导读》由现代出版社出版。

5月11日　主持的2018诗探索·人天华文青年诗人奖颁奖典礼在浙江文成举行，吴乙一、徐晓、祝立根获奖。

5月26日　由中国当代文学研究会、廊坊师范学院白洋淀文化研究中心和首都师范大学中国诗歌研究中心主办的"林莽诗歌创作研讨会"在河北廊坊举行。

梁启超"新民说"格局中的史学与文学革命

关爱和

(河南大学文学院)

一 "新民说"形成

戊戌变法失败后，梁启超逃亡日本。在逃亡的兵舰中，梁启超有《去国行》一诗，抒写了"君恩友仇两未报""割慈忍泪出国门"的惆怅。完成明治维新的日本，在梁启超心目中，是一个"种族文教咸我同""驾欧凌美气葱茏"的国度。这让年方 26 岁的维新思想家，面对未来的流亡生活，充满着"潇潇风雨满天地""前路蓬山一万重"① 的遐想。客居他国的梁启超，很快做出两个重要选择：第一个选择是学习日语。梁启超初入日本，与日本人交流，多用笔谈。在东京一年，从日本学者学习日本文法，并编辑《和文汉读法》。梁启超《三十自述》追忆此时"稍能读东文，思想为之一变"。能读日本文而思想为之一变的原因在于：明治维新后的日本，欧洲之学大量涌入。面对纷至沓来的新知识、新学理，从学问饥渴的中国走来的梁启超，感到"畴昔所未见之籍，纷触于目；畴昔所未穷之理，腾跃于脑，如幽室见日、枯腹得酒。"② 通过日文阅读西方之书，使梁启超充满求仁得仁的快乐。读欧洲、日本之书，痛定思痛，反思中国维新变法未能获得成功的原因，以为"欲维新吾国，当先维新吾民"，③ 于是梁启超便有第二个选择：重操旧业，创办报纸，传播新知。梁启超秉持新民救国的宗旨，在旅日华裔的支持下，先后在横滨创办

---

① 梁启超：《饮冰室合集·文集之四十五下》，中华书局 1989 年版（下同），第 2 页。

② 梁启超：《饮冰室合集·文集之十一》，第 18 页。

③ 丁文江、赵丰田编：《梁启超年谱长编》，上海人民出版社 1983 年版（下同），第 272 页。

《清议报》《新民丛报》《新小说》等报刊，开始了以文字 "维新吾国" "维新吾民" 的伟大事业。

《清议报》时期，梁启超开始使用 "饮冰室主人" 与 "任公" 的名号。梁启超在《自由书叙言》中解释 "饮冰室" 来自庄子 "我朝受命而夕饮冰，我其内热欤？"① "任公" 出自他 1900 年所作的《二十世纪太平洋歌》："亚洲大陆有一士，自名任公其姓梁。尽瘁国事不得志，断发胡服走扶桑。"② "饮冰室" 与 "任公" 的称谓都包含志在救世，以天下为己任的担当精神。对于政变流亡，梁启超的感觉是 "愈压之则愈振，愈虐之则愈奋，正所谓 '野火烧不尽，春风吹又生' 者，今时不过萌芽而已"③。对于中国时局，又以为 "非用雷霆万钧之力，不能打破局面，自今日以往，或乃敝邦可以自强之时也"④。1901 年 12 月，《清议报》办满 100 期，梁启超有《清议报一百册祝辞并论报馆之责任及本馆之经历》一文，以倡民权、衍哲理、明朝局、厉国耻概括《清议报》的特色。其归纳《清议报》文字的着力点和思想方向说：

> 有《饮冰室自由书》，虽复东鳞西爪，不见全牛，然其愿力所集注，不在形质而在精神。以精锐之笔，说微妙之理，谈言微中，闻者足兴。有《国家论》《政治学案》，述近世政学大原，养吾人国家思想。有章氏《儒术新论》，诠发教旨，精微独到。有《瓜分危言》《亡羊录》《灭国新法论》等，陈宇内之大势，唤东方之顽梦。有《少年中国说》《呵旁观者文》《过渡时代论》等，开文章之新体，激民气之暗潮。有《埃及近世史》《扬子江》《中国财政一斑》《社会进化论》《支那现势论》等，皆东西名著巨构，可以借鉴。有政治小说《佳人奇遇》《经国美谈》等，以稗官之异才，写政界之大势。⑤

由此可见，国民教育与国民启蒙，在《清议报》创办之初，即是梁

---

① 《饮冰室合集·专集之二》，第 1 页。

② 《饮冰室合集·文集之四十五下》，第 7 页。

③ 丁文江、赵丰田编：《梁启超年谱长编》，第 165 页。

④ 同上书，第 162 页。

⑤ 《饮冰室合集·文集之六》，第 55 页。

启超最重要的关注点。

1902 年起，梁启超改办《新民丛报》。与《清议报》相比，《新民丛报》将办报宗旨转移到"维新吾国""维新吾民"上来。10 月又创办《新小说》。两报创办后，销路甚好，主编梁启超因此也成为中国舆论界的风云人物。梁启超在晚年所著的《清代学术概论》中回忆说："自是启超复专以宣传为业，为《新民丛报》《新小说》等诸杂志，畅其旨义，国人竞喜读之，清廷虽严禁不能遏。每一册出，内地翻刻本辄十数。二十年来学子之思想，颇蒙其影响。"①《新民丛报》时期，也是梁启超逐渐脱离康有为思想窠臼，思想与学术渐趋成熟的时期。其叙述《新民丛报》时期的思想特点云："其保守性与进取性常交战于胸中，随感情而发，所执往往前后相矛盾。常自言曰：不惜以今日之我，难昔日之我。"② 在经历与章太炎主编的《民报》的政治论争和报馆火灾后，1907 年 7 月，发行量最高时达一万四千余份的《新民丛报》停刊。失去了《新民丛报》这一传播平台，梁启超舆论领袖的光彩也渐趋黯淡。

在维新变法亲历者的梁启超看来，19 世纪与 20 世纪相交的时代，对于中国，是十分重要的关节点。"本朝二百年来，内变之祸，未有甚于此时者也。""中国数千年来，外侮之辱，未有甚于此时者也。"③ 这是一个新陈嬗代、短兵紧接的时代。中国的唯一出路，在民族强大、国家强大、国民强大。而报人的责任，梁启超在《清议报》时期，表述为"广民智，振民气"④，在《新民丛报》时期，表述为"欲维新吾国，当先维新吾民。"⑤ 办报为文十年间，梁启超无时无刻不在关注着民族自新国民自强的事业。后人曾将梁启超 1902 年以后以"中国之新民"笔名发表在《新民丛报》上的 20 篇政论文章，合并为《新民说》，收录于《饮冰室合集》中，并出版单行本。其实，梁启超《清议报》时期"广民智，振民气"的文字，《新民丛报》时期"维新吾国，维新吾民"的文字，都可以汇拢在"新民说"的框架中。"新民说"是 19、20 世纪之交梁启超所策动的

---

① 《饮冰室合集·专集之三十四》，第 62 页。

② 同上书，第 63 页。

③ 梁启超：《清议报一百册祝辞并论报馆之责任及本馆之经历》，《饮冰室合集·文集之六》，第 55 页。

④ 同上。

⑤ 丁文江、赵丰田编：《梁启超年谱长编》，第 272 页。

以民族自新、国家自新、国民自新为目标的思想工程。民族自新工程为20世纪初年波澜壮阔的中国带来希望的曙色。

梁启超"新民说"中"新人学"的要义是改造国民性问题。甲午战争大清帝国败于蕞尔小国被迫割地赔款并引发西方强国瓜分中国狂潮的现实，使沉浸在"同治中兴"睡梦中的中国人幡然猛醒。严复所译的英国科学家《天演论》中"物竞天择，适者生存"的观念激发了中国人救亡图存的觉悟，鼓民力、开民智、新民德成为一代以"救亡图存"为伟大使命的中国知识分子的共识。中国近代气势宏大的思想启蒙也是从这里开始的。在鼓民力、开民智、新民德思想启蒙运动中，梁启超与严复是同道，但两人对新学理新思想的启蒙定位有所不同。严复选择的是精英启蒙路线。严复对西方学术著作的翻译，涉及生物学、经济学、社会学、法学、逻辑学的各个门类。严译名著所建立的西学西来的通道，使"多读古书"中国士大夫阶层知道西方在船坚炮利之外，还有许多精深的富国阜民之学。与严复不同，梁启超登上政治舞台之初，所选择的即是大众启蒙路线。梁启超大众启蒙的选择，与他办报人的经历有关，也与他以"觉世"为核心的文学价值观有关。维新变法时期，担任上海《时务报》主笔的梁启超以"先知有责，觉后是任"的热情信念，将变法维新的道理，以浅易通俗、热情奔放的报章文体传播到大江南北。出道的成功，坚定了梁启超"为椎轮，为土阶，为天下去驱除难，以俟继起者之发挥光大之"[1] 的为文理念。以报章为言论阵地，以文字维新国民，成为梁启超驾轻就熟的思想启蒙方式。

《清议报》时期，梁启超关于改造国民性的思考的六十余篇文字，集中收录于1899年成书的《自由书》中。作者在《叙论》中说明书名的由来："西儒的约汉勒曰：人群之进化，莫要于思想自由、言论自由、出版自由。三大自由，皆备于我焉，以名吾书。"[2] 书中《文野三界之别》以为："国之治乱，常与其文野之度相比例。而文野之分，恒以国中全部之人为定断。"因此"善治国者，必先进化其民"[3]。《理想与气力》感叹"我中国四万万人"，"理想与气力兼备者几何人？"[4] 《国权与民权》以

---

① 梁启超：《与严又陵书》，《饮冰室合集·文集之一》，第106页。

② 《饮冰室合集·专集之二》，第1页。

③ 同上书，第9页。

④ 同上书，第16页。

为："苟我民不放弃其自由权，民贼孰得而侵之？苟我国不放弃其自由权，虎狼国孰得而侵之？"①《中国魂安在乎》以为"今日之最要者，则制造中国魂是也"。兵魂乃中国魂。兵魂的基础在人民对国家的认同。"人民以国家为己之国家，则制造国魂之药料也；使国家成为人民之国家，则制造国魂之机器也。"②《传播文明三利器》以学校、报纸、演说为文明传播利器。而小说在传播文明思想方面也让人刮目相看。作者希望"吾安所得如施耐庵其人者，日夕促膝对坐，相与指天划地，雌黄今古，吐纳欧亚，出其胸中所怀块垒磅礴错综繁杂者，一一熔铸之，以质天下健者哉！"③《自由书》之外，梁启超发表在《清议报》上与国民性改造有关的文字还有《国民十大元气论》《爱国论》《十种德性相反相成论》《少年中国说》《论中国人种之将来》《过渡时代论》等。其《过渡时代论》描写今日中国道：

　　故今日中国之现状，实如驾一扁舟，初离海岸线，而放于中流，即俗语所谓两头不到岸之时也。语其大者，则人民既愤独夫民贼愚民专制之政，而未能组织新政体以代之，是政治上之过渡时代也；士子既鄙考据词章庸恶陋劣之学，而未能开辟新学界以代之，是学问上之过渡时代也；社会既厌三纲压抑虚文缛节之俗，而未能研究新道德以代之，是理想风俗上之过渡时代也。语其小者，则例案已烧矣，而无新法典；科举议变矣，而无新教育；元凶处刑矣，而无新人才；北京残破矣，而无新都城。④

　　过渡时代的中国需要冒险性、忍耐性、别择性的人物担当道义。其《少年中国说》则把中国的希望寄托于中国少年：

　　使举国之少年而果为少年也，则吾中国为未来之国，其进步未可量也；使举国之少年而亦为老大也，则吾中国为过去之国，其渐亡可翘足而待也。故今日之责任，不在他人，而全在我少年。少年智则国

---

① 《饮冰室合集·专集之二》，第 24 页。
② 同上书，第 38 页。
③ 同上书，第 42 页。
④ 《饮冰室合集·文集之六》，第 29 页。

智，少年富则国富，少年强则国强，少年独立则国独立，少年自由则国自由，少年进步则国进步，少年胜于欧洲，则国胜于欧洲，少年雄于地球，则国雄于地球。①

到了 1902 年后的《新民丛报》时期，梁启超的"新民说"则更加系统、更趋深刻。《新民论》的《叙论》中说："国也者，积民而成。国之有民，犹身之有四肢五脏筋脉血轮也。未有四肢已断，五脏已瘵，筋脉已伤，血轮已涸，而身犹能存者。则亦未有其民愚陋怯弱涣散浑浊，而国犹能立者。故欲其身之长生久视，则摄生之术不可不明；欲其国之安富尊荣，则新民之道不可不讲。"② 之后的《论新民为今日中国第一急务》以为："吾国言新法数十年而效不睹者何也？则于新民之道未有留意焉者也。"③ 缺乏国民维新，是变法不能成功的主要原因。梁启超批评中国人因为缺乏国家思想，以致出现"联军入北京，而顺民之旗，户户高悬；德政之伞，署衔千百"④ 的丑象，让人汗颜；中国人因为缺乏进取冒险精神，因此在天下万国中，"退步之速，险象之剧"，⑤ 绝无仅有。中国如欲自立于世界民族之林，需要哥伦布、马丁·路德探寻新大陆、改革旧宗教的精神。其他如权利思想、自由思想、义务思想、自治意识、进步意识、合群精神、尚武精神，《新民论》中，均有提倡。其中的《论进步》一文，剖析中国两千年间群治缺乏进步的原因有五：一是大一统而竞争绝，二是环蛮族而交通难，三是言文分而人智局，四是专制久而民性漓，五是学说隘而思想窒。作者以梁启超式语体呼吁死寂沉沉的中国以"破坏"求"进步"，又以欧美国家的例子证明"破坏"是"进步"的前奏。

《新民说》专论之外，梁启超还有若干论国民性的文字，如《论独立》《说希望》《敬告我国国民》发表于《新民丛报》。其《论中国国民之品格》检讨数百年来，中国文明的退化之迹云："五口通商而后，武力且不足以攘外，老大帝国之丑声，嚣然不绝于吾耳。昔之浴我文化者，今乃诋为野蛮半化矣；昔之慑我强盛者，今乃诋为东方病夫矣。乃者蔀藩

---

① 《饮冰室合集·文集之五》，第 12 页。

② 《饮冰室合集·专集之四》，第 1 页。

③ 同上书，第 2 页。

④ 梁启超：《论国家思想》，《饮冰室合集·专集之四》，第 22 页。

⑤ 同上书，第 29 页。

属，割要港，议瓜分，夺主权，曩之侮以空言者，今且侮以实事，肆意凌
辱，咄咄逼人。"国之见重于世界的前提，是国民品格赢得世界的尊重。
梁启超把"爱国心薄弱""独立性柔脆""公共心缺乏""自治力欠缺"
看作国民品格的缺陷，作者希望从改善国民品格出发，提高国家民族的被
尊重程度："国民者个人之集合体也，人人有高尚之德操，合之即国民完
粹之品格，有四万万之伟大民族，又乌见今日之轻侮我者，不反而尊敬
我、畏慑我耶？"① 梁启超此类文字说理议论，在死气沉沉之中国和万马
齐喑之中国思想界。如同黄钟大吕，让人警醒，催人奋起。

　　主办《清议报》《新民丛报》时期的梁启超，是果敢敏锐、极富救国
救民情怀的。从学问饥渴的中国，来到新知识新学理纷至沓来的日本，梁
启超在建立西学东来通道、向国人传播新思想的同时，引导国人清醒面对
百年来天朝上国变而为老大帝国，文明礼教之民变而为东亚愚昧病残之民
的现实，从民族复兴、国家强盛、人民自由幸福的高度，反省与西方发达
国家相比，国民精神品格存在的缺陷，以扫荡沉疴痼疾，再造国民精神的
魄力，呼唤以改造国民精神为主要内容的"新民救国"运动。梁启超自
称是"思想界之陈涉"，应该是实至名归的。

二　新史学

　　梁启超"新民说"中"新人学"的立论，是改良国民、救亡图存思
想启蒙的主体。围绕"新人学"理论的阐发，20 世纪初的梁启超还致力
于"新史学""新文学"的建设。"新史学""新文学"从改良学术入手，
以新学说、新学理、新观念支撑思想启蒙，支撑改良国民，支撑民族复
兴。在梁启超"新民说"中，"新人学"是总目标，是核心；"新史学"
"新文学"则是辅佐"新人学"的两翼。中国旧有的传统学术在西风东渐
之后已是千疮百孔。支撑本民族自立于世界民族之林，需要新的学理、新
的学术。梁启超 1902 年在《新民丛报》发表《近世文明初祖二大家之学
说》论述学术与新民之关系云："有新学术，然后有新道德、新政治、新
技艺、新器物；有是数者，然后有新国、新世界。""我国屹立泰东，闭

---

① 《饮冰室合集·文集之十四》，第 4 页。

关一统，故前此于世界推移之大势，莫或知之，莫或究之。今则天涯若比邻矣，我国民置身于全地球激湍盘涡最剧最烈之场，物竞天择，优胜劣败，苟不自新，何以获存？新之有道，必自学始。"① 同年，梁启超发表于《新民丛报》的《释革》一文云：

> 　　夫淘汰也，变革也，岂惟政治上为然耳，凡群治中一切万事万物莫不有焉。以日人之译名言之，则宗教有宗教之革命，道德有道德之革命，学术有学术之革命，文学有文学之革命，风俗有风俗之革命，产业有产业之革命。即今日中国新学小生之恒言，固有所谓经学革命、史学革命、文界革命、诗界革命、曲界革命、小说界革命、音乐界革命、文字革命等种种名词矣。②

世界大势进入"天涯若比邻"时代，中国而恰处在竞争最剧烈之场。中国人没有退路。中国学人只有斟酌古今，考虑中外，引进学理，变革学术，走国民自重、国家自立、民族自新之路。

20世纪初肇始的史学革命，对国家自立、民族自新的大事业而言，意义重大。如果说梁启超的"新人学"讨论的是打造什么样的国民精神国民品格，回答的是"我到哪里去"问题的话，而其"新史学"讨论的是中华民族的起源、形成与发展，解决的是"我从哪里来"的问题。在晚清，讨论"我从哪里来"和讨论"我到哪里去"同样重要。因为"我从哪里来"牵涉到民族与国家认同，是民族国家团结、凝聚、发展的情感基础。

在近代中国，随着"进化论"的传播，优胜劣败的思想不胫而走。在近代西方民族国家渐次完成民族国家的重建之后，中国的民族与国家认同，也便成为中国知识分子所关心关注的问题。中国有着五千年的文明历史。如何从历史和现实、政治与文化的双重角度完成国家与民族的认同，对于中国的过去、现在和未来有着异乎寻常的意义。以梁启超为代表的近代知识分子，做出了极具建设意义的探索。梁启超1900年的《少年中国说》中引入西方近代国家学说，以为国家是近代欧洲走出中世纪之后以

---

① 《饮冰室合集·文集之十三》，第1页。
② 《饮冰室合集·文集之九》，第40页。

民族为基础而形成的政治文化共同体，它包含土地、人民、服从法律、享有主权等要素。这种意义上的国家，在欧洲也不过百余年的历史。以这种国家理念衡量中国，中国不是老大帝国，而是尚在襁褓之中的少年中国。梁启超惊人之语曰：

> 且我中国畴昔，岂尝有国家哉？不过有朝廷耳。我黄帝子孙，聚族而居，立于此地球之上者既数千年，而问其国之为何名，则无有也。夫所谓唐、虞、夏、商、周、秦、汉、魏、晋、宋、齐、梁、陈、隋、唐、宋、元、明、清者，则皆朝名耳。朝也者，一家之私产也；国也者，人民之公产也。

黄帝子孙，聚族而居五千年，只有朝代之名，没有国名，这是一个石破天惊的判断。依据这一判断，"欧洲列邦在今日为壮年国，而我中国在今日为少年国"。少年中国在梁启超心目中，是"红日初升，其道大光；河出伏流，一泻汪洋"的中国，是"纵有千古，横有八荒；前途似海，来日方长"① 的中国。

自《少年中国说》后，梁启超对国家与民族的讨论一发而不可收。1901 年，梁启超在《清议报》发表《中国史叙论》，② 对中国史问题，发表了很多具有开创性意义的宏论。

首先是国家与国史之命名问题。梁启超以为：

> 吾人所最惭愧者，莫如我国无国名之一事。寻常通称，或曰诸夏，或曰汉人，或曰唐人，皆朝名也；外人所称，或曰震旦，或曰支那，皆非我所自命之名也。以夏、汉、唐等名吾史，则戾尊重国民之宗旨；以震旦、支那等名吾史，则失名从主人之公理。曰中国，曰中华，又未免自尊自大，贻讥旁观。虽然，以一姓之朝代而污我国民，不可也；以外人之假定而诬我国民，犹之不可也。于三者俱失之中，万无得已，仍用吾人口头所习惯者，称之曰"中国史"。虽稍骄泰，然民族之各自尊其国，今世界之通义耳。我同胞苟深察名实，亦未始

---

① 《饮冰合全集·文集之五》，第 12 页。
② 《饮冰室合集·文集之六》，第 1 页。

非唤起精神之一法门也。

在一姓之朝代如"汉""唐",外人之假定如"震旦""支那",约定而俗成如"中国""中华"的三个方案中比较,梁启超倾向使用"中国"为国名。超越一姓之朝代,以"中国史"的名称来称述国史。这样称呼,可以唤醒国人的自尊、自信。

其次是中国史所辖之区域及人种。梁启超认为:中国史所辖之地域,应包括中国本部、新疆、青海西藏、蒙古、满洲五个部分。中国史范围中的人种不下数十,但最著明关切者是苗、汉、土伯特、蒙古、匈奴、通古斯族六种。梁启超的这种界定,从晚清的疆域、民族、政治、文化的现实出发,摆脱中原与边疆、华夏与蛮夷中许多问题纠缠,断言五大板块,数十民族,共同缔造了中国,也共同成为中国史的主体。

再次是纪年和历史时代划分。在耶稣纪年、黄帝纪年、孔子纪年的争论中,梁启超支持孔子纪年。其理由是:"孔子为泰东教主,中国第一之人物,此全国所公认也。而中国史之繁密而可纪者,皆在于孔子以后,故援耶教、回教之例,以孔子为纪,似可为至当不易之公典。"

中国史以黄帝为开端,其数千年历史可划分为三个时代:"第一,上世史。自黄帝以迄秦之一统,是为中国之中国,即中国民族自发达、自争竞、自团体之时代也。""第二,中世史。自秦一统后至清代乾隆之末年,是为亚洲之中国,即中国民族与亚洲各民族交涉繁颐竞争最烈之时代也;又中央集权之制度日就完整,君主专制政体全盛之时代也。""第三,近世史。自乾隆末年以至于今日,是为世界之中国,即中国民族合同全亚洲民族,与西人交涉竞争之时代也;又君主专制政体渐就湮灭,而数千年未经发达之国民立宪政体,将嬗代兴起之时代也。"将五千年中国历史划分三个时代,已是以简驭繁的极大成功;而中国之中国、亚洲之中国、世界之中国的概括,更是神来之笔。这一经典概括,影响极为深远。

此后,梁启超又在《新民丛报》上发表《新史学》《中国学术思想变迁之大势》《中国专制进化史论》《历史上中国民族之观察》《地理与文明之关系》《中国地理大势论》等文字,继续"中国史"有关问题的深化与探讨。其主要贡献如下。

一、"中华民族"概念的提出与使用。梁启超1901年的《中国史叙论》中提出以"中国"为国家之名,同时又使用"中国民族"作为民族之名。"中国民族"的称谓到了 1902 年写作《中国学术思想变迁之大势》时已经改为"中华民族"。"中华民族"既指汉族，又指汉族之外的其他民族。1905 年，梁启超在《新民丛报》发表《历史上中华民族之观察》已经比较自然地使用"中华民族"这一词语。作者通过对中国历史的考察，"悍然下一断案曰：现今之中华民族自始本非一族，实由多数民族混合而成"①。这一"悍然断案"，与"中国"名称的使用一样，同是石破天惊之语。在"中国"和"中华民族"的称谓下，黄河长江流域孕育绵延五千年、繁纭复杂的东方文明，在梁启超所阐发的符合世界通义的国家与民族学理中，获得统一，成为政治与文化双重意义上的共同体。此后，"中国"与"中华民族"的称谓不胫而走，日趋丰富。梁启超的初创之议，功不可没。

二、鼓吹新史学与史界革命。梁启超 1902 年所写的《新史学》② 认为："史学者，学问之最博大而最切要者也，国民之明镜也，爱国心之源泉也。"史学是民族团结、群治进步的基础。史学在中国虽然发达，但与国民进步无关。中国旧史学有四弊：一曰知有朝廷而不知有国家；二曰知有个人而不知有群体；三曰知有陈迹而不知有今务；四曰知有事实而不知有理想。有此四弊，复生二病：能铺叙而不能别裁；能因袭而不能创作。对于读者来说，恶果有三：难读、难别择、无感触。"今日欲提倡民族主义，使我四万万同胞强立于此优胜劣败之世界"，必须有新史学，必须有史学革命。"呜呼，史界革命不起，则吾国遂不可救。"梁启超心目中的"新史学，"一是须叙述进化之现象，二是叙述人群进化之现象，三是叙述人群进化现象之后的公理公例。"历史者，以过去之进化，导未来之进化者也。""史乎史乎，其责任至重，而其成就至难。""吾愿与同胞国民，筚路蓝缕以辟此途也。"

三、礼赞中华民族。在"新人学"国民性改造话题中，梁启超批判反思的词居多；在"新史学"论及"中华民族"的话题时，则充满着骄傲与礼赞之语。写于 1902 年的《论中国学术思想变迁之大势》礼赞中华曰：

---

① 《饮冰室合集·专集之四十一》，第 4 页。
② 《饮冰室合集·文集之九》，第 1 页。

立于五洲中之最大洲而为其洲中之最大国者谁乎？我中华也。人口居全地球三分之一者谁乎？我中华也。四千余年之历史未尝一中断者谁乎？我中华也。我中华有四百兆人公用之语言文字，世界莫能及；我中华有三十世纪前传来之古书，世界莫能及。西人称世界文明之祖国有五：曰中华，曰印度，曰安息，曰埃及，曰墨西哥。然彼四地者，其国亡，其文明与之俱亡。今试一游其墟，但有摩诃末遗裔铁骑蹂躏之迹，与高加索强族金粉歌舞之场耳。而我中华者，屹然独立，继继绳绳，增长光大，以迄今日。①

近代以来，中国文明是世界上唯一没有中断的原始文明的这一论断，曾鼓舞了多少救国救民的志士仁人，而此说的始发者是梁启超。

对东方文明来自骨子里的傲骄自信，在世纪之交，构成了强大的思想与精神气场。梁启超"新史学"借鉴西方建立民族主义国家的成功经验，传播现代民族主义理论，唤醒中国人现代民族国家意识。其"中国""中华民族"概念的创造性使用，显示出巨大的开放性和包容力，在中国现代民族国家的建设过程中，意义非凡。"新史学"号召历史书写与研究走出知朝廷而不知国家，知个人而不知有群体，知陈迹而不知今务的误区，成为"国民之明镜""爱国心之源泉"。梁启超身体力行，着意从泰东历史文明中挖掘可以让中华民族引为骄傲的思想资源，使"新史学"的建设，紧紧围绕民族自信自立的宏大目标。

三　新文学

在构筑新民救国的理想时，梁启超充分意识到文学的价值和意义。新民救国既然是一场更新国民精神、改造国民性的思想启蒙运动，文学作为国民精神的重要表征，无疑是"新民"所不可忽视的内容；而文学自身所具有的转移情感、左右人心的特性，又是"新民"最有效的手段。从国民精神进化而言，文学需要自新；从促进国民精神进化而言，文学又担负着他新的责任。对文学，梁启超抱有"自新"与"他新"的双重期待。

---

① 《饮冰室合集·文集之七》，第1页。

而文学只有"自新"，才能担负起"他新"的责任。梁启超发起的文界革命、诗界革命、曲界革命、小说界革命，在服从"自新""他新"的需要的前提下，对不同文体提出不同的革新目标。

先说文界革命。近代报章文体兴起之前，文坛占主导地位的文体，一是桐城派的文人之文，一是汉学家的述学之文。桐城派以唐宋以来奇句单行古文传统的继承者自居，为文讲求言之有物，言之有序，文风雅洁尚简，擅长纪事、山水、书序、碑志等文体的写作。其"义法"旁通于科举之文。汉学家游弋于古代典籍之中，以广博厚重示人。其述学之文援引故实，务求尽求详；穷形极象，不免曲折奥衍。梁启超将桐城派文人之文与汉学家述学之文，都归于"传世之文"行列。在国家民族生死危亡之际，其青睐属意的是"觉世之文"。而"觉世之文"的最好载体，就是刚刚兴起的报纸媒介。1896 年，强学会在上海办《时务报》，24 岁的梁启超为报纸主笔。《时务报》把"开民智，雪国耻"作为办报宗旨，梁启超以浅易通俗热情奔放的报章文字鼓吹变法，取得了"举国趋之，如饮狂泉"的极大成功。1897 年梁启超与严复的信中以"为椎轮，为土阶，为天下驱除难，以俟继起者之发挥光大之"概括办报为文的主旨。靠近最广大读者，传播新思想新学术，是梁启超报章之文成功的两大支点，也是他日后文界革命的起点。1899 年底梁启超的《夏威夷游记》记载："读德富苏峰所著《将来之日本》及《国民丛书》数种。德富氏为日本三大新闻主笔之一，其文雄放隽快，善以欧西文思入日本文，实为文界别开一生面者，余甚爱之。中国若有文界革命，当亦不可不起点于是也。"欧西文思，即欧洲之学中新思想新学理；雄放隽快之文，即节奏明快是非立判的文字。以此为起点的文界革命，首先应该撑起的是民族、国家、国民自新的大业。其次应该造就自由表达自由书写的文体。围绕上述两大目标，梁启超进行了有益的尝试。其《清议报》《新民丛报》时期的创造的"或大或小，或精或粗，或庄或谐，或激或随"，"能纳一切，能吐一切，能生一切，能灭一切"，[①] 表现力强大的"新民体"，成为"文界革命"的成功作品。"新民体"是近代散文从书斋深宅的"传世"之作到报章传媒的"觉世"之作，从古雅深奥的文言到妇孺可解的语体之间过渡与转换的"中间物"。

---

① 《清议报一百册祝辞》，《饮冰室合集·文集之六》，第 49 页。

再看诗界革命。诗界革命之语，首发于 1899 年的《夏威夷游记》：

> 故今日不作诗则已，若作诗，必为诗界之哥仑布、玛赛郎然后可。……欲为诗界之哥仑布、玛赛郎，不可不备三长：第一要新意境，第二要新语句，而又须以古人之风格入之，然后成其为诗。……吾虽不能诗，惟将竭力输人欧洲之精神思想，以供来者之诗料可乎？要之，支那非有诗界革命，则诗运殆将绝。①

之后，梁启超在《清议报》《新民丛报》《新小说》上开辟"诗界潮音集""饮冰室诗话""杂歌谣"等专栏，继续诗界革命的讨论。在《饮冰室诗话》中，梁启超仍坚持新意境、新语句、古人之风格，是诗界革命成功作品的三个要素。但为了避免新语句与旧风格不相融洽的问题，强调诗界革命，"当革其精神，非革其形式"，"能以旧风格含新意境，斯可以举革命之实矣"②。依据旧风格含新意境的标准评价时人之诗，梁启超以为夏曾佑、谭嗣同戊戌之前所作的"新学诗"有"拘扯新名词以表自异"的倾向，而黄遵宪"我手写我口"的"新派诗"，才是"近世诗人中能熔铸新理想以入旧风格"的典范。"饮冰室诗话"还提倡以诗界革命之新诗，陶铸雄壮活泼沉浑深远的国民精神，打造不依傍古人、求新境于异邦的新诗传统。梁启超在"饮冰室诗话"中自言"向不能为诗"，"往往为近体律绝一二章，所费时日与撰《新民丛报》数千言论说相等"。东渡后，是梁启超情绪高昂的年头，其《壮别二十六首》《太平洋遇雨》《志未酬》等诗作，新语新意迭出，实践着其"旧风格含新意境"的诗歌主张。

在梁启超的"文学界革命"中，"小说界革命"的影响最为深远。戊戌变法之初，小说移风易俗、为百姓喜闻乐见的特点便引起康有为、严复、夏曾佑的注意。但"小说界革命"的发起人是梁启超。梁启超到日本后，对日本流行的政治小说十分欣赏。《清议报》首期，便设置"政治小说"专栏，并发表《译印政治小说序》。③ 序言以为"今中国识字人寡，深通文学之人尤寡。小说学之在中国，殆可增《七略》而为八，蔚

---

① 《饮冰室合集·专集之二十二》，第 189—190 页。

② 《饮冰室合集·文集之四十五上》，第 1 页。

③ 《饮冰室合集·文集之一》，第 34 页。

《四部》而为五者矣。"作者为国人编制了西方"小说救国"的神话："在昔欧洲各国变革之始，其魁儒硕学，仁人志士，往往以其身之所经历，及胸中所怀，政治之议论，一寄之于小说。""往往每一书出，而全国之议论为之一变。彼美、英、德、法、奥、意、日本各国政界之日进，则政治小说，为功最高焉。英名士某君曰：'小说为国民之魂。'"从"新民救国"的需要看重小说。1902 年《新小说》创刊，梁启超有《论小说与群治之关系》作为发刊词。此文开宗明义，提出"小说界革命"的口号，"欲新一国之民，不可不先新一国之小说。故欲新道德，必新小说；欲新宗教，必新小说；欲新政治，必新小说；欲新风俗，必新小说；欲新学艺，必新小说；乃至欲新人心，欲新人格，必新小说"①。新民必新小说的原因，在于小说有熏、浸、刺、提四种不可思议的支配人道之力，有易入人，易感人之特性。因而"小说为文学之最上乘"。中国群治中的乱象，诸如状元宰相思想、江湖盗贼思想、权谋诡诈机心、轻薄无行习气等等，其总根源在旧小说。"故今日欲改良群治，必自小说界革命始！欲新民，必自新小说始！"《论小说与群治之关系》成为 20 世纪小说界革命的宣言。

在《新小说》创刊号上，梁启超推出了他本人创作的《新中国未来记》。这是作者酝酿多年，构想宏大、以演绎政治理想为主题的政治小说。作者试图将演讲、辩论、游记、新闻、译诗诸种文类合而为一在小说中，而对小说的情节、结构、人物描写等基本元素，不甚关注。小说连载至第五回时，作者便中断了写作，这是因为，小说作品缺失小说必需的要素，其写作也势必难以为继。

梁启超政治小说的创作虽然未能取得成功，但其对小说的改革期待获得了社会的积极响应。小说界革命把小说与新民救国的宏大目标联系在一起，被推为文学之最上乘，提升了小说在文学体裁中的地位。随着小说地位的提高和阅读需要，各类专门刊载小说的刊物纷纷问世，梁启超主办的《新小说》之后，《绣像小说》《新新小说》《月月小说》《小说林》相继创刊。小说的作者队伍不断扩大，并出现了以小说创作和翻译为职业的小说作家群体。政治小说、谴责小说、言情小说、侦探小说、科幻小说等，令人目不暇接。小说堂而皇之成为 20 世纪中国文学中的巨大家族。

---

① 《饮冰室合集·文集之二》，第 10 页。

受时代风气影响，梁启超在使用"小说"的概念时，常常包含戏曲。其论及小说界革命时，常将《西厢记》《长生殿》与《水浒传》《红楼梦》相提并论。戏曲与小说共同具有浅而易解、乐而多趣的文体特征，而曲本在梁看来又是中国韵文学进化的顶点。戏曲和小说一样，应该共同成为"新民救国"的倚重。梁启超在 1902 年前后，身体力行于戏曲革新，创作了《劫梦灰》《新罗马》《侠情记》《班定远平西域》等剧本，在《新民丛报》《新小说》上刊出。"借雕虫之小计，寓遒铎之微言"，①在每一部剧中，梁启超对启发蒙昧、改良群治的创作宗旨再三致意。梁的剧作，重视议论寄托。充满情感张力，且开创了"以中国戏演外国事"的先例，影响甚大。借三尺舞台演绎中外兴亡故事，以曲词宾白叙写新民救国情怀，成为文人的一时风尚。

梁启超世纪初策划的文学革命，揭开了文学变革的序幕，成为五四新文学运动的先导。在以文学促进社会变革方面，梁启超既是思者，又是行者。"自新"中的文学，在世纪之初，勉力担负起"他新"的职责

结　语

1901 年梁启超的《过渡时代论》以为："过渡时代者，实千古豪杰之大舞台也，多少民族由死而生，由剥而复，由奴而主，由瘠而肥，所必由之路也。"② 梁启超充满自信地预告：这是一个中国可以大有作为的时代。中国曾是千年间寸地不进、跬步不移的东方古国，现在"为五大洋惊涛骇浪之所冲激，为 19 世纪狂飙飞沙之所驱突"，一定可以幡然猛醒，跋涉苦辛于维新之道，在凤凰涅槃、民族自新之后，重新崛起为东方大国。为中华民族自立于世界民族之林，为古老中国的浴火重生，梁启超致力于新人学、新史学、新文学的事业，成为世纪之交思想启蒙运动的引领者。在西学东渐呈现汹涌之势的背景下，梁启超乐观地预言："盖大地今日只有两文明：一泰西文明，欧美是也：二泰东文明，中华是也：二十世纪，则两文明结婚之时代也。吾欲我同胞张灯置酒，迓轮俟门，三揖三让，以

---

① 《饮冰室合集·专集之九十三》，第 2 页。
② 《饮冰室合集·文集之一》，第 27 页。

行亲迎之大典，彼西方美人，必能为我家育宁馨儿以亢我宗也。"① 泰东文明与泰西文明结合的最高境界是兼用并包，为我所用。梁启超认为："新民之义有二：一曰淬厉其本有而新之，二曰采补其本无而新之。"② 本民族文化需要淬厉其已有，外来文化需要采补我之所无。淬厉其已有需要创造性转化，采补我之所无呼唤创新性发展。20 世纪初梁启超"新民说"的建构及其实践，给我们做出了以学术创新服务于民族国家的典范。

---

① 　梁启超：《论中国学术思想变迁之大势》，《饮冰室合集·文集之七》，第 104 页。
② 　梁启超：《释新民之义》，《饮冰室合集·之四专集》，第 5 页。

《河南》诗歌与晚清革命诗潮

胡全章

（河南大学文学院）

1907 年年底至 1908 年年底，当中国同盟会河南支部会刊《河南》行世之际，此前活跃一时的《湖北学生界》《浙江潮》《江苏》《鹃声》《醒狮》《洞庭波》等两湖、江浙留日学生在东京创办的革命期刊已成过往，同期由西南和西北诸省同盟会支部创办的《云南》《晋乘》《粤西》《关陇》《夏声》《四川》等杂志，只有《云南》《夏声》坚持时间较长，其他几家都是旋生旋灭。当此之际，"留学界以自省名义发行杂志而大放异彩者，是报实为首屈一指"①。《河南》杂志旗帜鲜明的反清革命立场，在言论上对同盟会机关刊物《民报》形成了有力策应；浙籍留日学生周氏兄弟的加盟，尤其是周树人《摩罗诗力说》《文化偏至论》等名文的发表，使《河南》杂志不仅在近代中国革命运动史、报刊事业史和文化思想史上占有一席之地，而且受到中国新文学史家的长期关注。然而，文学研究界多聚焦于周氏兄弟的著译作品，《河南》"文苑"栏诗歌却长期乏人问津，以至其首席诗人"启明"的真实身份至今仍扑朔迷离。本文拟将《河南》诗歌置于晚清革命思潮语境下，考察其诗人队伍和创作主旋律及其时代影响，评估其在 20 世纪初年革命诗潮中的历史地位。

一　《河南》杂志概况与思想导向

1905 年 8 月 20 日，中国同盟会在东京成立，孙中山任总理，豫籍曾

---

① 冯自由：《河南志士与革命运动》，《革命逸史》第 3 集，中华书局 1981 年版，第 271—273 页。

昭文为书记员。此时，河南留日学生数量尚少，加入同盟会者更是寥寥。1906 年春，河南武备学堂选派 50 名生员送往日本陆军士官学校，是为豫省第一次大批选派留日学生。① 孙中山早有发展豫籍同盟会员的想法，派张继、曾昭文、邹鲁等至横滨码头迎接，并安排在东京寓所接见；不久，刘积学、潘印佛、刘醒吾、陈伯昂等学员纷纷加入同盟会，"河南革命精神，遂因之以增长"。② 同年，同盟会河南支部成立，曾昭文任支部长，刘积学任书记。1907 年，为响应同盟会总部"令各省留日同盟会支部分途设言论机关，以传革命种子"的决议，③ 河南支部遂有创办《河南》杂志作为机关刊物之举。

《河南》编辑兼发行人署名"武人"，实际上张钟端为总经理，刘积学为总编辑，刘青霞捐资二万元作为创办经费，④ 余诚、潘印佛、陈伯昂、曾可楼、李锦公、王传琳、程克、刘基炎等分任编辑、翻译、撰稿、会计、庶务、监察、调查员等职；江苏籍同盟会员刘师培参与了编辑工作，安徽籍革命党人孙竹丹为该刊向周氏兄弟和许寿裳拉过稿；⑤ 周树人、周作人成为重要撰稿人，苏曼殊为该刊配发插画。自 1907 年 12 月创

---

① 参见陈伯昂《辛亥革命前后回忆片段》，《河南文史资料》第 6 辑，中国人民政治协商会议河南省委员会文史资料研究委员会 1981 年编辑出版，第 11—12 页。

② 邹鲁：《河南举义》，中国史学会主编：《中国近代史资料丛刊·辛亥革命（七）》，上海人民出版社 1957 年版，第 353 页。

③ 同上。

④ 《河南》创刊号所刊《简章》第十三条云："本报所有经费，均蔚氏刘青霞女士所出，暂以二万元试办，俟成效卓著时再增巨资，以谋扩充。"

⑤ 周作人晚年回忆道："可巧在这时候我在南京认识的一个友人，名叫孙竹丹，是做革命运动的，忽然来访问我们，说河南留学生办杂志，缺人写稿，叫我们帮忙，总编辑是刘申叔，也是大家知道的。"（见周启明《鲁迅的青年时代》，中国青年出版社 1957 年版，第 44 页）受此说影响，学界（尤其是中国现代文学研究界）多有将刘师培误认为《河南》总编辑者。当时中国留日学生各省同乡会创办的杂志（如《湖北学生界》《浙江潮》《江苏》等），或同盟会各省支部的机关刊物（如《四川》《关陇》《夏声》《云南》等），均由本省人主编；作为同盟会河南支部机关刊物的《河南》杂志，聘请外省人担任总编辑的可能性不大，聘其兼任编辑倒有可能。从时间上来看，刘师培 1907 年 12 月上旬回国，时值《河南》杂志关键筹办期；该刊于 12 月 20 日问世，1908 年 2 月 1 日出版第 2 期，而刘氏 2 月下旬才重返日本。周作人晚年关于《河南》杂志的回忆文字，带有一种居高临下的文化优越感，细节上多有舛误之处，而现代文学界长期以来偏信周氏之言，却不关注河南籍同盟会员的相关回忆文字，同样是一种偏见。

刊，至1908年12月被查禁，共出刊10期，公开发售9期①，成为当时"宣传鼓动革命运动之主要刊物之一"②。

《河南》发刊词言辞激烈："我四万万同胞脑量不减于人，强力不弱于人，文化不后于人，乃由人而降为奴，是稍有人血人性者所不甘，而谓我志士而忍受之耶！以此原因，睹外患之迫于燃眉，遂不能不赴汤蹈火，摩顶断胫以谋于将死未死之时。为生为死，即在今日；为奴为主，即在今日。"③ 以饱蘸感情之笔，呼吁国人起而挽救民族危亡，唤起国人的种性与血性，宣扬"文明者，购之以血"的真理，誓言"宁战而死，不奴而生"，表现出鲜明的民族革命立场。鼓荡国民感情，激发民族意识，宣传爱国爱乡思想，使河南人懂得"爱省即爱国"的道理，④ 是《河南》杂志的重要导向。

《河南》杂志内容丰富，形式多样，既有浓郁的河南地域色彩，又有全国性眼光，贯彻了该刊"排脱依赖性质，激发爱国天良，作酣梦之警钟，为文明之导线"⑤ 的办刊方针。

《河南》杂志所阐扬的"公理"与揭露的真相，是落后就要挨打的民族竞存法则，是人为刀俎、我为鱼肉的险恶时局，是清廷已沦为对内镇压、对外妥协卖国的"洋人的朝廷"的活现状，是欲挽救民族危亡"非诉诸铁血不可"的革命道理；揭露清政府的野蛮专制和官吏的腐败无能，暴露帝国主义列强瓜分中国的狼子野心，宣扬民族民主革命主张，号召人们起来挽救国族危亡，是该刊贯彻始终的言论立场。梦醒描述晚清中国任人宰割的惨状道："威海卫割于英，胶州湾则割于德，广州、九龙则割于法，一切军舰要港何在不入外人势力范围内？今者日人自满洲南下，视线已入直隶；法人图滇桂未已，转折而瞰巴蜀；长江上下，英人占领；湖广在不堪设想之数；台湾既亡，闽浙山水在太和族指顾之间；以及伊犁、新

---

① 据同盟会员冯自由回忆《河南》出至第十期，"驻日公使以其言论过于激烈，特请日政府代为禁止，日警厅遂禁止该杂志出版，并拘留发行人张钟瑞"。见冯自由《河南志士与革命运动》，《革命逸史》第3集，中华书局1981年版，第273页。

② 陈伯昂：《辛亥革命运动若干史实》，《河南文史资料》第6辑，中国人民政治协商会议河南省委员会文史资料研究委员会编辑出版，1981年9月，第1页。

③ 朱宣：《发刊之旨趣》，《河南》1907年第1期。

④ 《河南杂志缘起》，《大公报》1908年1月5日。

⑤ 《河南杂志广告》，《云南》第9号，1907年9月。

疆、西藏、山东、河南之在英、俄、德势力圈内，又何堪指数哉！回想中国之版图，一草一木，一山一水，非英日法，即俄与德，欲割则割，欲烹则烹，同胞不敢置一辞。上下五千年，有如今日者乎？东西数十国，有无土地之国家乎？"① 不白一针见血地指出："中国政府，非同胞之政府，为断送土地财产之政府"，"乃列强假设之政府"，"欲自治独立，非推到列强之假设之政府不可；欲推到列强之假设之政府，非诉诸铁血不可"；并号召民众"合群策群力，以推倒今之政府"。② 张钟端对于"民族主义"和"排满"有着独到见解："吾固非主张种族主义者，然予又非不排满者。满人之平民可不排，而满人之官吏不能不排。不特此也，汉人中之在政府，其朋比为奸、助纣为虐者，亦在必排之内！盖吾之排斥，非因种族而有异也，乃因平民而有异。孰祸我平民，即孰当吾排斥之冲。故不特提携汉人之平民，亦且提携满人之平民，以及蒙、回、藏之平民也。"③ 这一识见，超越了狭隘的小民族主义，将矛头指向清政府的腐败专制统治，并指出革命靠暗杀不能取得成功，只有组织"革命军"才能完成革命大业。

浙籍留日学生周树人有 6 篇文章发表在《河南》杂志，尤以《摩罗诗力说》知名度最高。作者抱定"别求新声于异邦"的信念，盛赞"力足以振人，且语之较有深趣"的"摩罗诗派"，言其特征是"立意在反抗，指归在动作，而为世所不甚愉悦"，其早期代表诗人为英国的裴伦（今译拜伦）和修黎（今译雪莱），"余波流衍，入俄则起国民诗人普式庚，至波阑则作报复诗人密克威支，入匈加利则觉爱国诗人裴彖飞"，张扬了反抗权威的革命精神和不屈不挠的自由意志，高标"独立、自由、人道"之帜，篇末大声呼吁中国的"精神界之战士"的出世。④ 照周作人的说法，该文介绍的是"别国的革命文人""反抗权威，争取自由的文学"。⑤ 该文重点介绍的英、俄、波兰、匈牙利等国的八位浪漫派诗人，

---

① 梦醒：《日法日俄协约关于中国之存亡》，《河南》1907 年第 1 期。

② 不白：《敬告同胞勿受要求立宪者之毒论》，《河南》1908 年第 5 期。

③ 鸿飞：《对于要求开设国会者之感喟》，《河南》1908 年第 4 期。

④ 令飞：《摩罗诗力说》，《河南》第 2 期（1908 年 2 月）、第 3 期（1908 年 3 月）。

⑤ 周作人晚年回忆鲁迅刊发在《河南》杂志上的文章道："鲁迅的文章中间顶重要的是那一篇《摩罗诗力说》，这题目用白话来说，便是'恶魔派诗人的精神'，因为恶魔的文字不古，所以换用未经梁武帝改写的'摩罗'。英文原是'撒但派'，乃是英国正宗诗人骂拜伦、雪莱等

在文中分别被表述为"摩罗诗人""复仇诗人""爱国诗人",大部分属于"异族压迫之下的时代的诗人"①;这些浪漫诗豪,"无不刚健不挠,抱诚守真;不取媚于群,以随顺旧俗;发为雄声,以起其国人之新生,而大其国于天下"②。选择弃医从文之路的青年鲁迅,高张"启蒙主义"文学旗帜和民族独立自由思想,将国民精神启蒙视为挽救民族国家危亡的根本救治之方,响应了梁启超"新民救国"的启蒙理念。

二 《河南》"文苑"栏诗歌主旋律

在存世一年时间里,《河南》"文苑"栏刊发了58题100首诗词,以及张钟端《蝶梦园诗话》。阐扬民族民主革命思想,既是《河南》的政治立场,亦是其"文苑"栏诗歌的主旋律。"禹域何年重见日?"③"挥戈窃愿逐长鲸";④"华拿佳儿宁有种?不信神州竟无人!"⑤《河南》"文苑"栏诗人,以饱蘸血泪之笔,抒发对帝国主义列强和专制腐败的清政府的痛恨之情,阐扬驱逐鞑虏、恢复中华、建立民主共和国家之主旨。

《河南》"文苑"栏开篇之作,是启明的七律组诗《和某君原韵吊某烈士及某女士》⑥,诗云:

> 炮雨枪林互动笳,先擒擒贼愿诚奢。黄袍有志同驱鹿,白帝何人哭斩蛇?黑暗欲超奴隶海,文明争放自由花。彼苍愦愦无情甚,凭吊归来浙水涯。

人的话,这里把它扩大了,主要的目的还是介绍别国的革命文人,凡是反抗权威,争取自由的文学便都包括在'摩罗诗力'的里边了。时间虽是迟了两年,发表的地方虽是不同,实在可以这样的说,鲁迅本来想要在《新生》上说的话,现在都已在《河南》上发表出来了。"见周启明《鲁迅的青年时代》,中国青年出版社1957年版,第44页。

① 鲁迅:《〈奔流〉编校后记》,《鲁迅全集》第7卷,人民文学出版社2005年版,第193页。

② 令飞:《摩罗诗力说》,《河南》1908年第3期。

③ 《送友人归国》,《河南》1908年第7期。

④ 芬依:《东归夜宿旅店闻鸭鸣有感》,《河南》1908年第5期。

⑤ 佛音:《读河南杂志感怀》,《河南》1908年第3期。

⑥ 该诗收录于王天培遗作《元符诗草》时,题为《和友人原韵吊徐烈士暨秋女士》。

身手健儿夸朔方，河山满地痛斜阳。天心欲鉴回天苦，国难犹殷耻国殇。大义同张仇九世，共和早定法三章。如何人意方沉醉，雷散霜飞怨未央。

夏雨春风尽入秋，战友谁是赋同仇？十年勾践已成计，千古罗兰好与俦。妇孺羞颜甘北面，山川正气满南州。倾城自具成城志，笑杀将军空断头。

大陆沉沉年复年，叫回芳草愿闻鹃。补天娲氏嗟何及，动石夫人思杳然。非种岩深荒秽理，同根痛绝萁其燃。谁堪向迩燎原火，鹤唳风声我亦怜。①

凭吊的是死难的浙籍同盟会员徐锡麟和秋瑾烈士，表现出坚定的反清革命立场。"黄袍""非种""北面""南州"等语汇，充溢着强烈的民族主义思想情感；"奴隶海""自由花""文明""共和""罗兰（夫人）"等新名词，流露出鲜明的民主革命思想导向。《河南》"文苑"栏诗歌的民族民主革命主旋律，在其开篇之作中就已定下基调。

同期刊出的佛音的五古《矫首》，意在唤起国人的种族思想：

矫首睇凉月，纡怀结幽想。世变纷如叶，春生秋已往。椎脊动物伦，屈指人为长。人格与人权，尊贵世无两。奈何不力竞，对外甘稽颡。芒芒神禹迹，竟沦异族掌。赫赫轩羲孙，蓬篨不可仰。犬羊麒麟肉，言之慨以慷。愿东有莘耜，逝将唐虞访。亚东风云急，海潮奔澒瀇。蹇心易惊惋，四壁寒蛩响。

源自西方的进化论思想、人权观念与传统的"夷夏之辨"思想相交织，期冀我"赫赫轩羲孙"起而抗争，重振大汉民族昔日的雄风。

剑青的七古《猎狐歌》，同样以传统中国"夷夏之辨"思想为武器，将其引向种族之别，大力张扬尚武精神，吹响了民族革命的号角：

主人有宅山之坳，绿野仟仟碧流交。黄金装成华严界，玉宇琼楼嫪相嵺。酣歌曼舞三千载，子孙无赖福曜消。怪风长号霾白日，猪龙

①　启明：《和某君原韵吊某烈士及某女士》，《河南》第 1 期，1907 年 12 月。

淫威恣息然。龙城飞将血战死，天潢宠胤竟萍漂。从此华屋少人迹，门施果蠃户螨蛸。老狐跃跃来西北，率其群丑据为巢。沆尾终见性狡黠，跳梁难辨语牙聱。鞭笞雀鼠收余烬，成国居然等僬侥。大狐优优小狐嬉，如从幽壑登绛霄。福溢诸天拟活佛，威翻沧海沃寸熛。叱奴践婢寻常事，家众相向声嘐嘐。主人有犬㖃不得，疾视无奈此惺恅。板板上帝悔祸亟，滔天洪水溃一朝。骠骑将军真神武，雄剑一指斗转杓。万足蹀躞万目瞁，高冠冲起怒发髟。载施之毕张之浊，旌旗彗云曳长旓。幽并健儿好身手，长弓大箭行僬僬。一鼓作气万弩发，群狐惊窜如瘐猱。吴钩越棘铦且利，决肫洞胸或冲㓣。哦哦唧唧鸣哀厉，毛血横落纷雪飘。触石破额水蹜藉，逃者绥绥忽断骹。更有淫狐老螨珊，祝耕按机中其腰。穷括丑类与殄灭，无俾再育此山魈。腥臊涤尽挽枪敛，有如清风洗炎熇。故宇恢复经营始，峥嵘气象竹新苞。男儿有志锄非种，甫田勿任维莠骄。君看宝刀缺折处，层层血晕起红潮。

篇末四句可谓卒章显志，呼吁有志男儿起而"驱逐鞑虏"，以铁血手段实现"恢复中华"的宏图大业，鲜明地体现了同盟会的反清革命宗旨。

佛音《读河南杂志感怀》，抚今追古，以外鉴中，以史明志，在"欧云美雾卷地来"的20世纪初年，"波兰犹印已飘零"的国际时局下，提出"方今中原谁是主"的政治命题，发出"华拿佳儿宁有种"的质问：

莽野无人贾生死，剩有国魂呼不起。欧云美雾卷地来，嵩洛王气戛然止。黄河滚滚下昆仑，轩羲曾此殖子孙。天潢派出真娇贵，玉叶金枝谁比伦？神武洸洸歼蚩尤，遗孽三危暂嗫嚅。从此千载无挞伐，士食旧德农先畤。五霸事业殊草草，内哄功多外攘少。夷狄有君诸夏亡，声泪枯竭尼山老。秦皇汉武果英雄，旄头星耀大漠空。薰街竿枭单于首，燕然石勒天汉功。再传魏晋胡祸亟，锦绣河山变荆棘。衣冠左衽文字毁，黄祖掩面苍圣泣。大雅不作小雅沦，上帝板板白日昏。华拿佳儿宁有种？不信神州竟无人！奈何沉沉睡千载，手足疲蹶气萎腰。屡闻朝议弃珠崖，未见将军称横海。只今愈觉风色恶，外人磨刀声霍霍。大夫但知论盐铁，学士空能谈河洛。波兰犹印已飘零，夕景西照芜城青。渔阳鼙鼓哀且厉，嘻嘻讪讪难为听。百年为戎叹伊川，奴隶券上名早镌。四万万人齐俯首，空山啼血只杜鹃。吁嗟呼！春陵佳气郁莽莽，方今中原谁是主？我过郏鄏问九鼎，九鼎垂泣不能语。①

　　诗人追怀轩辕黄帝、秦皇汉武开疆拓土的伟业武功，悲叹"沉沉睡千载"的华夏民族，以至"锦绣河山变荆棘"；如今"外人磨刀声霍霍"，联想到波兰、犹太、印度的亡国史，作者大声呼唤中国的华盛顿、拿破仑的出现，号召不愿做"奴隶"的"轩羲子孙"，起来推翻清王朝的专制统治。

　　阐扬男女平权思想，倡导女权革命，呼吁戒缠足、兴女学，是《河南》"文苑"栏诗歌又一取材倾向与主题意向。第八期所刊大谩《女界警词》，分《自由》《女权》《女学》三章，盛赞"生撒自由花，死成自由神"的罗兰夫人，以泰西"天赋人权"思想为武器，声言"天赋生人权，女子共男子"，断言"女子即识字，忧患伏其中"，大声呼唤20世纪中国女英杰的出现，期冀"起矣女杰挽颓风"。荸子的五言古风《戒缠足》，洋洋千言，历数女性缠足之苦之害，将戒缠足上升到强种强国的高度来认知，断言"近代女权昌，旭日初破晓"，声言"女界有进步，富强基已肇"，呼吁"斩绝淫昏鬼，唤醒庸俗脑"，最后归结到"文明潮愈高，人格乃愈好。优胜而劣败，此理未可藐"。②虽无激进的民族革命主张，却传播了进步的男女平权思想，以及基于近代民族国家观念之上的女国民意识。

三　《河南》"文苑"栏代表诗人

　　《河南》"文苑"栏署名诗作者有9位，按诗题数量依次为启明（16题23首）、芬侬（14题29首）、鹃碧（5题6首）、佛音（4题7首）、卧龙（4题7首）、轻莎（3题4首）、大谩（1题3首）、剑青、荸子（2

---

① 佛音：《读河南杂志感怀》，《河南》1908年第3期。
② 荸子：《戒缠足》，《河南》1908年第9期。

题6首)。其中,启明为皖籍同盟会员王天培①,其他诗作者的真实身份不得而知。王天培、芬侬、佛音是其骨干诗人。

王天培是《河南》"文苑"栏首席诗人,开篇之作《和某君原韵吊某烈士及某女士》七律四首,是献给革命烈士徐锡麟、秋瑾的挽歌和颂歌。其《自题写真二首》,则是这位皖籍革命英杰留东时期理想抱负和精神世界的自我写照;其一云:"大禹文身游裸国,武灵胡服入秦庭。欲恢佰业歼夷虏,留取勋名焕汗青。"其二道:"脱冠仗剑气从容,相对无言却笑侬。千古知音华盛顿,出为飞将退为农。"② 大禹、赵武灵王、华盛顿,是其精神偶像,民族革命思想充溢字里行间;仗剑杀敌,驱逐鞑虏,青史留名,功成身退,是这位少有大志的革命志士的自我期许。《读〈华拿传〉书感》云:"共和专制各终场,美雨欧风送夕阳。读罢华拿两雄传,田园荒岛亦凄凉。"钦慕华盛顿、拿破仑建立的不朽功勋,向往民主共和政体,心仪华盛顿的功成身退,是其思想导向和行身祈向。他不仅是口的巨人,也是行的高标。殆辛亥安徽光复,民元清廷去位、南北统一之后,王天培解甲归田,正是践行这一行身祈向。

王天培《途中遇雪即事感伤二首》编入《元符诗草》时,改题为《冬日海外归国,谋起义未成,复返途中感赋》,清楚地交代了写作背景。诗云:

> 小住乡关未及旬,载途风雪倍艰辛。一肩家国双行泪,洒向天涯别古人。
> 雨雪霏霏解战鞍,朔风吹彻海天寒。相逢莫问中原事,破碎河山

---

① 学界多有误将《河南》"文苑"栏诗人"启明"当作浙籍周作人者。其实,只消对照一下《元符诗草》,便可知此"启明"乃皖籍同盟会员王天培。王天培(1880—1917),字符符,安徽合肥人。1904年秋留学日本东京陆军士官学校。1905年8月加入同盟会。1906年冬受孙中山、黄兴指派,回国策应湖南萍浏醴起义,无功而返。1910年春回到安庆,任皖省陆军学堂监督。1911年11月11日,被革命党人推举为安徽临时总督。旋乞假归田。1913年秋,被袁世凯电招至北京,受到软禁,终日忧抑。1917年秋病逝。民国年间,其子将其诗稿编为《元符诗草》,前有李家蕃序、柏文蔚所写传记及刘钊、张芝田赠诗,收录诗词49首,其中就有《河南》杂志刊发的部分诗作。《元符诗草》私刻50本,世所罕见。1981年,《元符诗草》在《(安徽)文史资料》刊出,王天培诗稿渐为人知。参见王天培遗作、王从胜供稿《辛亥革命史料之一——元符诗草》,《(安徽)文史资料》第三辑(内部出版),安徽人民出版社1981年7月。

② 启明:《自题写真二首》,《河南》1908年第2期。

收拾难。①

王天培1906年冬奉命回国策应湖南萍浏醴起义，刚到原籍合肥不足十天，就传来了起义失败的消息，只好告别家人，匆匆东渡，革命遭受挫折后的苍凉心境及壮志难酬的悲怆情怀，真切地流泻于笔端。同期所作《安庆道中即友人壮行原韵感伤时事》云："茫茫禹域旧江山，胡帽频来痛此间。满地斜阳竟成势，南风不竞朔风寒。"②抒发了强烈的民族主义情感。

芬佽是《河南》"文苑"栏第二主力诗人。这位自称"邹生年纪二十九"③的邹姓留东学子，见诸该刊的首篇诗作是七古《老将行》，兼有战国时期赵国名将廉颇和汉代飞将军李广之影事。该诗前半篇着力渲染"五夜谁唱大刀镮？老将忽起气如山"的英雄气概，以及"匈奴未灭家安在？男儿宁可乐忧患"的忧国精神，后半篇笔锋一转，慨叹老将"二十年来无征战，每抚髀肉泪满衣"，末句以"匣中宝剑忽龙吟，触起老夫思赵心"收束。④《乌江渡怀古》题咏楚霸王项羽，"怪底乌江呜咽去，千秋恨事付流波"⑤；此类咏史怀古之作，书写的是"谁将时势厄英雄"⑥的英雄悲歌，风格慷慨悲怆。

芬佽《东归夜宿旅店闻鸦鸣有感》组诗云：

满目荆榛绕国门，独醒何忍弃昆仑？寒鸦月夜频声噪，仗而唤归帝子魂。

廿载如从醉里过，韶华逝水半销磨。旅魂惊破愁云重，乡梦哭残泪雨多。月夜乌啼悲世事，寒山猿啸怅关河。更深徒具匡时念，无地投鞭且枕戈。

暮鸦频噪难成寐，独慨神州杀气横。沧海难填精卫恨，国魂易唤杜鹃鸣。血潮夜涌雄吞海，热度时增气吐虹。茅店闻鸡仰越石，挥戈

---

① 启明：《途中遇雪即事感伤二首》，《河南》1907年第1期。
② 启明：《安庆道中即友人壮行原韵感伤时事》，《河南》1907年第1期。
③ 芬佽：《须叹》，《河南》1908年第9期。
④ 芬佽：《老将行》，《河南》1908年第4期。
⑤ 芬佽：《乌江渡怀古》，《河南》1908年第4期。
⑥ 芬佽：《怀古》，《河南》1908年第5期。

窃愿逐长鲸。①

夜宿旅店，寒鸦频噪，众人皆睡，唯我独醒，山河破碎，神州陆沉，有志之士当闻鸡起舞，投笔从戎，挥戈逐长鲸，以身赴国难；一位襟怀大志的热血男儿形象跃然纸上。这位革命青年，在国难当头、国人精神麻木的时刻，一面大声召唤着国魂、民族魂，一面以"无地投鞭且枕戈"的战士姿态，枕戈待旦，随时准备效命疆场，投身到驱逐鞑虏、恢复中华的革命洪流中去。其《旅店夜雨屋漏有感》道：

> 室巳漂摇醒恨迟，风云暗淡谁持危？时当未雨忧酣睡，大夏临倾倩木支。补天无石暗伤神，室毁难禁风雨侵。广厦一顷无净土，此问何地可容身？②

抒发大厦将倾、国将不国的民族危亡意识。其《海上感怀》有云："洞开门户无人管"，"是谁揖盗步阶庭"？③ 矛头直指腐败专制的清政府和昏聩无能的官僚集团。

芬侬《励志》《须叹》两诗，属于励志诗，既是自期自励，亦是对广大青年学子的勉励和期待。《励志》诗云：

> 壮志期随华拿后，旗翻万里展长风。雄心不惮乾坤老，铁血峥嵘驰亚东。王粲登楼休浩叹，中原万里遽途穷。挥戈血战乾坤赤，把酒泪沾荆棘红。手挽神州惊亚鹿，气吞沧海因欧鲸。不能二字非当用，驰马常从蜀道行。④

塑造了一位壮志凌云、期随华（华盛顿）拿（拿破仑）、挥戈血战、手挽神州、气吞沧海的抒情主人公形象，以铁血峥嵘的亚东英雄相期许，充满昂扬的革命斗志和浪漫情怀。《须叹》以"鳅生年纪二十九，风吹髭芽生满口"起笔，抒发"拂袖倚剑笑问天，古来英雄多少年"的壮志豪情，

---

① 芬侬：《东归夜宿旅店闻鸦鸣有感》，《河南》1908 年第 5 期。
② 芬侬：《旅店夜雨屋漏有感》，《河南》1908 年第 5 期。
③ 芬侬：《海上感怀》，《河南》1908 年第 5 期。
④ 芬侬：《励志》，《河南》1908 年第 5 期。

流露出"我亦国民一分子，曾读血性书一篇"的革命情怀，篇末"寄语社会青年人，同拭双手挽乾坤"。① 感叹韶华易逝，时不我待，而国难当头，时局艰危，作为血性男儿和"国民一分子"，自当义无反顾地肩负起拯救民族国家的责任，为中华之崛起而奋斗。

佛音是该刊"文苑"栏第三主力诗人。前文所举佛音《矫首》《读河南杂志感怀》两篇古风，均以张扬民族主义革命精神为主旨。第三期刊发的《河南杂志祝辞四章》，则是一曲留东学子写给河南故土和乡人国人的荡气回肠的爱乡爱国之歌，也是一篇高扬民族主义和民主主义旗帜的革命战歌；歌曰：

> 河水泱泱兮绕我皇甸，东都辚兮邺赟赟。白水真人忽龙见，千万同胞齐伏剑。风雷搏激玄黄战，五步之内血飞溅。竞立争存帝汝眷，独立旗飘呼欢忻，费城钟声今夜唤。
>
> 河水汤汤兮河流黄，不照人面兮照人肝肠。十万貔貅救赵亡，信陵义侠不可当。如此精神今不僵，菉竹箐箐凌严霜，祝吾民气炽且昌。
>
> 水涣涣兮洧与溱，芍可赠兮兰可纫。士女爱情挚且真，吾爱河南兮如爱美人。明珠翠珰佩缤纷，持此惠汝及芳春。薄言一愬惧生瞋，一掬热泪下潸潸，昔同此慨楚灵均。
>
> 一卷《民约》刚著就，滔天洪水漫宇宙。君主专制古所诟，燎原一炀不可救。黄金时代铁血镂，嗟吾同胞阳九遘。猛起着鞭勿落后，爱吾河南兮买丝绣。②

玄黄血战，竞立争存，独立旗飘，费城钟声，天赋人权，铁血购权，"君主专制古所诟"，"黄金时代铁血镂"，吹响了民族独立自由的号角，既表现出鲜明的民族革命立场，亦表现出反君主专制的民主革命思想。

佛音《游宋故宫作》，系游览河南省城开封龙亭后的吊古伤今之作，悲怆而不悲观，同样充溢着爱乡爱国热情；诗云：

---

① 芬侬：《须叹》，《河南》1908 年第 9 期。
② 佛音：《河南杂志祝辞四章》，《河南》1908 年第 3 期。

噫嘻乎，宋家大内潴为湖，千年来者乃有吾。对此茫茫百感集，卷袖逆风一欢呼。两亭翼然起湖心，波光如镜净无尘。青蒲摇摇荻簌簌，风景不亚古玉津。忆昔宋祖真英爽，点检那作天子想？陈桥兵变太仓卒，万里风云起莽莽。李煜稽颡钱俶朝，刘鋹甘作降王长。卧榻已无他人睡，好福留与后代享。今日重台高矗矗，台上惟余三间屋。官家天下几易姓，殿门狮子睡尚熟。祖宗创业子孙守，徽钦无赖下殿走。坐使神州成陆沉，把盏来侍黄龙酒。当年岂无爱国人？缚制摧压气莫伸。靖康史纪不堪读，元祐党碑怆我神。晚凉袭人凄欲绝，湖东飞上一丸月。涕泪不知何处来，洒向湖中湖水热。①

遥想千年前大宋都城汴梁的繁华，现如今宋故宫"台上惟余三间屋"；诗人追怀宋太祖的"英爽"，痛惜靖康之耻和元祐党祸，慨叹神州陆沉、睡狮未醒，不禁涕泪交流。而压在纸背的，则是诗人的忧国之情和报国之志。

四　张钟端《蝶梦园诗话》

1908 年 7 月，张钟端《蝶梦园诗话》见诸《河南》第六期"文苑"栏，署名"鸿飞"，共 12 则。张氏诗话，主要裒录乡贤先辈题咏河南风土人物之作和当代河南诗友之作，兼及日本明治维新三杰之一西乡隆盛的名作；其基本宗旨，在于阐扬民族主义思想，张扬尚武精神，激发国人的反清革命斗志。《蝶梦园诗话》的问世，终结了晚清新派诗阵营和革命派文人圈无河南籍作者的诗话的历史。

《蝶梦园诗话》第二则曰："河南四通八达，中国有史以来，皆为极重要之地。以故文人墨客，题咏绝伙，载诸简册者，多至不可数计。然名篇大作，沉沦不彰者，尤不知其几千万。"接着裒录咸同间名孝廉——湘省桃源郭兰苏前辈——公车北上途经汴省道次触目之作；如《汴梁怀古四首》其三云："大梁亭畔暮云浮，一片寒鸦宋汴州。两世君臣甘北狩，千年京索向南流。吹台月吟笙歌散，艮岳宫焚狐兔游。最是夜来风雪裹，

---

① 佛音：《游宋故宫作》，《河南》1908 年第 8 期。

更无灯火上樊楼。"在对历史兴衰的无尽浩叹中，潜隐着对北宋孱弱无能的亡国之君的讥刺，张氏赞其"气势浩瀚，笔力遒健"。其四末句云："匹马南来空吊古，中宵宝剑吐寒芒。"吊古伤今之际，胸中升腾起一股郁勃不平的英雄之气。

　　第三则道："河南人才之盛，稽诸史册，洵可谓车载斗量，不可数纪。惟近日民族主义大兴，而岳鄂王尤为世所尊尚。虽神州之灵，不能以疆域论，然玉出昆冈，又岂得谓生殖地略无光荣耶？所可惜者，古今咏鄂王诗，无虑千百，而确能写其精神者实甚寥寥。"有鉴于此，张氏借友人之言，盛赞岳飞《满江红》"气众嶙峥，英风叱咤"，是其理想怀抱和英雄气概的最佳写照，依然是张扬驱逐鞑虏、还我河山的民族革命思想。

　　第四则哀录前辈诗人郭兰荪吊明末复社文人侯朝宗（商丘人）诗云："匹马黄昏过大梁，侯家池馆暮云凉。夷门血冷心同壮，雪苑春残冢渐荒。慢说红颜知节烈，谁教白发耐兴亡？雕虫我亦如君悔，独立苍茫吊夕阳。"张氏评曰："苍凉悲壮，读之使人百感交集，投笔事戎轩，我于此盖跃跃欲试之矣。更愿河南诸同胞，各知自勉，勿如侯生之壮悔焉可。"其用意显然在宣扬民族气节。

　　第五则云："日本维新人物，予最服膺西乡隆盛。生平言行，照人耳目，不待言矣。即以诗论，抑亦人中之龙也。惟声调多有未谐者，然乃日人汉音隔绝故，于诗之意境，固无伤焉。"并哀录其《述志》七绝一首："建业惟期华盛顿，战斗独步拿破翁。半宵提剑望寒月，今古兴亡两眼中。"评曰："满肠怀抱，踔跃言表，大声长歌，使我亦有振衣千仞、濯足万里之概。"弘扬的是为民族国家独立自由而奋斗的英雄气概和尚武精神。

　　张钟端的同乡好友宋劳斋，1903 年东渡留学，与陈天华交好。陈天华以身殉国后，宋氏郁愤成疾，重病濒死，而家国之念，尤萦绕于脑际。张氏探视时，宋氏以五言二律诗相示。其二云："去国已三载，思家又一秋。亲忧催白发，闺怨定蓬头。禹域腥膻满，天涯道路悠。有家归未得，期待灭匈奴。"在对家国亲人的深挚思念中，充溢着炽烈的民族革命情怀。宋劳斋 1907 年曾游历南北满洲，"窥查日俄及满族土著情形，所至之处，多为吟咏"；其《登辽阳城》五律一首云："纵目边城上，苍茫极大荒。地偏玄菟郡，天人黑龙江。野戍鸣悲角，川原下夕阳。扶余王气尽，为忆李成梁。"李成梁为明朝后期辽东总兵，镇守辽东三十年，立下赫赫战功。追忆李成梁，背后潜隐的是诗人的民族思想。

《蝶梦园诗话》第八则云：

> 劈斋复出一稿本，属予校雠。询之，则其先八世叔祖宋起龙先生遗泽也。展视之，则天际鸾吟，非复人间凡响，而一种高洁之气，尤为丧节者闻而惊心。盖先生以故明诸生，不肯作满清顺民。局影穷乡，以著述自娱。故所言多追念先朝，讥讽当世。而《闻谢也眉郭尔瞻应乡贡试作此以寄》一首，不特为当时人留一讽刺，更可为现世薰心于清政府之禄位者，作一龟鉴也。因亟录之。诗云："峨眉久不嫁，对镜自愧痛。春风暖绛帐，玉箫吹鸣凤。往往遣东施，百辆烂迎送。独宿羡神女，徒作阳台梦。桃李开晚花，梅落芳树空。青丝点秋霜，肌皮绉如冻。而乃闻催妆，箫鼓为我动。靡言遂燕婉，聊免蹢躅恫。往哉别嫁裳，刀尺不复弄。"词峭意深，蕴而不露，比兴之遗，斯为近焉。

宋劈斋的八世叔祖乃晚明遗民诗人，不仕清朝，气节高洁；二百多年后，祖辈的民族气节为这位八世侄孙——晚清革命志士宋劈斋——继承并发扬光大。

第九则云：

> 吾友彰君凤池，中学素深，留学陆军，于东西各兵事，皆确有心得。他日驰驱东亚，风云变色，引领之望，吾盍已耶。现君方在联队中，所作军事日记，约四五册。其中每记至倦怠时，赋诗自遣。文武兼施，诚佳话也。《夜行军途中作》七律一首云："夜出屯营向野营，辚辚车马杂鸡声。远山月冷看疑幻，近市烟浓认莫名。捷奏昆仑岂百战，功成淮蔡只三更。精神总赖平时积，临敌方教称胜兵。"……又七言绝句一首，题为《野营中随笔》，诗云："雨余独把葡樽倾，翘首月华万里明。喇叭声中灯数点，村人应指是行营。"言情欸欸，感寤具存，无激言高论，而意自悠远。

两诗均无"激言高论"，而这位留学日本陆军士官学校的彰凤池的乐观进取精神，自然流泻于笔端。

第十则云：

> 游历官某，不知其姓名，以调查政学两界事到东。濒行，赋七律四首，音节浏亮，潇洒出尘。虽排句中时有单弱生滞之弊，然起尾两联，皆有激昂慷慨、俯视一切之观。因录之，实我诗话。其二："三岛区区水一方，孰知万国尽梯航。怀柔有道皆同化，尊攘无形只自强。未雨绸缪先户牖，闻风警觉励门墙。试看日露交争后，犹记辽阳大战场。"……其四："憔悴西风又一年，雪花如掌雨如烟。君山流涕知何益，箕子为奴最可怜。国体尊崇培国粹，民心固结保民权。东来贤士多如鲫，还望能挥祖逖鞭。"前三首固多可采之句，惟皆言日人盛事，于我国民无甚裨益，故吾以为第四首，尤为可取，以其能策励我同胞也。闻其人系河南籍，未知是否。

对明治维新后的"日人盛事"表钦慕也好，寄言留东学子"还望能挥祖逖鞭"也罢，都宣扬了民族独立自强精神，以及近代民族国家观念。张氏赞其"音节浏亮，潇洒出尘"，则是自诗学造诣角度言之。可见，《河南》杂志掌门人张钟端的《蝶梦园诗话》，秉持的是文质兼顾的选录标准，既要有进步的时代内容，对培育国民思想和民族精神有所裨益，又要不失为诗人之诗。

五　传播影响与历史定位

关于《河南》杂志的历史地位与社会影响，冯自由在《革命逸史》中言其"鼓吹民族民权二主义，鸿文伟论，足与《民报》相伯仲"，称其"出版未久，即已风行海内外，每期销流数千份，以输入本省者占半数"，指出"河南人士革命思想之开发，此杂志之力为多焉"。① 豫籍同盟会员贺升平、陈伯昂等回忆道："每期发行八千余份，宣传反清与共和思想，

---

① 冯自由：《河南志士与革命运动》，《革命逸史》第 3 集，中华书局 1981 年版，第 272—273 页。

国内行销颇多，对河南知识界影响甚大。"① 邹鲁指出该刊"内地行销亦广，每期售至万份以上"。② 刘惟城也说"每期销行在万份以上"。③ 抗战时期曾在南阳创办《前锋报》的著名报人李静之言："《河南》旗帜鲜明，始终宣传孙中山的民主革命思想，批驳改良主义，每期有一百数十页，发行量近万份，半数以上行销在河南，风行国内外，对辛亥革命起了相当大的思想推动作用。"④ 1908 年 3 月，《河南》第三期"出版近一周，已在东京售罄"，不得不"再版千部"⑤。

《河南》杂志在河南省内的开封、许州、郑州、荥阳、巩县、修武、尉氏、光州、信阳、彰德等十地市设有代派处所 11 个，在北京、天津、保定、上海、山西、陕西、四川、贵州、湖南、云南等地设有 34 个代派处，在日本设有 6 个代派处，建立了一套完整的刊物派发机制，形成了一个辐射中国和日本的销售网络。⑥ 1908 年，同盟会河南支部特委派李绸斋、罗殿卿、刘醒吾等归国，在省会开封筹办大河书社，推销《河南》《民报》等进步报刊，向河南民众传播革命思想。大河书社由刘青霞出资创办，李绸斋担任社长，不仅是代理销售《河南》及各种革命书报的机关，也是同盟会河南支部的通讯联络机关，成为同盟会在河南的有力的宣传机构。《河南》杂志在河南省内良好的销售业绩，大河书社发挥了至关重要的作用。

清政府设立的邮政局及其代派所，也是《河南》杂志重要的寄售渠道。1906 年，清政府设立邮政部，其邮政支局、分局及代派所遍及全国省城、府城和内地大多数县城。河南省城开封设有邮政副总局，郑州、许昌、遂平等地设有邮政支局，西平、上蔡、通许、禹县、鄢陵等县城设有

---

① 贺升平等：《辛亥革命时期的刘青霞》，《河南文史资料》第六辑，中国人民政治协商会议河南省委员会文史资料研究委员会编辑出版，1981 年 9 月，第 122 页。

② 邹鲁：《河南举义》，中国史学会主编：《中国近代史资料丛刊·辛亥革命（七）》，上海人民出版社 1957 年版，第 354 页。

③ 刘惟城：《刘基炎生平》，《河南文史资料》第 6 辑，中国人民政治协商会议河南省委员会文史资料研究委员会编辑出版，1981 年 9 月，第 125 页。刘基炎（1880—1961），河南光山人，1904 年赴日留学，1906 年加入同盟会，曾参与《河南》杂志编辑事宜。

④ 李静之：《刘积学生平》，《河南文史资料》第 6 辑，中国人民政治协商会议河南省委员会文史资料研究委员会编辑出版，1981 年 9 月，第 109 页。

⑤ 《社告》，《河南》1908 年第 3 期。

⑥ 参见《河南》第一至九期后封"本报代派处"材料。

邮政代派所。1908 年，因在河南高等学堂带头闹起"打监督"风潮而被开除学籍的王拱璧，只身来到上海加入同盟会，此后便"不时向河南内地的学校或朋友输送革命出版物，如同盟会主办的《民报》、河南留日学生主编的《河南》《女界》等"。① 1909 年冬，豫省留日学生宋庆鼎在东京加入同盟会，此后"便极力劝导同乡同学投身革命，并给内地同胞选寄革命书报杂志如《民报》《河南》等，广事宣传，由此而参加革命者逐渐增多"。② 这些事例，从一个侧面见证了政府邮政渠道在《河南》杂志流布传播过程中所发挥的不可忽视的积极作用。

1929 年，鲁迅在《奔流》"编校后记"中提到了《摩罗诗力说》介绍过的波兰诗人密茨凯维支，言其"是波兰在异族压迫之下的时代的诗人，所鼓吹的是复仇，所希求的是解放，在二三十年前，是很足以招致中国青年的共鸣的"。③ 鲁迅先生这番话，对我们有着两方面的启示：其一，考察《河南》杂志上的革命诗人，还应将《摩罗诗力说》介绍的欧洲"摩罗诗人"考虑进去；其二，以密茨凯维支为代表的"复仇诗人"和"爱国诗人"，在晚清中国进步青年知识群体中确曾引起过情感和思想上的广泛共鸣。

晚清革命诗潮兴起于 1903 年，主阵地是日本东京和上海租界的革命报刊。④ 1905 年前后，随着《湖北学生界（汉声）》《浙江潮》《江苏》《国民日日报》《觉民》《俄事警闻》《警钟日报》《中国白话报》《二十世纪大舞台》《醒狮》等早期革命报刊相继停刊，革命诗潮从高潮期进入落潮期。1907 年前后，随着《云南》《河南》《汉帜》《秦陇报》《关陇》《晋乘》《四川》《粤西》《神州女报》《中国女报》等一批设有诗歌专栏的革命期刊的集中问世，晚清革命诗歌掀起了第二波次的创作高潮。其中，《河南》杂志存世时间较长，刊发革命诗歌数量较多，受众群体和社

① 王拱璧：《我在辛亥革命中的经历》，《河南文史资料》第 6 辑，中国人民政治协商会议河南省委员会文史资料研究委员会编辑出版，1981 年 9 月，第 91 页。

② 宋庆鼎：《辛亥革命回忆》，《河南文史资料》第 6 辑，中国人民政治协商会议河南省委员会文史资料研究委员会编辑出版，1981 年 9 月，第 20 页。

③ 鲁迅：《〈奔流〉编校后记》，《鲁迅全集》第 7 卷，人民文学出版社 2005 年版，第 193 页。

④ 参见胡全章《〈江苏〉诗歌与晚清革命诗潮》（载《湖南社会科学》2015 年第 2 期）、《〈警钟日报〉诗歌与晚清革命诗潮》（载《山东社会科学》2014 年第 4 期）等文。

会影响较大，且深入京津地区、河南内地和西北西南地区，在这一波次的革命诗歌创作高潮期充当了主力军。特约撰稿人周树人的《摩罗诗力说》，皖籍同盟会员王天培的诗歌，豫省革命英杰张钟端的《蝶梦园诗话》，则是《河南》杂志贡献于20世纪初年中国文学界的标志性成果。

海外汉文报刊中的中华文学史料搜集与整理分析
——以新马报刊为中心

李　奎

（山西师范大学文学院）

在笔者看来，中华文学主要可以分成两大类：一类是中国本土文学，另一类是海外（域外）汉文学。中国本土文学史料搜集与整理成果丰硕，不论是古代文学、近代文学，还是现当代文学，出现了许多有标志性的成果和学者；海外汉文学史料搜集与整理的成果也逐渐增多，从各级各类项目到专著、论文是蔚为大观，也有一大批代表性学者，比如赵季先生、张伯伟先生、孙逊先生、王三庆先生、陈益源先生、李福清先生等，也出现了一些研究重镇，比如上海师范大学、南京大学、南开大学等。

笔者多年从事新加坡、马来西亚汉文报刊文学文献整理和研究工作，发现国内外学界目前对于早期的海外汉文报刊文学史料整理和研究远远不够，前辈学者在整理作品时多忽略了早期海外华人华侨文学作品。早期海外华人华侨文学作品单行本发行甚少，大量的文学作品更是集中在汉文报刊中。这些海外的汉文报刊与同时期的中国报刊紧密联系，许多新闻稿源自中国，就在这种互动之中文学作品也随之而去。这部分资料是目前学术研究关注度较少的地方，本文就这一研究课题以新马汉文报刊为例做初步分析和探究，期待能够引起更多的学界研究者的关注。

一　早期海外华文报刊概况

根据笔者多年来研究，早期海外汉文报刊可以包括：新马（新加坡、马来西亚）、缅甸、泰国、越南、菲律宾、印度尼西亚等，澳大利亚汉文报刊、美国汉文报刊、加拿大汉文报刊等，时间从 1815 年至 1919 年。此段时间也是中国文学史发生重大变化的时期，此时的汉文报刊刊载了大量的汉文学作品，这正是学界需要整理关注的地方。

此段时间里新马汉文报刊现存 18 种，可以分为两大类：一是传教士创办的汉文报刊，一是华人创办的汉文报刊。最早的汉文报刊是传教士米怜在马六甲创办的《察世俗每月统记传》，它是汉字文化圈①中汉文报刊的滥觞。该报创刊于嘉庆乙亥年七月（1815），月刊，道光元年（1821）停刊。这份报纸的目的是宣扬基督教教义，进而旁及知识与科学。随后有《天下新闻》创刊，创办于《特选撮要每月纪传》②停刊以后，《东西洋考》创刊以前，其存在时间大约是在 1828—1829 年，创办者为英华书院院长吉德。吉德曾向马礼逊学习汉语，抵达马六甲后，在英华书院继续学习中文。1828年升任英华书院院长，同年创办了《天下新闻》。1829 年由于夫人生病，吉德回到英国任教于伦敦大学，担当中国语文与中国文学的教师。该报刊载内容多种多样，有中西新闻、西方知识、欧洲科学、历史、宗教与伦理。③到了 1833 年，广州诞生了另外一份汉文月刊《东西洋考每月统记传》，创办人郭实腊。该报刊印到第 12 期后停刊，原因是清政府对外国传教士的限制。于是该报 1837—1838 年搬迁到新加坡出版。华人创办的汉文报刊最早是薛有礼创办的《叻报》，创刊于 1881 年 12 月，但是创刊号现已不存，停刊于 1932 年 3 月 31 日。随后有《星报》《槟城新报》《广务时报》《天南新报》《日新报》《中兴日报》《总汇新报》《槟城日报》（不存）、《星洲晨报》《四州日报》《南侨日报》《侨声日报》《光华日报》（不存）、《振南报》《国民日报》《新国民日报》《益群报》。

本文为什么要将新加坡、马来西亚两国的报刊放在一起去研究？这是因为两国历史上曾有共同的命运，即它们都受到过三佛齐和满者伯夷的控制，都被葡萄牙、荷兰、英国和日本等侵略过。新加坡史上是马来亚柔佛

---

①　汉字文化圈，学界一般认定是指历史上受中国及中华文化影响，过去或现在使用汉字、使用汉语作为语言的文化、地区，包括了日本、朝鲜半岛、越南、琉球群岛等国家或地区。依据笔者多年研究，认为海外华人华侨生活的地方，也可纳入汉字文化圈，囊括了东南亚、澳大利亚、北美等国家地区。

②　《特选撮要每月纪传》，创办于巴达维亚（现雅加达），由麦都思创办，1823 年 7 月创刊，1826 年停刊。由于其创办地不在新马，故本文不予研究。

③　关于《天下新闻》的叙述，源于 Roswell S. Britton, *The Chinese Periodical Press 1800-1912*, shanghai, 1933, p. 25. 笔者藏有该书复印件。论及此报还有赵晓兰、吴潮《传教士中文报刊史》、戈公振《中国报学史》、卓南生《中国近代报业发展史》。

王国的一小部分。英国入侵马来西亚后，新加坡由于其地理位置，一度作为英属马来亚的政治、经济和文化中心。直到 1963 年 9 月 16 日，马来西亚才作为一个独立国家出现，而这时新加坡属于马来西亚。新加坡的真正独立要到 1965 年 8 月 9 日。马来西亚和新加坡的历史就这样融合交汇在一起。我们研究新加坡历史的时候，不能避开马来西亚；研究马来西亚的历史，不能避开新加坡。同样道理，研究新加坡的报刊不能不涉及马来西亚的报刊，二者不能孤立地去研究。

　　泰国的汉文报刊始于 20 世纪初。根据泰国广肇医局创立纪念碑文记载，1903 年，第一份汉文报刊《汉境日报》发行，但经营时间短暂。①1906 年，萧佛成、陈景华创办了《美南日报》，后改组为《湄南日报》，后陆续又有《启南日报》《华暹新报》《中华民报》《天汉公报》等华文报纸创办。

　　菲律宾，19 世纪末 20 世纪初，第一份汉文报刊是《华报》，创刊于 1888 年，由华人商人扬继洪独资创办。他任社长、编辑、翻译，出版不到一年即停刊。后续还有《岷报》（1890 年创刊，由扬继洪和陆伯州联合创办，不到一年停刊）、《益友新报》（1899 年创办，由粤人潘遮蕃创办，为康有为、梁启超宣传宪政思想）、《岷益报》（1900 年创办，在《益友新报》基础上改编，发行不到一年即停刊）、《警铎新闻》（1908 年创办，马尼拉的中华商务局出面集资创办，任命王汉全为总经理，厦门人陈三多任经理，施健庵任总编辑，聘福州籍华侨郭公阙为驻外记者撰写论文，发行一年多停刊）、《公理报》（1911 年创刊，由郑汉淇为经理，吴宗明为总编辑，叶楚伧为驻上海特约撰述员，该报宣传同盟会革命思想）。《公理报》后，其他汉文报纸随之创办。1914 年有《中华日报》创刊，施健庵任主编，一年后停刊；同年国民党驻菲律宾二支部创办《民号报》，李思辕任主编，1932 年改刊；1915 年《新福建报》创办，不及一年即停刊。又有 1917 年的《菲律宾华侨教育丛刊》《教育月报》，1918 年的《华铎》（周刊），1919 年 12 月小吕宋华总商会创办《华侨商报》，1919 年傅无闷创办的《平民日报》，发行了两年。

　　印度尼西亚最早的汉文报刊由传教士麦都思创办，名为《特选撮要每月统记传》，时间在 1823 年，地点在爪哇巴达维亚（今雅加达）。后从 1900

---

① 方积根、胡文英：《海外华文报刊历史与现状》，新华出版社 1989 年版，第 69 页。

年至辛亥革命前，印尼华人陆续创办《理报》《泗水新闻》《综合新闻》《商业新闻》（后改为《商报》）。后来1904年还创立了第一份中文、马来文混合版的《译报》。此后还有《中爪新闻》《新报》《东方之光》《春秋》等周刊由当地土著华人创办。1908年，《泗滨日报》在泗水创刊，宣传孙中山革命思想，主编为同盟会会员田桐。1909年5月，巴达维亚华侨书报社主办的《华铎报》发行，主编为朱茂山，1912年由白萍洲、钟公任接任，宣传民族主义和中国文化，1919年停办。1909年，中爪哇三宝垄"爪哇印务有限公司"主人马厥如出资创办《爪哇公报》，主编先后为马乃东、苏甘定和韩希琦，维持一年有余。1909年，泗水当地书报社和中华书社支持下，创办了《泗水新报》，分为中文、马来文两版，与1914年在棉兰创办的《苏门答腊报》宣传革命思想。此时还有《中爪哇报》《民铎报》及《巴城日报》创办发行，抨击帝制，宣传革命。

越南最早的汉文报刊是1918年创办的《南圻日报》。缅甸最早发行的汉文报刊是《仰江日报》，于1903年由缅甸华侨谢启恩主办，后改名为《仰光新报》。该报开始与保皇派关系密切，后脱离保皇会关系。然报馆内部政见不合，致使该报无法维持而停刊。同盟会徐赞周、庄银安等人购买《仰光新报》的设备另创《光华日报》作为同盟会机关报，以庄银安为经理、陈仲赫为副理，居正、杨秋帆、吕天民为主编。保皇派从中作梗，使《光华日报》再落保皇派手中，并改名为《商务报》。1909年11月，《光华日报》再次复刊。同时，同盟会会员居正、陈汉平等另创《互惠报》，1910年2月停刊。保皇派再施手段，《光华日报》再遇危机。庄银安避难槟榔屿，与陈新政在槟城筹款再办《光华日报》。该报在仰光二次停刊。1910年3月，同盟会诸人再买机器设备创办《进化报》。保皇党人勾结当地警察作难，被迫停刊。1910年11月，徐周赞联络张永福等人另发行革命党的《缅甸公报》，民国成立后继续发行。1913年9月，该报改为《觉民日报》，由革命派、中间势力和保皇派三方势力联合主办，一直到1950年停刊。

美国的汉文报刊最早亦是由传教士创办。美国第一份汉文报刊是由传教士威廉·霍华德于1854年4月22日创办旧金山的《金山日新录》。之后1855年1月4日传教士威廉·士卑尔创办了《东涯新录》，编辑为粤籍华侨李根。第一份由华人创办的汉文报刊为《沙架免度新录》，创办者为粤籍华侨司徒源，1856年12月创办，1858年停刊。到19世纪末，美国早期华文报刊有：《旧金山唐人新闻纸》《唐番公报》（后改名为《华番汇报》《中西汇报》《华洋新报》）、《文记唐番新报》《华人记录》《中外新闻》（后更名为《翰香捷报》）、《檀香新报》《萃记华美新报》《文宪报》（后更名《世界日报》）、《瑞香华洋新报》《华美字报》《华夏报》《丽记报》《华美新报》。进入 20 世纪，先后有《隆记报》（兴中会喉舌，先后更名为《檀山新报》《民生日报》《自由新报》）、《新中国报》《大同日报》《启智报》《大声报》《华兴报》《华西申报》《金山时报》《少年中国晨报》（后更名为《少年中国》）、《工读》。

加拿大汉文报刊最早创办于 1900 年前后，由保皇党人在加拿大创办。1906 年 12 月初，又有《华英日报》出现。1907 年《大汉公报》在温哥华创办，为加拿大致公堂机关报，初由檀岛《隆记报》张泽黎任主编，后聘冯自由任主持。1911 年，《新民国报》创办，由同盟会会员合伙创办，不定期出版发行。

古巴最早的华文报刊是《华文日报》，1902 年 1 月 1 日创刊，首任总理兼编辑为李叔腾，尹琦茜任主笔。1917 年改名为《华文商报》。墨西哥有《国民日报》，创刊于 1918 年。

欧洲最早的中文刊物出现在 19 世纪末，即由柏林大学掌管东方语文的学者编辑的《日国》。法国的汉文报刊在欧洲处于领先地位，先后有《新世纪》周刊、《旅欧周刊》《旅欧杂志》《华工杂志》。

澳大利亚第一份汉文报刊于 1894 年 9 月在悉尼出版，名为《广益华报》，创办者有两人，一为澳大利亚人，一人为华人孙俊臣，其目的是为华侨服务，1923 年停刊。辛亥革命前，先后有《东华报》《警东新报》《民国报》。民国建立后，有《平报》《民报》创刊。

以上报纸刊物囊括了多个地区国家，亚洲、欧洲、北美、南美、大洋洲，其资源之丰富，容量之大，给我们的研究提供了非常广阔的学术研究空间。它们不仅是文学的载体、平台，也是历史的见证，它们对于文学、历史、华人华侨、传播等多学科的学术研究都有帮助和推动，但是它们现在被利用的程度远远不够。

因为笔者已经掌握了新马现存的 1815—1919 年间的汉文报刊，本文就以它们为例谈谈海外汉文报刊中的中华文学史料搜集与整理。

二　新马汉文报刊中的文学史料

新马汉文报刊中的文学史料囊括了诗、词、文、小说、戏剧、文评等几方面的资料，作者有传教士，更多的是华人华侨作者。华人创办的报刊中图书出版的信息资料也多，比如中华书局、商务印书馆、上海书局、世界书局等在新马销售的文学书目，甚至价格也标定出来，这对于研究当地当时的文学环境有价值。

如上文所言，传教士创办的报刊有《察世俗每月统记传》和《东西洋考每月统记传》。《察世俗每月统记传》重点在于宣讲基督教教义，后逐步增加寓言传教。还有部分批判异教以及比较异教与基督教差异的文章，如《忤逆子悔改孝顺》① 《论不可拜假神》② 《真神与菩萨不同》③《溺偶像》。④ 此类论说文章有长有短，但有一定故事情节，趣味较浓，颇似小说。该报为了宣教也借鉴了中国文学的样式，比如诗歌、小说和文章。报中诗歌读来简单易懂，缺少艺术色彩。这是因为米怜顾及当时传教对象的文化水平不高的缘故，"贫穷与作工者多，而得闲少，虽志于道但读不得多书，一次不过读数条。因此《察世俗》书之每篇必不可长也，必不可难明白，盖甚奥之书不能有多用处，因能明其奥理者少故也。容易读之书者若传正道，则世间多有用处，浅识者可以明白，愚者可以成得智，恶者可以改就善，善者可以改就善，善就可以进诸德，皆可也"⑤。再者米怜是英国人，对中国文学了解不是很深刻，其创作水准更不会太高。比如：1815 年 12 月的《年终诗》，原文选录一首，如下：

其一
日月星辰常运行，川流不息亦无停。世人生命总有限，每到年终该想明。

---

① 《察世俗每月统记传》1815 年 7 月，第 1 页。
② 《察世俗每月统记传》1815 年 10 月，第 14—17 页。
③ 《察世俗每月统记传》1820 年卷六二月号，第 4 页。
④ 《察世俗每月统记传》1821 年卷七，第 20—24 页。
⑤ 《察世俗每月统记传》1816 年卷二，卷首。

　　四首诗都是平直大白话，虽然水平不高，但是白话的传播需要引起我们的注意。还有 1819 年 7 月《六月察世俗总诗》：

　　　　其一
　　　　世人蒙昧、似癫狂　不拜真神、拜假偶像。邪淫、嫉妒、相谋杀损人、利己、常说谎。

　　与第一首诗相比，该诗句式自由，语言直白，极浓的宗教色彩充斥字里行间，让人读来就明白其意，不需要文学功底。这能方便其传教。若是传教诗中暗含典故，再加上极其复杂的修辞，必定影响其宣教效果。这与中国民间宗教的宣教所用的宝卷语言有着相似之处。

　　该报中刊有第一部新教传教士的汉文小说《张远两友相论》，从 1817 年卷三开始一直到 1819 年卷五结束，共计十二回。该小说影响颇大，不但显示了米怜对中国小说的喜爱，而且影响了后来的《东西洋考每月统计传》和《特选撮要每月纪传》。① 卷三以前的文章虽宣讲基督教教义，但行文之中可见中国章回小说的影响痕迹，对篇幅较长的文章使用章回小说分回的形式连载，比如《古今圣史纪》叙述《圣经》中《创世纪》相关内容，共分两卷，卷一目录（节选）：

　　　　第一回　论天地万物之受造；② 第二回　论万物受造之次序；第三回　论世间万人之二祖；第四回　论人初先得罪神主；第五回　论人初先得罪神关系。③

　　第三回有回末诗：

　　　　诗曰：天地人物得成全，皆赖真神造化焉。禽兽鱼鸟并美妙，丝

---

　　① 《特选撮要每月记传》，笔者藏有该报部分影印件，因为其创办在雅加达，故本文不予讨论，留待日后从文学上对传教士在南洋创办汉文报刊作宏观性研究。

　　② 《察世俗每月统记传》，1815 年卷一 12 月。此回宋莉华在《传教士汉文小说研究》中言"《古今圣史纪》未见第一回，《察世俗每月统记传》卷一七月至十二月均未见载"。笔者所据材料是新加坡国立大学所藏微卷。宋莉华所见材料可能有缺失，故言。

　　③ 《察世俗每月统记传》，1816 年卷二 2 月。

毫不错宇宙间。希但园美无能比，亚大麦以法修理。……晓其得罪是何样，且俟下回续讲之。①

这与中国古代章回小说套语类似，且将章回小说"欲知后事如何，且听下回分解"之类套语融入，如在 1817 年卷三《异神论》中有"看官，你若还有猜疑，请等第二回与汝论一论"。即使没有如上述长句之外，在文末也会有"后月续讲""后月又讲""后月接讲"。

郭实腊创办的《东西洋考每月统记传》以宣传西方的文化艺术、科学知识、消除中国人的排外思想为己任。《东西洋考每月统记传》序言中引用了大量儒家语录，另有其他文学内容，如《兰墩十咏》（癸巳年十二月）、《李太白诗》（戊戌年五月）、《苏东坡诗》（戊戌年六月）、《诗》（戊戌年八月）。在报中除了明确以诗词为题的作品外，一些文章也模仿了中国小说范式，还大量引用古代文学典籍。该报癸巳年十二月刊《叙话》：

> 诗曰：从来人世美前程，不是寻常旦夕成。黼黻前端方是衮，盐梅面备如为羹。
> 话说汉人姓王名发法，与英吉利人姓陈名万交接。王进房子，偶然看《东西洋考》书在桌，陈道："相公高识于书理，有不佳处，不妨指示。"王道："晚生岂敢。此书清新俊逸，无以加矣，更有何说。"英吉利人吃一惊，说道："好话甚，请贵相公直示委屈。盖加过免错是著者所甚愿，特意成全其篇，致各人获益。"王忙打一恭，答道："小弟愿安承教，随分付将察之。与相公知其错。"陈喜颜道："著作的不饰人耳目，不独气折大巫。既是如此，未免惭凋秽于珠玉之前。但仰贵国之士商，照顾赏拔群英，不恐误大事，只竭力尽心明示。各样文艺可读之无厌焉，万望相公等素性爱才留心访究。件件事情，睹其长短。"王道："先生一电鉴自知，何必更考"。陈道："因为汉人纂此书，唐人必考之。彼此免得有差，是著者之情愿。"②

从此段文章来看，它使用了回前诗，其人物对话、叙述套路如小说一

---

① 《察世俗每月统记传》，1816 年卷二 2 月，第 50 页。
② 《东西洋考每月统记传》，道光癸巳年十二月，第 63 页。

般。然回前诗"诗曰：从来人世美前程，不是寻常旦夕成。齸齽前端方
是衮，盐梅面备如为羹"，与《玉娇梨》第十回"一片石送鸿迎雁"回前
诗相同。① 陈道："相公高识于书理，有不佳处，不妨指示。"王道："晚
生岂敢。此书清新俊逸，无以加矣，更有何说。"此句与《玉娇梨》十二
回"没奈何当场出丑"中"白公见苏有德合吐有意，因问道：'老夫是这
等请教，非有成心。吾兄高识，倘有不佳处不妨指示。'苏有德连忙打一
恭道：'门生岂敢。此诗清新俊逸，无以加矣，更有何说？……'"类
似。② "著作的不饰人耳目，不独气折大巫。既是如此，未免惭凋秽于珠
玉之前"，与《玉娇梨》第十二回中"至于门生盗窃他长，饰人耳目，不
独气折大巫，即与张兄并立门墙，未免惭形秽于珠玉之前矣"类似。③
"照顾赏拔群英"，《玉娇梨》十二回中也有类似句子。《玉娇梨》在康熙
年间已有刊本，而郭实腊作为一个传教士想要创作出与该小说相同的诗和
类似语句，完全不可能，笔者认为必是郭氏在创作之时借鉴了《玉娇梨》
相关部分。

　　结合上文所述海外汉文报刊，传教士创作的文学作品值得我们关注和
整理。目前，有宋丽娟、宋莉华研究传教士创作的汉文小说，但对他们创
作的汉文诗词缺少关注。我们以传教士创办的汉文报刊为中心，扩展到对
传教士的汉文诗歌创作的研究。

　　华人华侨创办的汉文报刊中，文学作品尤其丰富。下文以《叻报》
和《星报》为例加以说明。

　　《叻报》的面世，拉开了新马汉文报刊出版的大幕，陆续有汉文报刊
发行，往后就再也没有中断。以新马汉文报刊的副刊出现作为分界点，将
旧体诗分为两个阶段。副刊出现之前也就是旧体诗发展阶段，副刊出现后
是新马旧体诗成熟阶段。新马报刊中最早的副刊是 1905 年的《槟城新
报》"益智录"。旧体诗发展阶段的三个诗社为新马培养了当地文人，促
进了新马旧体诗的发展，对于新马旧文学的独立性功不可没。而《叻报》
《槟城新报》《天南新报》《星报》刊登的南寓文人旧体诗，也是新马旧
体诗的重要组成部分。

　　新加坡李庆年先生言："1887 年 12 月 19 日，它（《叻报》——编者

---

① （清）荑秋散人编次：《玉娇梨》，康熙刊本，上海古籍出版社 1994 年版，第 337 页。

② 同上书，第 412 页。

③ 同上书，第 408 页。

按）刊登了张汝梅的四首绝句，掀开了马华旧体诗的序幕。"其实并不如此，在张汝梅诗作之前就已有诗作刊载，在《叻报》第 1725 号（1887 年 8 月 20 日）中就刊发了诗作，诗题为《赋得腐草为萤　得萤字五言六韵》，作者为梁亦新。而此诗题是紧接《人而无恒不可以作巫医论》，下题"会贤社六月课卷第一名梁亦新"。而其上又有"会贤社七月课题　人皆可以为尧舜论　赋得静中有真趣　得真字五言六韵"，据此可知第 1725 号所刊诗为会贤社六月课题应征的作品。会贤社此前在《叻报》中就刊发课题，鼓励当地华人投稿，并且还品评名次，择优登刊，并且可知诗为五言诗，有六韵。后续还有会吟社、图南社、乐善社、丽泽社、道南社等成立，他们征文征诗，促进了新马汉文诗歌创作的兴起和发展。当时晚清驻叻领事左秉隆、黄遵宪等人也参与其中，促进诗文创作。

《叻报》和《星报》中刊载了许多南寓文人的作品，数量颇多，许多作者目下并不能查考其生平资料，只能据诗词内容来判断。南寓诗人的作品大部分为写景、写情之作，还有少量作品属于唱和之作。南寓诗人的写情作品可分为二：一是远离家国，抒发怀念故土之情；二是对自己在南洋际遇表现出的失望之情。

南寓文人在国内必定于功名上无所作为，在生活上不富庶。他们南下以后，生活并没有太大的起色，多为教书先生、文案会计之类，在新马殖民地社会，他们并未改变生活境遇。他们每天为了生计奔波，而孤身一人日子久了，势必会萌生对家国的怀念。这通过他们作品就可看出，其中刘楚楠的《秋日客感》组诗可为代表，其中刊载了南寓诗人所作的写景诗，大致包括航行途中所见、游览所见和酒席宴所见。航行途中所见入诗中所体现出的风格也有差异，对于南寓文人而言，南下之时必定充满了憧憬，心中激动之情溢于言表；北归之时，则兴致低沉，前途不明，更多是一种郁郁寡欢之情而难以言明。如徐季钧《濒行别诸亲友》与萧雅堂《小春十日由叻回厦将至香江舟中口占二十四韵》。卫铸生到新加坡后，与左秉隆、叶季允、李清辉、黄渊如、吴俊等人唱和，利用《叻报》版面作为载体，给我们留下了珍贵的资料。笔者查阅资料，在国内保存卫铸生的诗作不多，存留下许多大多为书法作品，书法中偶有诗作，数量甚微，故而这些诗作对于研究卫铸生意义颇大。

《叻报》和《星报》也接受其他国家华人作家的投稿，比如有印度尼西亚坤甸甲必丹罗善亭、暹罗萧佛成的作品。

新马汉文报章之中刊有为数不少的俗文学相关资料，包括了我们习见的对联和谜语，还有龙舟歌、南音、粤讴、班本、拍板歌等。对联、谜语我们习见，但是龙舟歌、南音、粤讴等是广府说唱文学，仅限于广府籍人使用。目前，笔者已将1919年前的粤讴、南音、龙舟歌等整理出来，文字数量多达四十五万字，另有南音、龙舟歌等尚待整理。在海外汉文报刊中，除了新马汉文报刊外，笔者手中收集的泰国汉文报刊、加拿大汉文报刊、澳大利亚汉文报刊中均有广府说唱文学出现。而国内研究也有极大拓展空间，如能将海内外广府说唱文学资料来一次摸底调研和整理，相信对于我们的学术研究和文学史撰写具有意义。

新马汉文报刊中还载有一种文学体裁——散文。新马报刊散文的产生也与文社息息相关，其通过征文的形式促进了儒学的传播，也为新马文界培养了一批批的文人，提升了华人社群的文化水平。值得一提的是左秉隆和黄遵宪，他们时任驻新加坡领事，是他们相继设立文社，文社所设文题又多与儒学相关，在新马华人社群中兴起了一阵儒学风潮。他们之所以有如此行为，与殖民地政府的限制有着很大关系。在会贤社和图南社之后，又相继成立了其他文社，他们一道促进了儒学在新马的传播。诸多文社之中，仅有会贤社所刊课题全部源于儒学经典之中，其他文社除刊与儒学相关文题之外，还刊有一些评论性散文，关心中国时政，关心南洋华侨，等等。

就在新马文社征文活动火热之时，目前所知第一位海峡华人作家陈省堂此时也撰述了大量文章，包括散文、启事、序文，其中以游记散文为最多，有17篇，另有言论性散文11篇，启事3则，序文2篇。从这些文章之中，可见陈省堂一些生平资料，并能反映他的学识。他所著的《越南游记》又经清末文人王锡祺修订，收入《小方壶斋舆地丛钞》之中，可见《越南游记》之重要。早期海峡华人作家生平可考的还有李清辉，其文学创作数量较少，目前仅见游记《东游纪略》和诗作《奉和铸生词兄见赠原韵》。

新马报载散文数量最多的还属社论，新加坡学者李庆年先生称之为"言论"，多是报刊上每期所刊的社论以及社论之外的议论文章。新马汉文报刊的主笔大多负责写社论，但也偶有征稿甚至转载其他报刊的社论。为了便于研究，笔者将其称为评论性散文。这类散文大致可分两类：一类是政论性散文，评论与中国相关的政治事件，比如甲午战争、戊戌变法、义和团运动、辛亥革命等；另一类是时事性散文，关注新马当地的时事，多有批评时弊、劝人向善之意，内容不外华人的赌博、吸食鸦片、迎神、盗窃、私会党械斗、教育等。由于中国各种政治势力在新马也有影响，故对于中国发生的政治事件形成了各自的评论，甚至演变成各报之间的激烈争论，比如《叻报》和《天南新报》关于中国是保皇还是维新的争论，《总汇新报》与《中兴日报》关于立宪与共和的争论，《光华日报》和《槟城新报》关于中国未来的争论，《振南日报》和《国民日报》关于袁世凯窃国的论战。这些文章使新马华侨了解了中国政治变化和角力，这也促进了新马华人华侨对祖国的热爱。时事性散文不仅关注新马华人中出现的各种问题，还提出改革的建议，呼吁华人要注意身边发生的问题。这也是培养华人关注自身生存环境。

新马汉文报刊还载有游记散文，数量不多。从作者笔端可见所到之地的优美风光，所到之国的风土人情、社会制度，甚至反映了各地华人的生活以及遭受的压迫和剥削。其中不乏文笔优秀之作，如《晚霞生述游》《养怡轩宴会记》《碧天洞记》等。游记散文多有署名，部分没有署名。一些山水游记中体现出作者亲近自然、对大自然的敬畏之情。一些散文更是对文化的记录，体现了作者的文化传承意识。

新马汉文报刊小说除了上文论及的传教士办报中的小说（含小说因素）之外，华侨华人所办报刊中小说更是新马汉文小说的主体，是新马汉文小说的最初形态，更是为现在新马小说打下扎实基础。新马汉文报刊小说包括了通俗小说、笔记小说、翻译小说。

在新马汉文报刊中，最先出现的是笔记小说，而其本质是故事强的社会新闻，其写法运用了笔记小说的写法，这是由于办报者初期经验不足，还有就是便于读者理解。其实这并不是新马汉文报刊的独创，在中国报刊也存在类似的情况。袁进先生曾言："中国的报刊在近代与小说关系密切，早期的《申报》第一版上常刊登一些奇闻，作者便以'志怪''传奇'笔法来叙述这些奇闻，不啻一篇篇文言小说。"① 新马汉文报刊出现副刊之后，笔记小说就有了其单独栏位，多命名为"杂记""丛谈""杂俎""谐谈""笔记""茶余酒后"，等等。随着时代发展，笔记小说逐渐走向了末路，报刊中的笔记文学性、虚构性等逐渐降低，纪实性和科普性

---

① 袁进：《中国小说的近代变革》，中国社会科学出版社1992年版，第27页。

等增强。附张产生之后，随着新马汉文报刊的发展、办报者办报思路的成熟，笔记小说的存活空间逐步缩小，而种类颇多的笔记逐渐增加。新马报刊笔记资料包括多种门类，值得研究，比如文学史料《槟城新报》1908年12月28日"丛谈"栏《广东福建两省水灾罗霹雳慈善会演助赈纪事诗七古》。

邱菽园所著的两部笔记，《五百石洞天挥麈》和《菽园赘谈》，最先就是刊发在新马汉文报刊中，《五百石洞天挥麈》刊载于《天南新报》1898—1900年间，《菽园赘谈》刊载于《星报》1897年间。

新马汉文报刊笔记小说与中国小说关系非常紧密，一些新马笔记小说不但借鉴中国小说，将其融入自己创作，而且模仿甚至全文转载中国小说。

新马报刊通俗小说产生时间较晚，直到1907年才出现——《中兴日报》1907年8月20日（该报创刊号）刊王斧的《想入非非》，名为"意匠小说"。王斧是位反清志士，此小说也是宣扬革命，传播反清思想，但是小说缺少艺术性。新马汉文报刊通俗小说为什么出现时间如此之晚？这与新马报人思想遵从中国文人传统思想分不开。《叻报》和《星报》办报时间较早，他们的言论思想可视为新马文人思想的代表。他们将小说视为洪水野兽，在报刊中是不会刊登小说的，如《叻报》1889年1月8日就刊《淫书宜毁说》。新马报刊通俗小说出现后，一部分沦为政治人物的工具，相互攻击，相互批评；一部分则关注了新马当地华人的生活。辛亥革命后，新马汉文报刊开始大量刊发小说，这是因为前期对小说认识的转变和解禁；还有部分文人的亲力亲为，他们面临的问题凸显出来，为后来报刊小说的发展积累了经验；中国文人的继续下南洋，直接介入了小说刊发。

辛亥革命后，不论是保守派势力影响下的报刊还是革命派势力影响下的报刊，已无将小说视为政治工具的作品出现，小说已经转入了追求艺术性的发展阶段。1919年之前报刊小说一部分作品引用（或转载）自中国同时期报刊中，这与中国报刊小说已经发展成熟和中国报人南下分不开，例如雷铁崖、姚鹓雏南下直接操刀报刊编辑。南洋才子巨擘邱菽园对新马报刊通俗小说发展也贡献颇大。

新马报载翻译小说最早出现在《叻报》中——《翻译侦探小说施乐雄传》,① 检索各种小说目录均不见此小说收录, 它是新马报刊小说的先锋。由于它首次出现, 且位于第一版社论位置, 重要性不可不提。该小说文末署"录港报", 可知该小说系香港某报刊所刊, 但限于条件目前并不能查出于何种港报。笔者以为最可能引自香港《中外新报》,《叻报》主笔下南洋之前是该报的主笔。新马汉文报刊小说所刊翻译小说数量不多, 具体数量如下:《叻报》刊翻译小说 5 篇, 1 篇源自中国;《槟城新报》刊翻译小说 20 篇, 13 篇引自中国;《总汇新报》刊翻译小说 18 篇, 14 篇源自中国;《中兴日报》刊翻译小说 3 篇;《星洲晨报》刊翻译小说 6 篇;《四州日报》无刊翻译小说;《振南日报》刊翻译小说 5 篇, 3 篇源自中国;《南侨日报》刊翻译小说 6 篇, 无从中国引用;《侨声日报》刊翻译小说 4 篇;《国民日报》刊翻译小说 12 篇, 4 篇引自中国;《益群报》无刊翻译小说;《新国民日报》刊翻译小说 5 篇, 2 篇源自中国。

根据以上的简短论述, 我们不难发现新马汉文报刊中所蕴藏的文学史料之丰富, 是一个亟待开发和重视的大宝库。由此再衍生至整个海外汉文报刊, 其学术价值和重要性不言而喻。

三　海外汉文报刊文学史料搜集与整理的意义

根据上文的论述, 我们可以知道海外汉文报刊中文学史料广泛, 其实际意义还是学术意义都不可低估。

首先来看其学术意义。第一, 它为域外汉文学研究打开了一扇新窗口, 有利于帮助我们分析中国古代、近现代文学对新马汉文报刊文学的影响, 探究中华文化在南洋的传播; 从方法论上说, 整理出一个较为完备的新马汉文报刊文学目录及提要, 包括文学文本以及文学理论、文学传播等方面的资料, 可以为国内外古代文学、近代文学研究者、爱好者提供研究资料, 对其中的文学源流做初步的文献考证; 发掘并提供一批新文献, 考察厘清一些文学史实, 其中的文学源流梳理和文学文献, 丰富并推进新马汉文学的研究; 通过文献考索和实证分析, 解决一些学界尚未发现的问

---

① 《叻报》1903 年 3 月 25 日, 第 1 页。

题，更正和弥补一些存在的缺失，推动相关领域研究水平提升。该研究有利于拓展中国本土文学研究范围的外延：中国古代文学、近代文学的海外传播研究，小说、诗词、散文、南社；有利于开展中国近代文人的海外创作传播研究，比如姚鹓雏、邱菽园、叶季允、黄遵宪、左秉隆、程瞻庐、康有为等；有利于推进中国文学的海外批评研究，如对《红楼梦》《聊斋志异》《金瓶梅》等的批评。

第二，本研究提供的文献资料、提供的文学史事实，可以促进中国近代文学、中国文学史、中国文学文献学、海外汉文学的深入研究和进一步完善，为中华文学史的再次书写提供帮助。上文中提到的多个作家在中国文学研究中实属缺失，比如对于邱菽园的研究、姚鹓雏的研究、雷铁崖的研究。在新马汉文报刊中保存了他们的文学作品，而我们的研究者却极易忽视。这其中既有文学的传播、文学作品的异地生根，也有文学作品的引用和移植。将来我们可以拓展"海外汉文报刊文学资料整理与研究"课题，这对于完善中华文学史有极大的意义。

第三，对于中国近代政治研究的辅助，对于孙中山、康有为、梁启超等的研究，可提供异于国内的资料，辛亥革命、戊戌变法、剪辫运动、路权运动等在新马汉文报刊文学中都有反映。

第四，对于新加坡、马来西亚而言，更是部分还原了他们文学发展的历史，揭橥并勾勒出新马汉文文学发展脉络，为新马汉文报刊文学研究奠定坚实基础。新加坡方修先生认为，1919 年前的新马文学是中国文学的附庸，此说并不准确，通过新马汉文报刊文学就能重写新马文学史。以此作为契机，可以考虑整个海外汉文报刊文学的宏观性、细致性、体系性的研究，还原海外华人文学创新求变之路。

第五，推动华人华侨研究的学术进展。海外华文报刊也是研究华人华侨的重要文献，而其中的文学作品多被忽略掉。目前对于早期华侨华人研究局多从政治、历史、经济角度着手，从文学角度研究早期华人华侨较为鲜见。文学资料为华侨华人研究提供了新的研究资料。

笔者不揣鄙陋，以新马汉文报刊中的小说为例，构建了一个研究近代汉文小说研究的整体框架：在海外早期华人华侨中传播的汉文小说基本是以报刊作为传播主体的，单独出版或翻译为辅，研究可以分成三个层次：第一个层次就是中国近代小说在海外的传播，包括小说文本、小说理论、小说相关文献的对外输出；第二个层次，近代海外汉文报刊小说的回流，反哺中国近代小说；第三个层次，海外汉文报刊小说之间相互的传播影响。其实这个研究思路可以延伸到整个近代文学，包括诗、词、文、说唱文学等诸多文类。

其次看其实际意义。中国文化的海外传播，通过文学资料整理，可见儒学、哲学在新加坡马来西亚的传播，它对现在的中国文化的海外传播有一定的借鉴作用。笔者相信本项目对于现在的"一带一路"的文化建设有帮助。在新加坡、马来西亚、印度尼西亚、菲律宾、泰国、美国、加拿大、澳大利亚等国都是大量华人集聚地，也是国家目前推进"一带一路"建设的必经之地。然而需要清楚的是："一带一路"建设不仅是经济上的协同发展，也有文化上的交融发展。在中国文化外传过程中，碰到了许多问题，也面临着许多困难。在笔者看来，早期海外华文报刊文学研究就提供了很好的范例，它必定能够为现代中华文化外传提供借鉴。

在研究之余，笔者见到当时中国文学在新马传播时，清末民初的中国的书局在新马开设分部，进一步拓展了中国文学、文化在海外的传播，这些书局包括了中华书局、商务印书馆、上海书局、世界书局等出版营销机构，但是随着历史变迁，中华书局、商务印书馆在新马的分部已经歇业。它们对于研究中国出版印刷具有重要价值。

正名与意义：文学史料学视野下的
"非文学期刊"

凌孟华

（重庆师范大学文学院）

　　21 世纪以来，现代文学研究界时见"困境"之说、时有"围困"之虑，也时闻"突围"之声，时有"重新发动"之势。一方面，是"由于研究对象存在的历史时限，中国现代文学研究的学术空间日渐狭小，困惑与困境的焦虑在学界日渐显现"；① 另一方面，是"现代文学研究界日趋活跃，似乎真有一个'重新发动'的势头。其中引人注目的有两个'发动'，一个就是……'现代文学的文献问题'，以及由'史料的新发现'引发的'文学史的再审视'问题"。② 已有研究者敏锐地称之为现代文学研究的"文献学转向"。③ 的确，在现代文学学科发展的进程之中，寻找现代文学的"失踪者"，发掘不为人知的作家"佚作"，捡拾民国文史方面遗失的"明珠"，追求现代文学的历史"还原"，是一个非常重要的向度，也是不断取得实绩的一个方面。不少专家都站在学科发展的高度发出呼吁，比如"历史还原是现代文学学科拓展的有效途径"，④ "在对象、时代与自我之间实现历史的还原和思想的创造，推动中国现代文学学科研究的发展"⑤，等等。

---

　　① 张福贵、王俊秋、杨丹丹、张丛皞：《文学史的命名与文学史观的反思》，北京大学出版社 2014 年版，第 94 页。

　　② 钱理群：《对现代文学文献问题的几点意见》，《河南大学学报》2005 年第 1 期。

　　③ 王贺：《现代文学研究的"文献学转向"》，《长沙理工大学学报》2016 年第 6 期。

　　④ 张中良：《历史还原是现代文学学科拓展的有效途径》，系"民国历史文化与中国现代文学研究"丛书之"总序二"，见李怡《作为方法的"民国"》，山东文艺出版社 2015 年版，第 5 页。

　　⑤ 王本朝：《新史料的发掘与中国现代文学的学科诉求》，《甘肃社会科学》2010 年第 3期；又见《中国现代文学观念与知识谱系》，人民出版社 2013 年版，第 238 页。

值得注意的是，现代文学史料研究的视野和范围越来越广阔，不再局限于原有的重要文学期刊与文学副刊，而是不断向周边拓展。不但将越来越多边缘性、地方性的影响有限的文学报刊纳入考察范围，而且注重收集作家手迹，爬梳机构与个人的档案文件，进而将目光投向形形色色的，并不以文学为志业、为宗旨、为诉求的政治报刊、经济报刊、教育报刊、新闻报刊、军事报刊和学术期刊，在其中发掘新史料。对于这些文学期刊之外的其他刊物，特别是刊发有部分文学作品的其他刊物，不同学者有不同的称谓，称"综合性期刊"者有之，称"综合性文学期刊"者有之，称"文化期刊"者有之，称"边缘报刊"者有之，称"准文学期刊"者有之，称"非文学期刊"者有之。

在我们看来，"非文学期刊"的提法源远流长，在学术史上有其位置；而且符合刊物实际，边界明晰，内涵清楚，有利于凸显此类刊物的地位，有利于文学史的还原，也有利于学术史的突围。盘点近年的现代文学辑佚成果，可知刊发在非文学期刊之中的佚文所占的比例呈上升趋势，甚至有超过文学期刊成为辑佚主战场的势头。对此，有的研究者敏锐地加以总结并公之于众，有的默而不宣却抓紧跑马圈地。前者如秦芬在评述"中国现代文学期刊研究"的"特点及可扩展空间"时，强调的重要一条就是"从主要研究文学类期刊，也开始涉足非文学类的一些杂志，从而又进一步开拓出以非文学期刊研究切入文学研究的问题"，[①] 而笔者也曾公开指出"随着文学期刊上作家作品系统整理发掘工作的推进和发展，非文学期刊会成为作家佚作发掘的主战场"。[②] 拙文虽有幸被人大复印资料《中国现代、当代文学研究》2015 年第 11 期转载，产生了一定的学术影响，但迄今未见以"非文学期刊"为题的同行论文。寂寞之中，禁不住勉力为"非文学期刊"正名，为之鼓与呼，并就正于方家。

一　旧事重提：那些期刊"两分法"的声音

梳理学术史就会发现，将期刊分为"文学期刊"与"非文学期刊"

---

① 秦芬：《中国现代文学期刊研究评述》，《传播与版权》2014 年第 5 期。

② 凌孟华：《抗战时期非文学期刊与作家佚作发掘脞论——以〈国讯〉为中心》，《现代中文学刊》2015 年第 4 期。

的"两分法",绝不是论者头脑发热,故意标新立异,而是简单明了,渊源有自,具备合理性与有效性。

非文学期刊、非文学杂志或非文艺杂志的提法始于何时,已不可考。所见中文文献中较早的可以追溯到清光绪四十四年(1907)。中国社会科学院近代史编《近代史所藏清代名人稿本抄本》第1辑第104册"张曾敭档十六"抄录之《法政质疑会寄张中丞大人(张曾敭)请劝喻购阅〈法政质疑录〉启事》有云"八、《法政质疑录》者,非文学的杂志也。专门之学科,自有一定之学语,一定之文例,不许妄以他之文语变更之,盖有故也。本志非文学的杂志,故文章有不婉曲之时,势所不得已也"。① 此函虽系日本团体用中文写就,但所称"非文学的杂志",无疑是强调与文学杂志的不同,故转录于此。之后的相关论述,分为三段各举数例予以呈现,即民国时期、共和国时代和21世纪以来。

1. 民国时期

1923年3月25日,闻一多在致闻家驷书信中,询问弟弟"你现在看些什么杂志",指出"《创造》同《小说月报》都不可不看。别的非文学的杂志也要看"。② 这里的"非文学的杂志"明显有着与"《创造》同《小说月报》"等文学杂志的区分,可以体现闻一多的思想中对"文学杂志"与"非文学的杂志"的"二分法"。

1933年3月7日,谢六逸在其《小品文之弊》一文中写道:"……这两年小品文忽然流行,作家又多喜写小品,非文艺的刊物也注重小品,大有从前新体诗的盛况。"③ 此处"非文艺的刊物也注重小品"之"也"字,暗含的自然是文艺刊物本身的注重小品,背后也可以窥知谢六逸对"文艺刊物"与"非文艺的刊物"的"二分法"。

1934年12月11日,李长之应约写了一篇长文,题为《一年来的中国文艺》,刊《民族杂志》1935年1月第3卷第1期。此文第二部分为"二十八种期刊的批判",讨论1934年的文艺杂志,在列举旧有的《现

---

① 《近代史所藏清代名人稿本抄本》第1辑第104册,大象出版社2011年版,第74页。原文无标点,引文标点为笔者所加。

② 闻一多:《致闻家驷》,《闻一多全集》(第12卷),湖北人民出版社2004年版,第162页。

③ 谢六逸:《小品文之弊》,原载《太白》一卷纪念特辑《小品文和漫画》,生活书店1935年版;又见陈江、陈庚初编《谢六逸文集》,商务印书馆1995年版,第175页。

代》《文学》等之外，还列有"非文艺杂志而刊载文艺创作或论文的，则有《东方杂志》，《申报月刊》，《图书评论》，《新中华》，《国闻周报》和《中学生》"，① 随后对这六种以及《论语》《人间世》等共计十一种"比较都不是纯文艺的刊物"进行评点。1934 年被称为"杂志年"，李长之在"杂志年"对"非文艺杂志而刊载文艺创作或论文的"的杂志进行专门讨论，可见其"文艺杂志"与"非文艺杂志"的划分观念。

1946 年 3 月 17 日，"昆明'一二·一'惨案四烈士出殡之前夜"，李广田在《文学与文化——论新文学与大学中文系》一文中写道："我们再看事实：在大学中文系里，或说在旧文学创作的课程中，不知到底有没有旧文学作家被造就出来，即在某些文学或非文学的刊物上看，也许我所见者少，却只见少数老先生在发表旧诗，旧词，旧文章，青年人的作品总不多见……"② 这里直接将"文学或非文学的刊物"并列，清晰地展示了李广田关于"文学"与"非文学的刊物"的"二分法"。

2. 共和国时代

1986 年 4 月，《中国现代文学研究丛刊》刊出陈福康先生的《略论中国现代杂文运动》，指出"一些非文学刊物或综合刊物，如《申报月刊》《东方杂志》《新生》《永生》《大众生活》《中学生》《新认识》《华美》《自修大学》《漫画生活》《大众画报》，等等，都发表过一定数量的杂文"，以和前面提及的"以发表杂文为主的文艺刊物"以及"《作家》《文学界》《海燕》《夜莺》《光明》《中流》等文学刊物竞相刊载杂文"③ 形成对照。其间"非文学刊物或综合刊物"与"文学刊物"的对举，透露着作者"文学刊物"与"非文学刊物"的"二分法"思维，至于插入"综合刊物"，则是"二分法"尚不彻底的表征。

1989 年 2 月，《新文学史料》开始连载樊骏先生的长文《这是一项宏大的系统工程——关于中国现代文学史料工作的总体考察》，欣喜地指出"从《人民日报》到各地的大小报纸，文学的与非文学的，学术性的与非学术性的杂志上，也都可以经常读到这方面的材料；它们各有侧重和特

---

① 李长之：《一年来的中国文艺》，《民族杂志》1935 年第 3 卷第 1 期"两周年纪念号"；又见《李长之文集》（第 2 卷），河北教育出版社 2006 年版，第 325 页。

② 李广田：《文学与文化——论新文学与大学中文系》，《李广田全集》（第 5 卷），云南人民出版社 2010 年版，第 94 页。

③ 陈福康：《略论中国现代杂文运动》，《中国现代文学研究丛刊》1986 年第 1 期。

点，层次和方面也有所不同，却都为及时发表现代文学史料，提供了宽广的园地"①。此处明显可以看出樊老的"二分法"思维，不仅从"文学"的角度二分为"文学的与非文学的"，而且从"学术性"的角度分为"学术性的与非学术性的"。

1992 年 2 月，《中国现代文学研究丛刊》发表封世辉先生大作《三十年代前中期北平左翼文学刊物钩沉（之一）》，批评"1979 年以来所出现的一批关于'北方左联'的回忆录……所提到的刊物……回忆失误之处也很多……有的误把非文艺刊物作为文艺刊物……"② 从中不难感受到作者对非文艺刊物与文艺刊物之间不容混淆的分明界限的强调，其"二分法"主张也就得到了明确的表达。

1996 年 3 月，《中国现代文学研究丛刊》刊载汪晖先生名文《我们如何成为"现代的"?》，认为"'现代'这个概念直到 20 年代才流行起来。不过在那之前，'新'已经成为特殊的价值观念，以至晚清至现代的许多文学的和非文学的刊物均以'新'命名"。③ 这里的"文学的和非文学的刊物"，也是作者思维之中"两分法"观点的显示。

1999 年 1 月，《太原文史资料》（第二十四辑）出版，刊出董大中先生的《三十年代初到抗战前太原出版的文艺报刊》，回忆了"三十年代太原出版的刊物也很多，非文艺刊物有近二百种""纯文艺刊物实在不算少""太原出版的非文艺刊物，凡笔者所见到者，无不开辟有文艺栏目，发表文艺作品"等情况。其中多次提到"非文艺刊物"，而且与"纯文艺刊物"形成对照与补充，体现着作者划分"非文艺刊物"与"纯文艺刊物"的"二分法"思维。

3. 21 世纪以来

进入 21 世纪以后，随着文学研究的发展与文学观念的解放，学界对"非文学期刊"的关注和表达渐渐多起来，但仍然没有引起广泛的足够的重视。这里也举几个例子。

2001 年 7 月，高等教育出版社出版郭延礼多卷本《中国近代文学发

---

① 樊骏：《这是一项宏大的系统工程——关于中国现代文学史料工作的总体考察》（上），《新文学史料》1989 年第 1 期。

② 封世辉：《三十年代前中期北平左翼文学刊物钩沉（之一）》，《中国现代文学研究丛刊》1992 年第 1 期。

③ 汪晖：《我们如何成为"现代的"?》，《中国现代文学研究丛刊》1996 年第 1 期。

展史》，认为"1905 年后大批文学期刊和非文学期刊刊登翻译文学作品，是造成本时期翻译文学繁盛的又一个重要条件"。① 作者看到了同样刊登翻译文学作品的期刊里面，有"文学期刊和非文学期刊"的不同，正是我们所看重的"两分法"。

2002 年 12 月，南京大学出版社出版刘小中著作《瞿秋白与中国现代文学运动》，指出"事实证明，瞿秋白先后在其主编的刊物《新青年》季刊、《热血日报》等非文学刊物上发表的《颈上血》《罢市五更调》《五卅纪念曲》等通俗歌谣，不仅活跃了版面，表达了劳工心声，扩大了革命运动的影响，而且为中国诗歌史增添了革命通俗歌谣这独特的一章"。② 这是正视文学发展现场，还原《新青年》季刊、《热血日报》等刊物的"非文学"属性的理性声音，值得援引。

2004 年 9 月，河南人民出版社出版韩宇宏专著《剧烈变动中的社会与文学：世纪之交中国文学蜕变的描述及社会文化背景论析》，认为"我们且不谈非文学期刊虚构、杜撰、文学化的是非曲直，有一点则可以肯定，那就是此举有利而决非有碍于它的发行量"，质疑"非文学的期刊在极力文学化，而文学的刊物又在非文学化，都以对方为超生制胜的法宝，究竟谁更聪明"。③ 韩先生虽然谈的是"世纪之交中国文学"，但其关于"非文学的期刊"与"文学的刊物"的"两分法"，以及二者之间的彼此倚重与利用，于我心有戚戚焉。

2007 年 6 月，新星出版社出版王本朝的《中国当代文学制度研究》，其第四章"文学传播与中国当代文学"有云："就文学路线和政策而言，影响中国当代文学最大的是几种非文学的报纸，如《人民日报》，它是中国共产党中央委员会的机关报。"④ 这是对《人民日报》等报刊的非文学属性的客观还原，背后"文学"与"非文学"的"两分法"，是本文得以产生的重要根源。

2010 年 1 月，上海三联书店出版张永著作《民俗学与中国现代乡土小说》，直接以"民俗学传播的文学及非文学刊物"为第一章的第四个小

① 郭延礼：《中国近代文学发展史》（第 3 卷），高等教育出版社 2001 年版，第 395 页。

② 刘小中：《瞿秋白与中国现代文学运动》，南京大学出版社 2002 年版，第 49 页。

③ 韩宇宏：《剧烈变动中的社会与文学：世纪之交中国文学蜕变的描述及社会文化背景论析》，河南人民出版社 2004 年版，第 70 页。

④ 王本朝：《中国当代文学制度研究》，新星出版社 2007 年版，第 114 页。

标题，非常醒目地凸显了作者"文学及非文学刊物"的"两分法"。作者的着眼点和侧重点虽然是"民俗学"，借"两分法"认为"中国现代文学与民俗学的结缘与互动，还体现在文学和非文学期刊对民俗学的介绍和传播，为现代作家民俗学知识结构的形成，创作视界的拓展提供了帮助"，但其"文学刊物、非文学刊物甚至包括民俗学刊物，都不同程度地参与了中国现代文学的建设"① 等观点，确实切合现代文学实际的洞见。

2012 年 7 月，人民出版社出版刘涛聚焦现代作家佚文的著作《现代作家佚文考信录》，在"绪论——民国边缘报刊与现代作家佚文"中指出"期刊中，由于性质不同，不同种类的期刊所得到的关注程度是很不相同的。与非文学类期刊相比，文学类期刊受到的关注自然较多"。② 此处已经涉及"非文学类期刊"的话题，已是"两分法"的思路，只是作者更多还是提出"边缘报刊"概念并借以展开论述。

此外，还值得交代并致敬的是，人民文学出版社"猫头鹰学术文丛"2007 年 8 月推出的周海波著作《传媒时代的文学》之第二章第二节专论"文学传媒与非文学传媒"，也是其"两分法"思路的突出体现。此著就"区别文学传媒与非文学传媒的意义""非文学传媒对文学的巨大影响"③ 等问题进行的具体论述，代表着笔者所见关于"非文学传媒"（期刊）论述的高度和深度。

二　谁的尴尬：被纳入文学期刊研究的非文学期刊

经过从晚清到民国、从共和国时代到 21 世纪以来的梳理，学术史上那些主张期刊"两分法"的声音与线索虽然渐渐清晰，可以知晓其源远流长与时代发展，但究其影响，始终是微弱的、非主流的、非常有限的。一方面，"非文学期刊"概念没有得到正名，"非文学期刊"话语没能照亮，"非文学期刊"的旗帜没有升起，"非文学期刊"的窗户少人问津；另一方面，由于非文学期刊群体的庞大存在与巨大影响，由于其与文学期刊与现代文学的密切关系，还是有一批非文学期刊已经事实上进入了现代

① 张永：《民俗学与中国现代乡土小说》，上海三联书店 2010 年版，第 17、20 页。

② 刘涛：《现代作家佚文考信录》，人民出版社 2012 年版，第 9 页。

③ 周海波：《传媒时代的文学》，人民文学出版社 2007 年版，第 52—73 页。

文学研究者的视野，被纳入文学期刊研究。这些期刊以其非文学期刊属性，却被纳入文学期刊研究，地位无疑有些尴尬。这种尴尬既是非文学期刊的尴尬，也是期刊研究者的尴尬。以下就几种文学期刊整理研究成果略作论析。

1. 几种重要文学期刊目录与非文学期刊

对现代文学期刊的系统关注和编目，较早的是阿英主编的《中国新文学大系》之《史料·索引》卷之第七部分：“杂志编目”。编者在“序例”中称“杂志总目，这里所收的，共达三百种。详细的编目，原稿钞缮好的也有二十种。为着篇幅关系，到付印时，只得割弃若干种，如《中国青年文艺作品目》之类”。① 经核查，实际列出的杂志总目长达 8 页，共计 284 种，“主要杂志详目”列出《新青年》《新潮》《小说月报》《文学周报》《诗》《戏剧》《创造季刊》《创造周报》《创造日》《洪水》《语丝》11 种，另有“特刊专号”。

客观地说，阿英的“杂志编目”既开现代文学期刊编目的先河，也开将非文学期刊纳入文学期刊目录的先河。比如《新青年》，虽然阿英注意到“十卷改为季刊，为纯粹的政治刊物。故本目录，录至九卷六号止”，② 但不论究其主张、宗旨，还是看其栏目、内容，前九卷也并不是狭义的文学期刊，而更多的是“作为思想启蒙刊物吸引了社会各界的注意力……《新青年》2 卷 6 号以前，集中于反孔反儒、宪法与孔教、政治伦理等问题。文学问题并不显得特别突出，在数量上就一目了然”。③ 这已不是个别学者的看法，而是大多数真正翻阅《新青年》原刊的读者都会得出的结论。陈平原先生也指出，“《新青年》的一头一尾，政论占绝对优势，姿态未免过于僵硬；只有与北大教授结盟那几卷，张弛得当，政治与文学相得益彰。但即便是最为精彩的三至七卷，文学依旧只是配角”。④ 也就是说，严格说来，《新青年》其实是非文学期刊。周海波论及“许多优秀的文学作品首先发表在非文学传媒上面”时，举出的例子就是“诸如鲁迅的《狂人日记》《孔乙己》等以及大量随感录就是发表在《新

① 阿英：“序例”，《中国新文学大系》（史料·索引），上海文艺出版社 2003 年版，第 6 页。

② 阿英：《中国新文学大系》（史料·索引），上海文艺出版社 2003 年版，第 391 页。

③ 王本朝：《中国现代文学制度研究》，西南师范大学出版社 2002 年版，第 42 页。

④ 陈平原：《触摸历史与进入五四》，北京大学出版社 2005 年版，第 80 页。

青年》上"，继而强调"《新潮》《语丝》《现代评论》《莽原》等大量非文学报刊，几乎成为现代文学不可或缺的媒体，甚至可以说没有这些非文学性的媒体几乎就没有完整的中国现代文学"，① 是很有道理的。由此观之，"主要杂志详目"列出的 11 种期刊中，有 3 种其实是非文学期刊。而在"杂志总目"列出的 284 种期刊中，非文学期刊更是不在少数。比如《学生杂志》，乃"专供全国中等学生阅的月刊"，文艺只是其内容的一个方面，此外关于教育、科学、时政的内容不少，也不是纯粹的文学期刊；再如《新女性》，系"妇女问题研究会"编辑的女性刊物，内容丰富，文学只是其中的一个方面，从其《本社投稿简章》首条之"关于妇女、家庭、儿童、性欲等问题的文字，无论撰译，都极欢迎"可见一斑，称"文学期刊"实在有些勉强；又如《解放与改造》，从其常设栏目"论说""思潮""评坛""译述""世界观""社会实况"及"本刊征文"之"本刊征求关于社会问题革新运动之著作与译述，又关于吾国妇女问题亦甚愿女界诸君各抒所见"看，是典型的社科综合类刊物，"文艺"只是其中一个并不固定的栏目，不是每期都有。即使偶尔有，所占版面也非常有限，以"两分法"衡量，无疑应该列入"非文学期刊"。类似的例子还有很多，限于篇幅，不再列举。

　　1961 年 12 月上海文艺出版社出版、"现代文学期刊联合调查小组"编撰的《中国现代文学期刊目录》（初稿）虽然只有薄薄的 110 页，但列出的期刊有 1300 余种，而且内部又分为"社团刊物、文学刊物、专门性刊物、综合性刊物四类"。虽然解释称"因为这个目录是文学期刊目录，专门性刊物及综合性刊物只是略有涉及"，但毕竟还是收录不少，其中就包括一些非文学期刊，如《知识与生活》《现代新闻》《中国工人》等。

　　天津人民出版社 1988 年 9 月出版的唐沅、韩之友、封世辉、舒欣、孙庆升、顾盈丰合作完成的《中国现代文学期刊目录汇编》系《中国现代文学史资料汇编》（丙种）——"中国现代文学书刊资料丛书"之一，是当时最为完备与翔实的现代文学期刊资料，"选收了我国现代文学史上有影响的有代表性的因而有相当资料价值的期刊二百七十六种（另有附录四种）"。从编者的《前言》所称"其中绝大部分是文学期刊，也酌情选收了一部分与中国现代文学关系密切的综合性文化刊物"看，前辈们

---

① 周海波：《传媒时代的文学》，人民文学出版社 2007 年版，第 62 页。

还是注意到所收期刊内部是否为"文学期刊"的差别，并用"综合性文化期刊"以示区别。那些"综合性刊物"如《新青年》《新潮》《努力周报》等，以"两分法"衡量，也应该视为"非文学期刊"。

迄今规模最大、收录数量最多、编制也最全的一部中国现代文学期刊目录索引工具书是上海人民出版社 2010 年 2 月出版的《中国现代文学期刊目录新编》，由吴俊、李今、刘晓丽、王彬彬主编。据编者在"前言"中统计，"逾 700 万字，收入中国现代文学（相关）期刊 657 种"。所谓"相关"，已经暗示有的期刊不是现代文学期刊，而只是相关期刊。其接下来所谓"收入自 1919 年至 1949 年期间出版的中文文学期刊及与文艺有关的综合性期刊篇目，并以原刊目录为基础，参照原刊正文，进行必要的校勘、补正和整理，编制馆藏索引和注释"，[1] 更是点明 657 种期刊包括"中文文学期刊及与文艺有关的综合性期刊"。虽然表述不同，但思路却与《中国现代文学期刊目录汇编》并无二致，有着明显的继承与延续关系。同样，若以"两分法"衡量其中的"与文艺有关的综合性期刊"，就会发现大多其实可以归入"非文学期刊"，除前文已提及的外，还可以列出《家庭良伴》《科学大众》《上海记者》等。

从这几种重要文学期刊目录成果看，由于有的非文学期刊对现代文学产生过非常重要的影响，如《新青年》《新潮》等，导致相关目录的编者无法割舍，只能变换着策略与说法把它们纳入文学期刊目录之中；同时，编者们也对文学期刊有着自己的尺度和判断，也并未把这些非文学期刊等同于文学期刊。此外，列出的文学期刊愈多，考察的范围愈广，所谓"关系密切的""相关的"刊物就愈多，纳入的非文学期刊就愈多，名不副实的尴尬也就愈多。

与之相反，有的阶段性的文学期刊目录，收录期刊的种类不是太多，就往往没有这种尴尬。如 1962 年 11 月山东师范学院中文系编辑、山东师范学院印刷厂印刷的《1937—1949 主要文学期刊目录索引》，列出的是从《人世间》到《鲁迅风》共计 30 种文学期刊的发刊词和目录，就悉数为文学期刊，没有非文学期刊能够混入其中。虽然"由于力量所限，有的

---

① 吴俊、李今、刘晓丽等：《中国现代文学期刊目录新编》（上），上海人民出版社 2010 年版，第 1 页。

期刊目录未能收全",但"先将散失最严重的 1937—1949 年一阶段整理印出",① 已是功不可没。

如何避免这种尴尬,让"非文学期刊"可以名正言顺地走进文学研究领域呢? 只能依靠文学研究者观念的调整与转变。

2.《中国现代文学期刊史论》与非文学期刊

也许是由于前述文学期刊目录成果的资料性质,使他们都没有对"文学期刊"进行必要的界定,而是视为不言自明的概念直接使用。与之相比,刘增人等编著的《中国现代文学期刊史论》多了一些研究性质,是中国现代文学期刊研究史上一本划时代的已经产生并将继续产生重要影响的厚重之作。笔者近年来也从中受惠颇多,心存感激。但是,在对非文学期刊的处理上,《中国现代文学期刊史论》可能有更多的尴尬。

首先是定义的尴尬。此书《引言》认为"所谓文学期刊,应该包括纯文学期刊与'准'文学期刊两大系列: 纯文学期刊指发表各体文学创作(小说、诗歌、散文、戏剧文学、电影文学等)、文学理论、文学批评、文学研究、文学译介、民间文学、儿童文学等作品的期刊;'准'文学期刊主要指由文学家参与策划、编辑、撰稿、发行的,开设专栏或以相当篇幅发表文学类作品的综合性、文化类期刊,以及主要刊登书目、刊目、书评、刊评、读书指导、读书札记、出版消息等书评类刊物,刊登文化—文学类稿件的文摘类刊物"。② 其中关于"纯文学期刊"的定义是比较周延的,值得参考;但另一系列——所谓"'准'文学期刊"就需要讨论了。"文学家参与策划、编辑、撰稿、发行的"的期刊固然应当特别注意,但何谓"文学家"? 取得何种地位才可以成为"文学家"? 按照文学史上所谓"约定俗成"? 那么文学史上的"失踪者"算不算"文学家"? 过于强调"策划、编辑、撰稿、发行"的"文学家"身份,是不是一种期刊研究的"唯出身论"? 会不会有悖于从期刊内容之实际出发的实事求是精神? 此其一。其二,"开设专栏"固然是一个醒目的区分标志,但是指一直"开设专栏"、长期"开设专栏",还是一度"开设专栏"? 若"开设专栏"而所占版面并不大,甚至是很小,也视为"'准'文学期

---

① 编者"说明",山东师范学院中文系:《1937—1949 主要文学期刊目录索引》,山东师范学院印刷厂,1962 年,卷首无页码。

② 刘增人等:《中国现代文学期刊史论》,新华出版社 2005 年版,第 1 页。

刊"？有的刊物不分栏目，但刊发有不少文学类作品，能不能算"'准'文学期刊"？其三，"相当篇幅"是多大的篇幅？一半，三分之一，四分之一，还是五分之一就行？这种量化标准虽然操作性强，但在具体比例设定上可能顾此失彼，宽严皆误。其四，对于"主要刊登书目、刊目、书评、刊评、读书指导、读书札记、出版消息等书评类刊物"，其"书"之范围何其广泛，未必有多少是"文学"类书籍，也都可以算作"'准'文学期刊"？

之所以会出现比较尴尬的定义，或许是因为定义者总想用一个"文学期刊"的定义把自己认为应该纳入考察范围的期刊都纳入其中。然而，强扭的瓜，据说是不甜的。其实，只要我们解放思想，实事求是，就会豁然。既然非文学期刊刊发有文学作品，为什么不能纳入文学研究呢？既然可以纳入，为什么一定要强行向"文学期刊"靠拢，不惜以"'准'文学期刊"这样尴尬的名义纳入，而不是以其本身属性，以"非文学期刊"的名义理直气壮地进入文学研究的殿堂呢？

其次是内容的尴尬。在有些尴尬的"文学期刊"定义下进行期刊发掘与叙录，难免会有些尴尬的内容，加之编者秉持的"宁滥勿缺"主张，就会进一步将内容的尴尬扩大化。在下编"史料汇编"之《中国现代文学期刊叙录》的"说明"中，编者指出，"本《叙录》在收罗、叙述文学期刊时，一向认同'宁滥勿缺'的主张，即使只知一个刊名或附带其笼统的创刊年代者，也不轻易放弃，这不仅因为自己历年来收集颇为不易，个中艰辛，非亲历者无从体会；更是由于深信中国有如许之大，很难确保永远无人对这些零碎的消息有所关注；更不安分的幻想，则是对尽量完备的文学期刊调查的一种莫名的希冀，希望给那未来的宏伟工程提供一点寻访的线索"。[①] 这种"宁滥勿缺"的主张本身是没有问题的，其背后的强烈的学术使命感与高尚的学术情怀令人感佩。但既然是"叙录文学期刊"，其前提就应该是"文学期刊"，将一些"非文学期刊"内容纳入其中，总是难免尴尬。不仅前面提及过的那些"非文学期刊"大多在其中，而且随手一翻，就可以举出一些另外的例子，比如《汗血月刊》《新中国杂志》《现世界》《月报》《生活知识》，等等。

---

① 刘增人等：《中国现代文学期刊史论》，新华出版社 2005 年版，第 218 页。

3.《1872—1949 文学期刊信息总汇》与非文学期刊

《中国现代文学期刊史论》出版后，"引来许许多多专家的好评，得到过山东省和教育部的奖项，当然，也受到著名藏书家颇为严苛的批评"，[①] 编者再接再厉，又集十年之功，于 2015 年 12 月由青岛出版社出版四册《1872—1949 文学期刊信息总汇》，最末所附《一卷编就，满头霜雪——五十余年，我陪文学期刊走过》，读来感慨万端，几欲泪奔。

此书收录期刊信息的范围更广，"上起 1872 年 11 月 11 日《瀛寰琐记》创刊，下讫 1949 年 10 月 1 日中华人民共和国成立，凡 77 年，约 10100 种"。对文学期刊的理解也有新的变化，其卷首"说明"第 10 则云，"本《信息总汇》所收，既有纯文学期刊，也有涉及文学的各种期刊，故杜撰名目曰'涉文学期刊'，即广义的文学期刊。所谓纯文学期刊，除涵盖传统的小说、诗歌、散文、戏剧四大门类外，他如电影文学、儿童文学、民间文学、外国文学等门类，文学史研究、文学理论研究等领域，均应列入收集范围；所谓涉文学期刊，即涉及文学的非纯粹文学期刊，系指设有文学、文艺栏目，或以一定篇幅发表文学、文化作品，文学研究、文化研究文章的综合性、文化性期刊，电影、戏剧等艺术类期刊，以及以一定篇幅发表文学、文化作品或文学研究、文化研究文章的其他专业性期刊，如校刊、学报、同学会会刊，同乡会会刊等"。[②] 从这则近 300 字的说明，可以看出编者谨慎的调整。然而，所谓杜撰名目"涉文学期刊"，并不能解决《中国现代文学期刊史论》之"'准'文学期刊"的尴尬问题。既然是"涉及文学的非纯粹文学期刊"，既然已经从"两分法"角度提出"非纯粹文学期刊"，何不简明些，直接称之为"非文学期刊"？对"涉及文学"的强调，延续着强行将"非文学期刊"向"文学期刊"靠拢的努力，以及用"文学期刊"收编一些相关"非文学期刊"的意图，思想仍未得到解放。甚至在"后记"文字中，刘先生已似乎忘却了其中"涉文学期刊"的差别，直接称"到 2012 年底，一部网罗了一万余种文学期刊的学术元信息的大型工具书总算完成"。[③]

---

① 刘增人：《一卷编就，满头霜雪——五十余年，我陪文学期刊走过》，见刘增人等《1872—1949 文学期刊信息总汇》（4），青岛出版社 2015 年版，第 3 页。

② 刘增人等：《1872—1949 文学期刊信息总汇》（1），青岛出版社 2015 年版，第 3 页。

③ 刘增人：《一卷编就，满头霜雪——五十余年，我陪文学期刊走过》，参见《1872—1949 文学期刊信息总汇》（4），青岛出版社 2015 年版，第 3 页。

在这"约 10100 种"包含"涉文学期刊"的"文学期刊信息总汇"中，事实上不具有"文学期刊"属性，而是"非文学期刊"的条目就更多了。以其中的《新新新闻每旬增刊》为例，条目内容为"旬刊，1938·7·7 创刊于四川成都，熊子骏等编辑，'成都新新新闻报馆'发行，1943·11 出至第 6 卷第 2 期停刊。主要栏目有时评、论著、现代文献、国风、文艺、大众论坛、法规汇编等"。① 且不说这样过于简略的没有列出主要作者，没有提及"鲁迅先生逝世三周年纪念特辑"与"平原诗页"等重要内容的一般性介绍到底有多大的参考价值，也不讨论在"上编 时间序列中的文学期刊信息"之后，在将相同内容按地域音序重新编排"下编 空间序列中的文学期刊信息"有无必要，仅以"文艺"栏只是众多《新新新闻每旬增刊》栏目之中不甚重要的一个的地位看，显然不能视为"文学期刊"，而是"涉及文学的非纯粹文学期刊"，即典型的"非文学期刊"。

当然，非文学期刊的尴尬和期刊研究者的尴尬，既是现代文学研究界的尴尬，又不等于现代文学研究者的尴尬。说"是"，乃是因为毕竟属于现代文学研究的范畴，是出于研究现代文学史料的目的；说"不等于"，是因为出色的现代研究者往往注意"独立的史料准备"，自行回到文学现场，爬梳检索报刊（包括文学期刊与非文学期刊）中的相关研究史料，往往在事实上会把部分非文学期刊上的材料纳入考察范围。但是，爬梳检索原始报刊毕竟是劳神费力之事，辨识、辑校更非一日之功。如若能以可靠的文本形式收录于相关作家全集与史料集出版发行，对相关研究还是能够提供极大的便利，有利于效率的提高与研究的推进。所以，重视"非文学期刊"的作用，积极发掘整理和研究其中的文学史料，其意义不容小视。

三　不惮前驱：非文学期刊正名及其意义

逻辑学告诉我们，划分是明确概念全部外延的逻辑方法。其中"二分法"是一种特殊的划分方法，它以"有无某种属性"为根据，把一个

---

① 刘增人等：《1872—1949 文学期刊信息总汇》（2），青岛出版社 2015 年版，第 1063 页；又见《1872—1949 文学期刊信息总汇》（4），青岛出版社 2015 年版，第 3319 页。

母项划分为一个正概念和一个负概念两个子项，正概念反映有某种属性，而负概念反映没有这种属性，如金属与非金属、生物与非生物等。这是逻辑学常识，类似表达很多，如"以概念反映的对象是否具有某一属性作标准，概念可以分为正概念和负概念"。① 甚至有的学者有的"规划教材"虽然看似有了不同的表达，如"根据概念所反映的对象是否具有某属性，概念可分为肯定概念和否定概念"，② 但其本质内容还是一致的。

"文学"与"非文学"也是"二分法"的结果，二者之间的复杂联系甚至互相转化一直是一个重要的文学问题，引起学界很多关注。诸如栾栋先生关于"文学非文学""文学既是文学，而又另有所是"的观点及其"辟文学"③ 主张，也颇有启示意义。

与之相应，"文学期刊"与"非文学期刊"的划分也是"二分法"的运用，其"有无某种属性"之"属性"，就是主观上和客观上都主要发表各体文学创作、文学翻译、文学理论、文学批评、文学研究等作品的属性。具有这种属性的期刊，就是"文学期刊"，不具有这种属性的期刊，就是"非文学期刊"。这里不仅要看期刊客观呈现出来的栏目设置、版面内容等因素，还要考虑刊物编者在《发刊词》《编后记》《征稿启事》及广告宣传等文字中透露出来的主观愿望和诉求，把他们的"心"与"迹"结合起来。

当然，"非文学期刊"涉及的范围非常之广泛，又可进一步以"文学相关内容"之有无作为"属性"再次进行"二分法"划分。在这个意义上，具有此种属性，才接近刘增人先生所说的"涉文学期刊"，其实应该称作"涉文学型非文学期刊"；而没有这种属性的所有非文学期刊，都可以称作"其他非文学期刊"。对于现代文学研究界而言，非文学期刊史料发掘的重点，自然是"涉文学型非文学期刊"。但是否与文学有"涉"，要翻阅核查之后方能知晓。所以，理论上全部"非文学期刊"都可以是现代文学史料研究的考察对象。

至此，可以尝试为"非文学期刊"下一简单定义。所谓"非文学期刊"，是指不以"文学"为目的，主要刊载"非文学"内容，在主要方面不具有"文学"属性的期刊。其中发表有少部分各体文学创作、文学翻

---

① 何向东、何名申：《逻辑学基础教程》，广西师范大学出版社 1990 年版，第 20 页。

② 陈树铭：《逻辑学》（修订版），科学出版社 2013 年版，第 15 页。

③ 栾栋：《辟文学通解——兼论文学非文学》，《文学评论》2008 年第 3 期。

译、文学理论、文学批评、文学研究等作品的，为“涉文学型非文学期刊”，此外的为“其他非文学期刊”。

值得指出的是，我们这里的“涉文学型非文学期刊”与刘增人先生提出的“涉文学期刊”并不是同一概念，并不是绕了一圈之后又回到了原点，而是基于不同的逻辑，有着重要的区别。也就是说，“涉文学期刊”在逻辑上对应的是“文学期刊”，而“涉文学型非文学期刊”的逻辑对应是“其他非文学期刊”。“涉文学期刊”是作为“期刊”之一类，而“涉文学型非文学期刊”只是“非文学期刊”之一类，其再上一级单位才是“期刊”，二者不在同一个逻辑层面。两者的首要区别在于立足点或曰立场不同，“涉文学期刊”的立足点（立场）在“文学期刊”，试图将“涉文学期刊”纳入“文学期刊”研究，完成对“涉文学期刊”的收编；而“涉文学型非文学期刊”的立足点（立场）在“非文学期刊”，正视相关刊物的“非文学期刊”属性，客观地讨论“非文学期刊”及其中的部分文学内容。也就是说，“涉文学期刊”首先关注的是“文学”，是因涉及文学而关注“期刊”，其处理方式类乎文学期刊，把“非文学期刊”当作“文学期刊”进行梳理；而“涉文学型非文学期刊”首先关注的是“期刊”，继而注目其中的“文学”，其讨论角度不同于文学期刊，把“非文学期刊”视为“期刊”本身进行发掘。

在我们看来，为“非文学期刊”正名，回到“非文学期刊”，从“非文学期刊”视角考察中国现代文学具有重要的理论意义与值得期待的广阔前景。具体而言，至少表现在以下几个方面。

首先，回到“非文学期刊”，才能正视“非文学期刊”在现代文学中的重要作用，厘清许多优秀的经典的作品首发于“非文学期刊”的历史，还原“非文学期刊”与文学期刊既相互竞争又相互影响，共同形成现代文学赖以生存和发展的环境、场域与生态的文学史现场；能够不再无奈地把非文学期刊纳入文学期刊进行研究，才能与名不副实的尴尬告别，才能让非文学期刊理直气壮地走进文学研究的殿堂。朱晓进先生曾指出，“20世纪各种政治的、经济的、文化的需求，尤其是包括战争、国共政治斗争和党内斗争在内的政治原因，使20世纪成为一个非文学的世纪”。[①] 在

---

① 朱晓进等：《非文学的世纪：20世纪中国文学与政治文化关系史论》，南京师范大学出版社2004年版，第3页。

"非文学的世纪",存在着众多的"非文学期刊","非文学的世纪"需要专门研究"文学与政治文化关系",也需要及时关注文学与"非文学期刊"的关系,呼吁学界进行深入的发掘与研究。

其次,回到"非文学期刊",才能有效拓展中国现代文学研究的边界,进一步彰显中国现代文学与现代社会历史的紧密联系,展示她以文学的方式参与社会变革,推动社会进步,促进社会转型的过程与实绩;才能形成对中国现代文学形态变化的新认识,重新梳理其从杂文学形态,到走向纯文学形态,再到走向新的杂文学形态的发展历程,形成现代文学观念的创新与突围。李怡先生曾指出,在大文学视野下解读作家日记"并不是简单地把这些定位模糊的文体捧进'文学'的光荣殿堂,而是在兼顾历史性与文学性的方向上,挖掘中国知识分子思想、个性和情怀的别样的表达,解释一种属于中国自己的文学样式"。① 我们强调回到"非文学期刊",也不是简单地把这些定位模糊的期刊"捧进'文学'的光荣殿堂",而是"在兼顾历史性与文学性的方向上,挖掘中国知识分子思想、个性和情怀的别样的表达",解释一种属于现代中国文学的存在方式。

最后,回到"非文学期刊",才能解释现代文学研究新史料发掘的特点与趋向,才能从新史料出发,打开考察中国现代文学的"非文学期刊"窗口,看到文学发展变化的新景观。非文学期刊虽然全程陪伴着中国现代文学的发生和发展,在第一个十年、第二个十年均有重要作用和不俗表现,但其真正大爆发,却是在抗战全面爆发之后。当抗日救亡、抗战建国成为时代主题与社会诉求,包括文学期刊与非文学期刊在内的各种社会力量都要服务于抗战需求,而文学正是抗战宣传、抗战动员的有力武器与有效渠道。所以,非文学期刊纷纷对文学敞开怀抱,借助文学的力量服务抗战大业,打开销路,维持运营,而且不论新旧、文白、雅俗,也不管是声音记录还是文字书写,只要能够满足为读者提供精神食粮、思想武器与抗敌激励之需要,就予以刊载。由此,就进一步形成和放大了抗战文学的"杂文学"特征,超越文学期刊,超越前后的现代文学,表现出最为突出的"杂文学"形态。对这种"杂文学"形态的重新勾勒与具体阐释,有望以不一样的抗战文学史观打开抗战文学的新视野,推动抗战文学研究的深入与"突围"。

---

① 李怡:《大文学视野下的〈吴宓日记〉》,《文学评论》2015 年第 3 期。

　　此外，我们虽然不赞同邓集田将"但有比较多的文学内容（一般要占刊物内容的 1/4 或 1/3 以上）"的综合性期刊称为"综合性文学期刊"，并"也算作文学期刊"的处理方式，但其"许多文学期刊都会适量刊登非文学性内容，综合性期刊也一样，常常到文学领域内抢生意，以便争夺更多的读者。这使得各种类型的期刊之间相互交错的现象比较明显"① 的观点，却是敏锐的洞见。也就是说，非文学期刊可以有文学内容，而有的文学期刊也存在非文学内容；非文学期刊的文学内容不能左右其"非文学"属性，文学期刊的非文学内容也不能改变其"文学"属性。

　　总而言之，我们打捞梳理从民国时期的闻一多、谢六逸、李长之、李广田等先贤，到共和国时代的樊骏、陈福康、封世辉、汪晖、董大中等前辈，再到 21 世纪以来诸多学者关于"文学期刊"与"非文学期刊"的"两分法"；分析讨论从《中国新文学大系》之《史料·索引》，到《中国现代文学期刊目录新编》，再到《1872—1949 文学期刊信息总汇》等研究成果不得不将"非文学期刊"纳入"文学期刊"研究的尴尬，尝试进一步为"非文学期刊"正名，都是出于对"非文学期刊"概念与相关问题的理论意义的自信与期许。非文学期刊一直是与现代文学关系密切的巨大存在，从来就是现代文学的生产方式之一，参与着现代文学从发生到发展的全过程。聚焦非文学期刊，钩沉其中散落的作家集外作品与相关史料，不仅能够进一步拓展现代文学史料发掘的深度和广度，而且能够进一步还原现代文学的历史现场与原始形态，照亮其结构与细节，阐发其特质与规律，从而推动现代文学研究的纵深发展。

　　王富仁先生三十多年前就有"开创中国现代文学研究的新局面"需要四个"新"："新的眼光""新的角度""新的标准""新的态度"② 的倡导，我们以为，若以"非文学期刊"的眼光、角度、标准和态度考察中国现代文学，完全有可能打开现代文学史料发掘和研究的"新局面"。我们希望有更多同行师友就"非文学期刊"概念及其意义与前景展开讨论，在"非文学期刊"的旗帜之下会集更多同道中人，共同致力于现代文学新史料的发掘和研究事业。

　　当然，具体到操作层面，"非文学期刊"史料发掘和研究还有许多值

---

　　①　邓集田：《中国现代文学出版平台：晚清民国时期文学出版情况统计与分析（1902—1949）》，上海文艺出版社 2012 年版，第 80 页。

　　②　王富仁：《开创新局面所需要的"新"》，《中国现代文学研究丛刊》1984 年第 1 期。

得讨论的问题与方法，其中完成从以作家为线索的检索搜罗到以期刊为单位的系统发掘之转变尤为重要。关注不同研究对象的学者分头发掘同一种非文学期刊，泛黄的民国期刊翻了再翻、卷曲的缩微胶片摇了又摇的方式，明显有重复劳动、效率不高之弊。不无遗憾的教训与值得称道的尝试都不少，且容另文细述。

被遗忘的"国定戏剧节"纪念活动

——以××年二月二日叶圣陶致巴金信件考释为中心

袁洪权

（西南科技大学文学与艺术学院）

上海巴金文学研究会整理的《写给巴金》，收录老舍、茅盾、汪曾祺、黄裳、方令孺、郑振铎、蔡楚生等人致巴金信件多达二百一十八封，多数为旧版《巴金全集》书信卷未收，系首次公开，其史料价值当然不容忽视。书内收录的第一封信，为叶圣陶致巴金的信件。其内容比较简单，这里全文抄录如下：

> 巴金吾兄尊鉴：
>
> 市立剧专将于本月戏剧节举行戏剧资料展览会，意欲向尊处借取曹禺兄之原稿，以供陈列，负责保管，负责送还，决不有误。今令小儿至诚晋谒，敬恳赐予指教，不胜感幸。即颂
>
> 大安。
>
> 弟　叶绍钧顿首
二月二日①

整理者在对这封信进行整理的过程中，并没有标注出此信的写作年份，而以"××0202"进行"标注"。2009年6月，中国现代文学馆推出"中国现代文学馆馆藏珍品大系"第一种《信函卷（第一辑）》时，这封信的手迹得以公布（见下图），但在信件的写作年份上，编者仍旧没有

---

① 上海巴金文学研究会整理：《写给巴金》，大象出版社2008年版，第1页。

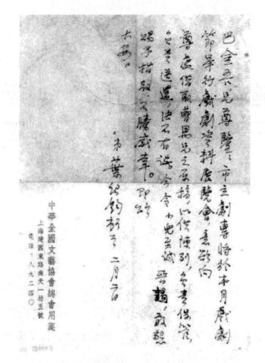

叶圣陶致巴金信件复印件

明确地予以认定，导致这封信的文献价值并没有真正体现出来。① 不过，依据信件的内容和使用的信笺纸，我们首先可以做出判定，写此信的地点应该在上海。依据这样的地点线索，或许可以推断出信件的真正写作年份。下面，笔者试着来做这一考释工作，进而勾勒此信在 20 世纪 40 年代后期中国现代戏剧文事和戏剧修史中的重要文史价值。

一　信件的写作时间：1947 年 2 月 2 日

要推断叶圣陶给巴金这封信的写作年份，信件中的内容有两点至为关键。一是"市立剧专"；二是"戏剧节"。这里的"市立剧专"，到底指的是哪个学校？结合信件写作地点在上海，依据常识我们可以确定，这里

---

① 《叶圣陶致巴金》，陈建功主编：《中国现代文学馆馆藏珍品大系信函卷（第一辑）》，文化艺术出版社 2009 年版，第 305 页。

的"市立剧专"，指的是上海市立实验戏剧学校，它是当时上海唯一的戏剧专业学校①，成立于 1945 年年末，人民共和国成立后更名为上海市立戏剧专科学校，后改为上海戏剧学院。田汉在《期待市立剧校的新气象》一文中提及的"市立剧校"，也指的是上海市立实验戏剧学校。而关于"戏剧节"，反而显得比较复杂。当前戏剧研究的相关成果中，涉及戏剧节均指的是 20 世纪 80 年代以来设立的戏剧节的研究，和此信中的戏剧节没有实质联系。

朱龙渊、黄中模两位先生曾对戏剧节进行过介绍，这里抄录他们的相关文字：

> 黄中模：一九三八年十月，由"中华全国戏剧界抗敌协会"主办的"第一届戏剧节"，在抗击日本帝国主义侵略的炮火声中，在重庆开幕了。一九三八年一月，当"中华全国戏剧界抗敌协会"在武汉成立的时候，大会就通过了以每年的辛亥革命纪念日（十月十日）为戏剧节。到了这年十月，由于国民党在战场上节节败退，武汉快将失守，国民党政府机关陆续内迁重庆时，全国剧协也随之迁来山城。所以重庆的第一届戏剧节，就以总会的名义主办。其他各地如汉口、广州、成都、西安等地，则由总会留在各地的理事领导当地戏剧界同人进行活动。②

> 朱龙渊：一九四一年，由郭沫若同志倡议，经周恩来同志批准，成立了中华全国戏剧界抗敌协会，推举夏衍、阳翰笙、宋之的、老舍、曹禺、陈白尘、陈鲤庭、张骏祥、贺孟斧、赵铭彝等同志为理事或监事。在成立大会上，一致决意"每年十月十日为戏剧节"。一九四二年国民党行政院借口戏剧节"未便与国庆节合并举行"，无理地撤销了此项决议。一九四三年抗敌剧协第一次理监事联席会议，又决议每年十一月十一日为戏剧节。进步的戏剧活动一致在抗敌剧协发动

---

① 田汉在此文中说道，"就是我们局外人对于这上海仅有的戏剧学府也不能不寄与若干新的期待"。田汉：《期待市立剧校的新气象》，《田汉全集（15）》，花山文艺出版社 2000 年版，第 598 页。

② 黄中模：《第一届戏剧节纪实》，《重庆文史资料选辑》第九辑，西南师范大学出版社2006 年版，第 153 页。

之下蓬勃发展。

　　到一九四五年，国统区物价暴跌，民不聊生，剧人生活困苦不堪。抗敌剧协为了救济贫病剧人，又将戏剧节改为二月十五日（旧历春节），义卖"剧人之友"纪念章，并在陪都青年馆（即在现在的实验剧场）举行了包括电影、话剧、川剧、相声、京剧、昆剧等各剧种的盛大庆祝演出。①

　　因黄中模、朱龙渊的文章是20世纪80年代以来，最早涉及戏剧节纪念活动的研究成果，其文献价值颇为重要。朱龙渊认为，戏剧节创立最初设置年份为1941年，但这与黄中模的说法是矛盾的。根据2000年版《重庆艺术文化志》记载，"中华全国戏剧界抗敌协会于民国二十七年（1938）秋由武汉迁来重庆，9月20日召集在渝理事及重庆分会理事议事，会议决定10月份在渝举办第一届戏剧节，并推举张道藩、于上沅（总会理事、重庆分会主席）等19人为筹备委员，随即开展各项工作，定名为中华民国第一届戏剧节"②，之后1939年、1940年、1941年10月10日国庆日（又称"双十节"）举行这一活动，连续举行了四届，均由国民党中宣部部长张道藩出面主持，但1942年国民政府行政院以"戏剧节未便与国庆节合并举行"为由予以撤销，而这一年的戏剧节活动，也因为这一年"是中国抗战最艰苦的一年，只有应景的点缀"③，在历史的记忆中变得模糊。1943年11月，中华全国戏剧界抗敌协会提出并经国民政府社会部同意，重新确定新的戏剧节，国民政府正式确定每年2月15日举行相关戏剧纪念活动④，但1943年这一年没有举行戏剧节的纪念活动⑤。1944年、1945年的戏剧节纪念活动在重庆的文化会堂举行。1946年的戏剧节纪念活动，中华全国戏剧界抗敌协会借陪都重庆的江苏同乡会

---

　　① 朱龙渊：《抗战时期的"戏剧节"》，许可、游仲文编：《重庆古今谈》，重庆出版社1984年版，第319—320页。

　　② 王洪华、郭汝魁主编：《重庆文化艺术志》，西南师范大学出版社2000年版，第495页。

　　③ 本社辑：《戏剧节简史》，《文艺先锋》10卷2期。

　　④ 谢世诚、伍野春、华国梁：《民国时期的体育节、音乐节、戏剧节与美术节》，《民国档案》1999年第1期。

　　⑤ "明年二月十五，该是十月十日的旧戏剧节被废止以来第一次全中国戏剧工作者自己的节日了。"杨：《关于戏剧节》，《新华日报》1943年11月29日。

来苏堂举行，它是陪都重庆举办的最后一届戏剧节纪念活动。① 之后，随着大量文化人的东进与北归，戏剧活动的中心逐渐东移和北进，抗战期间重庆、昆明、桂林的文化中心地位逐渐丧失。戏剧活动形成了上海、南京、北平和天津四个中心，这四个地点的报纸和刊物，1946 年以后的每年都有关于戏剧节纪念活动的相关报道。②

依据信件文字"本月戏剧节"，我们做出大致推断，此信的写作年份在 1944 年之后。因为，只有 1944 年以后的戏剧节纪念活动，始有二月举行的说法。1944 年 2 月、1945 年 2 月，巴金的确在陪都重庆③，但叶圣陶此时并不在重庆，而是在成都④。这否定了此信写于这两个年份的"推测"。而信笺纸用的是"中华全国文艺协会总会用笺"，信笺纸上还有当时总会的地址"上海建国东路南天一坊五号"。这些信息更有明确的指向，它从侧面说明，叶圣陶写信之时已经复员回到上海。查叶圣陶日记，他回到上海的时间为 1946 年 2 月 9 日⑤。另外，根据信笺纸的信息透露，此时"中华全国文艺协会"总会已经迁到上海，地址在"上海建国东路南天一坊五号"，而文协协会总会迁离重庆时间为 1946 年 6 月⑥，信件的写作时间不可能是 1946 年 2 月 2 日，此时叶圣陶还在沿江而下返沪的路上，而文协总会还在陪都重庆，不可能谈及信件中的相关活动。

此外，1949 年 3 月 22 日，中华全国文艺协会总会从上海迁到北平，而 1949 年 1 月 7 日叶圣陶已从上海离开，前往香港北上新解放区，这也否定了此信写于 1949 年 2 月 2 日的"推测"，此时叶圣陶与巴金并不在同

---

① 查阅重庆《新华日报》，1947 年戏剧节期间仍有相关的报道，但都不是政府主导的戏剧节活动，而是戏剧界的相关活动而已，当时的主要活动集中在南京和上海，这跟抗战胜利文化人的复员有密切的关系，当时主要的戏剧界活跃分子，都已经离开了战时陪都重庆。

② 最近在翻检天津《益世报》时，笔者发现了自 1946—1948 三年，每年的戏剧节前后，平津地区都有重要的戏剧节纪念活动。郭凤岐主编：《〈益世报〉天津资料点校汇编》（三），天津社会科学院出版社 1999 年版，第 1021、1024—1025、1032 页。

③ 唐金海、张晓云：《巴金年谱》（上），四川文艺出版社 1989 年版，第 607—608、621—623 页。

④ 具体查阅的是 1944 年 2 月、1945 年 2 月的日记。叶圣陶：《叶圣陶集》（20），江苏教育出版社 2004 年版。

⑤ 叶圣陶：《〈东归江行日记〉小记》，《叶圣陶集》（21），江苏教育出版社 2004 年版，第 34 页。

⑥ 叶圣陶日记中透露"中华全国文艺协会"总部迁回上海的相关细节，见 1946 年 6 月 14 日、18 日、20 日、21 日、24 日、30 日日记。叶圣陶：《叶圣陶集》（21），第 81—93 页。

一个城市（叶圣陶在香港，巴金在上海）。更何况，到 1949 年，国内局势变得如此复杂，文艺界的站队意识逐渐明确，此时已没有戏剧节纪念活动的任何报道。那么，这封信到底是写于 1947 年 2 月 2 日，还是 1948 年 2 月 2 日？1947 年和 1948 年的叶圣陶日记已经公布，看看叶圣陶这两日的日记记载：

　　一九四七年二月二日：上午仍有人来拜年。我妹全家来，留餐。彬然、雪山办会亲酒，余亦被邀。饭后与硕丈、伯祥、小墨、三午游虹口公园，树木萧索，仅球场有人踢球，无甚兴味。遂至城隍庙，游人拥挤，亦无聊。吃茶于得意楼，观新建之李平书铜像，五时半归。小饮，谈至九时睡。①

　　一九四八年二月二日：看投稿。写篆字对两副，一赠卢默庵，一为星期五杂志界聚餐会摸彩之用。振铎于上星期六之晚即回家，出外一宵，不知何往。而报纸已流布谣言，或谓其失踪，或谓已往香港。②

　　这两日日记内容里，叶圣陶并没有透露给巴金写信之事，更没有提及他安排叶至诚去晋谒巴金的"信息"，它使这封信的写作年份的推定遇到了麻烦。既然 2 月 15 日为戏剧节，我们能否从叶圣陶的行踪中看到他与这一活动的密切联系呢？

　　一九四七年二月十五日：今日已复原。到店，写各处复信。吴大琨到美国，介绍华盛顿大学麦博士来访。欲托我店买书，经常发生关系。傍晚回家后，不饮酒。以后不拟每餐饮酒，兴至则饮，戒酒亦不必。③

　　一九四八年二月十五日：上午九时，全家驱车出，仅留母亲与阿琴在家。余与墨先至元善家闲谈。元善处有一客，方自沈阳来，云中央军在东北仅余五据点，各点彼此不相应。五点者，沈阳、吉林、长春、四平、锦州也。报纸所载无如此明显。十一时，至仰之处小坐。

---

① 叶圣陶：《叶圣陶集》（21），第 160 页。
② 同上书，第 256 页。
③ 同上书，第 163 页。

与仰之夫妇共往我妹家，即午饮。闲坐至傍晚，至夏师母家，又复饮酒。八时半驱车归。[1]

1947 年 2 月 15 日、1948 年 2 月 15 日这两年的戏剧节纪念日行踪中，仍旧没有相关信件线索的"收获"。叶圣陶日记当然重要，它是最直接的线索，但日记有时候后也可能漏记，记录者觉得此事并不重要而产生漏记行为。如果从直接线索中无法查找，我们不得不从间接线索中勾勒，这就是所谓的"周边材料"。

前面提及"市立剧专"，既然确认它指的是"上海市立实验戏剧学校"，我们可试着从这个学校的校史材料中进行查找。信件内容还涉及戏剧资料原稿的当事人曹禺，但《曹禺年谱》的相关记录十分简单，1947年、1948 年并没有关于戏剧节纪念的相关活动。新近出版的《曹禺年谱长编》，倒是记录了 1948 年 2 月曹禺参加戏剧节纪念活动，但出席的地点并不在上海，而是在南京[2]。上海戏剧专科学校的重要人物，包括余上沅、洪深、李健吾都很重要。目前学术界相关的研究中，考虑到余上沅、李健吾涉及国民政府与沦陷区文人的复杂问题，其推进研究一直处于敏感状态。但洪深则不同，他是进步的左翼文艺人士，人民共和国成立初期曾担任文化部对外文化事业联络局副局长，也是中华全国戏剧工作者协会常委兼研究部主任[3]。他有大量的研究成果，包括其年谱的撰写成果。此处抄录洪深年谱中 1947 年 2 月份涉及戏剧节纪念活动的内容条目[4]：

4 日：洪深与田汉、熊佛西、周信芳等出席上海市戏院同业公会、伶界联合会、文化运动委员会以及戏剧电影协会等团体举行的扩大戏剧节筹备大会。

10 日：《新闻报·艺月》第 21 期，刊出《戏剧节感言》，表示"我愿意追随大家，继续努力，不负这个意味着同行的友情，真正的平等，为了同一目的努力与团结，力求进步，对自己严格……的戏剧

---

① 叶圣陶：《叶圣陶集》(21)，第 258—259 页。

② 田本相、阿鹰：《曹禺年谱长编》，上海交通大学出版社 2017 年版，第 416 页。

③ 中华全国文学艺术工作者代表大会宣传处编：《中华全国文学艺术工作者代表大会纪念文集》，新华书店 1950 年版，第 582—584 页。

④ 古今、杨春忠编著：《洪深年谱长编》，中国戏剧出版社 2009 年版，第 337—338 页。

节"。同日撰写《团结合作·互相学习·自我批判——戏剧节感言》，刊发在 13 日出版的《戏剧与电影》第 17 期"纪念戏剧节专号"上，并为《上海观摩联欢大会预定表演节目》作注释和附记。……

　　12 日：庆祝戏剧节筹备会在新利查酒家举行记者招待会。

　　15 日：上午，黄金大戏院举行第四届戏剧节纪念大会，并进行观摩演出。下午，与田汉、李健吾、应卫云、郑君里、顾毓秀等，在熊佛西陪同下，参加在上海剧校举办的上海影剧界同仁联欢大会，并参观了"戏剧文献展览"。

　　17 日：在《新闻报·艺月》第 22 期《看了戏剧节观摩以后》栏中，写下感言："工作，是空前的团结；表演，是空前的精彩；服务，是空前的诚恳；我今天实在是太快乐了。"

　　1947 年 2 月 15 日，洪深的年谱事略提及的参观"戏剧文献展览"活动，此活动的举办地点在"上海剧校"，这个地点不正是叶圣陶致巴金信件中所说的"市立剧专将于本月戏剧节举行戏剧资料展览会"？只不过，在正式的展览会时取名为"戏剧文献展览"。而 1947 年的国定第四届戏剧节纪念活动中，上海的活动尤其值得注意，"除集会外并（一）发给中正文化奖；（二）举行联合观摩大公演。（三）举行'戏剧文献展览会'"[①]。"戏剧文献展览会"展出的戏剧文献，"举凡战时话剧活动之照片，文件及留沪各名剧作家之原稿，均广为罗集"[②]。曹禺此时尽管回国，但一直未曾露面于沪上文坛，叶圣陶写信给巴金是说得通的。这则报道的信息，与洪深年谱的记载信息是一致的。这说明，叶圣陶致巴金的这封信，其写作年份正是 1947 年。结合落款时间，我们确定此信写于 1947 年 2 月 2 日。1948 年 2 月 15 日，上海戏剧界仍旧开展戏剧节纪念活动推出文物展览，展览地点为"北四川路市立剧校"，展出内容中包括"著作原稿"[③] 在内："从中国戏剧在日本萌芽的春柳社起，经过南国社，业余剧人协会，抗战初期救亡演剧运动，一直到现在桂林的西南八省剧展各种文物资料，都收集得有。胜利后剧坛文献，到现在死气沉沉愈往下坡路上走

　　①　本社辑：《戏剧节简史》，《文艺先锋》10 卷 2 期。

　　②　《庆祝戏剧节剧校"酒点会"》，《文汇报》1947 年 2 月 14 日。

　　③　《戏剧节上海市立实验剧校主办戏剧文物展览会展出项目》，《新民晚报》1948 年 2 月 15 日。

的剧运材料,也都预备展出。"① 1948 年的戏剧纪念活动中,隆重推出的剧作原稿是洪深先生的《五奎桥》,而并不是曹禺的剧作原稿,这也侧面说明此信的写作年份在 1947 年。即便是叶圣陶再一次写信给巴金,其用语也不会显得如此客套。而另一条线索可以作为辅证,此时曹禺已经在国内,叶圣陶似乎也没有必要写信给巴金索借曹禺的著作原稿。

需要进一步说明的是,为什么是叶圣陶写信给巴金,向他索借曹禺的"原稿"?1946 年 2 月 5 日,受美国国务院的"邀请",曹禺、老舍应邀前往美国访问之前,而老舍那时还担任着中华全国文艺界协会总会总务部主任之职务。在出国前夕的 1946 年 2 月 24 日,中华全国文艺协会总会召开总理事会,叶圣陶被推举为总会常务理事、代理总务部主任,"老舍本为总会之常务理事,管总务。于其出国期间,推余为之代,云已在渝通过。余只得应之"②。也就是说,叶圣陶给巴金写的这封信,实质上是他作为中华全国文艺协会总会代理总务部主任的"身份",向巴金写信索借曹禺的原稿的。但是,叶圣陶在之后的戏剧节纪念活动中并没有参与(前文所引叶氏日记即可证明),很可能与这项活动由中华全国戏剧协会主导有关系。

二 重提被遗忘的"国定戏剧节"纪念活动
——兼及之前的戏剧节话题

1947 年 2 月 2 日,叶圣陶致信巴金提出的"借取曹禺兄之原稿,以供陈列",原来是为这年 2 月 15 日第四届"国定戏剧节纪念活动"中的"戏剧资料展览会"做准备,展览地址就在上海市立戏剧学校校园内。1948 年 2 月 15 日,第五届"国定戏剧节"纪念活动仍在上海举行相关活动③,上海市立戏剧学校仍旧有"戏剧资料展览会"的活动,其规模远远超过了

---

① 《剧人纪念戏剧节》,《大公报》1948 年 2 月 8 日。

② 叶圣陶:《叶圣陶集》(21),第 47 页。

③ 笔者查阅了《申报》1948 年 2 月份的所有文字,只有几条记录涉及"国定第五届戏剧节",此处照录:(1)《沪庆祝第五届戏剧节准备情形》,《申报》1948 年 2 月 16 日;(2)《沪文运会盛会纪念戏剧节,电影业九十六人领奖(附照)获 1947 年度中正文化奖金十部国产电影(照)》,《申报》1948 年 2 月 16 日;(3)《庆祝五届戏剧节今日盛大纪念会》,《申报》1948 年 2 月 16 日。

1947 年戏剧节纪念的规模。① 1949 年 2 月，随着国内局势的重大变化，戏剧节纪念活动走向消失，包括南京国民政府的《中央日报》也没有相关活动的报道。人民共和国成立后，新政权再也没有举办过戏剧节纪念活动，而逃往台湾的国民党政权，亦取消了这一文学运动。这就是说，1948 年 2 月举行的第五届"国定戏剧节"纪念活动，是自 1943 年设立"国定戏剧节"纪念以来的最后一届。

同时，戏剧节纪念活动作为抗战期间（1938—1945 年）及战后（1946—1948 年）一段时间里全国文艺界重要的文学活动，当前的中国现代戏剧史著作、戏剧文献资料的汇编材料中，并没有相关研究成果或文献资料搜集与整理注意到这一文学运动。人民共和国成立初期的中国现代文学史修史行为中，不管是王瑶的《中国新文学史稿》，还是丁易的《中国现代文学史略》，还是刘绶松的《中国新文学史初稿》，涉及抗战文学中的戏剧论述之时，都忽略了戏剧节纪念活动这一重要的戏剧运动，其原因在于这一文艺运动与政治之间的复杂关系。20 世纪 80 年代学界对中国现代文学史进行重估的过程中，权威的《中国现代戏剧史稿》对戏剧节纪念活动只用一句话进行了描述，"中华全国戏剧节抗敌协会确定每年十月十日为中国戏剧节（1943 年国民党政府下令改为 11 月 10 日，次年又下令改为 2 月 15 日），戏剧节和重庆的雾季，成为戏剧演出最活跃的季节"②。这在很大程度上，忽略了戏剧节纪念活动曾经在中国现代戏剧史、中国现代思想史产生过的重大影响，进而遮蔽了学术界对这一文学运动的正确理解。

尽管本文关注的是叶圣陶致巴金信件的戏剧节纪念活动，并重点关注 1947 年戏剧节纪念活动，但还得先从戏剧节纪念活动的最初设立说起。首届戏剧节，"中央原订廿六年双十节在首都国立戏剧音乐学院举行，因抗战军兴而延搁。二十七年元旦，中华全国戏剧界抗敌协会举行成立大会时，决议：'定每年国庆纪念日举行戏剧节'。议决地点在汉口，举行第一届戏剧节却在重庆"③。2000 年版《重庆文化艺术志》对 1938—1946 年这七届戏剧节纪念活动有详细介绍，它特别注意到 1944 年之后的戏剧节纪念活动与（1942 年）之前是有区别的：从民间上升到国定。虽然

---

① 《戏剧节上海市立实验剧校主办戏剧文物展览会展出项目》，《新民晚报》1948 年 2 月 15 日。

② 陈白尘、董健主编：《中国现代戏剧史稿》，中国戏剧出版社 2008 年版，第 286 页。

③ 本社辑：《戏剧节简史》，《文艺先锋》10 卷 2 期。

1938 年 10 月 10 日在陪都重庆举办了第一届戏剧节纪念活动，国民政府也派遣政府官员张道藩（时为国民党中央宣传部部长）等参与这一纪念活动。但是，活动的真正主办者并不是国民政府中央宣传部，而是中华全国戏剧界抗敌协会这个群众性文艺团体。至 1942 年取消戏剧节前，相关的戏剧纪念活动的安排，这里简表表述如下（见表 1）。

表 1　　　　　　　　　1938—1942 年五届戏剧节纪念活动①

序号	持续时间	开幕举办地	主办者	出席者	主持者	相关活动
1	1938.10.10—31	重庆又新大戏院	中华全国戏剧界抗敌协会	张道藩、余上沅、叶楚伧、邵力子、顾一樵、马超俊、康心如等一千余人	余上沅	1. 二十四支街头演出宣传队奔赴市内各地开展街头剧演出；2. 京剧、川剧、平剧曲艺联合汇演，为前方抗敌将士募集寒衣；3. 举办"五分钱演出"；4.《全民总动员》话剧联合大公演②
2	1939.10.10—15	一园大戏院	中华全国戏剧界抗敌协会	张道藩	张道藩	1. 川剧、京剧、楚剧、汉剧联合大演出，主要演出了《文天祥》《铡美案》《千忠戮》《双狮图》《青风案》《贞娥刺虎》等；2. 各大剧团话剧演出，包括《江潮》《三勇士》《狐群狗党》等；3. 街头剧演出活动，包括《死里求生》《捉汉奸》《投军去》《大豆登场的时候》《打鬼子去》《活捉一条狗》《小英雄》等

①　相关资料来源于《重庆文化艺术志》对"戏剧节"活动的陈述（第 495—496 页），但此处明显有"错误"。他们对第五届戏剧节和第六届戏剧节的梳理，呈现出明显的错误。阳翰笙在日记中明确地记录了一九四四年二月举行的戏剧节为"第六届戏剧节纪念会"。阳翰笙：《阳翰笙日记选》，四川文艺出版社 1985 年版，第 243 页。

②　万声：《回顾"中华民国第一届戏剧节"》，西南师范大学出版社 2007 年版，第 406—411 页；黄中模：《第一届戏剧节纪实》，《重庆文史资料选辑》第九辑，西南师范大学出版社 2006 年版，第 153—160 页。

续表

序号	持续时间	开幕举办地	主办者	出席者	主持者	相关活动
3	1940.10.10—18	重庆黄角垭口实验剧场、江安国立戏剧专科学校、重庆抗建堂（三个分会场）	中华全国戏剧界抗敌协会	不详	不详	1. 中央青年剧社在黄角垭口实验剧场演出话剧《名优之死》；2. 国立戏剧专科学校演出话剧《民族女杰》；3. 中国万岁剧团演出独幕剧《女子公寓》《未婚夫妻》《流亡者之歌》等
4	1941.10.10—26	一园大戏院	中华全国戏剧界抗敌协会	张道藩等八百余人	张道藩	1. 中华剧艺社在国泰大戏院演出话剧《大地回春》；2. 中国万岁剧团在抗建堂演出三幕喜剧《陌上秋》，响应"一元献机运动"；3. 问艺处剧团、第一川剧院、第二川剧院、第二联合书场分别演出楚剧《湘北大捷》、川剧《雪国耻》《扬州恨》、京剧《得胜回朝》；4. 夫子池广场举行第四届戏剧节焰火晚会；5. 中央青年剧社在抗建堂演出话剧《北京人》
5	1942.10.10	不详	中华全国艺术界抗敌协会	不详	张道藩	不详

　　有关第五届戏剧节纪念活动，目前在资料查询中没有得到确切线索，列表中以不详加以表述。但第四届戏剧节和第五届戏剧节肯定有活动，1947 年戏剧节纪念活动的追溯文字中对这两年有特别说明，这里抄录如下："第四届戏剧节，日本正行和平攻势，终以委座发布文告以不变应万变，坚持抗战到底，表示决心。所以该届戏剧节以此文告为宣传演剧之中心意义！同时拟了个十项工作，通函各地剧社剧人遵行！其中：（一）响应四川省发动之'一元献机运动'举行公演募捐。（二）更举行剧人守节运动，砥砺士气，崇尚气节，不怕艰苦，不投顺敌人和汉奸，为民族生存之解放，拥护抗战到底，为民族抗战而守节到

底。——这一次剧人励志运动的发动，是为了有些动摇份子，重行逃回港沪及沦陷区，愿去做敌人的顺民，所以我们发动守节签名立誓运动，予对抗战胜利无信心者以打击，以勉励！……第五届戏剧节是中国抗战艰苦年，剧运低沉，无多表现。"①

　　1943 年的第六届戏剧节纪念活动，被国民政府下令取缔。为此，中华全国戏剧界抗敌协会提出，并报国民政府社会部批准恢复，"查戏剧与美术关系国民精神生活至巨，抗战以还，全国戏剧界即美术界人士，本其爱国热忱，各就其岗位，努力宣传工作，鼓舞抗敌情绪，辅助政令推行，于抗建任务颇多贡献爰经本部等会同核定二月十五日为戏剧节，三月十五日为美术节，以资纪念，除呈报行政院备案并分别函令外，相应恣请查照，并饬属知照为荷"②。新的戏剧节的认定，导致戏剧纪念活动性质发生改变，它被冠名为"国定戏剧节"："三十二年，因行政院以戏剧节不应与国家大典同日举行，下令暂停，乃改定为二月十五日，无形中乃将戏剧节变为'国定'节日。而三十三年二月十五日所举行的第六届戏剧节，遂同时作为国定第一届戏剧节"③。"国定"二字，显然是针对戏剧节纪念活动被国民政府承认并以政令的形式予以颁布的历史事实。这就说明，1942 年以前的戏剧节活动，主导者均为中华全国戏剧界抗敌协会这一民间社团组织，但 1943 年该会力争恢复戏剧节纪念活动的情况下，国民政府下达政令，从而改变了戏剧节的政治性质。也就是说，尽管在 1942 年之前的戏剧节纪念活动中，有国民党中宣部的积极参与，但这一戏剧纪念活动本身并不属于政府行为（至少并不是政府在具体主导）。1944 年 2 月 15 日举行的"国定第一届戏剧节"，戏剧节纪念活动的性质相应地发生了变化，它变成政府主导的文化活动之一种（另有美术节、体育节、音乐节、文艺节）。也就是说，其官方的政治色彩更加浓厚（一九四六年还都南京之后尤其明显）。而第一届"国定戏剧节"纪念活动，据说"这一届相当热闹，可为剧运的转折点。尤其在桂林举行的西南戏剧展览会，盛况空前"。戏剧界把恢复后的 1944 年 2 月 15 日戏剧节纪念活动，称之为国定第一届

---

　　①　罗兰子：《戏剧节往迹杂忆》，《中央日报》1947 年 2 月 15 日。

　　②　《准教育、社会两部咨为核定二月十五日为戏剧节三月十五日为美术节以资纪念会等由令仰知照》，《江西省政府公报》第 1300 号，1944 年 2 月 20 日，第 39 页。

　　③　本社辑：《戏剧节简史》，《文艺先锋》10 卷 2 期。

戏剧节："第一个（卅三年）国定戏剧节又有一番热闹，在重庆由'剧协'主办的有仪式，到陈部长、顾次长、梁部长（寒超）等，记得顾次长提出：'取消娱乐捐'，梁部长盛赞剧校技术之长足进步，并谓：'可惜不够机器化，希望发展剧场电力的运用'，此外有民间戏剧座谈会，同乐会，聚餐，广播等。"① 1945 年、1946 年的戏剧节纪念活动，相应地被称为国定第二届戏剧节、国定第三届戏剧节。② 纪念活动的主办者，仍旧为中华全国戏剧节抗敌协会（1946 年以后更名为中华全国戏剧协会），但这一活动形式是在国民政府主导下的文化活动。1944—1948 年戏剧节纪念活动期间有相关的戏剧活动展开，这里简单列表如下（见表 2）。

表 2　　　　　　　　　1944—1948 年五届国定戏剧节纪念活动③

序号	时间	举办地	主办者	出席者	主持者	相关活动
1	1944. 2. 14—27	重庆文化会堂	中华全国戏剧界抗敌协会	邵力子、梁寒超、郭沫若、顾毓秀、潘公展、黄少谷、马彦祥、阳翰笙等二百余人	罗雪濂	1. 戏剧演出活动，包括《国家至上》《处女的心》《打渔杀家》《荷珠配》《火判》等现代戏、京剧、地方戏等；2. 举办学术讲座，马彦祥、焦菊隐、曹禺、陈白尘、爱思等做学术演讲；3. 举办地方戏剧研究座谈会；4. 举办地方戏文物展览会④
2	1945. 2. 15	重庆文化会堂	中华全国戏剧界抗敌协会	邵力子、潘公展、黄少谷，剧宣六队，剧宣九队，军委会政治部军中文化班戏剧队学员、戏剧界人士等二百余人	张道藩	1. 宣布民国 33 年选定得奖剧本名单；2. 举行庆祝演出活动；3. 中国万岁剧团公演话剧《秣陵风雨》；4. 为贫病剧人募捐；5. 举行座谈会，座谈题目为《一年来戏剧运动之检讨》

① 罗兰子：《戏剧节往迹杂忆》，《中央日报》1947 年 2 月 15 日。

② 王洪华、郭汝魁主编：《重庆文化艺术志》，西南师范大学出版社 2000 年版，第 496—497 页。

③ 相关资料来源于《重庆文化艺术志》对"戏剧节"活动的陈述。

④ 阳翰笙：《阳翰笙日记选》，四川文艺出版社 1985 年版，第 242—244 页。

续表

序号	时间	举办地	主办者	出席者	主持者	相关活动
3	1946.2.15	重庆江苏同乡会来苏堂	中华全国戏剧协会	郭沫若、田汉、茅盾、胡风、阳翰笙等戏剧界二百余人	王瑞麟	1. 大会通过决议：（1）声援"较场口血案"受害者，要求严惩肇事凶手，立即取消特务机关。（2）惩处附逆（汉奸）剧人；2. 举办聚餐会与同乐会；3. 演出陈白尘话剧新作《升官图》片断；4. 欢迎田汉由昆明到达重庆，并庆祝茅盾的剧本《清明前后》成功上演①
4	1947.2.15—20	南京香铺营文化剧院	中华全国戏剧协会	余上沅	张道藩	待查
		上海黄金大戏院	上海市戏院同业公会、戏剧电影协会等	田汉、李健吾、应卫云、郑君里、顾毓琇、洪深、熊佛西、周信芳、梅兰芳、阳翰笙、张道藩等人	张道藩	待查
5	1948.2.15—	南京文化剧院②	中华全国戏剧电影协会	张道藩、余上沅、梅兰芳、向培良等四百余人	张道藩	待查
		上海湖社礼堂	上海市戏院同业公会、戏剧电影协会等	罗学濂、马徐维邦、潘公展、郑君里等五百余人	潘公展	待查

　　1945 年 1 月 18 日，中华全国戏剧节抗敌协会开始筹备国定第二届戏剧纪念活动，但与 1944 年国定第一届相比稍有逊色，阳翰笙这一年日记中仅记录了两条与此相关，分别为筹备会（1945 年 1 月 18 日）和戏剧节演出剧目收入的分配（1945 年 2 月 20 日）③。国定第三届戏剧节纪念活动，据张逸生透露，有两个会场，一为官方的会场，一为民间的会场。上

---

① 吕贤汶：《第一届戏剧节纪盛》，《重庆抗战纪事》，重庆出版社 1985 年版，第 340 页。

② 《全国戏协成立选出理事监事》，《申报》1948 年 2 月 16 日。

③ 《阳翰笙日记选》，第 341、352 页。

表所列的戏剧纪念活动实为民间会场，活动的主导者为中华全国戏剧界协会，举办会议的形式为茶话会。官方会场纪念活动的主导者为国民党中宣部，张道藩主持，仍旧在文化会堂举行，"真正的戏剧工作者到这个会的是寥寥无几，无非是一些应付官差，到场应应卯的旧艺人和官办团体管事的行政人员"。① 原始记录是这样表述的："卅四年的戏剧节，以西南战况吃紧，亦未有若干盛举，卅五年的第三届国定戏剧节，在复员期间，总算有聚餐与纪念。"② 《重庆文化艺术志》在关注 1945 年国定第二届戏剧节纪念活动的过程中，就忽略了这一点。1946 年 6 月中华全国文艺协会总会迁往上海后，重庆地方文献与方志的介绍不再涉及，但上海文化艺术志的工具书籍介绍中，也没有 1947 年、1948 年 2 月 15 日的戏剧节纪念活动记载。1947 年这一届戏剧节纪念活动，按照时间来说就是国定第四届戏剧节。

　　尽管后来在国民政府的政治活动中戏剧节纪念活动被强调，但 1945年、1946 年却显得并不理想，"三十四年的戏剧节，未有盛举，重庆的剧人们在青年馆串演平剧，从中午到深夜，演了一天戏，度过了这个佳节。三十五年的戏剧节，虽在复员期间，留渝剧人仍有聚餐与纪念。同时，收复区如上海，南京，平津等地，皆有剧人集会"。这说明，第二届"国定戏剧节"、第三届"国定戏剧节"的纪念活动，与当时国内的抗战局势（1945 年）以及战后文人大迁徙（复员东进和北归，1946 年）有密切的关系。1947 年 2 月 15 日，第四届"国定戏剧节"纪念活动开展情况，又远远超过了前面三届。南京和上海同时举行了戏剧节纪念活动，有关这两个地方的活动细节，当时是这样记载的："今年，三十六年的戏剧节，首都剧人热烈举行庆祝，齐集于香铺营文化剧院。当场通过大会宣言，并举行全国戏剧电影协会筹备会。除全日皆有精彩节目外，并举行纠正剧场秩序运动，执行观众守则。同时，上海方面除集会外并（一）发给"中正文化奖"；（二）举行联合观众大公演。（三）举行'戏剧文献展览会'。"③ 特别指出的是，戏剧文献展览会"举凡战时话剧活动之照片，文

---

　　① 张逸生：《重庆最后一次戏剧节》，重庆戏剧家协会《重庆剧讯》主编：《重庆抗战剧坛——雾季艺术节资料丛书之一》，重庆市报刊登记证内字 0022 号，1985 年 10 月，第 92 页。

　　② 罗兰子：《戏剧节往迹杂忆》，《中央日报》1947 年 2 月 15 日。

　　③ 本社辑：《戏剧节简史》，《文艺先锋》10 卷 2 期。

件及留沪各名剧作家之原稿,均广为罗集"①。《中央日报》1947 年 2 月
15 日亦辟专版纪念戏剧节,刊发了如下文章:1. 社论:《戏剧节谈戏
剧》;2. 张道藩:《生活中的艺术使命——为三十六年度戏剧节献词》;3.
向培良:《祝剧人康健——为卅六年戏剧节作》;4. 余上沅:《中国剧运
之前瞻——为本年戏剧节而作》;5. 马文藻:《戏剧节溯源》;6. 黄芝冈:
《只要鸡肯叫——天总是要亮的》;7. 陈永倞:《戏剧节想剧场》。而据天
津《益世报》透露,1947 年平津地区(无论是北平还是天津)也举行了
相关的戏剧节纪念活动。

1948 年 2 月 15 日,上海戏剧界的戏剧节纪念活动,文物展览仍旧是
其重要活动,相关史料内容"从中国戏剧在日本萌芽的春柳社起,经过
南国社,业余剧人协会,抗战初期救亡演剧运动,一直到现在桂林的西南
八省剧展各种文物资料,都收集得有。胜利后剧坛文献,到现在死气沉沉
愈往下坡路上走的剧运材料,也都预备展出"②。此次戏剧文献展览的时
间为 1948 年 2 月 15—21 日,持续一周,展出的剧作原稿中就有洪深的剧
本《五奎桥》③。

结束语

戏剧活动是抗战以来最重要的文学活动形式,它与民众结合得最为紧
密,甚至被研究者提升为抗战建国的意识形态高度④,而戏剧节纪念活动
是贯穿其间的重要文学运动(1938—1942 年,1944—1948 年)。它不仅
涉及戏剧创作、戏剧演出,还涉及戏剧界人事等相关学术话题,更值得当
下研究界重视。1944 年 2 月 15 日,国民政府法定的国定第一届戏剧节举
行之后,每年 2 月 15 日都有重要的戏剧纪念活动在这一节日展开。抗战
期间,不仅在陪都重庆活动兴盛,在昆明、成都、桂林、延安、广州、武

---

① 《庆祝戏剧节剧校"酒点会"》,《文汇报》1947 年 2 月 14 日。

② 《剧人纪念戏剧节》,《大公报》1948 年 2 月 8 日。

③ 《戏剧节上海市立实验戏剧学校主办戏剧文物展览会展出项目》,《新民晚报》1948 年 2
月 15 日。

④ 傅学敏:《1937—1945:国家意识形态与国统区戏剧运动》,中国社会科学出版社 2010
年版。

汉等地也有相关活动；抗战复员之后，在首都南京每年有纪念活动，在平津地区、上海、广州等地，也形成与之呼应的戏剧纪念活动。

另外，值得注意的是旧剧（包括京剧、川剧、越剧、评剧、楚剧、汉剧等）在抗战期间和战后一段时间里，和新剧之间的融洽关系，甚至直接进行的旧剧改革问题，其相关史料的整理并没有得到重视。中华人民共和国成立初期有关旧剧的改革问题，从历史现场的资料来看，或许在抗战期间已经提出，这些话题倒是值得学术界重视的。可惜的是，当前的中国现代文学史研究中，抗战戏剧、战后戏剧的相关文史与材料的现状，被遮蔽的地方实在很多，这对我们理解这一时段丰富的戏剧活动产生了很多误区。因限于篇幅和主题设置，"国定戏剧节"纪念活动的其他地区（包括桂林、昆明等）开展情况，希望有研究者来做进一步的学术研究，从而为中国现代文学史特别是现代戏剧史的描述，提供更有说服力的"材料"。而叶圣陶致巴金信札背后，原来牵涉戏剧节这一重大的文化事件，尤其值得学界重视。

施蛰存佚简四封释读

宫　立

（河北师范大学文学院）

施蛰存的书信，主要收录于华东师范大学出版社 2011 年 9 月出版的《施蛰存全集》第 5 卷《北山散文集》第 4 辑和大象出版社 2008 年 4 月出版的《施蛰存海外书简》。自《施蛰存全集》出版以来，施蛰存的书信又不断被发现。钦鸿在《新文学史料》2012 年第 4 期写有《施蛰存的十封未刊书信》，公布了施蛰存给魏中天的书信 3 封、给范泉的书信 7 封，岳洪治在《出版史料》2012 年第 4 期写有《施蛰存、柯蓝、唐祈给人文社编辑的信》，其中公布了施蛰存给他的 3 封书信，崔庆蕾在 2015 年 10 月 28 日的《文艺报》写有《施蛰存信札两封》，公布了施蛰存给沈承宽、徐迟的书信各 1 封。在施蛰存先生逝世 15 周年之际，笔者新找到施蛰存的四封信，不见于《施蛰存全集》和《施蛰存海外书简》，当为佚简，略作钩沉，以为纪念。

一

"《新文学史料》编辑部旧藏（四）：梁斌、赛先艾、周楞伽、草明、陈学昭、范用、碧野、彭燕郊等信札"专场，有施蛰存给李启伦的一封信，照录如下：

启伦同志：

久不见，您好！

这几天写了两篇回忆记，一篇是关于 1924—1926 年在震旦大学的情况，题为"震旦二年"，约六七千字。另一篇是关于 1927—1931

年间办水沫书店的情况，约八九千字，此二稿想给"新文学史料"
发表，不知能不能排在今年第四期及明年第一期。如果来得及，请惠
一信，即将二稿寄上，否则我想留下一篇给上海的"出版史料"。

　　手此即请　撰安

施蛰存

7. 30

　　"关于 1924—1926 年在震旦大学的情况"的《震旦两年》，刊于《新
文学史料》1984 年第 4 期；"关于 1927—1931 年间办水沫书店的情况"
的《我们经营过三个书店》，刊于《新文学史料》1985 年第 1 期。《震
旦两年》文末注明写作日期是 1984 年 7 月 20 日，《我们经营过三个书
店》文末注明写作日期是 1984 年 7 月 28 日。由此可以推知，施蛰存给李
启伦信的写作日期是 1984 年 7 月 30 日。《震旦两年》的文末还有一段附
记，"朋友们劝我写回忆录，报刊编者也劝我写回忆录……近来看到报刊
上有些涉及我的文章，与事实不尽符合，又不禁提起笔来，再谈谈明白。
但是我无法从头说起，只能一段一段的写，也只能一段一段的发表。待将
来写多了，再编排次序"①，可以看作是施蛰存写作《震旦两年》《我们
经营过三个书店》等回忆性散文的写作背景。

二

　　"文坛忆旧——周而复、施蛰存、陈白尘、赵家璧、萧乾、吴祖光等
名家信札"专场，刊有施蛰存给李启伦的一封信，照录如下：

　　启伦同志：
　　　　信收到，这一回你打电报也不见得有效。
　　　　我无时不想再给你写几篇回忆记，我自己也可以早日编成这一
集，但是总没有时间写。一个冬天，上海阴雨的日子多，总是在电炉
旁袖手打盹，精力不济，一事无成。近日天气转好，精神又健旺起

---

① 施蛰存：《震旦两年》，《新文学史料》1984 年第 4 期。

来，事情也多了。目下，先要对付孙可中，其次是忙于校《词学》第七期300页的初校工作，还有编《近代文学大系》的《译文卷》，要选定、复印，标点共100万字，上半年先得交出50万字，五月底以前，万万无法写《史料》文章，复此道歉。我总不忘记你们的关怀，无奈"老牛破车"跑不快，请见谅。

施蛰存

29/4，1988

《中国近代文学大系》分为文学理论集、小说集、诗词集等10种门类，施蛰存负责翻译文学集。《中国近代文学大系》编辑出版过程中曾编印一份《编辑工作消息》，1988年1月26日第5号刊有施蛰存的《〈翻译文学集〉编选情况汇报》，"《翻译文学集》编选工作已开始进行，拟分三个阶段推进工作：1.了解情况。2.选定资料。随时复印或抄写，并加标点。3.加写原著者及译者小传及其他必要的说明、注释。在这三段工作完成的基础上，即可编定。目前正在做第一阶段的工作"。① 1988年4月16日第11号刊有《〈大系〉各集编选进度综合汇报》，其中提到，"《翻译文学集》二卷。4月份可提交第一卷选题，5月份交第一卷稿子。在第一卷里，全选三部长篇小说约二十万字，节选小说约二十万字，十个短篇小说约十万字"②，这与施蛰存信中提到的"编《近代文学大系》的《译文卷》……上半年先得交出50万字"是相吻合的。

　　施蛰存当时已经88岁，既要负责《近代文学大系》的翻译文学集，还要主编《词学》。信中提到的《词学》丛刊是施蛰存晚年创办并主编的，"施蛰存将创办、编纂《词学》视作自己学术生命的一部分，与文学创作和学术研究同样重视。他颇具创意而又周到地为《词学》设计各个专栏和版式，精心撰写'编辑体例'和'征稿规约'。他不但频频约稿，而且注重发掘词学新人，不拘一格地予以扶持、提携，即使极普通的读者来信，或请益质疑，或求购书刊，他均不惮其烦，每信必复。他为每辑《词学》选定来稿，细致地审读全部稿件，编排目录，并亲自将目录译成英文。他还不避琐细地为文稿订正疏漏，注明繁简体，标上字号，计算字

---

① 范泉主编：《〈中国近代文学大系〉争鸣录》，上海书店出版社2012年版，第26页。

② 同上书，第90页。

数，选择图版，并颇为认真地阅改校样。他甚至在动大手术后的住院期间，还审改、编纂《词学》稿件，并抱病重抄字迹不清的文稿。《词学》中'词苑'一栏发表的每首词作，均经他改润重抄"①，刘凌《施蛰存与〈词学〉》中的这段文字，为我们道出了施蛰存编《词学》的执着与辛苦。信中提到的《词学》第7辑，华东师范大学出版社1989年2月出版，据沈建中编的《施蛰存先生编年事录》可知，这一辑"先生撰文《唐诗宋词中的六州曲》；以及《新得词籍介绍》《丛谈》数则、《编辑后记》，分别署名'北山'、'蛰存'、'丙琳'、'编者'等"②。

三

"文坛忆旧——施蛰存、周而复、陈荒煤、贾植芳、萧乾、吕叔湘等名家信札墨迹"专场，有施蛰存给《新文学史料》编辑部的一封信，照录如下：

《新文学史料》编辑部诸公：

惠函收到，附朱雯一函，亦已转去。

写一篇文章纪念沈从文这个计划，我在五月十六日见到《新民晚报》上的讣告，就已经想到，可是到今天还没有写出来，也还没想定如何写法。你们来约稿，我不能说不写，既然雪峰、丁玲、傅雷、王莹都写了，难道可以不写沈从文吗？但是，戴望舒死了将近四十年我还没有写过一文纪念，张天翼我也没有写，大约越是熟人，越不容易写，这回你们来逼我动笔了，我决计写了，可是，这几天不行，上海奇热，室内温度36°，已半个月了，我每天躺着不作一事，写任何文章都不可能，我打算在热浪过去后，争取写出来，暂定八月二十日前寄上，行不行？

如果你们在八月底发稿，也许还可以赶今年第四期刊出，否则就排在明年第一期罢。

---

① 刘凌：《施蛰存与〈词学〉》，《文汇报》2010年10月12日。

② 沈建中：《施蛰存先生编年事录》（下），上海古籍出版社2013年版，第1272页。

你们诸位，我都常在念中，适夷对这里的《近代文学大系》很关心，我已看到他写来的意见，知道他起居安健，没有事也没有去信问候，就在这里带一笔，烦代为转达我的问候。

牛汉、启伦同志，均此问好。

施蛰存

14/7

附一函，烦转西欧文学组，不知是否还是绿原同志主持？

沈从文 1988 年 5 月 10 日逝世，"上海《新民晚报》从海外传播媒介获知沈从文逝世的消息，曾向新华社要稿，被拒绝，只好在六天后'出口转内销'地转载了《联合时报》的消息"①。施蛰存信中提到的"五月十六日见到《新民晚报》上的讣告"，当指的这则消息。施蛰存从《新民晚报》得知沈从文去世的消息"极为惊讶"，当晚就拟了挽联，"沅芷湘兰，一代风骚传说部；滇云浦雨，平生交谊仰文华"②，并于 1988 年 8 月 23 日写毕《滇云浦雨话从文》，回忆了他与沈从文六十年交往的点点滴滴，"论踪迹，彼此不算亲密；论感情，彼此各有不少声气相通的默契"，他的持论公允，"沈从文一生写有大量的小说和散文，作为一位文字作家，在中国新文学运动的第二个十年间，他和巴金、茅盾、老舍、张天翼同样重要。建国以来，文学史家绝口不提沈从文，却使国外学者给他以浮夸的评价，并以此来讥讽国内的文学史家和文艺批评家。这是双方都从政治偏见出发，谁都不是客观的持平之论。"③ 沈从文的夫人张兆和在 1988 年 11 月 14 日给施蛰存的信中，非常认同施蛰存对沈从文的回忆与评论，"尊著清样我已从《新文学史料》编辑部借来，并复印于上月底寄交吉首大学。您的文章我拜读，朋友中您对从文了解较多。了解他的长处，也了解他的弱点，文章如实写来，读来十分亲切"④。王西彦在给施蛰存的信中也提到，"我拜读过几遍，觉得的确写得不错，是沈从文逝世后我所读到的回忆悼念文章中最好的一篇"，"除了前半篇记述你们在沪滇两地互相交往特别是在昆明共跑佛照街地摊的情景写得极其亲切细致而外，我最

---

① 李岫：《行者·记者·思想者》，文化艺术出版社 2012 年版，第 397 页。

② 施蛰存：《滇云浦雨话从文》，《新文学史料》1988 年第 4 期。

③ 同上。

④ 沈建中：《施蛰存先生编年事录》（下），上海古籍出版社 2013 年版，第 1264 页。

欣赏的是后半篇您对他作品和为人处世的看法”，“我认为都发人之所未发或不便发、不敢发的。我觉得，您这种公允而符合实情的评议，就是真知灼见”①。因此可以确定施蛰存这封信的写作日期是 1988 年 7 月 14 日。

“附朱雯一函，亦已转去”，指的是《新文学史料》编辑部给朱雯的约稿信。朱雯在 1988 年 7 月 18 日给黄汋的回信中提到，“施蛰存转来贵刊编辑部给我们的信（前些日子收到贵刊来信，信封内没有发现信笺，当时就估计到可能被误封了），希望我们为纪念沈从文先生的特辑写一篇回忆性的稿子，非常感谢你们向我们征稿。我跟从文先生相识虽已六十年，但主要的交往是在抗战以前，而且主要是通信，那些信是十分宝贵的，可惜都在抗日战火中毁掉了，这样我就缺少回忆的依据。仅有的一点往事和一封贺信都在拙作《第一个热心引路人》（《新民晚报·夜光杯》五月廿六日刊出）以及罗洪的《关于儿童节》中谈过了，也没有更多足以提供的材料，难以写成一篇像样的文章，因此就不想滥竽充数了”②。最终，《新文学史料》1988 年第 4 期悼念栏刊有《沈从文先生逝世》，并设有“怀念沈从文”专辑，刊有塞先艾的《回忆老友沈从文》、施蛰存的《滇云浦雨话从文》、张充和的《三姐夫沈二哥》、傅汉思的《初识沈从文》、刘北的《执拗的拓荒者——怀念沈从文先生》、田涛的《悼念沈从文先生》，还有《沈从文致萧乾的信（五封）》。

关于信中提到的冯雪峰、丁玲、王莹、戴望舒、张天翼，略作梳理。施蛰存在《新文学史料》1983 年第 2 期写有《最后一个老朋友——冯雪峰》，在施蛰存看来，冯雪峰是一个“重情谊、能念旧的好朋友，是一个热情团结党外人士的好党员”③。1986 年 3 月 4 日，丁玲逝世，应国靖在 3 月 16 日的《新民晚报》写有《丁玲与施蛰存》，《新民晚报》7 月 26 日至 27 日分两次刊载了施蛰存的《丁玲的“傲气”》，对《新文学史料》1986 年第 2 期刊出的包子衍等人整理的《丁玲谈早年生活二三事》中“同学有戴望舒，施蛰存，孔另境，王秋心，王环心等，这些同学对我们很好，我们则有些傲气”这段话作了一个“笺释”，“为丁玲传记作者或文学史家提供一点资料，也为爱谈文坛轶事者供应谈助”④。傅雷逝世二

---

① 沈建中：《施蛰存先生编年事录》（下），上海古籍出版社 2013 年版，第 1279—1280 页。
② 宫立：《罗洪伉俪旧札中的温馨往事》，《藏书报》2018 年 3 月 12 日。
③ 施蛰存：《最后一个老朋友——冯雪峰》，《新文学史料》1983 年第 2 期。
④ 陈子善等编：《施蛰存七十年文选》，上海文艺出版社 1996 年版，第 305 页。

十周年，施蛰存在 1986 年 9 月 3 日《新民晚报》写有《纪念傅雷》，在他看来，"傅雷的性格，最突出的是他的刚直"，"傅雷之死，完成了他的崇高品德，今天我也不必说'愿你安息吧'，只愿他的刚劲，永远弥漫于知识分子中间"①。中国青年出版社 1982 年 9 月出版了王莹的长篇小说《宝姑》，施蛰存收到谢和赓惠赠的《宝姑》，在 1983 年 6 月 10 日写有《〈宝姑〉》，"翻阅她的遗著想到当年她来问病的友谊，觉得应该写一点东西纪念她"，在她看来，王莹"文学趣味极高，评论看过的作品，也多中肯的意见"，"文笔也很明朗、洁净"②。

施蛰存与戴望舒、张天翼早在 1922 年就相识了，"在杭州一载，识戴望舒、戴杜衡、叶秋原、张天翼，皆中学四年级生，方以文字投寄上海报刊，秋原、天翼，皆善书法，已订润例鬻书。既有同声之契，遂有结社之举。同学闻风而来者凡十许人，成立兰社"，他们还一起编兰社的社刊《兰友》，"大约越是熟人，越不容易写"③。的确如此，未见他写专文纪念戴望舒与张天翼。不过，笔者注意到，施蛰存早年曾为张天翼的《蜜蜂》撰写过广告，"作者的文字，最近几年已成了文艺读者注目的鹄了，它有幽默风趣，而没有夸张。他所描写的现代中国人的微细行为，好像一柄解剖刀般的，能直刺入人们的心的深处"④，这样的评价不可谓不高。关于戴望舒，施蛰存虽然没有写过专门的纪念文章，但是在不少回忆文章中都有提到戴望舒，并且施蛰存还为《戴望舒译诗集》作过序，还与应国靖一起编过《中国现代作家选集·戴望舒》，并且还曾苦心校读过戴望舒的诗，"我费了三个月时间，从二十年代、三十年代的报刊中检阅望舒每一首诗的最初发表的文本，和各个集本对校之后，发现有许多异文，有些是作者在编集时修改的，有些是以误传误的，因此，我决心做一次校读工作，把重要的异文写成校记，有些诗需要说明的，就加以说明"⑤。

"适夷对这里的《近代文学大系》很关心，我已看到他写来的意见"中的"意见"，当指 1988 年 7 月 1 日《编辑工作消息》第 16 号刊发的楼

① 施蛰存：《纪念傅雷》，《新民晚报》1986 年 9 月 3 日。

② 陈子善等编：《施蛰存七十年文选》，上海文艺出版社 1996 年版，第 280 页。

③ 施蛰存：《北山楼诗》，华东师范大学出版社 2000 年版，第 147—148 页。

④ 范用编：《爱看书的广告》，生活·读书·新知三联书店 2015 年版，第 32 页。

⑤ 施蛰存：《施蛰存全集》第 4 卷《北山散文集》第 3 辑，华东师范大学出版社 2011 年版，第 1411 页。

适夷的《谈〈小说集〉的编选和近代作家作品选集的编印》和 1988 年 7
月 11 日《编辑工作消息》第 17 号刊发的楼适夷的《全盘抹杀"礼拜六
派"是错误的》。

四

中国书店于 2017 年 5 月 20 日举办了"2017 年春季书刊资料文物拍
卖会（二）柘园藏珍专场"，收有胡从经给众多作家、学者的书信。笔者
在拍卖图录上注意到施蛰存的书札有 4 通 4 页，其中有一封值得细读，照
录如下：

> 从经同学：
>
> 　　惠函收到，承介绍台湾商务印书馆为我刊行拙稿《金石杂著》，
> 极感高谊，谢谢。
>
> 　　我有《唐碑百选》及《文物欣赏》二书，正在与上海出版社联
> 系，可以有希望在上海出版，如果成事，今年我必大忙一阵，因为此
> 二书均须加工。
>
> 　　余下的一些金石著作都是文字部分，大多记录一些已亡佚的石刻
> 文字，此种书非同行人无兴趣，我想商务印书馆也不会欢迎。
>
> 　　辜负你的好心，此事暂时不必进行，且待明年再说，因为即使现
> 在可以决定出版，我今年也编不起来。手此即问旅安。
>
> 施蛰存
> 4/9

施蛰存 1983 年 4 月 4 日交给陈文华一函，"《金石杂著》有一包原
稿，题曰'蛰存杂著'，其中大多为关于石刻的杂著，可与另外一包《赵
孟頫石墨志》合并编成一部《北山楼碑刻志》"①。

信中提到的《唐碑百选》的出版过程非常曲折。施蛰存在 1999 年 1
月 7 日《文汇报·笔会》发表了他在 1976 年 8 月 10 日写的《〈唐碑百

---

① 沈建中：《施蛰存先生编年事录》（下），上海古籍出版社 2013 年版，第 1084 页。

选〉缘起》，交代了他编《唐碑百选》的缘由，"我收聚唐刻碑志一千五百余种，字迹大多佳妙，今精选其一百种，各体书均有，以为唐人书法的代表。此一百种中，拓本流传较多，常为历代书家称道者，不过三四十种，可知唐碑虽多，见者犹少……有许多极好的唐碑，一般临池家非但没有见过，抑且没有听说过。我以为这是书法艺术观摩的一大缺憾"①。施蛰存在 1978 年 6 月 3 日给周退密的信中说，"现在每天晨起上市买菜，早饭后先抄《唐碑百选》一篇……《唐碑百选》已抄到第九十二碑，六月内可以杀青"②，1978 年 8 月 21 日写信给吴羊璧，"近来完成了一个著作，名曰'唐碑百选'……我希望此稿能印行，但国内目前恐无条件，亦无机会，因此顺便向你们谈谈，不知你们有兴趣承接印行否？如有可能，我无条件奉赠版权。全书大约图版一册，三百页左右，文字一册，十五万字左右，文字已誊清，随时可以来取，图版则待拍照"③，1978 年 12 月 17 日致信吴羊璧，"我的最终目的是希望出一本由一百个碑样的图文并录之书，我的重点倒是在图版。在图录出版之前，你可以选一部分在任何与我们这里有关的刊物上发表。由几个碑你们那边容易找到拓本做版，不妨先刊载，作为全书预告宣传。文字部分署名可用'北山'或'舍之'……《书谱》明年出'专刊'，是否可以把'百选'分为四个'专刊'，将来再合刊为一个单行本"④；1979 年 1 月 25 日又致信吴羊璧，"如果能分印四期专刊，也很有意思，将来即使不再合印，也无妨"⑤。最终，《书谱》自 1979 年第 2 期为施蛰存开设"唐碑百选"专栏，此后《书谱》每期刊出《唐碑百选》，只偶尔间断，最终因为《书谱》停刊，"这部《百选》就没有完全发表"⑥。施蛰存在 1992 年 4 月 6 日所写的《新春第一事》提到，"过了春节，我首先要做的工作，是编好两本书稿。第一本是《唐碑百选》"，"这部书稿，我在十多年前早已编好，交给香港《书谱》月刊分期发表，《书谱》月刊于前年停刊，总计只发表了三十多块碑。未发表

---

① 施蛰存：《〈唐碑百选〉缘起》，《文汇报·笔会》1999 年 1 月 7 日。

② 沈建中：《施蛰存先生编年事录》（下），上海古籍出版社 2013 年版，第 900 页。

③ 施蛰存：《施蛰存海外书简》，大象出版社 2008 年版，第 83 页。

④ 同上书，第 83—84 页。

⑤ 同上书，第 85 页。

⑥ 施蛰存：《施蛰存全集》第 4 卷《北山散文集》第 3 辑，华东师范大学出版社 2011 年版，第 1235 页。

的照片和文字，被前任编辑取去不还，因此不得不重新编补缺失。我想用三个月时间重新编定，使唐代著名书法家的手迹，得以全面提供给书法家欣赏与参考"①。施蛰存在《蛰存编撰词学书目》中提到《唐碑百选》，"选唐碑书法佳者一百种，制版传真，附'叙录'及'集评'十五万言，在编辑制版中，1993 年可出版"②。施蛰存 1992 年 5 月 24 日在给马祖熙的信中提到，"这几天我在动手编三部稿子：①唐碑百选　上海古籍出版社"③。李辉也曾回忆，他与时任浙江文艺出版社副总编的黄育海一起拜访施蛰存，商谈出版《唐碑百选》一事，当时"施先生颇为高兴"，可惜未能如愿。李辉说，"施先生的夙愿，直到他去世也未能实现"④，实际情况是，上海教育出版社 2001 年 5 月出版了施蛰存编著、沈建中编图的《唐碑百选》。

　　施蛰存 1991 年 5 月 19 日致信古剑，"还有一本《文物欣赏》，将我收集的四百种文物拓片选印一本，学林出版社愿意出版，尚未谈妥"⑤。他在 1991 年 10 月 28 日给河南崔耕的信中又提到，"上海学林出版社的一位编辑，对我的'集古录'中那些图版有兴趣，要我编一本《文物欣赏》，我已同意，马上就要动手。你那边如有新出文物可以弄到拓片的，请你帮助收集。你那个战国残瓦当是好东西，这一图案的瓦当，未见过著录，不知有无全瓦可得？我希望你再拓一张给我，我要用进《文物欣赏》中去。希望拓得精好些，墨色要浓，纸要白、挺"⑥。施蛰存在 1992 年 4 月 6 日所写的《新春第一事》提到，"过了春节，我首先要做的工作，是编好两本书"，"我打算编的另外一本书，是《文物欣赏》，这是拟目，正式书名还不能确定。我不是文物收藏家，我所有的只是文物拓片，我所欣赏的也只是拓片，而不是文物实体。我以为，欣赏文物实体趣味不及欣赏

---

　　① 施蛰存：《施蛰存全集》第 2 卷《北山散文集》第 1 辑，华东师范大学出版社 2011 年版，第 218 页。

　　② 沈建中：《施蛰存先生编年事录》（下），上海古籍出版社 2013 年版，第 1422 页。

　　③ 施蛰存：《施蛰存全集》第 5 卷《北山散文集》第 4 辑，华东师范大学出版社 2011 年版，第 2121 页。

　　④ 李辉：《老人与书》，南京师范大学出版社 2013 年版，第 181 页。

　　⑤ 施蛰存：《施蛰存全集》第 5 卷《北山散文集》第 4 辑，华东师范大学出版社 2011 年版，第 2054 页。

　　⑥ 沈建中：《施蛰存先生编年事录》（下），上海古籍出版社 2013 年版，第 1397 页。

文物拓本。我计划选择历代文物的拓片一二百种，印一本图谱，也很有意思"①。施蛰存在《蛰存编撰词学书目》中提到，"《文物欣赏》（拟目），选印历代文物精拓本二百余件，制版传真，附以'解说'"②。施蛰存1992 年 9 月 1 日再给古剑的信中提到，"你如办综合性的刊物，我想给你每期一张'文物欣赏'，做一块版子，加说明二三百字，好不好？或者，先寄一个样子给你，第一个是《七星岩包拯题名》，原来是《书谱》用的"③，1992 年 9 月 14 日又写信给古剑，"我先给你供应一些'文物欣赏'，下星期试寄二三篇，以图版为主，外加说明数百字，试用后，看情况，再定继续与否"④。遗憾的是，学林出版社最终未能出版《文物欣赏》。

---

① 施蛰存：《施蛰存全集》第 2 卷《北山散文集》第 1 辑，华东师范大学出版社 2011 年版，第 218 页。

② 沈建中：《施蛰存先生编年事录》（下），上海古籍出版社 2013 年版，第 1422 页。

③ 施蛰存：《施蛰存全集》第 5 卷《北山散文集》第 4 辑，华东师范大学出版社 2011 年版，第 2067 页。

④ 同上。

下　编
民族文学史料研究

时代变局中的中华民族文学书写

——以道咸同时代蒙古文学思潮为视角

米彦青

（内蒙古大学文学院）

王国维在论及清代学术时，有一个通俗形象的说法，即"国初之学大，乾嘉之学精，道咸以降之学新"（《沈乙庵先生七十寿序》）①。道咸同时代是中国古代史上发生最重大变革的时代。西方世界在经历了中世纪的蒙昧之后，快速发展并且极欲改变世界格局，而古老中国还期冀因循守旧。中西冲突不仅体现在政治、经济、军事的争端中，文学思想也在渐进式地改变。"华夷大防"的最终解体并不是清朝立国后由皇权话语代相沿递所致，而是中西之争占据思想舞台的结果。思想启蒙初露端倪，对经学和诗学理念都形成了冲击，诗歌创作也随之改变。作为清代少数民族主体的蒙古族，和其他民族诗人一样，对这样的变化有着敏锐的感知，思想界沉思后发出声音，而诗人们在创作问学中体味并呈现着时代的变化。本文试以学界较少关注的蒙古文学思潮为视角，探讨时代变局中的中华民族文学书写。

一 关于国变的民族文学担当

道咸同诗坛在 54 年间计有蒙古族汉语创作文人 28 人②，其中有著作传世者 24 人，与道光以前的 177 年中产生的蒙古族汉语创作文人数量相

---

① 方麟选编：《王国维文存》，江苏人民出版社 2014 年版，第 707 页。

② 此处统计的蒙古族汉语创作文人大都生于嘉道年间，于道光年间中式，至晚卒年在光绪初年。

等。此期诗作，不仅量大，而且诗歌内容与现实紧密关联，既展示了时代变局中蒙汉文学的融合无间，又追步文学思想的变迁。

梁启超曾言："龚、魏之时，清政既渐陵夷衰微矣。举国方沉酣太平，而彼辈若不胜其忧危，恒相与指天画地，规天下大计……故虽言经学，而其精神与正统派之为经学而治经学者则既有以异"①，"举国沉酣太平"实是乾嘉境况，道咸同之际的国政已经不容士人乐观。故而在蒙古族士人群体中，无论诗人身处庙堂江湖，"恒相与指天画地"，开始在创作中体现忧危。

柏葰②是道咸间任职最高的蒙古族诗人，诗作《今夏英夷扰浙，沿海骚动，朝廷命将出师荡平，有日，闱中以采薇之诗'戎车既驾'四句命题，想见圣心宵旰之不忘矣。仍迭前韵预奏凯歌》③写于 1842 年夏④，虽然这是一首颂圣诗，但从诗题中依然可以看出面对英国入侵浙江沿海的军情，清廷从上至下积极应对。诗云："海氛南望镇迷漫，声讨应同玁狁观。小丑跳梁藏水国，元戎佩印出天官。请缨路近人思旧，挟纩恩深士不寒。瑞雪况占收蔡兆，伫听三捷报澜安。""玁狁"即猃狁，原指我国古代北方少数民族，但柏葰诗中显然是指入侵英军。本诗的可贵之处，不仅让我们看到以柏葰为代表的清王朝高官诗作对国事关心的一面，也让我们看到以满族为主体满蒙联姻建立的清王朝，此时已经俨然以中原王朝汉文化中心自居，将以英国为代表的入侵中国的西洋人视如北方蛮族，抱有强烈的敌视态度和坚定的反击之心。因此，顺康雍乾以来皇权话语宣导的中华一体的信念，到道咸同时期，已经奏效。此时，在区分夷夏的口号下，

---

① 梁启超：《清代学术概论》，朱维铮校订，中华书局 2016 年版，第 116 页。

② 柏葰（1795—1859），原名松葰，字静涛、号听涛、泉庄。巴鲁特氏，蒙古正蓝旗人。道光六年（1826）进士，历任翰林院侍讲学士、内阁学士、礼部、刑部、吏部、户部侍郎，总管内务府大臣、左都御史、兵部尚书、户部尚书、军机大臣、文渊阁大学士。著有《薜林吟馆钞存》十卷、《自订年谱》一卷、《守陵密记》一卷、《奉使鄂尔多斯驿程记》一卷、《奉使朝鲜驿程记》一卷。

③ 《薜林吟馆钞存》卷三，《清代诗文集汇编》第 622 册，上海古籍出版社 2010 年版，第 64 页。

④ 这首诗前有《辛丑十月考试恩监闱中步龚季思宗伯守正原韵》，后有《壬寅孟夏由香山卧佛寺游翠微山诸胜》，辛丑为 1841 年，壬寅为 1842 年，诗句"元戎佩印出天官"后有小注"以冢宰奕公经为扬威将军"，查《清实录》，奕经被封为扬威将军是在 1841 年 9 月，10 月到达浙江，所以诗题中"今夏"应该是 1842 年夏天。

开创了汉文化为中心的中华本位立场，而中华区域内的胡姓各族，皆一律成为华夏之正宗。华夷之辨与变，柏葰在这首诗中，不自觉地加以表达，恰呈现了历史转折时期的士人独特心态。

女诗人那逊兰保①《庚申冬寄外，时在滦阳》云："漫道相思苦，从悲行路难。烽烟三辅近，风雪一袭寒。去住都无信，浮沉奈此官。亲裁三百字，替竹报平安。"② 咸丰八年（1858），那逊兰保的丈夫恒恩被授宗人府副理事官，咸丰十年（1860），英法联军攻陷北京，恒恩随咸丰帝逃至承德避暑山庄。《清史稿·文宗本纪》载："（咸丰）十年庚申……六月夷人犯新河，官军退守塘沽。七月，大沽炮台失守……僧格林沁退守通州。八月洋兵至通州……瑞麟等与战于八里桥，不利。命恭亲王奕䜣为钦差大臣，办理抚局。上幸木兰……驻跸避暑山庄。九月，抚局成……十月，诏天气渐寒，暂缓回銮。"滦阳乃承德别称③，承德与北京相距不过 230 公里，但在战火连天、交通阻隔的年代，丈夫久无家信，自然会令诗人忧心忡忡。诗作虽然是常见的闺阁相思题材，但因为恰逢清国被英法联军侵扰，闺中女子的思夫就写出了超越闺阁题材的诗情史意，并且保留了咸丰时期第二次鸦片战争中官员家庭对战争思考的文献资料。

庚申年是中华民族史上灾难深重的一年，火烧圆明园的悲伤至今弥散不去。面对西洋入侵，素来被视为富贵闲人的那逊兰保，开始关注国事，《送潇俊二兄奉使库伦，故吾家也，送行之日，率成此诗》中有句："……天子守四夷，原为捍要荒。近闻颇柔懦，醇俗驴其常。所愧非男儿，归愿无有偿。"④ 那逊兰保之子盛昱在《芸香馆遗诗·跋》中叙述母亲"中岁喜读有用书，终年矻矻经史，诗不多作"到"内事摒挡，外御

---

① （清）那逊兰保（1824—1873），字莲友，博尔济吉特氏，自署喀尔喀部落女史。漠北喀尔喀蒙古土谢图汗部中右旗人，出身该旗扎萨克郡王世家，系多尔济旺楚克之女，宗室副都御使恒恩室，祭酒盛昱母。有《芸香馆遗诗》。

② （清）那逊兰保：《芸香馆遗诗》，《清代诗文集汇编》第 719 册，上海古籍出版社 2010 年版，第 604 页。

③ 夏征农、陈至立主编；大辞海编辑委员会：《大辞海·中国地理卷》："河北承德市的别称。因在滦河之北，故名。"上海辞书出版社 2012 年版，第 790 页。

④ （清）那逊兰保：《芸香馆遗诗》，《清代诗文集汇编》第 719 册，上海古籍出版社 2010 年版，第 599 页。

忧患，境日以困"①。西方入侵给士人带来的心灵困境，是没有民族和性别之分的。

道光年间，英国商人向中国走私鸦片日益猖獗。裕谦②认为"鸦片烟上干国宪，下病民生，数十年来银出外洋，毒流中国，患甚于洪水猛兽"。"方今最为民害者，惟鸦片烟一项，流毒既广，病民尤烈。"③指出严厉查禁鸦片"尤为目前急务"④。裕谦的想法与当时主张严厉禁烟的林则徐不谋而合，他们各自在辖地严厉打击鸦片走私。道光十三年（1833），裕谦任荆宜施道时，缉拿烟犯1000多名；道光十八年（1838），在江苏按察使任内，严查漕船在上海口岸和长江走私烟土，并在城乡各地张贴布告，限期销毁烟具，逾期从重惩罚；道光十九年（1839），时任江苏巡抚的裕谦禁烟成效显著，使江苏禁烟成果仅次于广东。道光二十年（1840）五月鸦片战争爆发，六月英军占领虎门后，强占定海，进犯江浙地区。当时，裕谦以江苏巡抚兼署两江总督，他反对妥协，奏请添铸火炮，建造炮台，带领军民加强江苏沿海防御，坚持抵抗侵略。八月英军兵船环绕崇明，裕谦督率镇将埋伏兵勇，军民团结一致。道光二十一年（1841）八月二十六日凌晨，英军两路舰队同时进犯金鸡山和招宝山。裕谦临危不惧，是日晚以身殉国。裕谦杀身成仁，为世人景仰。裕谦分析战局，认为"前此定海之失陷，本属开门而揖，以后广东之被扰，更系自受其愚，并非该逆实有强兵猛将，实能略地争城，至定海之迟久不复，坐待缴还，由于赏罚不明，机宜屡失，以致士气不振，民心解体，并非无路进攻，不能制其死命"⑤，作为前线领兵之将，其对大清军队乱象的认知

---

①　（清）那逊兰保：《芸香馆遗诗》，《清代诗文集汇编》第719册，上海古籍出版社2010年版，第606页。

②　（清）裕谦（1793—1841），原名裕泰，字鲁山，号舒亭，内蒙古察哈尔镶黄旗人。出身于将门世家，曾祖一等公班第，祖父察哈尔都统巴禄。嘉庆二十二年（1817）进士，历任翰林院庶吉士、礼部主事、员外郎。道光六年（1826）任湖北荆州知府，后调武昌府知府，升荆宜施道。道光十四年（1834）任江苏按察使，十九年（1839）任布政使，又署江苏巡抚，不久实授，成为独当一面的封疆大吏。有《勉益斋偶存稿》《勉益斋续存稿》。

③　（清）裕谦：《勉益斋续存稿》卷13，《清代诗文集汇编》第579册，上海古籍出版社2010年版，第598页。

④　（清）裕谦：《勉益斋续存稿》卷15，《清代诗文集汇编》第579册，上海古籍出版社2010年版，第679页。

⑤　杨家骆主编：《鸦片战争文献汇编》第4册，鼎文书局1973年版，第227页。

有裨时局，但对英国侵略者的轻视实属不智。反映了中西碰撞之初的士人，虽然内心激荡，但由于视野拘束，尚不能清醒意识到中西器、识之差异，以为"逆夷尚不过疥癣之疾，洋盗几可为心腹之患"①，这种以中原老大自居、视四方为夷而轻蔑之的心态，在道咸同初期的士林群体中有着普范性②。

道光时期的第一次鸦片战争，使东南沿海数以百万计的官民被卷入战火中。裕谦督军杀敌，以身殉国。而镇江驻防出身的燮清③，则耳闻目睹了家乡成为战场的景况，并以诗笔据实记载。如《五月十八日西城守夜》《六月十四日》《六月十四日避难》《挽京口都护海公死节诗》《乱后入城》④ 等。《五月十八日西城守夜》写于镇江之役的前夜："报到烽烟警，城添守夜兵。何当天暂暖，堪爱月偏明。挂号灯连影，传更不断声。可怜闺里梦，一夜几回惊。"⑤《六月十四日避难》记载镇江之役的惨烈："炮声如雷火如屯，咫尺交锋人不见。兵微贼众势难敌，七昼夜中铁瓮陷……遂令城内百万家，一时逐尽人烟绝。"亦描述歹人趁火打劫："一波未平一波起，可怜奇祸不单行。凶顽更比鬼子惨，亦有生理与水溺。"生民多艰，燮清的母亲在逃难中丧命："哀哉老母殉难亡，此语一听断肝肠。生我不能全母命，终天抱恨呼苍穹。所幸老父弟与子，三人俱各无损伤。时盼天军军未下，贼类剿灭还侵疆。"⑥ 燮清目睹了英国侵略军的暴行和中国守军的英勇悲壮，写下《挽京口都护海公死节诗》，歌颂副都统海龄。"海公大义世无比，壮心一柱中流砥""胜负兵家是常事，生死一念报君王""贼众不能敌，七日七夜战城隍""人

---

① 第一历史档案馆编：《鸦片战争档案史料 2》，天津古籍出版社 1992 年版，第 739 页。

② 如"外夷奇器，其始皆出中华；久之中华失其传，而外夷袭之。王伯厚《小学绀珠》载薛季宣云：'晷漏有四，曰铜壶、曰香篆、曰圭表、曰辊弹。'按：辊弹即自鸣钟，宋以前本有之，失其传耳。粤东温伊初先生诗云：'西夷制器虽奇巧，半是中华旧制来。'此论得之。余谓浑天仪、自鸣钟，中国人皆能为之，何必用于外地乎？他日洋烟绝其进口，并西夷所制器物，勿使入内地焉可也"。林昌彝：《射鹰楼诗话》卷三，王镇远、林虞生标点，上海古籍出版社 1988 年版。第 43 页。

③ （清）燮清（1813—?），字秋澄，奈曼氏，汉姓项，京师正黄旗蒙古籍。以先世驻防，嘉庆十八年（1813）生于京口。曾任蓝翎同知衔候选知县。有《养拙书屋诗选》。

④ 诗人所写日期皆是农历，与公历相差月余。

⑤ （清）燮清：《养拙书屋诗选》，国家图书馆藏民国二十五年（1936）项氏晚香堂影印本。

⑥ 同上。

臣大节能无亏，精忠直与日月贯"①，都是称颂海龄率领守军顽强抵抗侵略者的诗句。海龄（？—1842），郭络罗氏，满洲镶白旗人。春元《京口八旗志》有其传："海龄，字蓬山，山海关驻防……历升西安、江宁、京口等处副都统。任京口未久，英人违约，窥伺上海……公喝令举火，将尸焚毁，遂向北谢恩，跃入烈火，亦自焚死……朝廷表其临危授命，大节无亏，敕建寺祠，予谥昭节。"② 道光壬寅（1842）七月，英军舰队侵入镇江江面，英军由城西北登岸后，一队佯攻北门，一队猛攻西门。驻防清军在副都统海龄率领下与敌人展开激烈巷战，终因寡不敌众，镇江府城陷落。《镇江府立青州驻防忠烈祠碑》记载官兵死节事更为详细："六月十四日，天将午，火箭齐发，东、西、北三城楼俱被焚烧，贼乘势攀跻。他守兵以千数皆震慑，独青州兵奋勇格杀，至血积刀柄，滑不可握，犹大呼杀贼。呼未已，而贼之由十三门登者，已蜂拥蚁附而至，犹复短兵相接，腾掷巷战，击毙贼且数十百人，直至全军尽溃，力不能支，始夺门以出……"③ 战争结束半年后，爕清返回故居，作《乱后入城》："妖星已落聚残兵，父子妻儿快入城。旧日家乡今又见，半年飘泊泪都倾。逢人尽道别离苦，隔世难抛生死情。满眼蓬蒿藏白骨，长江流恨几时平。"④ 战争不仅是诗人也是无数东南沿海城郭父老的锥心之痛。⑤

镇江之役一周年后，爕清又写下《六月十四日》："去年此月局一变，黑雾夭星时时见"，"去年去日死未卜，今年今辰生有辰"。⑥ 死者长已矣，但"英夷"带给时代的思考才刚刚开始。不同民族、性别的士人在长歌当哭的东西碰撞中，殊途同归。中原华夏的大清帝国面对西夷、东夷的入侵，渐渐消泯中华民族体内的隔阂。甲申鼎革之变后陈恭尹写下的"海水有门分上下，江山无地限华夷"（《厓门谒三忠祠》）这样视汉满为华

---

① （清）爕清：《养拙书屋诗选》，国家图书馆藏民国二十五年（1936）项氏晚香堂影印本。

② 春元：《京口八旗志》，马协弟主编：《清代八旗驻防志丛书》，辽宁大学出版社1994年版，第484页。

③ 镇江市地方志编纂委员会：《镇江市志》，上海社会科学院出版社1993年版，第1759页。

④ （清）爕清：《养拙书屋诗选》，国家图书馆藏民国二十五年（1936）项氏晚香堂影印本。

⑤ 如朱琦长篇叙事诗《感事》《王刚节公家传书后》《九月朔日集万柳堂宴姚石甫丈》，张维屏《三元里》《三将军歌》，张际亮《浴日亭》，孙鼎臣《君不见》，王柏心《春兴六首和蔗泉》等。

⑥ （清）爕清：《养拙书屋诗选》，国家图书馆藏民国二十五年（1936）项氏晚香堂影印本。

夷的诗句，至此已不复存在。

蒙古族文学家从不同角度和地域叙述历史，他们的抒情特色和民族记忆融入变局中的中华民族的文学书写中，彰显自身的特色。若将其置入更广阔的道咸同时代的文学史中，更可见出他们的文学担当。其实，鸦片战争后的晚清诗人，无论是何民族，共同写就的是抗击西方侵略的彰显民族气节、家国情怀的诗歌。这是时代赋予他们的使命意识所致。

二　变革时代的使命意识

近人汪辟疆在《近代诗派与地域》中曾指出："夫文学转变，罔不与时代为因缘。道、咸之世，清道由盛而衰，外则有列强窥伺，内则有朋党之迭起。诗人善感，颇有瞻乌谁屋之思，《小雅》念乱之意，变徵之音，于焉交作。且世方多难，忧时之彦，恒志意经世有用之学，思为国家致太平。乃此意萧条，行歌甘隐，于是本其所学，一发之于诗，而诗之内质外形，皆随时代心境而生变化。"① 乾嘉以来，随着承平日久及文字狱严苛，"载道"思维在诗学世界的影响消解。人们慢慢习惯于从微观的语境中来认识社会生活的价值，并形成了一种日常生活观，大量的诗作展示普通个体的日常生活和丰盈独特的生命体验，个体存在的价值在形而下的世俗意味中提炼。诗人们在这样的日常生活观支配下，顺康之际或聚焦社会或历史的重大问题，或尊崇宏大而理性的群体性生活，或反思个体生存的理性意义，这些具有诗史性的书写对于乾嘉时期的诗人变得不再重要。然而，道咸同时期的诗人们，随着外国侵略的到来，逐渐开始意识到，日常生活尽管是一个不可忽略的审美领域，但个人化、碎片化的私人生活，在面对巨大的社会动荡时，因其在经验化的表象上所具有的高度同质化特征，相较于从宏观的历史语境中来认识生活的集体生活观，思想内容终究是单薄的。因之，道咸同时期形成两大创作潮流：一种是在传统诗歌的框架内，兴起了宋诗派的路子，发扬光大，并且与诗坛其他流派推波助澜，至光宣时将古典诗学整合集成推向高潮；另一种则是在萌动的启蒙新观念的指导下，开始摸索突破古典诗歌的旧框架的形式，将新异的文学思想，汇入新

---

① 汪辟疆：《汪辟疆文集》，上海古籍出版社 1988 年版，第 283 页。

的诗歌题材中，力图转变体裁，发动诗坛的大变革，这一路径，至光宣时转而倡导诗界革命，创立了新的诗歌格局。其中，后者所宣导的启蒙新观念，就源出魏源等人诗歌中展示的鲜明的对时代的观察。"魏源正是在今文经学经世、变法观念的影响下，面对当时中国三千年未有之变局，写下一系列政论文章。"① 其实，不唯政论文章，似魏源、龚自珍这样的人物，他们思想开放，关注边事，留心时政，也是那个时代以诗歌表现诗人心志，睁眼看世界的启蒙人物。戊戌变法失败后，保守派陈夔龙上奏慈禧太后说："咸丰、同治之间，士大夫践魏源、何秋涛、徐继畬等余习，专言时务，而以诸子文饰之，学派又为之一变。履霜集霰，浸淫至于康有为、梁启超二逆，变本加厉，丧心病狂，乘朝廷力求自强之际，悚以危言，竟欲删改圣经，崇尚异学。浮薄之士，靡然从风，佉卢旁行之字，几徧天下，一若不通外教、不效西人，举不得为士者。士风至此，败坏极矣。实为古今奇变，非圣无法罪通于天。"② 这段话虽基于反改革的极端保守立场，但也很清醒地看出从魏源至康、梁之间学风、文风的递进关系，道出魏源对后世学风、文风有巨大影响的事实。龚、魏掀起的以今文家的孔子为权威、以今文经学作掩护，鼓吹改革的政论风气，发展至康有为、梁启超形成高潮。③

经学与诗学理念，在道咸同时代的士人中大抵都是相通的。诗人的创作也或隐或显地冀望能够表现时代中的新气象。恭钊④仕于同治年间，正值清国兴洋务、求自强方启之时，与国外列强关系、贸易之交往于其诗作体现一斑，以诗证史，摹写亲所见闻。恭钊《轮船畅　恤民艰也》有"机器灵捷资水火，出没骇浪惊涛间"⑤ 之句，写轮船之便；"南洋五口北

---

① 武道房：《魏源今文经学影响下的古文新变及其历史意义》，《文学评论》2018 年第 3 期。

② 朱寿朋：《东华续录（光绪朝）》卷一百五十八，《续修四库全书》影印本第 385 册，第 178 页。

③ 武道房：《魏源今文经学影响下的古文新变及其历史意义》，《文学评论》2018 年第 3 期。

④ 恭钊（1825—1893），字仲勉，号养泉，满洲正黄旗人，博尔济吉特氏。曾官甘肃西宁道、甘凉道、湖北牙厘总局会办、江汉关道等。有《酒五经吟馆诗草》两卷，《酒五经吟馆诗余草》一卷。

⑤ 恭钊：《酒五经吟馆诗草》，《清代诗文集汇编》第 701 册，上海古籍出版社 2010 年版，第 75 页。

三口，纳税输金耳目新。泰西人商三十载，中华失业万千人"①，又揭露其税务繁多，以致国民失业；《洋债盛　虑财匮也》中"一分囊橐二分债，销尽腰缠巨万金。沪上人人长袖舞，多财大腹都称贾"②，写商人资金雄厚；"贫民仰屋愁生计，典衣质物三分利。债局纷开宇宙间，取携方便都如意"③，则写典当行带给百姓生活的便捷。恭钊生活跨越道咸同光四朝，因此在其诗集中也收录了诸如《电线通》《铁路开》等描述光绪间才开通的有线电报及铁路运营情况，新科技对清国军事、政治及百姓生活的影响。道咸同时代中国同西方在器识层面的接轨，最终推动了光绪朝对新科技的弘扬，促成了戊戌维新变法。④

　　时代的风云际会中的人物，面对新事物新思想去书写记录时，大都是诗家本能而为。如若有幸参与重大政治事件的处理，也只是想要尽责尽心。唯其如此，当岁月更迭，回溯其间的诗或史，才更感到平实中的不凡与可贵。咸丰年间是继第一次鸦片战争后中华外交史上最为纷繁芜杂的时期。考之咸丰史事，"夏四月丙午朔，谭廷襄奏俄人不守兴安旧约，请以乌苏里河、绥芬河为界，使臣仍请进京。得旨：'分界已派大员会勘，使臣非时不得入京，驳之。'戊申，俄人请由陆路往来，英人、法人请隔数年进京一次，诏不许。己酉，诏许俄之通商，不许进京。戊申，诏谭廷襄告知英人、法人，减税增市，俟之粤事结日，彼时再议来京。辛亥，谭廷襄呈进美国国书，诏许减税率、增口岸，仍不许入京。乙卯，英、法兵船入大沽，官军退守。命僧格林沁备兵通州。辛酉，英、法船抵津关。命大学士桂良、尚书花沙纳往办夷务。乙丑，英、法兵退三汊河，与俄、美来文，请求议事大臣须有全权便宜行事，始可开议。桂良等以闻，诏许便宜行事。丙寅，命僧格林沁佩带钦差大臣关防，办理防务。庚午，英船开出

———————————

　　①　恭钊：《酒五经吟馆诗草》，《清代诗文集汇编》第 701 册，上海古籍出版社 2010 年版，第 75 页。

　　②　同上书，第 76 页。

　　③　同上书，第 75 页。

　　④　《清史稿·德宗本纪》："光绪十五年……八月乙亥，命李鸿章、张之洞会同海军署筹办芦汉铁路。"《清德宗实录》："振兴庶务，首在鼓励人材。各省士民著有新书，及创新法，成新器，堪资实用者，宜悬赏以劝。或试之实职，或锡之章服。所制器给券，限年专利售卖。其有独力创建学堂，开辟地利，兴造枪炮厂者，并照军功例赏励之。"《清史稿·德宗本纪》："命三品以上京堂及各省督抚、学政举堪与经济特科者。颁士民著书，制器暨创兴新政奖励章程。命中外举制造、驾驶、声光化电人材。戊寅，诏各省保护商务。"

大沽。桂良等奏英人之约于镇江、汉口通商，长江行轮，择地设立领事，国使驻京。上久而许之。"① 英、法、美、俄等西方国家挟武力而来，要求扩大通商、减税、使臣入京，清廷在犹疑中许可前两项，但对于国使驻京，则"上久而许之"，这思量许久之中必定是有无尽的委屈在的：不敢违逆又不肯放开政治谈判尺度。也因此，奉命谈判的清廷使臣，在其间的折冲樽俎就会加倍犯难。礼部尚书花沙纳②等人于咸丰八年（1858）四月二十一日到津，这是初次与英法美会晤，各中曲折。五月，花沙纳与英、法、美等国签约，英法美等国退兵。花沙纳奉旨赴上海，会同两江总督何桂清议税则。"六月，复命带钦差关防前赴江苏，于十几日启程。会同巡抚何桂清妥商税则事宜，旋以英船退出天津海口，奏奖天津官绅各员，从之。"③ 九月，西方侵略者不满所获利益，攻入县城并借此挟制，花沙纳与桂良奉命抵达上海，与他们会晤。

　　在第二次鸦片战争中，花沙纳作为外交使臣，在朝廷与英法联军间折冲樽俎，尽力保全帝国尊严，减少国家财产损失。花沙纳所负有的使命意识与其政治地位紧密相关。在对外交往中他秉承朝廷指令，据理力争，妥善处理，就个人而言无非是在尽职尽责，但因为时代与国家赋予他的成命，必定会使他的使命感超过普通士人，而且他也就有了不一样的担当。时至今日回看花沙纳在处理与英法美各国第二次鸦片战争期间的外交事宜，并无不妥，他的处理政务的能力由此可见一斑，在此间所付出的心血也是毫无疑问的。有幸处于这样重大的政治事件的核心，是很可以令当事人大书特书的。然而耐人寻味的是，检索花沙纳诗集与日记，并无一语涉及这一重大史事。揣度其情，是因为不能写还是认为不值得写呢？花沙纳喜欢写诗或日记。道光十五年（1835）奉旨典试云南，他著有《滇辎日记》，逐日记录了由北京出发至云南，沿途里程，山川名胜，城镇馆驿，地理沿革，以及科场考试情况，均有可供史家研究参考之处。道光二十四年（1844），朝鲜王妃金氏卒，继室洪氏立为妃，陈请清朝册封，花沙纳

---

① 赵尔巽：《清史稿》本纪二十，中华书局1977年版，第746页。

② 花沙纳（1806—1859），乌米氏，字毓仲，号松岑，谥号"文定"，蒙古正黄旗人。祖父德楞泰，父亲苏冲阿，兄长倭什讷，一门英武。道光壬辰进士，曾任翰林院掌院学士、工部尚书、户部尚书、吏部尚书等，监修《清实录》。著有《东使吟草》《出塞杂咏》《韵雪斋小草》《沿园集》《滇献纪程》《东使纪程》。

③ 王锺翰：《清史列传》卷四十一《花沙纳传》，中华书局1928年版，第3246页。

遂有东使朝鲜之行。他著有《东使纪程》记述此次出使经过。自道光二十五年（1845）旧历正月下旬花沙纳奉上谕起，至同年旧历五月下旬回京复命止，对沿途里程、山川名胜、古迹遗址、城池馆驿、风俗民情、天时寒暖，析其源流、究其沿革；即对设官分职、衣冠服饰、朝仪礼节、馈赠仪物，亦都多有记述。两次事件都有大量诗作记述。由此看来，他对引动自己心绪的事件习惯用日记或诗歌记述。但对作为外交使臣处理与西洋诸国的重大事件事后却不置一词，只能理解为他觉得不值得提起，这是必须要认真完成的日常工作。

变局中的蒙古族士人，无论身处何种境地，在写下心绪的诗文中，都隐然记得这并非本族群内的讲述，他们早已意识到：失去政治历史格局的变动记录是苍白而狭隘的。他们的使命意识具有特定时代的普泛性和共通性。而这种心态，也反映出道咸同时期士人承担的使命意识，实是其思想诉求的驱动作用所致。

三 思想诉求的驱动：走向意识形态的经学批评

咸同时期，西北边疆战争频仍，农民起义和少数民族暴动此起彼伏；东部沿海地区，西方殖民者的入侵，造成海疆不定的局面。在思想界、文化界，清初以来的文化专制主义政策绵力至此已形成了自我拘束、眼光狭隘的风气。内困外焦之中，急需要有人在封闭的牢笼中开出一个洞来输入新鲜的时代之氧气。"在这种情况下，龚自珍、魏源为首的经世派以今文经学为武器，借重公羊学重振清初顾、黄、王等人提倡的'学以致用'精神，将人们的眼光由书本引向社会现实，极大地促进了人们在思想上的解放。"[①] 龚、魏倡导的经学研究不同于清前期的"为经学而治经学"，关注国家政局变化、与社会现实紧密相连是其显著特点。而"经世致用"也成为道咸同时期学术思想"新"的一端，并逐渐引动了学术界的经世思潮。

同治初年，清廷崇尚"正学"，大量登进"正人"，李棠阶、吴廷栋、

① 齐思和：《魏源与晚清学风》，原载《燕京学报》第 39 期；杨慎之编：《魏源思想研究》，湖南人民出版社 1987 年版。

倭仁应诏入京得以重用，时人称：三人立朝辅政。"海内翕然望治，称为三大贤。"①《清史稿》载："同治元年，（倭仁）擢工部尚书。两宫皇太后以倭仁老成端谨，学问优长，命授穆宗读。倭仁辑古帝王事迹，及古今名臣奏议附说进之，赐名《启心金鉴》，置弘德殿资讲肄。倭仁素严正，穆宗尤敬惮焉。寻兼翰林院掌院学士，调工部尚书、协办大学士。疏言：'河南自咸丰三年以后，粤、捻焚掠，盖藏已空，州县诛求仍复无厌。朝廷不能尽择州县，则必慎择督抚。督抚不取之属员，则属员自无可挟以为恣睢之地。今日河南积习，只曰民刁诈，不曰官贪庸；只狃于愚民之抗官，不思所以致抗之由。惟在朝廷慎察大吏，力挽积习，寇乱之源，庶几可弭。'是年秋，拜文渊阁大学士，疏劾新授广东巡抚黄赞汤贪诈，解其职。"② 经世思潮注重的是学以致用，学问能够真正解决现实社会中的实际问题，以期起到实用的济世功效。倭仁③在任上整顿吏治、反对贪腐，他与其他理学家一道，关心现实，迫切要求改革社会现状，对于理学的"救史"意义，寄望殷切。倭仁早期习"王学"，与李棠阶、王检心等河南同乡关系甚密，以阳明心学入理学之门。后期因唐鉴、吴廷栋之故，思想转向程朱理学。并于此时结识曾国藩。其弃王学而改程朱之后，至此确立其终身学派立场，是为"尊朱黜王"。其黜王观点择其要录有二：其一，王学根本错误为"认心为性"，其二格物致良知论。其理学思想总结为：一曰立志为学，二曰居敬存心，三曰穷理致知，四曰察己慎动，五曰克己力行，六曰推己及人。此六条为倭仁《为学大指》思想精要，也是其为学之方。倭仁从唐鉴问学后，与窦垿、何桂珍、吕贤基、方宗诚、何慎修、朱琦等文人交谊甚密，互相切磋学问，日益精进。乾嘉以来，在学术界占据统治地位的考据汉学，在社会上影响深远。埋首故纸堆中，对社会现实不闻不问的学风严重束缚了人们的思想。倭仁等倡导践行的理学思想与汉学不惟取径不同，在救治社会时弊方面更是大不同。作为帝师，他经常箴规皇帝。同治八年（1869），上疏皇帝大婚宜崇节俭，同年支持醇郡王奕譞奏请皇太后允许皇帝"升座听政"，得旨允准。倭仁等人勇于面

---

① 方宗诚：《柏堂集后编》卷一三，光绪年间志学堂家藏版，第7—8页。

② 赵尔巽：《清史稿》，中华书局1977年版，第11737页。

③ （清）倭仁（1804—1871），字艮峰，谥文端，乌齐格里氏，蒙古正红旗人，河南驻防。道光九年（1829）进士。曾任翰林院掌院学士、工部尚书、文渊阁大学士、文华殿大学士、同治帝师，卒赠太保，入祀贤良祠。

对现实的勇气，极大地鼓舞了当时及后来的知识分子。理学的经世致用经过咸同间理学名臣曾国藩、倭仁等人的提倡，在晚清"中兴事业"的发展中得到了实际验证，恰如徐世昌所言："文端好读宋五子书，曾文正方官京朝，与吴竹如、宝兰泉、涂朗轩诸公共相切，笃学砥行……论者谓转移风气，成同治中兴之政，文端实开其先。"①

"圣学勤修立德基，辑熙敬止允怀兹。辰居端拱兹徽奉，乙览光明古鉴持。曾考典谟求制治，更咨枢轴听陈词。东平入告深嘉纳，庶事惟康上理期。"② 倭仁一生崇尚程朱理学，修其身，立其行，有古大臣之风，为当时理学大儒，是士人之楷模。他的诗作格律高浑，受到诗坛同光体的影响，接纳了宋诗的骨力、理致包容，一改唐诗的情韵和兴象，在意象、遣词、句式、章法四个层面都不同于乾嘉时期的蒙古族诗人创作。其《车中有感》云："千载惟将晚节看，论人容易自修难。羡他松柏森森翠，独立空山耐岁寒。"③ 以松柏岁寒而后知品性自况，表达了自己砥砺心性矢志修身的决心。诗境迥不似后人品评"雅近唐贤"④。方濬师《蕉轩随录》记载时人对倭仁的观察："公见人极谦谨……公佩戴之物，率铜质硝石，无贵重品。朝珠一串，价不过数千，冬夏均不更换。袍惟用蓝，绝不用杂样花色。一生寒素，至无余资乘轿，罗顺德尚书辄叹为'操守第一人'。"⑤ 倭仁一生谨重简朴，标榜理学也践行理学，为世人所钦佩。曾国藩盛赞倭仁："不愧第一流人。其身后遗疏，辅翼本根，亦粹然儒者之言。"⑥ 倭仁生前身后凡与其有所接遇之人，无不叹服其操守。"仁为理学，操行甚严，馈遗纤毫不入其门。"⑦ "文端笃守程朱，以省察克治为要，不为新奇可喜之论，而自抒心得，言约意深，晚遭隆遇，朝士归依，

---

① （清）徐世昌：《晚晴簃诗汇》卷135，中华书局1990年版，第5818页。

② （清）倭仁：《和醇郡王原韵二首》，张凌霄：《倭仁集注》，内蒙古人民出版社1992年版，第465页。

③ 张凌霄：《倭仁集注》，内蒙古人民出版社1992年版，第468页。

④ 金武祥《粟香随笔》："古艮峰相国倭仁……为近时理学名臣，笃守程朱之学……有古大臣风度……把酒细评论，格律高浑，七言皆工稳清丽……统计所存本不及一卷也。"扫叶山房石印本。

⑤ 方濬师：《蕉轩随录》，中华书局1995年版，第393页。

⑥ 《曾国藩全集·书信》，岳麓书社1987年版，第7476页。

⑦ 费行简：《慈禧传信录》，神州国光出版社1953年版，第469页。

维持风气者数十年，道光以来一儒宗也。"① "其人笃实力行，专以慎独为工夫，有日记，一念之发，必时检点，是私则克去，是善则扩充，有过则内自讼而必改，一念不整肃则以为放心。"② "倭艮峰体不逾中人，而洒然出尘，清气可挹。"③ "哲人云亡，此国家之不幸，岂独后学之失所仰哉！"④

倭仁理学以恪守程朱为要，认为孔孟之道遵循程朱亦步亦趋即可，其《倭文端公遗书》谓："道理经程朱阐发，已无遗蕴。后人厌故喜新，于前人道理外更立一帜，此朱子所谓硬自立说，误一己而为害将来者也，可为深戒。"⑤ "仁子道理，经宋儒阐发无余蕴矣。学者实下功夫，令有诸己可也。"⑥ "程朱论格致之义至精且备，学者不患无蹊径可寻，何必另立新说，滋后人之惑耶？"⑦ "夫学岂有异术哉？此道经程朱辨明，后学者唯有笃信教求。"⑧ 倭仁重因循守旧，轻思辨创新，其理学思想具有鲜明之保守特征。同治六年（1867），恭亲王奕䜣拟在同文馆增开天文算学馆，以倭仁为首联名反对，是为"同文馆之争"。史载："同文馆议考选正途五品以下京外官入馆肄习天文算学，聘西人为教习。倭仁谓根本之图，在人心不在技艺，尤以西人教习为不可；且谓必习天文算学，应求中国能精其法者，上疏请罢议。于是诏倭仁保荐，别设一馆，即由倭仁督率讲求。复奏意中并无其人，不敢妄保。寻命在总理各国事务衙门行走。倭仁屡疏恳辞，不允；因称疾笃，乞休，命解兼职，仍在弘德殿行走。"⑨ 《同治朝筹办夷务始末》对双方论辩都有记录。"（奕䜣云）务期天文算学，均能洞彻根源……举凡推算格致之理，制器尚象之法，钩河摘洛之方，倘能专精务实，尽得其妙，则中国自强之道在此矣。"⑩ "（倭仁云）夷人教习算法一事，若王大臣等果有把握，使算法必能精通，机器必能巧制，中国读书

---

① 周骏富辑：《清代传记丛刊·清儒学案小传》，明文书局 1993 年版，第 239 页。

② 周骏富辑：《清代传记丛刊·道学渊源录清代篇》，明文书局 1993 年版，第 769 页。

③ 易宗夔：《新世说》，《国学珍籍汇编》，广文书局 1982 年影印版，第 285 页。

④ 周骏富辑：《清代传记丛刊·近世人物志》，明文书局 1993 年版，第 85 页。

⑤ 张凌霄：《倭仁集注》，内蒙古人民出版社 1992 年版，第 299 页。

⑥ 同上书，第 423 页。

⑦ 同上书，第 495 页。

⑧ 同上书，第 505 页。

⑨ 赵尔巽：《清史稿》，中华书局 1977 年版，第 11737 页。

⑩ 《同治朝筹办夷务始末》卷四十八，第 2 页。

之人必不为该夷所用，该夷丑类必为中国所歼，则上可纾宵旰之劳，下可申臣民之义愤，岂不甚善!"① 同文馆之争的结果是两败俱伤，一方面，朝廷支持恭亲王等人，用行政手段压制和打击了倭仁等人的反对意见，勉强设立了天文算学馆，但由于倭仁等人的反对，造成了强大的社会压力，同文馆招考正途人员学习天文算学计划严重受挫。最后学生只好与在同文馆内学习外国语言文字的八旗学生合并，所谓天文算学馆已经名存实亡。

咸同时期的"经世致用"思想影响不仅在经学，实为儒家用世思想在特定的历史背景下的具体化，它以急迫的态势激发着士人内心的民族情感。从张力论的角度看，意识形态是对社会角色的模式化紧张的模式化反应，它为由社会失衡造成的情感波动提供了一个象征性的发泄口。② 道咸时期的中西冲突导致社会失衡，产生情感波动。反映在意识形态中，就有文化紧张与个体心灵紧张两个维度。恭钊、那逊兰保们反映的是个体层面的心灵紧张：在亲友们由外侮而带来的自身命运的变化中，他们意识到了个体生命和中外对抗政治事变的某些牵连，然而如何化解还是不可知的。倭仁反映的是社会转型期的文化紧张：在对如何御外侮的认知上，是发扬理学的灿烂光辉由强内而御外侮，还是发展洋务由器物的转变而强内来御外侮？倭仁们认为理学依旧是社会最需要、最普遍的文化导向。洋务派认为他们的主张是社会最可行的实用导向。这些争斗中，主导者的民族身份无足轻重，社会意识形态凝聚在"中""西"两个方向上。华夷大防逐渐解构，中、洋之辨或者中学、西学之争成为社会意识形态之主体，成为"中学为体、西学为用"思想之肇端。

中西碰撞给道咸同时期的士人带来的内心激荡从长远的历史角度来看，超越清初的鼎革之变，它改变了几千年来士人传承的传统思维。中西交会的冲击迤逗的民族情感，在现代人的悬想中纠葛繁多，但对时人而言，确是很自然的中国对西方世界侵扰的反应。无论是庙堂上的中西冲突：倭仁等理学家与洋务派之争，花沙纳数次接受朝命处理与洋人的冲突争端；还是边境风云：裕谦抗鸦片战争、爨清战争诗录，都表明两次鸦片战争虽然历时短暂，但社会大动荡严重冲击国人的自信心，文坛风气遽变，也带来一些实质性的变化，诗文创作理念上更加贴近迅速走向近代化

---

① 《同治朝筹办夷务始末》卷四十八，第 10 页。

② 参见格尔茨《文化的解释》第八章"作为文化体系的意识形态"，译林出版社 2008年版。

的社会形势。而士人在政治上的激进思想，将文学与政治变革的关系结合得更加紧密。无论是乾嘉汉学，还是咸同理学，内核都是儒学一元。但道咸同时代的外侮，在逐渐改变儒学的主导地位，胡汉融通、思想多元的文化格局开始引动。道咸同之前，"夷夏大防"的立场始终存在，但到了道咸同时期已经发生了实质性的变化，不是汉民族与其他少数民族之大防，而是中华民族与外来西方或东方民族之大防了。

　　道光间，兼办福、厦两口通商事宜的徐继畬①，对清朝的封闭大有感触，潜心了解世界。道光二十八年（1848）秋刊行《瀛寰志略》。该书以图为纲，有地球全图和各州、各国、各地区分图43幅，共介绍了一百多个国家和地区。徐继畬试图通过介绍世界地理，唤起国民从天朝大国的迷梦中醒来，正视当下的"古今一大变局"。他催生的近代早期的开放观念深刻影响了魏源编写的《海国图志》②。《海国图志》的编写过程，也是魏源思想成长的过程。这期间，魏源对"夷"的认识有极大的变化。"夫蛮狄羌夷之名，有明礼行义，上通天象，下察地理，旁彻物情，贯串今古者，是瀛寰之奇士，域外之良友，尚可称之曰夷狄乎？圣人以天下为一家，四海皆兄弟，故怀柔远人，宾礼外国，是王者之大度。旁咨风俗，广览地球，是智士之旷识。"③魏源敏锐地察知变局，在《海国图志》序言中明确提出"师夷长技以制夷"④的主张，所师者仅"长技"，于此可以见出魏源是坚守"器变道不变"的立场的。"器变"仅只是"用"变，"器变"是顺势而变，"道"则是立国之根本，魏源在极力维护传统的"道"。魏源等人的这一认知，最终经由谭嗣同等人的努力，在认识上历经洋务派的学习西方器物层面阶段后，进入了思想观念层面，最终指向制

---

　　① （清）徐继畬（1795—1872），号松龛，山西五台县人。鸦片战争时任福建汀漳龙道道员，积极布防抗英。战后道光帝召见并委以福建布政使，迁福建巡抚。

　　② 早在鸦片战争以后，道光二十一年（1841）八月，魏源在京口受林则徐之嘱托，开始编著《海国图志》，次年十二月魏源在林则徐请人译述的《四洲志》基础上，广搜材料，辑撰为《海国图志》50卷本，道光二十七年（1847）增至60卷。咸丰二年（1852）又把《海国图志》增补为百卷本，其中辑录了《瀛寰志略》关于美国、英国以及瑞士为西土桃花源等许多按语、材料。

　　③ （清）魏源：《魏源全集》第7册，岳麓书社2004年版，第1866页。

　　④ 在《海国图志》叙言中，魏源提出"善师四夷者，能制四夷；窃其所长，夺其所恃"。（清）魏源：《魏源全集·海国图志》（原叙）。岳麓书社2004年版，第4页。

度层面。"立中国之道，得夷狄之情，而架驭柔服之，方因事会以为通"。① 而所谓"立中国之道，得夷狄之情"者，就是在中体确立后，以西学为用。"器变道不变"成为中国近代化的思想潮流。

道咸同时期的思想者，无论是经学家还是文学家，一方面要捍卫中国传统文化，同时又在前人的文化选择上进行艰难而卓越的探索，实现了自身从"鄙夷"到"师夷"的重大转变，挑战传统华夷之辨的文化价值观，最终促进了以华夷之辨为标志的近代嬗变。谭嗣同、张之洞等人最终证实了只有缩小中西文化比较中更深层的思想观念层面的差距，才能让后来者更得以直面"华夷之辨"的本质，使"中学为体，西学为用"观念深入人心。在这一大背景下，晚清近代文学展开多彩画图。

余　论

"古人之世倏尔为今之世，今人之世倏尔为后之世，旋转簸荡而不已，万状而无状，万形而无形。"② "万状而无状，万形而无形"的流风，恰如弥散在社会空气中的思想因子，经学、文学中的细小流变表面看是思想的碎片，但聚拢来却可看出那时的人心和社会的变迁。道咸同时期，随着西方列强的入侵，"夷"的含义逐渐发生变化，由专指中国境内及周边的少数民族逐渐变成了对西方侵略者蔑称的一个概念，"四夷异族"发展为"番鬼蛮夷"。当倭仁、曾国藩等经学家践行以理学复兴中华之本体的努力，经由徐继畲、魏源等思想者体用分离的思路，再到晚清由张之洞表述为"中体西用"③，华夷之辨最终指向了华、夷之"变"。

领土性的主权意识是基于坚实的陆地来部署国家疆域的空间秩序。大清是以内部空间治理为主的理性帝国，当受到了对无远弗届的外部不断拓进的西方国家的威胁时，最初的反应必定是坚守。建立在农耕基础上的封建国度，通过内部之"华"与外部之"夷"世界的截然划分，来获得实现一种对自我的安置。但社会关系的多样化和交换性，与固着于内在修身

---

① 《谭嗣同全集》，中华书局 1981 年版，第 206 页。

② （清）龚自珍：《定庵文集·释风》，商务印书馆 1919 年版，第 9 页。

③ 参见《劝学篇》，张之洞：《张之洞全集》第十二册，河北人民出版社 1998 年版。

提供的安定但难免趋于静止的生活被侵扰，西方世界由船炮等器物带来的召唤，使士林阶层的先觉者最终无所顾忌地抛弃既有的一切投身历险，他们求生存的本能驱遣下打开的是一个朝向未知世界无尽探索的深度空间，由此获得解放的科学技术和精神力量最终指向的是流动、自由的现代文明。晚清学术界的风气，无论是倡经世以谋富强，还是崇今文以谈变法，究舆地以筹边防，都是龚自珍、魏源那一辈人倡导光大、指出前路的。但在其间，个体民族士人的努力也是足迹清晰的。无论是蒙古族的柏葰、那逊兰保、裕谦、燮清、柏春、恭钊、花沙纳、倭仁，还是满族的春元、海龄、奕绘、恒恩等人，都和同时期的汉族士人一同发出声音、写下诗行，对诗人而言，他们对时代变动中的多样描写，不仅是一个生活空间的新寄托，既有可能找到某种慰藉，也有可能孕育着新希望。在那个变幻不居的时代里，一种文学思想的提倡和反馈，如果符合时代发展的需要，就很容易做到相互呼应汹涌如潮。这种文化交流，培育出了中国最早的先进思想者，培育出了近代文学第一批启蒙者，对于古典诗学创作的冲击是巨大而深远的。近代的中国文学思潮的迅速成形在很大程度上得益于道咸同时期的诗学和经学批评引动的思想界的风云际会。

以道咸同时期的蒙古文学思潮为视角，就为认识中华民族这一统一国家内部文化的多样性和历史多样性提供了一种新的研究角度。毕竟，"真正的历史对象根本就不是对象，而是自己和他者的统一体，或一种关系，在这种关系中同时存在着历史的实在以及历史理解的实在"①。这就要求我们在审视中华民族文学书写的时候，既要以汉民族文学为主，也必须要走出狭隘的只谈论汉民族文学的记忆和经验，这样才可能建构出真正的中华民族多元一体文学书写格局。

---

① ［德］加达默尔：《真理与方法：哲学诠释学的基本特征》，洪汉鼎译，上海译文出版社1999年版，第384—385页。

清代布依族莫氏文学家族文学创作活动及其文化生态探析

多洛肯　金晓慧

（西北民族大学社会科学研究院）

明清以来，由于社会政治、经济、文化的发展，布依族中出现了一些用汉文写作的文人学者群体。其中以嘉庆、道光、咸丰、同治年间贵州独山的莫与俦、莫友芝、莫庭芝为代表的莫氏文学家族最为出色。莫友芝、莫庭芝是莫与俦的第五子与第六子。莫氏父子学识渊博、教泽广远且精于词章，并有大量作品传世，被人尊称为"莫氏三杰"，其传世的大量诗歌作品也形成了自己鲜明的特征。

一　莫氏家族文学创作活动及其家族文学特色

（一）莫氏家族成员的文学活动

莫与俦诗文集生前被他的族子带去广西遗失，现仅存《贞定先生遗集》四卷，为其子莫友芝编辑。前三卷为文，23篇；后一卷为诗，21首。另有《寿民诗钞》存诗34首，较之《贞定先生遗集》多出13首。莫与俦的文结构严谨、长于考证，所著有《牂牁考》《汉且兰故地考》《贵州置省以来建学记》《都匀府自南齐以上地理考》《毋敛先贤考》等，又有《示诸生教》四篇，是研究其教育思想的珍贵资料。遗留下来的诗歌虽然数目不多，但内容却很丰富，主要有亲朋之间的酬答唱和之作；平淡恬静的生活杂感小诗；描摹山水和生活小景的诗；关注民生疾苦之作。其中最独特的是关注民生疾苦类诗作，这与他的为官经历有着密切的关系。嘉庆六年（1801），莫与俦改授四川洪雅、盐源知县。在任期间他为政清廉、以身作则，受到了当地各少数民族百姓的拥护和爱戴。如《至馆舍谕土官》《将返县途中示诸夷猓》均表现了他对百姓的关心和爱护，相对于当时官场黑暗腐败的现状，莫与俦能独善其身确实难能可贵。

莫友芝生前所刊著作极少，与自身经历、志趣关系密切的著作仅有《郘亭诗钞》六卷。卒后其子莫绳孙又陆续刻成《郘亭遗诗》八卷和《郘亭遗文》八卷。此外还有《影山草堂诗钞》《影山草堂学吟稿》《郘亭遗集》《郘亭先生文集》《影山词》等，他传世的各类稿钞本多达百种，遗留下来的诗有1500余首。在《郘亭诗钞》中，数量最大、最引人注目的就是他的山水记游诗。早年他遍涉黔中山水，饱览沿途风光，多次入京考试，遍游北方山川风物；晚年访书论学，踏遍吴越名山胜景，在大自然的美景中寻求精神的寄托和安慰。他的山水诗既有黔中瑰丽的重崖叠嶂、飞流急湍，又有北国晶莹豪迈的冰天雪地，更有江南俊俏秀丽的湖光山色，个中风光无不在他笔下争奇斗艳、大放异彩。如《乌江渡》《师山》《风走襄城》《南阳道中》《桃源舟中》等对不同山川景色的描写体现出诗人敏锐的观察力和对自然景观的热爱之情。莫友芝的《影山词》收词113首，无论题材内容、表现手法或艺术风格，都与《郘亭诗钞》有很大的区别，这些词，情意缠绵、格律和谐，以表现男女恋情和个人心绪为主的作品占总数的三分之二。如《琵琶仙》通过咏梅，寄托对友人绵绵的思念之情；写给妻子的《解连环》《庆春宫·庚子除夕》处处表现出对妻子的体贴和安慰，从中窥见诗人儿女情长的一面；《清平乐》《点绛唇》《洞仙歌》《水龙吟》等都是对处于恋爱的女儿心思的揣摩和度量。此外莫友芝还写了不少散文，除部分考据文字以及为解经训诂著作写的序跋外，人物传记事略能摒弃陈言，无空泛虚假之弊，颇为感人，如墓表《寄子厚八弟文》大量使用反问、设问，一唱三叹，长歌当哭，把悲怆和自责之情写得十分缠绵动人。

莫庭芝诗歌作品有《青田山庐诗词》，其中《青田山庐诗钞》存诗214首，据胡长新《青田山庐诗钞跋》载"其诗起甲辰（1844）迄癸酉（1873），凡三十年之作"。诗歌主要采用五古、七古、五律、七律以及五绝、七绝的体裁组成，就诗歌内容分主要有怀古咏史、写景纪游、凭吊悼亡、书画题咏、酬答唱和及生活杂感等类，其中最能表现诗人生活的是其生活杂感诗，这类诗作有描写节日风俗的，有记录生活小景的，有与儿孙享受天伦之情的，都轻松闲适，展现出诗人恬淡、随性的一面来。如《除日杂诗》《无新》《早起》《园中即事》《戏作懒猫瘦诗二章》等。莫庭芝擅长音律，其《青田山庐词钞》中的 51 首词就有 41 种词牌，词的内容多为抒发个人情感，或感时伤秋，或哀叹亲友，或吟风弄月，虽缺乏社会性，但艺术性却较诗高。曾炜《青田山庐词钞跋》称："取阅其词，浩浩落落，自抒胸臆，无粉饰、无造作，读之自使人感慨流连而不自已。"可见这些词大多委婉动人、意境优美。其中佳作有叙写愁思的《醉花阴》《菩萨蛮》；悼念亡友的《瑞龙吟·追悼亡友郑子尹》；描写花前月下的《秦楼月》《风入松·题茗香夜半寻诗图》等。

（二）鲜明的家族文学特色

1. 以诗歌创作为主导

莫氏家族成员文学创作内容丰富，题材多样，涉及诗、词、文、集联等多方面，更有方志及音韵训诂等著作。而诗歌创作则成为三人共同擅长的文学创作形式，其创作风格既具有鲜明的个性特征，也不乏共性。

莫与俦自幼好学，学业日进，有名师益友相佐，科考顺畅，廪生、举人、进士，一一获得，一生仅存诗 34 首，篇目不多却是对其仕宦和教书生涯的概括。莫友芝从十来岁便开始写诗，成诗千余首。他满腹经纶，著述颇丰，然科场受挫，仕途不济，加之身处末世，诗歌不乏孤寂幽峭、块垒不平之气，读之令人感叹。莫庭芝一生穷困坎坷，唯嗜学不辍，虽然他"才智不过中人"，但"一字一句俱经锤炼而成"，其诗歌简洁湛深，温纯浑厚，构思精严，其《青田山庐诗钞》214 首诗歌经过了郑珍、莫友芝、黎兆勋及唐炯的删改，可见莫庭芝对自己的诗作要求之严格。

2. 汉宋学术为指导

莫与俦教书授学均以汉、宋学术为指导，他既重视汉学也兼修宋学，反对当时读书做官的急功近利思想，教人提倡实学，推行汉儒朴实学风，不空谈义理，首开当时贵州朴学之风。他的教学思想对莫友芝影响很大，据曾国藩作《翰林院庶吉士遵义府学教授莫君墓表》①云："久之，门人郑珍与其第五子友芝，遂通许、郑之学，充然西南硕儒矣。"莫友芝除父

---

① （清）莫与俦：《贞定先生遗集》卷一，清刻本，复旦大学图书馆藏。

亲的教导外，诗学特色颇受程恩泽①的影响。道光五年（1825），程恩泽任贵州学政，陈衍《石遗室诗话》云："道咸以来，何子贞、祁春圃、魏默深、曾涤生、欧阳涧东、郑子尹、莫子偲诸老，始喜言宋诗。何、郑、莫，皆出于程春海侍郎门下。"这对郑珍、莫友芝融通汉、宋两学，成为清代宋诗派的中坚人物意义重大，而这些人中，郑珍所受影响最大。莫庭芝在父兄的熏陶下，自幼承受朴学教导，后师从经学家、文字学家及诗人郑珍，得汉、宋学术影响，通文字训诂、诸子百家。可见莫氏家族成员的诗文创作都以汉、宋学术为指导，具有统一的风格特点。

例如，他们的诗歌中都不乏大量的考证之诗，像莫与俦的《登独山》有不少文字是对作为汉毋敛人尹珍出生地"独山"的注释；山水诗《登左所山观小海》，除写山水景致及诗人的感想外，还对"北泽"的具体位置进行考证；另有《寿人洞并序》也是序大于诗。他多篇论述贵州史地人物的文章，都考证详博，足以证史传、订方志。如《独山江即汉毋敛刚水考》《都匀邦水河为沅水正源考》《元定云府及合江陈蒙二州治所考》《毋敛先贤考》《牂牁考》等。莫友芝的诗歌《甘薯歌》及《芦酒》三首，特别是《芦酒》一诗，是对杜甫《送弟亚赴河西判官》中"芦酒多还醉，宋庄绰鸡肋"中"芦酒"一词的考证。诗后附1400字，详细地考证了芦酒名称的由来、变化及酿造方法，如果离开了注释，诗意就十分晦涩。又如《红崖古刻歌并序》序大于诗，《哭杜杏东及其子云木三首》附《友芝〈杜芳坛传〉》千言于后，《巢经巢释跋〈汉人记右扶风武阳李君永寿末完褒斜大台刻字〉而系以诗》中注的字数几与诗字数相同，这些都是典型的学人之诗，莫友芝的散文亦有很多考据文字，体现了宋诗派诗人"以文字为诗，以议论为诗，以才学为诗"的特点。再如莫庭芝的诗歌《荆门雪后纪游》，分别对龙泉和顺泉两处景点的名称进行了考证，并附有小注；《遣怀》虽然是短短八句，却抒发了诗人对老之将至的感慨，及对人情淡薄的不满等，集各种议论为一体，体现了宋诗"以议论为诗"的特点。

3. 人格与诗风的融合

莫与俦及其子女、门徒甘于淡泊，不重名利，前后相继，以自己的心

---

① 程恩泽（1785—1837），字云芬，号春海，安徽歙县人，官至户部侍郎，师事朴学大师凌廷堪，为阮元再传弟子，是清代道、咸宋诗派的首倡者，论诗尤重学问，也是著名的汉学家，重文字之学。

智和辛勤工作，为保存、积累、传播和发展贵州的文化事业做出了杰出的贡献。后人也为莫氏父子正直无私、高尚伟大的人格魅力所折服，他们的诗歌中也自然而然地融入了自己的人格特色。

曾国藩为莫与俦撰《翰林院庶吉士遵义府学教授莫君墓表》云"君出而为吏，恩信行于异域；退而教授，儒术兴于偏"，足见其为人之淡泊，为教之尽心。在诗歌《登独山》中与俦触景生情，怀念先贤，诗云"只今汉县皆州府，经纬才谁嗣尹公"，抒发出其决心重振独山文教之风、培养经纬之才的崇高志向。莫与俦 76 岁高龄之时所作《戊戌除夕》云"扫囊仅塞诸逋责，数米犹支二月粮"，家中的窘迫并没有使诗人牢骚满腹，而是发出"聊且便将今岁过，来年重理就荒庄"的豪言，可见与俦面对生活困境的豁达心境。又如他的《种菊》《菊影》《老来红》中都有类似"众芳摇落怯秋风，争效渊明理菊丛"的诗句，处处表现出他对菊花不傲风霜的赞美和对陶渊明田园生活的向往。

莫友芝为人平易近人、荣利淡泊，《清史稿》评价其曰："友芝亦乐易近人，臞貌玉立，而介特内含。道光十一年举人，在京师远迹权贵。胡林翼、曾国藩皆其旧好，留居幕府，评骘书史外，荣利泊如也。"[1] 正所谓人如其诗，他常羡慕如《泊微山湖口望湖山》中远离农民起义军和官府骚扰的"桃源"生活，希望可以"飘泊怀隐处，南枝鲜安巢。安得二顷资，山幽买林皋。烟波足雄长，理视从昏朝。"这种渴望远离尘嚣的情怀，也多次在其他诗中表露出来，如《海风井》末句"永洗尘市耳，浩然游八溟"。他的《陈相廷、赵晓峰并见和苏韵，叠韵答之》一诗："何如桃花流水放船去，鳜鱼人手青蓑披"和《和答子尹古州见寄》中："渊明束带辱，政以三径藉"，均表现出他在考场失利后难以释怀的情绪，屡试不第使他情绪低落，发出归隐不仕的念头。

胡长新《青田山庐诗钞跋》曰："芷升常致书勉学，而余卒无所成就。惟吾深悉芷升性情真挚，气象温纯，而学力则甚深厚。"[2] 莫庭芝笃实朴厚、性情真挚的人格特点，使胡长新继续对庭芝做出"读其诗如见其人。及见其人，而知其发于诗者"的评价来，可见他人与诗的高度融合。如诗《此以自讼云》："理则君子，欲则小人""君子乐道，小人忧

---

① 《清史稿》卷四八六，中华书局 1998 年版，第 3433 页。

② 莫庭芝：《青田山庐诗钞》卷一，日本使署刻本，复旦大学图书馆藏。

贫"，诗中寥寥几句就表现出了作者真挚朴实的人生观来。再如其《无新》记叙了因家境贫寒无薪烧饭，用废弃的扫帚代替柴火一事，诗曰："一旦无用材，奏功在俄延。乃知天地罔，弃物当其适"，将"废物利用"延展为"天生我材必有用"正是对庭芝人格的最好写照。这种"断帚"精神，有宋人那样对愁苦自我消解的能力，表现出了他自信豁达的一面。《遣怀》中"渐老已无逢世意，未厌犹有读书心"晚年莫庭芝感叹仕途受挫，但他并没有悲观厌世，消极颓废，仍然持有积极乐观的处世态度。

二　莫氏文学家族的文化生态探究

莫氏家族在贵州文学史上的独特地位是由其所处的特有的"人文生态环境"孕育的，而其中家族成员的文学创作又受到文化生态环境的影响，以下就从教育、科考、家风等方面探讨对家族文化形成的积极作用。

（一）良好的文教背景

顺治十六年，清政府收复贵州。为加强朝廷对黔南少数民族的统治，采取了一些发展文化教育的措施即实行所谓教化，通过兴办学校来笼络苗民（明清时期所指的苗民不是现在意义的苗族，而是对贵州各少数民族的泛称，其中包括布依族和苗族），从而达到消除反抗意识、培养统治人才的目的。一时间贵州文教兴盛，雍正"改土归流"以后，于全省府、州、厅、县，乃至乡广招生源、兴办学校，各地皆立公学，兴办书院，穷乡僻壤也有社学、义学。

官学也称"儒学""公学"，为清朝地方政府出钱办的学校，分府、州、厅、县级，以儒家经典为教学内容，造就儒家治术人才。有清一代贵州全省官学发展较快，共设官学67所，其中布依族较集中的贵阳府八所、安顺府七所、兴义府七所。在明代的基础上，各府、州、厅、县都建有书院。布依族地区的书院大致有两种，一种是官办，由当时各级官府委派官员兴建；另一种即私人捐办。莫与俦曾主讲的湘川书院，就是清乾隆五十一年（1786），由绅士徐準、唐惟克等捐资兴办的。当时全省总计有书院130余个，其中布依族地区书院有魁山书院、仰山书院、中峰书院、东麓书院、兰皋书院、双明书院、紫泉书院等15所之多。清代贵州的公学和书院，从数量到规模都比明代有了大幅的提高，其教育管理和各种规章制度也较之明代完善了很多。据《贵州通志·学校志》载，当时贵州有学正 14 人，训导 60 人，教谕 31 人，教官 15 人，教授 12 人，总计有学官 117 人。① 清代贵州在增加官学、建立书院的基础上，还兴办社学和义学。社学即地方政府的基层教育机构，是幼童就读，为府州县学预备生员的普及性教育。清初要求"每乡置社学"，并继续强调在贵州民族地区开办社学。义学是清政府为民族地区家境贫寒的求学者提供免费教育的机构，在贵州叫"训苗义学"，让学童读书识字，习礼明义，达到"开化夷民"的目的。据《贵州通志》统计，清代贵州全省有义学 301 所，其中分布在布依族聚居区的贵阳府 55 所、安顺府 42 所、兴义府 14 所、都匀府 31 所、平越州 17 所。社学和义学的兴起，为贵州偏远乡村传播文化起到了的积极作用。莫与俦作《贵州置省以来建学记》②，记录了贵州自明代置行省之后建学的详细情况。

教育的发展也促进了科举，清代规定科举在正式名额外，另增加一定名额照顾少数民族。顺治十六年（1659）题准："贵州各属大学取进苗生五名，中学三名，小学两名（大、中、小学指学校规模），均附各学肄业至出贡。"③ 雍正七年（1729），据《清实录》载礼部议复云贵广西总督鄂尔泰疏："贵州一省原辖十一府，四十州县。每科乡试，额取文举人三十六名，五经二名，武举二十名。近于四川、湖南两省内，将十三州县改隶贵州，赴试人数较多，请增贵州乡试解额，加中文举人六名，共四十二名；武举三名，共二十三名。"④ 雍正十二年（1734），清廷再一次对黔西南、黔东南地区的少数民族学生实行加额优待。⑤ 为了保证贵州少数民族子弟的科举名额不被随意占用，清政府还曾下令严格清查西南地区科举考试报名情况，以维护贵州民族教育的发展。统治者在贵州民族地区大力推行科举制度，以功名利禄诱惑各族人民。并对少数民族学生加大了优惠政策，如通过直接在府州县级儒学校中选拔和保送少数民族优秀学生去国子监学习；对在各级学校学习的少数民族学员，给予生活补助；对参加科考

---

① 谷正伦：《贵州通志》第三卷《学校志》，贵阳书局 1948 年铅印本。

② （清）莫与俦：《贞定先生遗集》卷三，清刻本，复旦大学图书馆藏。

③ 谷正伦：《贵州通志》第三卷《学校志》，贵阳书局 1948 年铅印本。

④ 王炜：《〈清实录〉科举史料汇编》，武汉大学出版社 2009 年版，第 181—203 页。

⑤ 同上。

的少数民族子弟予以奖励或擢拔。在种种有利政策的驱使下，不仅汉族子弟对通过科考做官趋之若鹜，少数民族子弟通过十年寒窗以求进仕者人数也日渐壮大。①

　　莫氏家族成员在文学创作上取得的巨大成就，与当时贵州的教育背景有着非常密切的联系。统治阶级对民族地区教育的重视，使学校普遍建立，学风文风大兴，不仅使少数民族学生求学成为可能，更为少数民族学子经科举入仕创造了条件。

（二）科举考试的激励

　　与教育一样，科考对莫氏文学家族的影响也是非常重要的，甚至在一定程度上具有决定性的意义。一个家族在文学上能否取得成功且具有持久的影响力，科考的成败事关重要。一方面科考的准备为家族成员打下了坚实的文学基础，另一方面科考的成败又影响着文学家族的兴起和延续。文学创作对于当时的大多数人来说，只是一种附庸风雅的技能或爱好，而博取功名才是成名立身的关键，对于少数民族学生更是如此，只有通过科举考试取得功名才能摆脱自己文化上受歧视的现状，也只有通过科考才能进入仕途，实现自己的政治抱负。

　　莫氏家族就是在良好教育背景的熏陶下和积极的民族政策的鼓励下，以及在汉族和各民族文化的交流融合下，不断地提高自身的文化素养，并在科举考试中取得了优秀的成绩，为日后的文学创作及从事贵州教育活动、培养人才打下了坚实的儒学基础。莫与俦之父莫强，字健行，崇级公第四子。据莫与俦《皇清敕封文林郎翰林院庶吉士显考健行君家传》载："弱冠后补独山州学附生，屡乡试不售"②，莫强作为清中期秀才，在当时文风渐开之际取得如此成绩实属不易，也为子弟教育树立了良好的榜样。莫与俦为嘉庆三年（1798）举人，四年成进士，选翰林院庶吉士，就学于当时著名汉学家阮元和朱珪门下。嘉庆九年（1804）荐任四川甲子科（1804 年 8 月）乡试同考官，莫与俦在其家族中是取得科考成绩最好的。莫友芝于 16 岁时回老家独山参加院试，考中生员资格，也就是秀才。道光十一年（1831）乡试解元。从 1833 年起，到 1859 年，他曾五次赴京会

---

① 张羽琼：《论清代前期贵州民族教育的发展》，《贵州民族研究》2001 年第 2 期。
② （清）莫与俦：《贞定先生遗集》卷三，清刻本，复旦大学图书馆藏。

试，皆落第。莫庭芝，幼承庭训，道光二十九年（1849）参加院试，被选为拔贡，次年入京参加礼部考试，未录取，后不再参加科举考试。莫友芝长子莫彝孙，原名哀孙，少时从郑珍学，后成为附贡生，以军功保候补训导。可见这一家族的科考传统一直没有断过，且在族人中形成了很好的示范作用，并不断向下传递，四代人中有五人取得良好的科考成绩，与同时期的少数民族文学家族相比也是难得的，这对于文教落后的布依族家族来说很不容易。

而当举业完成或告一段落，家族成员对文学的兴趣则日渐浓厚起来，进而成为其人生中一项重要的活动，使文学家族的传统得以延续，代代相传。同时，科举的成败也决定着文学家族的文学成就、地位和影响的高低，因为科举的成功本身能带来良好的声誉和社会地位，还可以带来广泛的人脉及社会资源，这些都在无形中提升了文学作品的影响力。

（三）典型的教育世家及其优良的家风

"按《汉书》司马相如入西南夷，土人盛览从学，归以授其乡人，文教始开。"① 《后汉书·西南夷列传》载："桓帝时，郡人尹珍，自以生于荒裔，不知礼义，乃从汝南许慎、应奉受经书图纬，学成，还乡里教授，于是南域始有学焉。"② 西汉年间牂牁人尹珍、盛览成为贵州文化教育的鼻祖。至清代，贵州文教依旧落后，少数民族的多语种、多文种环境形成了贵州省域内"十里不同风""百里不同俗"的多元民族文化，被统治阶级称为"蛮夷之地"，不少有识之士欲学盛览、尹珍之志，改变故乡文教落后的现状，莫氏家族就是这样一支为贵州教育事业默默奉献的团体。

从莫与俦祖父莫嘉能开始，由于他善于经商及种植畜养，家道逐渐殷实，便从百里之外聘名师到兔场办学，培养家中及乡里子弟，开启了莫家以后的求学之门。莫与俦父莫强，在成为秀才后，屡乡试不第，遂绝进取之意，终身从事教育，教授乡里。

嘉庆九年（1804）莫与俦委知直隶邛州，将赴任，父丧，便返乡奔丧。服满后以奉养老母为由留居乡里，看到乡民文教落后，便在旧居独山

---

① 郑珍、莫友芝：《遵义府志》，遵义市志编纂委员会办公室点校整理，巴蜀书社 2014 年版，第 1042 页。

② （南宋）范晔：《后汉书》卷八六《南蛮西南夷列传第七十六》，岳麓书社 2009 年版，第 975 页。

兔场辟"影山草堂"教育乡里子弟，曾聘八寨（今丹寨县，为苗族聚居区）厅学任教，后又聘主讲独山"紫泉书院"，传播文化知识十余年。老母逝世后，吏部命其"复起"，但他不满当时官场的尔虞我诈、曲意逢迎，无心仕途，自请改官清贫的教职，由吏部任命为遵义府学教授，《莫公行状》载："得教授遵义府。道光三年十月至任，遵士以蜂聚持长官短长为能。"① 从此开始了他在遵义长达19年的教育生涯。曾国藩在《翰林院庶吉士遵义府学教授莫君墓表》中写道："遵义之人，习闻君名，则争奏就而受业。学舍如蜂房，又不足，乃僦居半城市。旦暮进诸生而诏之：'学以尽其下焉者而已，上焉者，听其自至可也'。"② 可见其学识渊博深受当时遵义文士的爱戴。莫与俦教书既重德育又重智育，曾写阎百诗的联语"六经宗伏郑，百行法程朱"作为教育的准则。

莫友芝、莫庭芝兄弟自道光三年（1823），随父至贵州遵义，一家人住在府学教授署中，道光二十二年（1842）至咸丰九年（1859），莫友芝受聘任遵义湘川书院、培英书院讲席17年。他倡导学校、书院要讲朴实、笃学，教学内容要有实效，并以自己的实践及多方努力促进贵州学风朝求学务实的方向转变。其《犹人先生行状》载："生平教人以切近笃实为主，……论学必穷神知化，令学者何以着手。"③ 开创了求学务实之学风，使得"一时知名之士闻风而往，黔中言风雅自此称盛"④。

莫庭芝于道光二十九年（1849）至同治十年（1871）年任安顺府学训导、教授，晚年选思南府学教授。1872年后，寓居贵阳，任贵阳府学古书院山长。他一生执教40年，均以汉宋学术及文字训诂为教，远近皆从学，平生和易恬退，唯嗜学不辍。

莫氏家族成员三代四人一生淡泊名利，致力于文学研究和教书育人，并使教书育人成了莫氏家族的一项家族传统。家族成员的教书经历不仅丰富了自身的人生阅历，还达到了君子安贫乐道的境界，并影响着自己的文学创作。比如莫与俦就总结自己多年的教书经验写出了著名的《示诸生教》四篇，集中体现了他的教育思想，如：他提倡树立正确的学习方向，不以功利为目的读书求学；提出读书应当讲求实用，学与为应该是相辅相

① （清）莫友芝：《莫犹人行状》，清刻本，贵州省图书馆藏。
② （清）莫与俦：《贞定先生遗集》卷一，清刻本，复旦大学图书馆藏。
③ （清）莫友芝：《莫犹人行状》，清刻本，贵州省图书馆藏。
④ 莫祥芝：《郑莫黎三先生事实徵辑》，民国二十六年石印本，上海图书馆藏。

成的；批判"帖艺取士"的科举考试；提出学生既要"安贫"也能"自谋"。《示诸生教》四篇，篇篇入理，总结精湛，堪为后世治学典范。《中国少数民族人物传》称赞莫与俦为"布依族教育家"和"清代西南地区文化大师"。莫友芝则将自己的教学生活记录在了诗歌中，如其《漫怀》《学舍杂咏》《钞集诗文戏书》等，不仅体现了诗人闲适的学舍生活，也展现出诗人在书海里探究学问的情景。莫庭芝的诗歌作品中也有不少对后生学员及子孙说教的诗篇，以此不断传递自己的文化知识和为人之道，在后代中产生了积极的影响，如莫庭芝的《感春寄生芝弟及大猷远猷两侄》《示靳生长生励志诗》《学斋岁暮杂述八首》等。

　　莫氏文学家族得以传承，不仅以文学创作扬名，更以教书世家的传统被后世景仰，这些成绩均与其家风的影响密不可分。莫氏家族家风一直重视儒家传统，强调思想与品德的教育。莫与俦父莫强"每语学者曰：'读书非苟以取科名已也。士无论穷达，皆可以为圣贤。"五经""四子"，道不越乎修、齐、治、平。治、平之理，不可以不讲修、齐之事。即吾所得为素位而行，便是学圣贤第一法。以见在论，孝友，睦姻、任恤六字，吾辈由之而不尽，尽之者便近圣贤。时命可期，未有不为儒吏、为名臣者。此之不讲，而徒事词章，窃甲乙科，取高爵厚禄，虽极烜赫，其尽于圣贤也必矣。'故君之门，出者皆敦实行、崇礼让，浸以成俗。"① 儒家"穷则独善其身，达则兼善天下"的人生观，被莫强付诸实践，化为六字"孝友，睦姻、任恤"，即孝敬亲长、信赖朋友、邻里和睦、姻娅亲善、待人仗义、悯恤孤贫。他的言行遂成为莫氏传家美德，对后世学子、子孙影响极大，凡出自莫氏门下者，大都"敦实行""崇礼让"。

　　莫与俦继续传承和发扬其家族优秀的治家门风和传家美德，及时约束家族成员的不良行为，确保家族朝正确的方向发展。他对子孙的教育言谈被莫友芝记作《过庭碎录》十二卷，可惜没有刊行，无法窥知其庭训详情。莫与俦主张宋学与汉学合流，并躬行实践，以"百行法程朱"为准则，要求儿辈从日常的一言一行做起。在品德修养方面，要求子孙、学子重视个人身心的修养，讲求"格物、致知、诚意、正心、修身"的心性陶冶，在此基础上，进而求"齐家"，有机遇行其道，则力争"治国"

---

① （清）莫与俦：《皇清敕封文林郎翰林院庶吉士显考健行君家传》，（清）莫与俦：《贞定先生遗集》卷一，清刻本，复旦大学图书馆藏。

"平天下"，以达到"圣贤气象"为最高境界。在人伦道德方面切实遵循"孝悌""忠信"等规范。莫与俦的《示诸生教》①四篇，不仅体现了他的教学思想，还体现了他对家风的传承和寄托于子孙、弟子身上殷切的希望，成为后代树立正确的人生观和价值观的行为标杆。尤其是第四篇，提出了读书人自谋的方法，要求学生既要"安贫"也能"自谋"。他认为："贫而安于贫，虽贫何病？不安于贫，则亦何所不至矣。"指出君子安贫就要提高自身修养，不能因贫而做出"或簸弄乡愚，就中取利；或奔走势要，干揽讼词"之事。"夫负担之子，犹足以养家，橐舂之妇，且足以育子，士首四民而不能自养，有是理乎？"读书人不仅要能静心读书、学以致用，也要能凭己之力自力更生，并以自身开馆教书和耕种庄稼为例教育子弟。他的言行在子孙后代中产生了激励与示范作用，其子莫友芝与莫庭芝均曾多年授徒为业，借以谋生计。尽管"粗衣淡蔍，时时不继"，却甘于谈泊，不轻易有求于人。这种"贫贱不能移"的精神，正是儒家道德规范之一。在这种家庭教育中长大，并时刻受着长辈谆谆教诲的莫氏成员，出处大节多无所亏，保证了他们为人行事的平稳。

　　布依族是一个有着深厚的历史积淀与文化传统的民族，清代嘉庆、道光、咸丰、同治年间的莫与俦、莫友芝、莫庭芝父子无疑是其中的代表人物，他们为布依族文学创作奠定了坚实的基础，在贵州文学界有非常巨大的影响，其著作在贵州乃至中国文学史上都有很高的文学价值和史料价值，值得我们深入研究。

---

　　① （清）莫与俦：《贞定先生遗集》卷二，清刻本，复旦大学图书馆藏。

新时期彝族母语文学发展概述

阿牛木支

（西昌学院彝语言文化学院）

自 20 世纪 80 年代以来，彝族母语文学诗人、作家如雨后春笋般成长起来，不断为满足日益增长的读者的期盼和需求提供了丰富多彩的文化精神食粮。新时期彝族母语文学作品中，部分文本因其思想性和艺术性较强，而获国家、省、州级文学奖，如阿蕾短篇小说《根与花》、贾瓦盘加短篇小说集《情系山寨》与长篇小说《火魂》、时长日黑短篇小说集《山魂》、木帕古体诗集《鹰魂》获全国少数民族文学创作"骏马奖"；阿库乌雾诗集《冬天的河流》与散文诗集《虎迹》、时长日黑散文集《荞花魂》，以及贾瓦盘加短篇小说《猪娃·牛娃·狗娃》与《木呷拉且》、阿说伍萨短篇小说《不能忘却的怀念》、时长日黑短篇小说《山神》、阿蕾短篇小说《桎梏》、莫色日吉长诗《黑皮肤》、海来木呷长诗《自叹》、阿克鸠射长篇小说《雾中情缘》等获四川少数民族文学创作优秀作品奖；阿鲁斯基诗歌《祖国颂》、阿牛木支诗歌《啊，彝语数学老师》、时长日黑散文《醇香的荞粑》、体依尔坡诗歌《我的时代》、洛惹尔古诗歌《富民政策放光芒》、阿西伍呷散文《屋前小溪边》、马海汉呷惹散文《我们永远年轻》、阿惹尼夫散文《彝家待客》等获凉山州彝文文学奖。其中木帕古体的诗集《鹰魂》从灵魂居所、灵魂酸楚、灵魂梦幻三个层面表达了诗人对母语文化的钟情与感怀，以及在当今世界多元文化相互交融的时代，母语文学所承载的文化意蕴、文化精神和文化功能也不可忽视的深层表达。本诗集无论是表达生活的感悟，还是抒发内心的情感，都有其诗情智慧和深邃思想，因而对彝文新诗的探索以及推动彝文新诗的发展有重要的促进作用。该诗集获得少数民族文学最高奖项后，《文艺报》《四川日报》《凉山日报》等报纸杂志对其及作品进行报道或评介，在社会上引起了较大的反响，为鼓励和激发彝族母语作家创作优秀文学作品起到了深远的影响。

一　延续与重构：彝文诗歌

彝文诗歌有深厚的先天传统优势，创世史诗、叙事长诗、英雄史诗等较为发达，尤其是旧体诗（克智）在民间广为传诵，现代彝文诗歌也大都源于这种诗歌的母体上孕育而生。无论是彝文传统诗的继承者，还是彝文新诗的开拓者，其诗歌的语言形式、艺术营构、文化意象等无不体现和得以张扬彝文诗歌的独特魅力与表达场域。

对于彝文传统诗歌的延续上，老一辈诗人阿鲁斯基创作的《祖国颂》《婚姻要自主》《禁毒》等大量反映彝族人民精神风貌的诗篇，在读者群中有着较为深刻的影响。与此同时，一批不同层次、不同年龄段的诗人也参与其中，连通了"克智"与旧体诗的桥梁，促进了旧体诗的繁荣，巩固了旧体诗的地位，如骆元璋的《富民政策放光芒》、海来木呷的《自叹》、列索子哈的《洛勒觉漠渠》、谢友仁的《彝文颂》、利布的《布拖那边》、依火阿呷的《纪念母亲》、俄狄万清的《若不美》、莫色拉比的《留下的》、格其拉坡的《居阿姐姐》等也是用彝族传统诗歌的艺术手法和语体结构，抒发思想感情，传递时代气息，体现浓郁的民族特色和民族风格，在传统诗歌方面有其可贵的研究价值。

"古代彝文诗歌理论与实践对彝文新诗储备了发展的基础，在加上其他民族诗艺技巧，尤其是中西文化的交融为彝文新诗开创了可循的艺术模式。对彝文现代诗的开拓者首推阿库乌雾。"[①] 他的诗集《冬天的河流》是彝文现代诗的开拓与奠基之作，成为彝文新诗的典型写作标识和重要研究对象。该诗集打破了诗歌音节押韵的格律，首次以收放自如的语体格式开创了彝文诗歌的新纪元。诗人在着力描绘彝家山寨的高山流水、花草树木、人情世故中，呈现"祖灵""猎狗""牧人""石桥""毕摩""泉眼""口弦"等文化意象，既有对民族文化记忆的深情眷恋，又有对民族文化变异的深沉忧思。其中不乏脍炙人口的诗篇，如广为传诵的《黄昏，我思念我母亲》《招阿鲁魂》等。《黄昏，我思念我母亲》是一首优美的

---

①　阿牛木支：《新时期以来彝文文学创作述评》，《民族文学》2006 年第 10 期。

抒情诗，也是诗人的成名作。这首诗以黄昏为意象，在那真挚、朴素的字里行间充满了对母亲深深的爱意和敬意。诗人透过内心的无尽思念与尽情遐想，愈感母亲的人生如同"黄昏"渐渐"临近"。从而"我"内心深处潜藏的"母亲"的牵挂油然而生。诗中通过丰富的想象和回照的镜头，再现"母亲"不平凡的生活场景，感悟"母亲"的操劳与奔波，表达思母念母的深情含意。诗的结尾写道："黄昏/我思念我母亲/往下看暖洋洋/朝上望暖洋洋/我想去开封一堆火"。从中诗人不由把延续爱的火种与弘扬民族文化传统的迫切心情，对人与人、人和故乡之间难以割舍的情感，以及对童年生活记忆的怀旧情意和高尚的无私奉献精神表达得淋漓尽致，这种诗美追求与创造是彝文诗歌的独特价值，也是需要关注的诗艺坐标。《招阿鲁魂》更是一首富有感召力的诗篇，诗人将彝族毕摩咒诗艺术风格与现代性诗美范式巧妙结合起来，以宽广的胸怀和强烈的情感，呼唤最本真的民族精神和时代需求，描绘一个民族现代生存精神和艺术精神完美同构的宏伟蓝图。此外，阿库乌雾的彝文散文诗集《虎迹》也是一部想象力和蕴藏量丰富的精品力作，其文本所涉猎的地域文化、时代精神、审美意味、人生哲学等都有不俗的表现力和深邃的思想性。同时"着眼于整个人类社会当代及未来的发展趋势，在理性思考深厚的彝民族传统文化积淀的基础上，呼唤和寻求更符合人生存在的民族文化的现代性高贵品格"①。尤其难能可贵的是，他的彝英对照版诗集《Tiger Traces》作为彝文文学史上第一部在国外出版的文本，不仅扩大了彝族母语诗歌在国际上的一定影响，而且为传播我国多民族母语文学做出了示范性的贡献。

　　同样功不可没的是吉赫丁古也曾对彝文新诗的形式作了大胆探索和积极推动，建构了独树一帜的诗艺结构和文化性格。他的诗歌像是旧体诗和新诗之间的桥梁，具有承上启下的意义。如《堆雪》《麦冬》《换新颜》等都是语句短小，甚至一个词便是一行，诗的上下两段之间对偶现象居多。其中《堆雪》以纯真的"童心"，通过儿童的世界，体验"堆雪"的情趣和感受，表达对"冬"的不舍与"春"的向往。《麦冬》是对麦冬充当"还魂草"的远古神话传说的追忆到如今麦冬装扮大地的现实生活的描写，更由衷赞扬"麦冬"高尚风格与宝贵精神。《换新颜》是他的

①　阿牛木支：《民族文学精神的现代性寻求——论阿库乌雾母语散文诗创作》，《民族文学研究》2006 年第 4 期。

一首重要诗作，全诗语言精炼、形式独特、寓意深刻，既通过新旧对比折射出彝族生活日新月异的变化，又表达了诗人对美好幸福生活的向往与追求，能够给人美感和启迪。

阿库乌雾和吉赫丁古作为彝文现代诗歌的代表性诗人，引领着彝族青年诗人不断开始尝试彝文新诗的创作，推出了不少上乘之作。譬如，莫色日吉的《黑皮肤》、吉勒尔者的《发生在凉山的故事》、萨古达仁的《弯弯的梳子》等都是新颖和优美的诗篇。具体来说，莫色日吉的《黑皮肤》意象背后深沉的意蕴引发了人们对彝族文化发展命运的高度关注和理性思考，诗人把文化发展规律与提升民族精神的深邃思想和深刻见解融会于诗的创作，形象地用"黑皮肤"比喻远古祖宗留下的文化精神遗产，揭秘当代人们对这张"黑皮肤"褒贬不一的看法和错综复杂的情感，含蓄地表达了新一代学人强烈的忧患意识和担当的时代使命。吉勒尔者的《发生在凉山的故事》由两部分延续了故事的完整性，其前半部分按"爷爷—父亲—我"的谱系为主线，以"父"（男性）和"山"（自然之山）之间相互联系、相互依存、相互竞争的历程，折射出人类发展史上的一个"半边天"；后半部分按"奶奶—母亲—妹"母系为副线，以"母"（女性）和"山"（自然之土）之间爱恨交织、和谐遭遇、幸福悲伤的记忆，透视出人类发展史上的另一个"半边天"。萨古达仁的《弯弯的梳子》格调清新、意境优美，又富有哲理性。在特定的时间和空间，诗人的视野由远到近，真切描绘了一个美若天仙的姑娘在月光映照的泉水边用弯弯的梳子细细地梳着飘逸长发的感人"画面"，使温馨与浪漫相一致，静态与动态相融合，随意创造出朦胧与清晰之间的神秘美感，这之中"上"和"下"、"月亮"和"姑娘"、"乌云"和"头部"、"天空"和"河边"相互对照、相互映衬时，夜晚这般景象是如此优美、和谐，但人与自然、人与人的幸福瞬间也在不经意间悄然流逝，又不由得勾起美好的回忆和流露淡淡的忧伤。

当前，在彝族母语诗坛上，木帕古体、麦吉木呷、吉洛打则、木帕古尔、马海吃吉、吉尔色尔、沙万发等一群"80后"彝族母语青年诗人正在茁壮成长，其诗歌不断引起人们的注目，如木帕古体首部彝文诗集《鹰魂》以新颖的诗体结构和语言形式，描写彝家的高山流水、茂密森林、野兽奇鸟、宗教事象、村庄往事和民众生活，在表现主题上既有对彝族传统文化、习俗在现实生活中的新发展、新变化的审视，也有对彝族地区社会文化的变迁和发展的思索，表达了诗人对母语文化的钟情与感怀，以及在当下文化碰撞与交融日趋激烈的背景下，彝族母语文学所承载的文化意蕴的丰富性和文化功能的独特性，从而为彝文新诗形式的再探索呈现了不可多得的文本。

二 承续与借鉴：彝文小说

彝文小说是 20 世纪 80 年代才开始出现的，也是承续彝族民间故事与借鉴现代小说相结合的产物。这类文体具有强烈而鲜明的民族性和地域性特征，能够忠实记录彝区社会变革和生活变迁，同时贴切地反映了彝民族的性格特征、心理属性和审美诉求。广大彝族母语作家无论是语言的运用、题材的选取和结构的安排，还是人物的塑造、情节的铺张和环境的描写，其小说的表现形式和艺术手法，既承续着彝族民间故事的讲述风格，又借鉴了现代小说的创作技巧，凸显出更富包容性和宽广性。由此而来，"彝文小说从语言的创新、表达方式的选择及题材的拓宽上始终没有丧失口头话语、母语文化或民间故事的艺术根基。彝族母语的文化心态、文化价值、汉语的创作方式的嫁接构成彝文小说的主体流变和文化意旨。"①

当代彝文小说创作中，女性作家阿蕾以其灵动的思想、质朴的情怀、细腻的笔调，书写出现代农村彝族地道浓郁的生活风俗画卷，反映了广大彝族妇女的喜怒哀乐。她的小说集《根与花》彰显了个性化的创作风格。这当中的同名短篇小说《根与花》是阿蕾的成名作，小说通过"拉玛"一家真实生活的描写，彻底揭露和批判彝族根深蒂固的传统陈腐观念，即始终把"儿子视为根，女儿当成花"的重男轻女思想，呼吁和倡导人们应该平等看待儿女的进步思想。小说的成功之处，除了情节展开、叙述铺垫、经典引用、人物对话和心理刻画外，主要是对比的运用，从而在对比中显示矛盾，在对比中凸显人物，揭示主旨。一方面，以"根"（三个儿子）与"花"（女儿）的对比写法为主线，安排故事情节。拉玛家视儿子为命根子，处处维护儿子的尊严，也未能挽回父母被冷落的凄惨命运。而

---

① 阿牛木支：《新时期以来彝文文学创作述评》，《民族文学》2006 年第 10 期。

作为"花"的女儿阿加却心地善良，始终坚守着对父母无微不至的关爱和照顾，担负起"根"的使命和职责，一切都远胜过"根"的儿子。另一方面，以"旧花"（拉玛奶奶）与"新花"（阿加）的对比写法为副线，增添故事内容。拉玛奶奶作为旧一代农村彝族妇女的代表，她的可悲之处在于她的不觉悟，因而深受这种传统观念的毒害和迫害。小说里的女儿阿加的形象是比较丰满的，她是新一代农村彝族女青年的代表，是一朵真善美的鲜花，她思想进步，敢于冲破世俗观念的束缚，追求自由和幸福。这种二分法的运用，使小说的标题和主题紧密联系、相得益彰。另外，《嫂子》也是阿蕾的一篇上乘之作，甚至其影响不亚于前篇，究其原因在于评论的焦点和想象的空间的多维度和繁复性。小说以"我"为视角，综合运用倒叙、直叙、插叙等叙述方法，一幕幕地展示"我"全知的嫂子的离奇故事中，塑造了嫂子、沙玛拉惹、柯惹等饱满而鲜活的人物形象，揭示了特定时代背景和传统观念下人性的压抑和扭曲、传统伦理道德的颠覆，以及两性葬礼和超度仪式之间的巨大反差，而故事从头至尾作者都没有流露出丝毫的主张和见解，总是给读者留下更多探究和想象的余地，从而其文本的价值和意义并不仅仅在于社会深层结构的揭示，也在于父权制文化重压下女性命运的关注和反思，以便于确立女性的主体地位和捍卫人格的尊严，从真正意义上帮助女性认同自我、建立自信、摆脱困境和获得幸福。

彝文知名作家中，贾瓦盘加因擅长讲故事而著称。他的短篇小说集《情系山寨》和长篇小说《火魂》都是开山之作。《情系山寨》写出真实的山区生存状况和心路历程，反映了彝族乡村的风土人情和青年男女的人生追求，富有浪漫的情趣和深沉的思考。作品通过描绘农村"半文化青年人"的情感世界、生存景况、人生理想、抗争精神等来展示他们的命运，并从中折射出彝族社会内在结构与社会文化观念、人伦道德、男女情爱方式的演变现实，塑造了一群彝族青年男女典型人物和艺术形象，如知书达礼、聪明能干的年轻书记"吉觉木呷"（《一个年轻的书记》），辍学后经历不同的生活遭遇，又个性十足的三个半文化人"猪娃、牛娃、狗娃"（《猪娃·牛娃·狗娃》），执着而勇猛的"伍且与拉达"（《山寨情深》）等都能给读者留下深刻的印象。而《火魂》作为中国首部规范彝文长篇小说，在彝族文学史中占有重要地位，不仅是填补了空缺，更重要的是在思想艺术上有较大的开拓性。这部小说在宏大的叙事结构和酣畅

淋漓的笔墨之中，反映了改革开放以来彝族地区的发展变化，描绘了现实
生活中人们的生存状态和社会人际关系，生动而丰满地塑造了一个勤政为
民的彝族优秀干部，弘扬了时代的主旋律。

　　作为彝文文学创作的代表性人物之一，时长日黑更是一位笔耕不辍的
母语优秀作家。他在彝文小说上取得的突出成就，受到广泛的好评和一致
的肯定。他的短篇小说集《山魂》以其散文化的语言，将山地叙事风格
与现代小说技巧相结合，讲述了社会转型期彝族山村一个又一个生动感人
的故事，呈现了彝族人们对幸福生活的追求和文明进步的向往，具有较强
的思想性、人文性和审美性，为彝文小说开拓了新天地。其中《山神》
《一个女人和两个男人的故事》《老姑娘》《螺髻山之恋》等都是较为出
色的作品，这些小说通过"作者"的亲历或回忆，讲述了彝族地区农村
生活的变化，反映了社会文化转型时期现实纷繁复杂的景象，表现了人的
纯朴情感世界和崇高理想信念，饱满地塑造出"吉尔阿普""我叔叔"、
尔各嫫、史惹等众多栩栩如生的人物形象。这些人物寄托着作家的人文理
想，他们既有敢于直面社会现实生活的挑战、追求文明进步、保持乐观向
上的创新者形象，又有认同于乡村自然生存环境、沿袭传统生活方式、缺
乏自主意识和改变命运的固守者形象。作者以敏锐的眼光，捕捉到社会变
革中彝民族世态变迁下的心理嬗变，"从而将自己的文学创作的主要重心
放到当代彝族社会复杂现实的思考和社会矛盾的揭示，以及新的生存条件
下建构新的价值体系、新的人生图式，寻求新的精神支柱和灵魂依托的艺
术审美趣味和艺术思想宏旨"①。

　　我们在考察彝文短篇小说时，也不难发现其中的绝大部分作品从不同
角度真实地反映了彝族人民的生活状况和进取精神。如阿来果铁的《心
灵之门》采用电影蒙太奇手法将生活的往事一幕幕展现出来，刻画了
"阿别阿普""布尔木基"和"拉玛尼惹"三个不同命运人物伤感的生活
场景和孤独的内心世界，其"关爱他人"的主题意旨尽在打开"心灵之
门"中不言自明。布约伍呷的《甲谷奶奶》用前后对比和倒叙法，以真
诚质朴的语言塑造了勤劳、聪慧、心善、能干的女性形象，作品处处洋溢
着对含辛茹苦养育四个子女成才的"甲谷奶奶"由衷的敬佩和爱戴。阿

---

　　① 　徐其超、罗布江村：《族群记忆与多元创造：新时期四川少数民族文学》，四川民族出版
社 2001 年版，第 731 页。

牛木支的《啊，索玛花》用饱蘸的情感和直叙、插叙、倒叙的交叉叙述方式，着力塑造了不畏艰险依然在高山村小奉献青春而美丽得让山区家长、孩子及"木牛"们为之折服和动容的女性之花"阿妞"，高度赞扬了一心扑在山区教育事业的教师乐观的心境和高尚的品质。勒革布哈的《路边的一件小事》用倒叙法设置悬念，开篇引出"想着刚才那件事"，但未点明事情真相，接着才娓娓道来，从而给人欲罢不能的探求余地。俄尔曲哈的《拉薇莫》的成功之处在于对人物的塑造并没有以单线叙述方式过于简单化，而是置于动态的社会和静态的环境之中，把握由善到恶的转变过程，这也是环境描写和原型人物刻画的天然之笔。马海汉呷惹的《寻子》用娴熟的隐在叙述和老辣犀利的语言，围绕孤苦无依的"吉立老人"发家致富后，执意寻找含冤坐牢时失散多年的"儿子"而引来令人啼笑皆非的事件，热情讴歌了与"吉立老人"非亲非故却胜过亲人的"史坡"纯朴诚实、乐于助人的真善美，猛烈抨击了"吉立老人"的侄子"木加"与假装成"吉立老人儿子"的两位陌生人图谋不轨、阴险狡诈的假恶丑，从而通过正反人物鲜明的对比，突出了这种具有讽刺意味的警示作用。阿呷依布的《山寨静悄悄的夜晚》以细腻、生动的抒情语言和直叙、插叙恰如其分的运用，描写了某个夜晚发生在山寨里的青年男女的爱情纠葛与矛盾激化的冲突，反映了新婚姻思想必将战胜旧婚姻思想的可喜局面，而且悬念的设置、环境的渲染和气氛的烘托做到天衣无缝，获得了令人意想不到的效果。

这里还需要强调的是彝文小说创作尽管没有受到较大程度的广泛关注，但后继有人是我们感到无比欣慰的。当下，阿克鸠射、吉俄伍萨、吉库伍列卓博、吉吉伍各、莫色拉且等一批新锐作家崭露头角，的确给彝族母语文学创作注入了新的活力和生机。阿克鸠射彝文长篇小说《雾中情缘》就是最好的例证。这部小说可谓是21世纪值得玩味的一部优秀彝文文学文本。作者运用以小见大的表现手法和多线条的立体叙述方式，反映了半个多世纪以来彝族地区的曲折发展历程，唱响了民族团结和谐奋进的时代主旋律。作品无论是对大凉山环境的描写，还是男女主人公纯真爱情的讲述，都有引人入胜之处，较好地体现了年轻作家细致入微的观察能力和较强的语言表达能力。

三 吸收与开拓：彝文散文

新时期彝文散文的创作大都是在吸收汉语散文的艺术手法中得到迅速发展的，并且已经从开初的单一、幼稚日趋走向多元、成熟的境地，这是值得称道的。目前彝文散文严格说来真正有分量的作品并不多，但其中的一些彝文散文集和单篇散文作品还是可圈可点。这些作品无论是写景咏物，还是反映风土民情，都能真切抒发自己内心的感受，表达真挚永恒的乡土情怀和五彩缤纷的人生况味。具体来说，主题特征主要呈现出如下五个方面。

一是以描写自然景物风光，抒发对祖国大好河山的赞美之情。如阿鲁斯基的《滇池游记》、果基木呷的《游玛谷山的一天》、阿说伍萨的《游览峨眉山》、阿坡的《登泸山》、翁古作洛的《彝海》等彝文散文作品是以时间的先后顺序和移步换景的描写手法，记录个体在亲临这些湖光山色中的见闻和感受，既饱含着对祖国大好河山的赞美之情，也折射出当地人们生活的可喜变化。

二是注重本土知识的挖掘与思索，体现了鲜明的文化意识和深厚的人文情怀。如沙马拉毅的《嘹亮的歌声》、贾巴甲哈的《那首多情的歌谣》等彝文散文作品运用"形散而神不散"的写法，行文巧妙地将不同风格和风情的彝族原生态民歌呈现在读者面前，表现了人们乐观向上的生活态度，从而对于弘扬和传承彝族原生态音乐、唤起人们对民间文艺的热爱有重要的启示意义。

三是抒发故乡与母爱之情成为永恒的主题。如贾巴甲哈的《永远难忘的故事》《我的故乡在远方》、时长日黑的《母亲·磨石》《慈母情》、阿巴伍呷莫的《啊，母亲》、贾司拉赫的《母亲与水桶瓜瓢》、海来木呷的《山里云雾》、阿克鸠射的《祭奠母亲》等彝文散文作品都是用精练、质朴的语言，叙写故乡和母亲浓浓的情意，表达对故乡和族群的深情怀念和无比热爱，蕴藏着丰赡的人生哲理。因而，这种真性情作品，能给人以心灵的震撼和美的享受。

四是关注现实生活，反映民众心声。如时长日黑彝文散文集《荞花魂》以饱含深情的笔墨，描写彝乡浓郁的风土人情，反映乡村彝人之间的纯朴情意和生活的酸甜苦辣，有着独到而强烈的艺术表现力和感染力。莫色毛勇彝文散文集《彝家山寨》以自然流畅的纯正母语和变化多端的表达方式，从不同侧面真实记录改革开放以来彝族地区欣欣向荣的新景象和新变化，满腔热情歌颂党的富民政策与幸福安康的新生活。沙马打各彝文散文《救救孩子们》更是以发自肺腑的诗化语言，真切道出社会转型期彝族乡村教育严峻的现实，反映底层民众的新期盼和新希望。

五是用象征、比兴、拟人等表现手法，通过托物言志来传达作者的情思。如马海汉呷惹彝文散文《家乡的雪》通过回忆童年时期玩雪的种种乐趣，表达长期在外的游子诚挚的思乡之情。黑比阿乌彝文散文《秋叶》通过秋天时节心中的空落与孤独的伤感，寄托"秋叶"抒发作者心中对保卫祖国而壮烈牺牲的恋人的无尽怀念和深情哀思。

综上所述，丰富多彩的当代彝文文学创作彰显了彝族母语的特殊作用和独特魅力，为书写多民族文学史提供了参考资料。然而，当代彝文文学创作受到市场经济的冲击和民众文化需求多样化的影响，我们也要正视彝文文学自身还需要在创作视野的拓展、题材范围的扩大、艺术境界的提升、翻译工作的推进、传播媒介的延伸等方面加强，特别是文学光环和文学情结的淡出，使人们对彝文文学的需要可有可无，以致其接受者也不可同日而语。在此情况下，当代彝文文学创作更需要在坚守中超越，在超越中坚守。试想倘若没有当代彝文文学创作，彝族母语文化的保存和延续将每况愈下。从这个意义上说，坚守彝族母语文学创作，既是维系文学传统生命力的根本任务，也是促进我国文化多样性的践行。今后我们要大力扶持彝文文学创作的出版、翻译、宣传、奖励等，充分尊重彝族母语作家的劳动成果，倡导和鼓励广大彝语作家"不断吸吮民族文化乳汁，不断挖掘生活矿藏，不断学习新知识，全面提高思想艺术素质"[1]，树立文学理想的信念，塑造和呈现民族性格的当代特征，创作出无愧于时代的优秀文本，担当启蒙责任与教育使命，共同推动彝文文学更加繁荣发展。

---

[1]　徐其超、罗布江村：《族群记忆与多元创造：新时期四川少数民族文学》，四川民族出版社 2001 年版，第 19 页。

当代藏族汉语文学研究述评

杨　柳

（青海师范大学人文学院）

藏族汉语作家在国家意识形态的指引及主流汉语文学传统的影响下，自觉选择了汉语作为文学创作的语言，以双语身份跻身当代文坛。从整体发展状况上看形成了相对整齐的作家梯队，创作也表现出强烈的文化自觉和独特个性。随着藏族汉语文学从无到有的发展历程，对藏族汉语文学创作的研究也由 20 世纪 80 年代中期的点点滴滴到 90 年代中期以后逐步形成了一定规模，出现了一批高素质、专业化的研究者，且研究方法灵活多样，兼容并包，研究的理论水平在不断提高，整体趋向多元化、系统化和专业化。

一

当代藏族汉语文学创作的研究、批评应该与文学创作相辅相成，但由于主流文坛以及藏族文学外部生态环境的影响，对它的研究与批评相对比较滞后。藏族文学研究者耿予方曾说："文学创作和文学批评，是文学飞翔的双翼。从西藏近些年的文学发展情况来看，文学创作相当活跃相当迅猛，文学批评显得有些薄弱。"① 从 20 世纪 50 年代到 90 年代初中期，真正有影响的研究者和评论文章都比较少。其中，具有开拓之功的中央民族大学教授耿予方撰写了《藏族当代文学》，阐述、归纳了当代藏族文学的发生和发展以及意识形态化和民族化的特征；其评论文集《雪域文苑笔耕录》，对藏族汉语作家、诗人及其作品中的思想内容、人物特色、民族

---

① 耿予方：《西藏 50 年·文学卷》，民族出版社 2001 年版，第 388 页。

风格进行了评述。还有《西藏文学》的主编李佳俊，也是一位令人瞩目的评论者。他不仅撰写了大量关于当代藏族汉语文学的学术论文，结集出版有《文学民族的形象》《探索高原民族的奥秘》，等等，而且"查阅了西藏藏族汉族和其他民族作者三十多年来在区内外报刊上发表的二百多万字的评论文章"①，在此基础上汇编出版了第一本《西藏文艺评论选（1965—1985）》，为后来的研究者提供了可靠的资料，也可以看到第一代研究者的责任和努力。另外还有一些散见于学刊和杂志的评论文章，开启了藏族汉语文学创作评论的先河，如杨帆的《爱的花瓣，开放在边卡哨所——读饶阶巴桑的诗》，汪承栋的《当代藏族作家的一部长篇小说——喜读益西单增的〈幸存的人〉》。比较有影响的评论还有藏族学者丹珠昂奔的《西藏的魔幻现实主义——扎西达娃及其作品》，徐明旭的《新时期西藏文坛的弄潮儿——关于藏族青年作家扎西达娃》，周吉本的《马尔克斯与扎西达娃创作比较》，等等。这一时期的研究和评论大多是对藏族汉语作家作品进行探究、评析，批评的视角相对狭窄，批评方法相对单一。不过从整体流变来看，随着文学创作的迅速发展，文学评论与研究日渐增多，并全面展开；研究的方法也从 20 世纪八九十年代擅长的社会—历史批评开始逐步转向多元的文化批评和审美（文体）批评，体现了藏族汉语文学批评和研究的整体性发展态势。

二

　　20 世纪 90 年代中期以后理论界对于藏族作家汉语创作的研究逐步兴盛起来，到目前，从纵向历时性的文学流变的考察到横向共时性的文学多元化的比较透析，批评的视野越来越拓宽；批评的观念也越来越开放包容，借鉴和吸收了中西方文化与文学批评中的各种哲学理论和观念，体现了当代文学批评家兼收并蓄的价值理念；而且批评的内容也越来越丰富，涉及主题意蕴、民族文化、宗教信仰、民间资源、类型风格、审美取向、表达方式等等各个方面；研究运用的方法变得灵活多样，从人类学、民族学、民俗学、叙事学、文化研究等不同的角度进行多方位的甚至是跨学科

---

① 郭阿利：《西藏当代文学评论及状况略析》，《西藏文学》2014 年第 1 期。

的研究。同时研究的水平在不断提高，推出了一批有学术价值的研究成果，可谓进入了一个整体趋向多元化、系统化和专业化的时期。根据有关文献资料，可以从整体性综合研究和作家作品研究两个方面进行归纳和考虑。

综合性研究。这一类研究主要关注藏族汉语文学总体发展情况；阐释文学中所蕴含的浓厚的藏族传统文化、民族文化精神和心理；分析创作主体如何受民族文化的影响和制约；透析藏族汉语文学的审美特色和价值取向；在中西、汉藏的比较视野下研究藏族汉语文学的独特性等。代表性著作有马丽华撰写的《雪域文化与西藏文学》，这是严家炎先生主编的"二十世纪中国文学与区域文化丛书"中的一部，所以具有全国性的视域和较高的学术价值定位，也当之无愧地成为从地域性和民族性双重视角较全面地阐释藏族汉语文学的经典之作，而且作为研究丛书也成为外界了解西藏文学的最佳途径。作者以自己在西藏生活、工作的切身体验和感悟来理解和透视藏民族的存在方式，并以自己的艺术智慧撷取优美且富有哲理的语言，诠释了藏族的自然地理环境、历史文化、民族个性、审美习惯以及作家的创作个性和创作群体的特征，并将它们有机地架构于整体之中，其文学和人类学价值成为后来研究者参考和借鉴的典范。之后较为突出的有丹珍草的《藏族当代作家汉语创作论》，这是一本藏族评论家评价本民族文学的优秀之作，不仅填补了当代藏族学者对藏族汉语文学专项研究的空白，而且其发自血缘的认同感和生活于文化之中的切身感受，使作者更能够明晰藏族文化内在的多元性和差异性，以及汉藏之间的文化差异，因此她的论述评价更具真知灼见。该书由总体考察和个案研究两部分组成，上篇从自然地理、人文地理和地域文化的角度，论述了多元一体格局下的藏族文学的地域特色；探讨了当代藏族汉语作家的边界写作和整体创作情况；论述了藏族作家的汉语创作所蕴含的文化意义、民族文化心理，以及表达本民族文化方面的优势和局限。下篇根据历史阶段和文化背景，选取不同时期具有代表性的七位藏族汉语作家及其作品进行了翔实的文本解读和个案分析，探讨了作家的精神世界和作品丰富的内涵和艺术价值。王泉的《中国当代文学的西藏书写》，以编年史的形式，论述了从 20 世纪 50 年代到 21 世纪有关西藏的文学书写，不管作家的族别，不论体裁，包括小说、诗歌、散文、戏剧、报告文学等，对凡是书写过西藏的作家都进行了有特色的个案论述。涉及范围之广、材料之充实、分析之精辟都是值得肯定的。胡沛萍、于宏撰写的《多元文化视野中的当代藏族汉语文学》，从开放多元的文化视角切入，研究了当代藏族文学与传统文化、文学的关系以及与世界文学的关系；当代藏族作家对传统题材、内容、意象、文体等等的借用和创新；作家对民族文化心理的艺术展示，等等，对一些重要的文化和文学审美现象进行了细致的阐释和评述，提出了当代藏族文学的三维结构和双重品质的论点，具有一定的学理价值。还有藏族学者卓玛根据自己常年从事中外文学比较研究的经验和视角出发，撰写了《中外比较视阈下的当代西藏文学》，一改过去评论界对当代族群文学比较研究中存在的零散性和单一性缺点，对当代西藏文学进行了系统性的族群比较研究，在相似性中寻求差异性，从而显示出独特性。认为西藏当代文学与西方当代文学相比，最重要的元素是延续了人类原初时期最纯真的精神形态，显示出集体性的丰富多彩。尤其是与拉美魔幻现实主义文学相比，"西藏魔幻派表现出独特的集体氛围下的间接互掺和生活魔幻"的创作特征。此外，耿予方写的《西藏50年·文学卷》，梳理了西藏文学从1951年到2001年的发展脉络，较全面地介绍了西藏文学在小说、诗歌、散文、戏剧、影视和曲艺等方面的创作情况，拓宽了藏族文学的研究视野。还有德吉草的《当代藏族作家双语创作研究》，朱霞的《当代藏族汉语文学的转型及其多元文化背景》，等等。上述综合性的研究专著不仅能够以地域性和民族性作为前提，以高屋建瓴的姿态和宏观发展的视角考虑、把握藏族汉语文学发展的轨迹和特征，较全面深入地挖掘和阐释了全球化语境下藏族文化与藏族文学、社会价值与审美价值之间的影响与表现；而且研究者根据自己对藏族文化与文学探寻、认识、理解的过程，建构起了多元的价值判断体系和多向的审美旨趣，为藏族汉语文学的进一步发展起到了重要的参考和引导作用。

在综合性的研究评论文章中，数量最多、涉及面最广、挖掘也最透彻的是对藏族传统文化与藏族文学关系的研究和批评。文学本身具有着丰富的文化背景和文化内涵，对于文学的文化批评，其核心自然指向文化。在20世纪90年代，国内文学批评领域掀起了文学的文化批评热潮。王先霈在《文学批评原理》中说："它研究的是文学与人类文化的关系，旨在揭示文学现象所蕴含的深厚文化内蕴。"① 那么，对于藏民族来说，能够使

---

① 王先霈：《文学批评原理》，华中师范大学出版社1999年版，第118页。

本民族的文学在当代文坛上占有一席之地，关键在于神秘而厚重的文化渊源。而藏族汉语作家在得天独厚的文化环境之中，逐步培养起了一种文化自觉，他们的作品中蕴含着丰厚的民族文化，彰显着民族独有的文化精神。所以，学者们运用文化批评方法对藏族文学进行了深入的研究，出现了一批高素质、专业化的评论者和具有较高质量的研究性文章。如学者朱霞对当代藏族汉语文学的研究是非常着力而又有成效的一位，不仅有专著且评论文章也颇丰，她在《当代藏族文学的文化诠释》中，认为藏族当代文学的特质可以概括为"文化的文学"。文章从人物形象所具有的文化内蕴、文学中所表现出的宗教特性以及当代藏族作家所具有的文学感悟方式和思维方式等三个方面对当代藏族文学中的文化特性进行了阐释，其观点和角度比较新颖。还有胡泽藩所撰《当代藏族文学中的文化因素及表现形式片论》，认为当代藏族文学涉及丰富多样的藏族风俗习惯、人文景观，并对民间传统文化艺术进行了有效的借鉴与继承，对民族文化心理进行了艺术的挖掘。不仅充分展示了深远、丰富的文化内涵，表现了藏族当代文学独有的文化审美特色，而且传承了民族文化中的优秀成分，使文学创作更为自觉地担负起民族文化建设和重构的重要使命。

研究者们还从题材的角度出发，对藏族汉语文学中所表现出的审美特征作文化上的合理阐释，如徐美恒的《论藏族作家小说创作中的文化选择及其审美形态差异》，从主题表现、结构状态、人物塑造、语汇系统及其意义分析等方面，对藏族作家创作的具有神秘文化色彩的魔幻小说和一般意义上的写实小说进行了比较，从而揭示出藏族作家小说创作的审美变化及其文化选择；作者认为藏族小说中的神秘文化主要来自藏传佛教文化和苯教文化，以及民间有关自然的传奇因素，而这些文化因素强化了小说的民族特性，并使作品具备了浪漫传奇的品格。高亚斌的文章《佛教文化与藏族汉语诗歌》，探讨了藏族诗歌中所渗透的宗教文化因素及其产生的深远影响，不仅提供了一种观照世界的思维方式，使诗歌具有了形而上的哲理品质和浪漫抒情的诗歌气质，而且体现了藏族诗人对生命和终极意义的追问。但文章在某种程度上忽视了藏族诗歌的文学性而凸显了宗教的主题，有一定的局限性。

另外，在全球化语境下，接受了民族传统文化和现代文化双重认知体系影响的藏族汉语作家，能够客观地审视本民族多元复杂的生存环境和文化处境，由此产生了现代性的焦虑和文化困境，并在作品中表现出强烈的民族文化认同意识。于是在后现代理论的视野下，民族认同问题引起了众多学者的广泛关注。比如朱霞认为当代藏族作家在建构自己的文化身份时，必须考虑到藏族原初文化的在场、汉文化的在场、中国的在场、世界的在场等四个在场以及它们之间的复杂关系，这种文化大语境既是作家进行民族文化身份建构的动因，也说明了民族文化身份建构的艰巨性、相对性和复杂性。而只有把握和处理好这种关系，才能在保持民族的审美传统的基础上，实现藏族文化的现代性转换，获得新的增长空间，并保持民族文化的独立性。[①] 白浩在《文学藏区的先锋气质与混血认同》中则以比较的视角论述了西部作家马原、扎西达娃和阿来在汉藏文化的碰撞与融汇之下所形成的文学藏区的先锋叙事；探讨了"文化过客"马原的"叙述圈套"、扎西达娃对于回归"土著"的认同和阿来对于民族理性与情感分裂的文化认同等等不同形式的文化认同特点，由此形成了文化混血的不同先锋气质和文学形态。姚新勇的《朝圣之旅：诗歌、民族与文化冲突——转型期藏族汉语诗歌论》，将转型期藏族汉语诗歌的核心结构归纳为"朝圣之旅"的共同态势，同时表现出高度的"民族"认同的自觉。此类研究和评论往往牵涉到人类学、宗教学、心理学、民族学等跨学科的研究，不仅能够揭示出当代藏族汉语文学中所蕴含的文化内涵、价值和魅力，而且拓宽了研究的视域，提高了研究的水准，但也存在着对作品中所蕴含的文化现象做过度阐释，而忽视了文学本身的审美品质，有本末倒置之嫌；而且大多数研究者只是针对藏族汉语作家对本民族文化认同的探讨，忽视了他们对国家民族认同的情感表达。所以，以双重的民族认同视角去研究藏族汉语文学创作将成为有意义和亟待探讨的话题。

在综合性的批评中，还有一类是对藏族汉语文学的审美研究。虽然这种研究和批评是一种中西方传统的对文学本质进行批评的形态，但在当下却被文化批评所淹没。值得庆幸的是，在对藏族文学的批评中，审美研究不仅被广泛运用，而且批评者在阐幽抉微的文本研究过程中，真正揭示了文学自身的品格和魅力，能够充分彰显出藏族文学的独特价值，这无形中是对文学评论呼唤审美情趣，或重新找回具有审美特性的文学话语的有效"声援"。这方面学者徐美恒的研究卓有成效，他以系列论文的形式对藏

---

① 朱霞：《当代藏族文学的多元文化背景与作家民族文化身份的建构》，《西藏民族学院学报》2004 年第 6 期。

族汉语诗歌、小说、散文所具有的审美现象和特征作了精辟的阐释。如《论藏族当代汉语诗歌审美想象的独特魅力》，文章从浓郁的宗教文化、浪漫的民族天性与抒情、地理童话与魔幻表达契合而成的意象等三个方面论述了藏族汉语诗歌所具有的审美价值，表现了藏民族文化的独特魅力，为现代汉语诗歌开拓了新的创作景观。小说评论有《藏族作家长篇小说的独特艺术成就》，对当代藏族汉语长篇小说创作从人物语言、结构形态、描写对象等三个方面所表现出来的鲜明的民族风格，进行了充分的阐释。还有《藏族作家小说中人物语言的民族心理特性分析》，分析了藏族汉语小说中人物语言所具有的三个方面的特征："感悟—理喻"的思维模式，古老而纯朴的审美心理品质和人物语言对歌谣的诗意化运用，等等，不仅彰显了浪漫的民族性格，而且充分阐释了作品的审美魅力。另外，邹旭林的《在隐喻世界里诗意地栖居——论当代藏族汉语诗歌的审美属性》，认为第一代藏族汉语诗人和第二代藏族汉语诗人的诗歌中所具有的共同审美属性是"隐喻"，前者运用了"传统的客观的隐喻"，后者则是"现代的主观的隐喻"。而隐喻审美属性的生成除了一般意义上的心理机制外，是从种族根源上继承了藏族人固有的生存方式和思维方式，它决定了藏族人在艺术审美和表达上偏爱隐喻的艺术构思、表达方式和欣赏习惯，促使诗人建构起了独特的隐喻空间，并以此来揭示藏族人是如何诗意地栖息于现实世界之中的。此类评论还有李美萍的《藏族小说中的女性形象嬗变》，杨红的《新时期藏族新小说作家论》，才旺瑙乳的《藏诗：追寻与回归》，等等，研究者们以开放的文学观念、多元的研究视角，深入挖掘作品中所蕴含的藏族特有的诗性思维和表达方式，以及这些方式在现代性转换与创新的过程中，对文学审美的影响和文本独特性生成的作用，对藏族文学创作具有一定的启示意义。

从宏观和整体的视角对藏族汉语文学进行评述的文章也比较多。主要立足于文学发展的状况，梳理文学发展的脉络，并揭示出不同阶段文学创作的特征和存在的问题，或就藏族文学的民族性、现代性等等问题进行探讨。如益希单增在《西藏文学的过去与现状》中以一个亲历者和创作者的身份，回顾了西藏文学 20 世纪 50—90 年代的发展过程。扶木的《顺行与颠覆——西藏新小说的思考》，运用大量的西方理论来阐释西藏新小说的产生、特征，并用"顺行"与"颠覆"两个词来概括。认为西藏新小说作为一种思潮是广泛意义上的一次文学蜕变，其"新"在于成分复杂、变化迅速，是神奇的心理调节下的产物。此文的理论性很强，观点新颖独到，但也存在着抽象的理论淹没了对作品文学性分析的弊端。朱霞的《当代藏族汉语文学的转型及其意义》，认为藏族汉语文学进入当代发展阶段后有政治启蒙、文学启蒙和文化启蒙等三次较明显的转型，通过每一个阶段具有代表性的作家和作品来实证每一次转型的特征，特别分析了第三次文化启蒙转型中，作家所面临的多重困惑和焦虑，由此指出坚守族性文化之根是当代藏族汉语作家的首要重任。藏族评论者尼玛扎西以冷静而客观的态度对本民族文学的生存与发展提出了质疑，对"西藏新小说"和扎西达娃的创作进行了批评，从这个看似诗意的题目《浮面歌吟——关于当代西藏文学生存与发展的一些断想》中就可以读出作者的犀利来。此外，李佳俊的《雪域作家的智慧和追求——西藏改革开放 30 年文学发展述评》，王泉的《新世纪十年中国散文的西藏书写》，严英秀的《中国藏族当代女性文学 30 年发展简述》等文章，从不同角度对西藏文学的发展状况进行了概括性的研究，材料比较充足；但研究大多缺乏系统性和理论性的高度，挖掘还不够深刻。用学者姚新勇的话说，宏观研究始终没有脱开"报告体"的模式。

另外，研究者还敏锐地抓住了新的学术研究视角，比如对文学刊物（现代传媒）与文学之间关系的研究，这方面的研究可以为文学史的回顾性研究提供合理的依据以及丰富的历史事实，或者探讨文学发展的外部生态环境。如研究者对《西藏文学》的关注，徐琴写了《一份杂志，一段文学——20 世纪 80 年代的〈西藏文学〉与西藏新小说》，论述了《西藏文学》作为纯文学刊物，不仅见证、参与了当代西藏文学的发展，而且对西藏文学的繁荣功不可没。类似的还有刘颖的《"西藏文学"与人类学的构思——以 1976—1986 年〈西藏文学〉的小说研究为例》，郑靖茹的《现代传媒与西藏当代文学》等文章。总之，研究者在现代性语境下，以藏族的社会文化发展为背景，从不同的角度对藏族文学进行全面、客观的论述；而且在与主流文学甚至世界文学的显在或潜在的比较中探讨文学创作的优缺点，为今后藏族汉语文学的创作与批评提供了可资借鉴的依据。

三

个案研究。80 年代中期以后的作家作品备受评论家们的关注，主要通过个案研究来探讨当代藏族汉语文学与藏族传统文化、宗教信仰、传统思维方式、民间文学等等之间的关系；借鉴西方的文艺理论研究作家作品的审美价值取向；等等，而且研究的对象相对比较集中。其中对作家阿来的研究最广泛、最深入，也最系统，自1988年以来，关于阿来及其作品的评论不断冲击着人们的视野，成为研究者关注的焦点话题。如梁海撰写了《阿来文学年谱》，以编年史的形式详细记录并阐述了阿来从1959年出生到2014年长达四十多年的生活状况、创作活动和心路历程，简明扼要地介绍和论述了作品的基本情况和创作的特征及思想意义，是一本资料翔实、观点明确、才情并茂的具有一定学术价值的著作，为后来者提供了充分的研究资料。藏族学者丹珍草在对本民族文化切身感受的基础上，借鉴西方文论对阿来进行了较深入的研究，其博士论文《〈尘埃落定〉的空间化书写研究》，运用空间理论和多元文化平行互动理论，从文化生态学和文学生态学的层面，对地理和文化"过渡地带"的嘉绒地区进行了阐释，并对由此而形成的文学创作的多元文化特征进行了观照，从而进一步揭示阿来的地域性身份特征和空间化意识，以及《尘埃落定》的空间化书写和复调叙事的特征。在《从口头传说到小说文本——小说〈格萨尔王〉的个性化"重述"》中，丹珍草认为《格萨尔王》通过"'插入文本'和'有意味的文字'重述神话，阐释历史，透视人性，同时融入对民族传统文化以及对人类自身发展困境的哲学思考。故事的外壳是'人、神、魔大战'的魔幻世界，深层意蕴则是关于神性与魔性以及人类社会发展的寓言"①。她还写了《阿来的民族志诗学写作——以〈大地的阶梯〉为例》《行走在尘世与天堂之间——感受阿来小说中的僧人形象》等多篇论文，可谓致力于阿来的专题研究。此外，比较有代表性的评论文章，如樊义红的《阿来的民族文学观》，张学昕的《孤独"机村"的存在维度——阿来〈空山〉论》，程金城的《民族历史和人类情怀的个性化表达——简论阿来的长篇小说与"非虚构"文学》等，这些评论对阿来本人及其作品的艺术性挖掘极为深刻，有很高的学术水准，能够代表当时最前沿的研究动态。

而且评论界对阿来的研究热度始终不减，若在中国知网上输入关键词

---

① 丹珍草：《从口头传说到小说文本——小说〈格萨尔王〉的个性化"重述"》，《民族文学研究》2011年第5期。

"阿来"，仅 2014 年就有近百篇文章从不同角度阐释阿来及其作品。2014年四川大学文学与新闻学院专门成立了阿来研究中心，每年举办"阿来文学创作及藏区文学"研讨会并出版评论集《阿来研究》，以研究阿来为主带动藏区文学的研究，以开阔的视野促进了藏族文学的发展。此举将在藏族汉语文学发展的历史上留下浓墨重彩的一笔。

评论界对扎西达娃的研究也卓有成效，大多数文章主要阐释扎西达娃作品中所运用的魔幻手法的独特性，以及他对民族宗教的审视与反思。如王绯所撰《魔幻与荒诞：攥在扎西达娃手心儿里的西藏》，对扎西达娃的作品给予高度的评价，认为这是攥在扎西达娃手心儿里的西藏，其艺术特征可概括为"魔幻与荒诞"，"荒诞的命题则总括了扎西达娃在创作思想的内涵或指向上对西藏存在整体的经验方式（一种态度和反应），体现出一种本体论意义上的批判意识和文化反省，同时表现出主体在荒诞感的艺术寻求和艺术把握中经历了从一般的历史社会文化范畴到整个人类存在范畴的现代彻悟。正是一种徘徊于现代理性/非理性间的荒诞感，使扎西达娃得以借助魔幻的羽翼从而达到不同凡响的文学境界"①。类似的评论文章还有丁增武的《消解"与"建构"之间的二律背反——重评全球化语境中阿来与扎西达娃的"西藏想象"》，张清华的《从这个人开始——追论 1985 年的扎西达娃》，颜水生的《论扎西达娃小说的风景叙事类型及意义》，等等。藏族学者卓玛从比较文学的角度对扎西达娃的作品进行了阐释，其《卡夫卡与扎西达娃的宿命意识之比较——以〈诉讼〉与〈悬崖之光〉为例》一文，从平行研究的角度将奥地利作家卡夫卡与扎西达娃进行比较，认为其相似性在于对宿命的抽象理解和叙述，而差异性在于《诉讼》中的生存结构是一种钟摆式的宿命，《悬崖之光》表现的则是圆形的宿命，并从创作背景和作者的主观认识上探究了宿命生存结构产生及差异性的原因。她还写了《不相似的原始互渗，相似的现代阐释——马尔克斯〈百年孤独〉与扎西达娃〈西藏，系在皮绳扣上的魂〉比较研究》，等等。可以说，卓玛的批评因西方文学的介入而具有了较为开阔的视野。总之，研究者们充分肯定了扎西达娃在藏族文学史上的标志性意义，以及他在中国当代文学史，尤其对于先锋文学来说所具有的特殊

---

① 王绯：《魔幻与荒诞：攥在扎西达娃手心儿里的西藏》，《当代作家评论》1993 年第 3 期。

意义。

在被称为"新生代"的作家群中，受到评论界关注的主要有次仁罗布、梅卓、央珍、白玛娜珍、江洋才让、万玛才旦、桑丹、唯色、列美平措等，他们大多出生在60年代，受过良好的教育，有开阔的视野。在他们的作品中所含纳的鲜明的民族认同、文化自觉和对民族生存与发展的思考以及独具个性的审美体验，深深地吸引着评论家们的目光。如徐琴的《论次仁罗布的小说创作》，认为次仁罗布的小说不仅善于在神秘感和死亡体验等超验的维度上叩问存在的意义和终极目标，而且对人性的观照与抒写显现出一种宽广的力量，使作品充满了诗意的温暖。其审美注重多种叙事方式及叙事语言方面的探索，使作品充满了灵动之性。单昕认为次仁罗布是一个致力于灵魂叙事的作家，在《灵魂叙事的有效捷径》一文中，通过《放生羊》和《阿米日嘎》两部作品，详细阐释了次仁罗布以自身健全的精神维度和宽广的灵魂视野，在讲述藏人生活故事的同时，描写他们虔诚的心灵对信仰的恪守，叙述透着默默的温情和精神的体恤，使小说具有了灵魂叙事的效果。在女性作家中，梅卓、央珍和白玛娜珍对于藏民族的女性书写为评论者所津津乐道。如耿予方的《央珍、梅卓和她们的长篇小说》，在藏族长篇小说发展的大背景下，论述了两位作家的特点并对其作品进行了评述。张懿红的《生死爱欲：梅卓小说的民族想象》，认为梅卓通过生死爱欲的情节结构，来表现藏族历史、呼唤民族复兴；将生死轮回的宗教信仰贯穿于小说中来书写都市爱情，从而实现自己的民族想象，并作为自己对民族文化的一种实践。徐琴的《评藏族作家央珍的小说〈无性别的神〉》，认为作品以儿童的视角和细腻的女性书写，描写了西藏和平解放时期巨大的社会历史变动以及贵族们奢华的生活，展示了人性的温暖与残酷，由此而成为当代藏族文学创作道路上的一部里程碑式的作品。藏族学者德吉草在《失落与重构——〈复活的度母〉中的多重意义解读》中，解读了白玛娜珍的长篇小说《复活的度母》所载负的多重生命意义，诠释了作者隐匿在文本背后的对文化现象的思考与追索。

对于藏族汉语作家的创作研究和批评在此不能逐一而论，但窥一斑而知全豹。客观而论，大多数批评者能够在尊重和把握民族性与地域性的前提下，在对作家作品进行充分理解和探寻的基础之上，自觉地将西方文学理论与当代藏族汉语文学创作相结合，进行全方位、多元化的研究和批评。这些研究和批评，不仅有助于我们理性地、艺术地认识藏族文学；而且为促进藏族文学的发展做出了一定的贡献。不过就目前藏族汉语文学的研究和批评状况来看，本民族的研究者和批评家较少，而"他者"的视角有可能产生"误读"或"期待性视域"，导致文本的价值和意义被遮蔽或缺失。同时评论界存在着过度阐释的现象，或因为一些外部因素存在着过誉和不真实的情况，甚至出现"空泛化"的问题而制约了文学价值空间的提升，这些都需要每一位评论者认真反思。

原乡依恋与现代性认同

——当代藏族女性散文的"故乡"书写

彭 超

（西南民族大学文学与新闻传播学院）

引 言

当代藏族女性作家群是有文献记载以来的藏史中一道闪亮的新风景。历史中长期"失语"的藏族女性，来自历史深处的她们，如何讲述藏地①？本论文从"故乡书写"角度分析当代藏族女性的藏地表述。在交通日益发达的今天，"出走"和"回归"故乡已经成为当代人生活方式的常态，与之相随的是对故乡的守望与追忆成为故乡书写的常见情感模式。当代藏族女性散文中的故乡书写亦是如此。由不同文化场域穿梭带来的文明思考，在她们笔下表现为原乡依恋与现实文明的冲突。

在当代都市文明裹挟下，藏区广袤的乡村如何自处？当代藏族女性散文以平面视野展示从日产生活到建筑、服饰，从宗教历史到教育制度；再以纵深视野，从历史到当下，从物质层面到精神层面，书写了一个让人魂牵梦绕的藏地故乡。梅卓的《走马安多》书写历史，挖掘藏区灵魂，展示藏地深沉的宏阔之美，为现代人提供一方心灵的圣地。白玛娜珍的《西藏的月光》为当代物欲横流的世界呈现另一个浪漫唯美的世界净土。雍措的《凹村》则为现代人再现具有老乡土中国气质的温馨家园，凹村。置身于文明转型期间的她们，是如何抉择于传统与现代文化之间，如何表现故乡的前世今生？当代藏族女性作家笔下的故乡书写以不同书写风格展

---

① 戴锦华、孟悦：《浮出历史地表》，中国人民大学出版社2004年版。

现了她们在现代与传统、故乡与他乡之间的文明抉择，或缅怀追忆历史时
光，或质疑批判现代文明，皆显现出浓烈的原乡依恋情结。凸显人性美、
人情美，充满温情颇具"朝花夕拾"之风的故乡书写以雍措的《凹村》
为代表；极具柔美浪漫乡村田园风情的故乡书写，以白玛娜珍《月光下
的西藏》为代表；具有浓厚宗教情怀与丰富人文地理知识的故乡书写，
以梅卓的《走马安多》为代表；另外还有颇具浪漫英雄情怀的故乡叙事，
例如梁炯·朗莎的《恢宏千年茶马古道》。她们笔下的故乡既是生我养我
的地理性版图意义上的故乡，更是带有浓厚民族文化记忆的精神原乡。其
故乡叙事既有个体小我的人性张扬，也有浓郁的区域族群意识，浓烈的民
族主义情怀是其故乡书写的基石与内核。

一　诗意栖居

在生态环境遭遇破坏的今天，藏区形象经历转变，由早期"蛮荒之
地"到当下文化语境中的"人间天堂"。"这既是当代物质文明建设后对
精神家园的追寻之故，更有西方视野下的'东方主义'情结，……"① 当
代文学藏区书写的主要特征之一，是将藏区作为世外桃花、人间天堂，具
有乌托邦情结的书写模式。当代藏族女性散文与之存在一定的情感重置，
显示为具有乌托邦情结的诗意故乡。

雍措笔下的"凹村"是超越区域局限的"凹村"，是一个美丽的"世
外桃源"。②美好的乡村邻里关系，温馨的亲情以及清新的风、漫山遍野
的郁郁葱葱……充满人性关怀，是当代版的"湘西世界"；童年记忆
中的美好快乐，再现鲁迅的"朝花夕拾"。意象之美是雍措故乡书写特点
之一。这从一篇篇小文章的名字便可看出一二，例如《风过凹村》、《又
是一年樱桃红》、《植被茂盛的地方》、《梦里的雪》、《让灵魂去放牧蓝
天》、《多雨的季节》、《静处，想起一阵风》、《思念 像风中的叶子》等。
这些富有诗意的意象填满关于凹村的童年记忆。优美的自然风物是故乡的

① 彭超《从凌仕江散文看当代"西藏叙事"的多重性》，载于《当代文坛》2016年增刊
第2期。

② 雍措，四川康定人，2007年先后在《民族文学》、《四川义学》《星星》等报刊上发表
文章。《凹村》为其书写故乡的散文集。

美丽装饰。"彩虹出来了，七色的彩虹从那边山跨到这边山，像一条美丽的项链悬挂在秋天的脖子上，山头染成了绚丽的颜色，河流有了七色的光环，劳作的人们在七色的彩虹里辛勤耕种着。"① 诸多意象建构一片诗意空间，浪漫情怀是她故乡书写的特点之二。《听 风拂过的声音》一文，由"等待"、"雪的末端"、"花的呓语"、"梦里的事儿"、"故意走失的黑马"、"落在草原上的园石头"、"露珠儿"等构成，呈现单纯梦幻意境。一花一叶的美，风雨自然，字里行间充盈着爱、美、自然。充满童趣视角让凹村书写具有返璞归真的质朴，动物们的人性化书写以及人与动物之间的温情让凹村充满人性之美。

　　人与动物之间的温情是故乡记忆中人性美好之一面。雍措笔下的故乡（凹村）叙事既有万物有灵、众生平等的祥和，也具有儿童文学的天真烂漫。极具人性化的可爱动物们，例如，《雪村》里流浪狗黑子的恋爱故事。人与动物之间充满人性的温暖，例如《老人与狗》中阿妈与狗儿果果之间相互守护的动人故事。再如，《鹅的来世》中妈妈将死去的鹅埋葬在桃树下，祈祷它来世投胎成一位公务员。"黑子、果果"等这些可爱的小生命已经构成凹村童年记忆里朵朵小花，是其生命成长过程里不可缺少的宝贵存在。童年美好记忆里还有阿爸的瓜瓜烟、院坝里的簸箕床、地窖里的水果等物件，以及偷吃鸡蛋、打猪草、吃花生、看电视等有趣的事件，建构一个亲情浓厚的凹村。

　　美好的人伦情怀是故乡记忆里重要的一环。人与人之间的关系是故乡记忆的轴心。邻里乡亲的和睦关系与家人的温情，对传统人伦情怀的回归，显示出深厚的人情美、人性美，让藏地故乡呈现传统古典美学意蕴。近百年以来，"家"的情感内涵不断遭遇各种运动的冲刷洗礼。"五四"新文化时期，"个性解放"与"家的抛弃"常并列在一起，"走出父家"、"走出夫家"是当时年轻人追求个性解放的表征之一。在民族、阶级革命话语下，个人与小家让位于阶级和大家。至80年代女性主义话语开启以来，家成为女性既向往又逃避的地方，显现为弑父与恋父、怨母和爱母的复杂情感纠葛。雍措笔下对家的描写回到传统，塑造了传统意义上伟岸、坚强的父亲形象与善良温柔的母亲形象，以此重回古典意义的"家"，重回传统叙事。"拿起画笔，我想勾勒一幅我思想里的画：画中有父亲、母

---

① 雍措:《凹村》，作家出版社 2015 年版，第 63 页。

亲、我，小路笔直开阔，悬崖杂草丛生，我们悠闲地走在小路上，朝着家的方向……"①母亲身上蕴含受难、温情、宽容、坚韧这些美好品德，例如，《阿妈的歌》一文中与"我"相依为命固守老家的年老母亲，再如，《又是一年樱桃红》中，"我"那位宽厚、勤劳、善良的母亲。雍措在《植被茂盛的地方——清明节之际，仅以此文献给父亲》、《梦里的雪》和《雪夜》等文中写出树一样坚强的父亲逐渐苍老，以及面对生命逐渐老去而无可奈何的苍凉。雍措笔下父爱重塑是对传统人伦情怀的回归，写出父爱如山！

对父母辈情爱的叙述时历史建构的重要一环。《凹村》中，父母一代美丽的爱情是故乡美好记忆里重要的一环。《遗像里的爱情》中父母坚贞的爱情不会因为生命消逝而褪色，"母亲已经年过花甲，遗像里的爱情，还在和岁月一起流淌，美丽的相思，还会永远伴着一位历经沧桑的老人……"②虽然爱情有背叛，但更多的是美好。雍措《漫过岁月的绿·指头花》中阿爷与阿奶饱受包办婚姻之痛。当阿爷遇上了自己的真爱时，他抛弃了阿奶与刚出生的女儿。阿奶没有被破裂的婚姻摧毁，反而将坚韧顽强的生命意志力传承。

雍措的"凹村"叙事复活了人们对往昔岁月的美好记忆。当代社会在走向现代文明的过程中，在逐步西化的今天，传统节日渐渐失去凝聚人心的力量，逐步丢失了一些传统的记忆。一年一度的"过年"是传统节日里最热闹的日子。今天，一方面是小家庭取代传统大家庭，人气减弱；另一方，随着物质文明的进步，对鲜衣美食的欲求随时可以获得满足，已经不再需要等到"过年"这个特殊的日子才能获得，小一辈们对"过年"的期待日益减弱。再就是仪式感的消失，杀猪宰羊、包汤圆，这些有仪式感的活动因为现代超市等便利措施让之成为遥远记忆。雍措在《听年》中从"腊月"、"年花花"、"抢头水"、"过年谣"、"年疙瘩"和"新衣裳"等细节中写出追忆村子里相邻们聚拢一起杀猪迎新年、穿上漂亮新衣过年的传统习俗，重温传统习俗，再现新年热闹快活的场景。

千年农耕文明积淀了静态乡村文明的审美意识，从陶渊明到沈从文、

---

① 雍措：《凹村》，作家出版社 2015 年版，第 133 页。

② 同上书，第 148 页。

汪曾祺等作家，书写了静谧隽永的乡村之美。于老乡土中国而言，故乡之于乡村具有相当等同的意义。雍措散文中的故乡叙述，在时间隧道以诗意化的方式回望故乡，其价值意义在于笔下的故乡立足区域民族的同时又超越了区域、族群，具有古老中国乡村文明的共性。

凹村小孩的童年是自由快乐的。自然山水、小动物和善良的邻里乡亲热闹了凹村小孩的童年记忆。"山谷热闹起来了。鸟儿飞起来了，太阳升起来了，天边的云赶来了，背着背篓上山的伙伴儿们，越来越多了。①"如果说雍措以回望故乡的视野写出凹村的浪漫诗意，那么白玛娜珍便是服从故乡的召唤，再次回到故乡，以现实存在感写出自由快乐的故乡。② 雍措以追忆的方式再现自己的快乐童年。白玛娜珍则是从现实感受出发，对比内地城市与藏区教育，揭示藏区儿童们享有的自由快乐。

在"不输在起跑线上"的教育理念下，当代人普遍的童年是一段沉重的岁月，沉重的书包、繁忙的学习，以及面对家长殷切期待的压力，……白玛娜珍主要从儿童视阈写出藏地故乡的单纯美好，这是有别于都市中超负荷的童年记忆。作为母亲的白玛娜珍为避免爱子承受这种超负荷而伴随爱子辗转在内地都市、拉萨与偏远的乡村。她以爱子的学习经历的出故乡孩子们的自由快乐。《西藏的孩子——爱子旦真那杰游学小记》一文中，随着从成都到拉萨，再到娘热乡，孩子自由快乐的天地越来越开阔。因为祖辈古训"不要执着世间万物，而要关照内心"③，在拉萨的孩子相对于内地城市孩子而言，来自家长的学习压迫要小一些，但不可避免地因为教育体制原因也导致来自学校老师的压力。距离现代都市较远的农村娘热乡，现代教育体制影响较弱，所以学习环境更宽松，小孩们在这里也更能享受快乐无羁的童年。

自由快乐，不单限于是儿童世界，成人世界亦如此。那份无羁的快乐甚至于可以治愈成人世界的情感迟钝病症。西藏"女人节"是一个狂欢节，这时可以解除一切束缚、放飞自我。在《快乐的黛拉》中，在拉萨的医生小张，是克己复礼"孔夫子"的后代。西藏"女人节"让他完全

---

① 雍措：《凹村》，作家出版社 2015 年版，第 78 页。

② 白玛娜珍，她生于拉萨，著有诗集《在心灵的天际》，散文集《生命的颜色》、《西藏的月光》，长篇小说《拉萨红尘》、《复活的度母》。

③ 白玛娜珍：《西藏的月光》，第 139 页。

抛除传统礼仪束缚，敞开心灵世界。在狂欢节"女人节"，小张被中众人拔掉裤子围观，黛拉被人脱光衣服埋在雪地里，这一切都是快乐的，因为这种形式是为了让大家抛除一切尘世束缚，呈现自然的真我。"衣服"成为现代文明对人类天然属性束缚的表征，推掉衣裳是为回归"人之初"的本真自我。白玛娜珍写到，"我知道我此生离不开拉萨，离不开黛拉一般快乐的拉萨生活。"①

白玛娜珍笔下的爱情充满浪漫传奇色彩。《光河里的女儿鱼——回忆我的外婆》中外公李簿与外婆卓玛的爱情始于一场一见钟情的浪漫邂逅，实现了预言中的云鹤之爱。一年后，李簿骑着高头大马迎接随同马帮前来的卓玛。白马王子与美丽恋人相遇的场景，将这段爱情的浪漫推向高潮。之后，左倾思潮、文革冲击等带来的人生苦难见证了这段爱情的坚贞不屈。她笔下的动物世界亦然充满人性的温暖。《我的藏獒和藏狮》中藏狮狗（桑珠）和藏獒（顿珠）相依相恋，"它们像一对遁世的爱侣，在静僻的小园里，在晨光和婆娑的树影间从容地生活着，像在演示着我多年的人生梦想……"②

雍措笔下故乡叙事清新唯美，同时蕴含对坚韧生命力的礼赞。白玛娜珍笔下的故乡叙事同样充满浓厚的诗意，书写"母爱、恋人之爱与自然之爱"，她的浪漫情怀如阳光般明媚快乐。当代藏独女性散文笔下的藏地故乡重现了沈从文精神版图的"湘西世界"。无论离开城市多少年，对于游走在城市的人们而言，故乡才是永远的家，"凹村才是我的家。"③

---

① 白玛娜珍：《西藏的月光》，第 121 页。

② 同上书，第 163 页。

③ 雍措：《凹村》，作家出版社 2015 年版，第 59 页。

二　自我身份建构

　　看来无论在哪里，贪嗔痴无处不在，深藏在每个人的内心深处，好比那痛苦之源……""是的，幸福。我今生将经历的，一如满溢的醇酒啊。而这一切，正是因为我的上师贡觉旦增仁波切，当他安驻在我心灵的圣莲之上，又像一束来自天宇的阳光，把世间的浮沉显照得清清楚楚……想到这里，我的耳畔，空旷的山谷里，岗日托嘎金色的雪光中仿佛回想起①

　　从雍措家长理短的温馨日常生活叙事，到白玛娜珍穿透岁月的宗教叙事，藏地故乡书写从表及里层层深入，直抵藏文化核心深处。白玛娜珍的故乡书写因浓烈的宗教情怀而增添历史沧桑之感，宗教与救赎是她散文主题之一。

　　浪漫历史建构是白玛娜珍自我身份认同的重要途径。如何可以"不负如来不负卿"？这似乎是一个"两难全"的选择。爱情与宗教在仓央嘉措诗歌世界里是美丽而忧伤的，白玛娜珍笔下又是如何？她笔下的红尘诱惑是会让爱情生锈的魔鬼。《拉萨的活路》中，拉萨红尘不仅腐蚀诱惑了僧人洛桑与曲珍的美好爱情，也摧毁了洛桑。这是"宗教是生命救赎"的隐喻。远离红尘，宗教信仰会让爱情伴随生命常在。《爱是一双出发的箭》中，一对相爱的恋人为相守而抛弃一切，漫长的出走岁月，宗教信仰安抚了他们流浪的身心，也让爱情常驻。宗教信仰会让爱情永恒，即便生命消逝，爱情也会被珍藏。在《唯一》中，痴情的男子出家为僧，整整20年独自一人居住天葬台的山脚下，只为在亡妻消逝的地方守候。尘世间已经无法找寻到的坚贞爱情，被珍藏在出家人心里。白玛娜珍笔下，宗教与爱情不再相悖，反而因为宗教，爱情如陈酿的老酒日益芬芳浓烈。

　　浓烈的宗教情怀浸透白玛娜珍写作，也建构她"想象的自我"形象。《西藏的月光》中，白玛娜珍记载了她无数次因为感动于宗教故事而留下眼泪。在宗教故事诱发下，她甚至仿佛穿透时光感受到前世的记忆。宗教

---

① 白玛娜珍：《西藏的月光》，重庆出版社2011年版，第15、17页。

信仰烙印在她的心田，赋予其文笔感伤、浪漫的叙事基调。"我闭上眼，体会着雨水在这一刻犹如心海一滴，仿佛告悟我，真爱，只在追随莲花生的女子心中金刚不坏。"① 以"庄周梦蝶"的方式反复 书写对宗教的皈依。梦境是白日之思在梦中以具体形象呈现。白玛娜珍数次梦见佛教故事中的度母益西加措，这表明宗教信仰在作者心里的分量之重。作者将"我"与"度母"形象在自觉不自觉之间重合，通过历史与现实的反复实践重构历史脉络，并在其中建构自我形象。

现代文明影响着白玛娜珍的宗教叙事。她将佛教修炼成仙的传说与当代含有科学因子的时空穿越联系在一起，模糊"虚构与真实"之间的界限。"我心幻想万千。这深秘的岩洞或许曾通往另一个时空境界，或阻隔了一切干扰和光波，益西加措一心一意给随莲花生在这里学习佛法，她已忘却世间的一切。"② 她珍相信藏地是可以减去人生悲剧，且带给人快乐的福祉，因为藏区的宗教信仰，众生万物平等，人们无畏生死，幽默风趣，心怀善意，因而拉萨是一座会让人感觉安全、幸福的城市。白玛娜珍在《假如张爱玲来到西藏》中指出如果张爱玲来拉萨生活则可以避免她的悲剧人生 。对于宗教信仰，白玛娜珍在深深依恋的同时，也有一份来自现代人的畅达与理性。在《出家的德吉》中，赞同德吉将身心皆献给佛之际，也指出其执着于生死的生命遗憾。"我笑了，生与死是德吉不忘的主题，她似乎再也感受不到尘世中的快乐和幸福，双眼像能穿透时光，抵达背面。"③

宗教情怀下的藏地故乡，既轻盈空灵又沧桑厚重，具有深广宏阔之美。与白玛娜珍浪漫的宗教叙事不同，梅卓的宗教叙事带着历史的厚重沧桑，穿透时光而来。④在历史与现实的纵横坐标中定位自我身份，是梅卓藏地故乡书写的主要特征。她的《走马安多》以游历的方式呈现了藏区安多丰富的人文地理，介绍了甘丹寺、江孜寺、昌珠寺、拉扑楞寺、郎木寺、扎如寺等无数寺庙，以此呈现藏文化的灵魂——宗教。在对寺庙建筑

---

① 白玛娜珍：《西藏的月光》，重庆出版社 2011 年版，第 226 页。

② 同上书，第 216 页。

③ 同上书，第 132 页。

④ 梅卓，1966 年，生于青藏高原，青海省作协主席，著有长篇小说《太阳部落》、《月亮营地》，小说集《人在高处》、《麝香之爱》，散文集《藏地芬芳》、《吉祥玉树》、《走马安多》，诗文集《梅卓散文诗选》等文学作品。

艺术的介绍中，表现出强烈的民族情感与民族文化自信。在《走马安多·阿坝的方向》中，她表达对藏族传统苯教的热爱，认为苯教徒有着开放自信的宗教态度，例如，不拘泥于转经方向的左或右；并进而指出苯教蕴含藏族独有的宇宙认知。由苯教延续的藏族历史是一个没有断裂的历史，代表人类的原初记忆。梅卓的宗教信仰既传承传统，也与时俱进，例如，在神性与人性之间，相信神性的同时更认可人性。"这是个神性世界，神的光芒遍布大地。但是人类的慈悲比神更显具体，更显灵性，它灵动地穿行在对待孩子、对待爱侣、对待亲友以及对待陌生人的眼神和态度中，慈悲使人具有了神性、成为另一类神，在某种意义上，普遍、渺小但却始终不渝地眷顾他人的人，终将凸显于众神之中，成为一道令人敬重的风景。"①"神性"与"人性"的共同在场，是历史前行的见证。历史在变化中包含自我的恒久性，②"神性"是藏地故乡的恒久性，也是梅卓等藏族作家"自我"形象的核心。

梅卓藏地故乡书写是典型的学者型散文，注重文化地理，开掘藏区隐秘灵魂。梅卓游览九寨沟时，面对以美丽山水，她关注的是山水之外的宗教、历史。她指出对于九寨沟"嘉荣"的误读是在于错将其理解为"汉人地区"，实际上"嘉荣"全称为"嘉姆荣哇"，意为女王部落是古代母系氏族部落的遗留。从名称误读引入到宗教、历史，继而介绍苯教寺院尕米寺、川主寺。梅卓走马安多，文笔穿梭于不同时光时空。介绍藏区历史中曾有的卡约文化、古格王朝等多种文化，为藏区神性色彩之外另添传奇。与此同时，她也关注普通藏民的日常生活，着意于民间习俗，从婚丧嫁娶到日常穿着服饰，挖掘深藏于其间的历史传承。《在青海·在茫拉河上游》里写兰本加一家从早到晚的日常劳作，制作奶茶、挤牛奶、清点羊群、剪牛毛、迎客宰羊、制作酥油、僧侣来访、炒青稞……这些日常劳作显示出温馨亲情、友情，写出普通藏民的苦与乐。"这是姑娘们的私人时光，虽然背水是辛苦的劳动，但看着她们说着悄悄话、微笑着，以及轻快的步态，不难发现她们愉悦的心情。③"但是梅卓的故乡书写并没有完全田园牧歌化，"许多诗歌里赞美过牧女晚归的幸福场面，实际上，草

---

① 梅卓：《走马安多》，青海人民出版社2009年版，第30页。

② ［法］让-保尔·萨特：《存在与虚无》，陈宣良等译，生活·读书·新知三联书店出版社1987年版，第202页。

③ 梅卓：《走马安多》，青海人民出版社2009年版，第19页。

原上的牧女们非常辛苦，家庭的日常生活完全落在妇女的肩上，女孩从六七岁开始，就随着母亲开始劳作了，一生都在单调而繁重的劳动重度过，可谓是家庭的脊梁。"①作为一名当代知识分子，她显示出现代理性思辨，"我欣赏这样的命运。这命运是命定的，又不被命运所左右，……这便是超越人生态度和物质世界的大自然、大法则。"②

对于故乡的守望，自然山水之美自是不待赘言。宗教信仰的传承成为精神原乡最为厚重的一笔。因为宗教信仰而使得藏区的建筑艺术、文学、医学乃至天文等多方面的知识都得以很好的传承保留，这具有历史与现实双重价值意义；以此同时，宗教信仰提倡的忍耐、向善，既保留了人们心中的慈悲，也提升藏民的精神高度。"佛教传入藏区后，首先改变了藏族人的价值观念。慈悲与智慧超越了勇气，信仰和意志构筑了藏人对勇敢的解释。"③但是，在精神原乡中占据如此重要地位的宗教信仰，是否在历史长河中完全起到了正面的效应呢？当代社会对此有不同的见解。有学者指出宗教对于社会进步所起到的阻碍作用："宗教在西藏最成功的表现，就是尽管封建农奴制如此残酷，几百年来竟无大规模的农奴暴动，宗教成功地诱导人们忍受非人的现世，而将希望寄托于缥缈的来世。然而西藏社会付出的代价也是巨大的，一个本应死亡的社会制度，得以长期苟延残喘。而且宗教本身，也成为社会财富的巨大黑洞和最大的阻力。……最严重的还在于宗教牢牢束缚了人们的观念，制约着社会的进步。"④尽管对于宗教信仰与藏区文明发展之间的关系出现不尽完全相同的声音，在宗教信仰自由的当代中国，这无碍于藏民对于宗教信仰的选择。藏地依然充满对"神"的敬畏。当代藏族女性散文笔下的藏地故乡具有神性之美。

梅卓、白玛娜珍笔下对于故乡守望的宗教情怀，具有明显的选择性记忆构建。这与女性特有的浪漫情怀有关联，同时潜伏有当代民族主义思潮影响的痕迹，还烙印下"神性"西藏的文化潮流。虽然今日的藏区以其辽阔壮美的自然景观征服了来自世界各地的人们，但依然不能改变的是对于人类生存而言的恶劣环境，高海拔、地震、洪涝、旱灾、雪灾等变幻不

---

① 梅卓：《走马安多》，青海人民出版社 2009 年版，第 89 页。

② 同上书，第 31 页。

③ 德吉草：《当代藏族作家双语创作研究》，民族出版社 2013 年版，第 186 页。

④ 中国藏学研究中心社会经济研究所编著：《西藏家庭四十年变迁》，中国藏学出版社出版 1996 年版，第 145 页。

定的自然气候考验着人类生命意志力。长期生于斯长于斯的人们对自然有一种无法退却的敬畏。恶劣的生存条件下，因为有宗教信仰支撑，有对来生的期盼，才能有面对困难环境的坚强品格，也方能支撑这方天地生命的延续。历史的光明与暗影并置，生命之美好与残忍在光影之间方能还原历史的丰富性。以单向度的诗意情怀守望故乡，建构一个让人心向往之的精神家园，尽管浪漫唯美，但也存在思辨性不足的遗憾，难以还原历史。例如，布达拉宫既是朝圣之地，也是保存文化精髓的博物馆，体现了广大藏民勤劳、智慧的同时，也反映了广大藏民的艰辛与贵族的奢侈。"布达拉宫在旧西藏也有政府行政办公的含义，然而，在信徒心目中，它只是充满佛法灵光的宗教圣地。"① 对于布达拉宫的书写如果只取其一端，都不能还原历史真实。单向度写作易在历史想象中"沉溺"而"忘却真实"，难以抵达精神原乡的质点。这或许是当代藏族女性散文故乡书写需要警惕的一个问题。

三 现代性认同的幽灵

中国传统道家文化讲究"天人合一"。此观点对生态环境保护有着积极意义。但是近代中国由于工业文明的滞后带来国势式微，导致极度"文化不自信"，于是有"西学中用"或"全盘西化"的呼声不绝于耳。西方文明借机强势进入中国，打破"天人合一"的中国传统文化生态。现代工业文明是以对生态环境的破坏为代价。在今天全球化时代，中国为发展经济在自觉或不自觉之间强化了这种生态破坏，当下的"雾霾"便是力证。这种生态破坏如同幽灵，尾随着中国的现代性进程，在很大程度上阻碍着"现代性认同"。与此同时，伴随市场经济深化，城市文明日益挤压着乡村文明，城市文明的欲望膨胀吞噬着乡村文明的淳朴静穆，进而，对城市文明的批判和对乡村文明的守望成为当代文学的主题之一。藏地故乡因为地理位置关系，生态与人文环境相对得以较好的保存，因而藏地故乡 成为当代人心中的理想桃园。"生活在这里仍然保持着原生态，自然赋予草原人以包容、平静、博大的胸怀，飞禽们在自由飞翔，动物们在

---

① 平措扎西：《世俗西藏》，北京作家出版社 2005 年版，第 2 页。

自由奔跑，而人们在辛勤的劳作之余，仍然能够侧耳倾听那大自然中的天籁之音，那和谐的生命交响曲是在祖祖辈辈的维护下传到了今天，在这个广阔的生命平台上，草原水草丰美，人们生生不息。"①

工业文明让人类对地球资源的任取欲求，造成生态环境的极具破坏。在"人定胜天"的现代社会，对大自然的敬畏之心日益减弱。与此相对，雍措文本则显示出大自然威严的不可抗拒。万物有灵，自然万物的生命都有尊严价值，若违背万物平等，是要遭受处罚的生存法则。《像马一样死去》中，邻居表叔因为虐杀幼马而遭受惩罚（像马一样死去）。为救赎，表叔的儿子（聋子李）以牧场为家，以马为情人。《野种》一文体现出对大自然的敬畏，例如那顽强生存的野核桃树。"我是第一个拿着斧头去砍树的人。……落刀的速度减缓下来，我发现，我落下去的每一刀，都有一双无形的手把刀口往外摔。……走了很远，回过头，看见树干上的刀口，像一张嘴巴一样对着我。它要说些什么呢？我不敢去想。……它的根蔓延在地底，而我的脚只是肤浅地接触着大地。野种，继续张着大嘴巴，丰茂地长在岁月里……"② 雍措着力刻画随性自然的生命状态，礼赞生命力的坚韧。《凹村·指头花》里阿奶、阿妈与小姐妹俩三代女性以其坚韧的意志力撑起母系生命族谱。她以女性形象诠释传统与现代的融合，即，具有主体意识的自我尊严与顽强不屈的生命意志。爱情婚姻是女性的渴望但不是生命的唯一。平凡岁月里掩藏着惊心动魄的爱与背叛，而雍措凸显的是遭遇背叛后女性表现出的强健生命力。

梅卓的藏地故乡书写，挖掘藏地文脉传承，细数当下藏民的日常生活点滴，在纵横之间，构建具有厚重历史的当代美丽藏乡，表达浓烈的故乡情感。"我发现无论生活在什么地方，什么环境，都无法改变我的血缘和情感。我想，这可能仅是一个现代人的故乡情所致。""是啊，我们的幸福诞生在此，我们的悲伤也诞生在此。…… 山风的方向，山谷的清水，是我梦中的影像。"③ 梅卓的自我身份认同在历史与现实的纵横坐标中得以建立。如同光影相随，因为对于历史的沉迷以及由于当代生态环境破坏而对现代文明的抵制，也构成梅卓自我身份认同与现代性认同之间的一道鸿沟。

---

① 梅卓：《走马安多》，青海人民出版社 2009 年版，第 21 页。

② 雍措：《凹村》，作家出版社 2015 年版，第 130 页。

③ 梅卓：《走马安多》，青海人民出版社 2009 年版，第 42 页，第 106 页。

　　白玛娜珍经常穿梭于现代都市文明与偏远的藏区牧场，她将现代与传统之间的博弈放置在较为开阔的空间与深远的历史。一是当代文明的思考。她在《拉萨的活路》中描写离开家乡来到都市拉萨打工的年轻一代沦为最底层最弱势的一群，写出城市文明对乡村文明的挤压吞噬。理性审视让白玛娜珍没有将拉萨独立于现代都市之外，指出今天的拉萨与成都一样面临现代性进程的危机，并进而提出"拉萨的未来在哪里"？认为北京上海这样的现代都市可能是拉萨的未来，却是悲剧性未来。在《百灵鸟，我们的爱……》中，她指出整个地球生态恶化导致拉萨的日益燥热，作为世界最后一方净土的拉萨尚且如此，人们已无处可逃。二是对历史文化的梳理考量。《等待荒冢开花，等待你》中，将当代生态环境破坏的缘由追溯到农耕文明与游牧文明之间的长达几个世纪的残酷争战。"据说这场野蛮的开垦早在清朝道光年间就开始了。…… 农耕和游牧之间延续多个世纪的残酷争战，像一场荒诞的文化误读，一场人类自酿的咎由自取的悲剧。"① 在人力弱小时期，适度的开垦是人类增强生存力的有效方式之一，但当人力逐渐变得强大，开垦已经造成生态环境失衡。三是对不同形态文明的再比较。历史上，农耕文明几乎一直以来都优越于游牧文明，但是到了当代，面对失衡的地球环境，对游牧文明的缅怀成为生态保护者的情感共性。面对消失的草原、东北虎，枯竭的黑河水，不见踪影的河流，白玛娜珍勾画一幅美丽的画卷："那些河水从雪山深处蜿蜒而来，犹如白色的乳汁。秋季被澄水星照耀，又变得湛蓝和翠绿。冬天清冽的河面漂着冰花，仿佛要把人们送往纯净的童话世界……还有老牧人尼玛驮盐的那些大大小小的高山湖泊，它们在寂静的天空下恣情涟漪着，沉醉在往昔亘古的时光中……"②表达对传统的缅怀，对农耕文明的拒绝，对当代大量开发利用能源的不满。这显示出作家对传统与现代之间的情感倾斜。其她藏族女性作家也有对藏乡的描写，例如梁炯·朗萨。③ 她的散文集《恢弘千年茶马古道》为世人提供一份遥远的历史想象，讲述千年茶马古道上那一个个荡气回肠的传奇，以浪漫情怀追溯历。她用天路、香巴拉乡城和圣地稻城亚丁等建构一个让当代人向往的人间天堂。

---

　　① 白玛娜珍：《西藏的月光》，第 250 页。

　　② 同上书，第 251 页。

　　③ 又名蒋秀英，康藏人，现已出版作品有小说《情祭桑德尔》、《布隆德誓言》和《寻找康巴汉子》。

在传统与现代之间，藏地已然成为传统的代言。当下，地球生态环境遭到极度破坏，与之相对，藏区悠远的游牧文明成为工业文明的有力照参物，并因为那洁净的空气、淳朴的民风和虔诚的宗教情怀而取得优势性地位。藏区成为当代人"梦想的天堂"、"永恒的精神家园"。

藏地故乡书写与当代乡土文学中的故乡书写具有明显的异质性。以莫言、刘震云等为代表，他们笔下的故乡主要是被批判质疑的所在。在工业文明袭击下，内地乡村文明总体呈式微状态，"故乡"留不住人们"离开"的脚步。与之相对，虽然藏区不可避免地会承受来自现代文明的震荡，但是藏地故乡因为原生态的高山、湖泊、草场和浓烈的宗教情怀，显示出强大的吸引力。

> 于是我渴望，渴望寒风再一次撕裂我；
> 渴望刻骨的圣洁在我的血液里涌动，
> 渴望用额头去触及如冰的石头，
> 渴望成为一座越来越挺拔的雪峰……
> 啊，西藏！我已洗净身上的尘土，请你伸开手臂！①

当代藏族女性散文表现出的现代性认同被"生态破坏"和"人文伦理道德失衡"的幽灵阻隔，向历史的回望成为几乎成为一种集体性选择。"但是，过去当然是无法回复的，……这种基于补偿和保护作用而退缩到封闭的传统，其实代表'对过去的一种依赖，以缅怀和复兴过去来弥补创造活动的匮乏'。这样的依赖，正如对西方科技的依赖，'两种情况都是自我个性的抹杀，只是向外借取的心智、借取的生活'。"② 历史不能倒退，更不能封闭保守。在现代性进程中，如果因为生态问题便企图退回到历史的龟壳里，无疑是因噎废食。当工业文明尚未进入中国之际，中国便没有问题吗？显然不是。中国新文学之所以产生，强大动因便是对现代科学、民主的向往诉求。当市场经济未实行之际，中国便没有问题吗？当然也不是。从古华的《芙蓉镇》、周克芹的《许茂和他的女儿们》到莫言的《丰乳肥臀》等文学作品都反映未实行市场经济之际存在关于人性与温饱

---

① 白玛娜珍：《西藏的月光》，重庆出版社 2011 年版，第 259 页。
② ［英］斯图亚特·霍尔，保罗·杜盖伊编著：《文化身份问题研究》，庞璃译，河南大学出版社 2010 年版，第 79—80 页。

等问题。因而如何对待历史与当下文明，可以以史为鉴，避免历史悲剧重演。清朝年间，英国人入侵西藏，藏人抵抗失败，造成甲鲁大屠杀惨案。学者尕藏才旦反思藏民失败原因为："把自己禁锢在完全封闭的环境，在幻想和祈求来世中生存，结果，遭到的是灭绝人性的屠杀，连尸体也没人送到天葬场上去……"①故而，在回望历史、守望原乡时，也需要以开放的心态处理故乡与现代化潮流之间的关系。在全球化浪潮之下，如何在走向现代的同时传承良好的传统文化精神，也是实现中华民族复兴之梦的一个关键点。从族群区域而言，处理好民族性和现代性之间的关系是建设区域文明、实现当代中国梦的关键所在。藏族女性作家或唯美浪漫或蕴含厚重历史记忆的故乡记忆与当代文坛"撕裂"的故乡记忆形成故乡书写的参差对照。②这体现了当代中国多层次、多结构的文化生态。

①　罗布江村、蒋永志：《雪域文化与新世纪》，四川民族出版社 2001 年版，第 235 页。
②　陈守湖：《故乡书写的审美现代性——以潘年英的人类学笔记为例》，载于《民族文学研究》2017 年第 2 期。

叶舟驶向何方？

——《羊群入城》细读

卓 玛

（青海民族大学文学院）

诗人、小说家叶舟创作颇丰，小说、诗歌及散文多结集出版。在叙事作品中，发表于 2008 年的中篇小说《羊群入城》是叶舟一篇重要的作品。这篇小说首发于《人民文学》之后，被多次转载和评说。学者张燕玲评论说："夜深人静的都市，却有一群来自草野的羊群穿市而过。于是，在长于营造氛围与诗意的诗人叶舟笔下，牧羊人与羊群散发的浓郁的草原气息与现代文明形成了令人心痛的冲突。"评论家贺绍俊认为："一群羊浩浩荡荡地开进了高楼林立的城市，这样的场景大概只会出现在处于现代和前现代交叉的西北城市，然而就是这样一种现代与前现代交叉的文化位置，会让我们对现实的问题看得更真切，作者塑造了一个能和羊说话的羊倌平娃，他与羊群倾情的沟通反衬出这个现实世界人与人之间的变态，可以说是一支充满西北风情的浪漫主义变奏曲。"孟繁华教授则认为："现代性是'双刃剑'，牧羊人与羊群是城市的'他者'，传统与现代的冲突就这样被诗性和感伤地表达出来。"评论家施战军用"底端生命，两世悲伤，乡情入味，才气袭人"评价了这部小说。① 四位论者的评价触及了这部中篇小说的内核。也许很久之后，这篇小说之于叶舟的意义才会慢慢凸显出来。通观叶舟重要的中短篇小说，笔者认为，这篇小说堪称作家的"最高一跳"。伴随小说图卷的逐步展开而洇出的内在象征和隐喻，映射出作家隐秘的创作心理与思维，以及深邃的创作空间。

《羊群入城》中的"广场"是小说重要的空间场域。"群羊滚进了广

---

① 郁达夫小说奖评委评语。参见叶舟博客，http://blog.sina.com.cn/s/blog_7f089 1360100saj9.html，以上引文均出于此。

场，被扯天漫地的风雪一擦，不见了踪影"①。小说中放羊娃平娃在风雪之夜带领羊群试图穿越广场，抵达羊群生命的终点——楼兰餐厅，结果遇到广场保安周大世的"殊死阻挡"，平娃和羊群在广场边缘艰难徘徊，最终成行。叶舟在这篇小说中建构了一个完满的空间——广场。与政治学具有特殊内涵的"广场"不同，叶舟在小说中借助"广场"成功承载了两个维度的空间。

一重维度的空间是"乡"与"城"。平娃和他的羊群鲜明地体现出"乡土"的本质：人与动物是一维的，亲近的、彼此依赖的。羊群是他的"伴当"——"阳世上的朋友"，他是羊群的"魂灵子"。他为每一只羊命名：牛先灯、秀秀、地主婆、马金花……他与每一只羊对话，以免自己在荒原上丧失语言能力，同时与羊群彼此知心照应。身有残疾的保安周大世贫病交加，然而"身疾心烈"，以局促、偏拗的形象和不安的内心体现着"城市"的紧张、逼仄和尖锐。当这两种截然不同的情态遭遇，当然面临着激烈的冲突。平娃和周大世在广场边缘的紧张对峙就具有特别的意味。"边界"，这个术语在前现代社会是不明确的，而作为一个现代民族国家的界域标志，"边界"被逐步清晰和明确。因此，平娃和周大世在"广场""边界"的遭逢，就具有了现代性的内涵。平娃眼中的广场"像河西一带的荒滩戈壁，萧萧索索的，没个正形"就是一个鲜明的隐喻，在这种观想之下，自由通过广场、抵达目的地也就是一个再合理不过的理由。而在周大世眼中，即将要举办盛大活动的广场是秩序、权力和威严的象征："清扫完毕的广场上，稀稀拉拉地码了几十张桌椅，左看列成了一条线，右看裁成了一片林，齐齐整整。右桌角上的名签也等级有序。"这种不同的理解必然带来相抵牾的视角。这种冲突构成小说情节演进的重要动力。如同查尔斯·泰勒在《现代性之隐忧》中传递出现代性背景下"关于自由的丧失"② 的忧虑一样，叶舟通过广场空间的建构，将"乡与城"这一自人类社会进入现代化进程以来就难以平息的话题和矛盾浓墨重彩地集中于这个富于象征意义的物理空间。以平娃与羊群象征的牧歌式的"自由"和周大世所象征的现代"秩序"二者"互为仇敌"的情节模

---

① 叶舟：《羊群入城》，《叶舟小说》（上），敦煌文艺出版社 2010 年版，第 1 页。以下该小说引文均出于此。

② ［加］查尔斯·泰勒：《现代性之隐忧》，程炼译，中央编译出版社 2001 年版，第 12 页。

式为现代性问题做出了文学性的注脚。"自由"与"秩序"的冲突，是一个现代性命题。藉由这个命题，广场所象征的另一重要维度——"生"与"死"就被凸显出来。

在叙事者眼中，"生"与"死"是一个先天的宗教范畴，而广场，就是这个范畴的承载者。小说中有一处意味深长："平娃恍惚觉得纷纷扬扬的雪片后面，藏着另一出戏，天地间的一幕大戏剧。锣鼓钟声一响板，戏开始登台亮相。一些魅影追着另一些魅影，一个声嗓呼应着另一个声嗓，重叠着，啸叫着，奔命着。"生与死，往往是一个严肃作家终其一生试图在文本中解释或指认的终极目标。曹禺也曾在《雷雨》自序中慨叹："在《雷雨》里，宇宙正像一口残酷的井，落在里面，怎样呼号也难逃脱这黑暗的坑。"曹禺将雷雨之夜的周家作为"那口残酷的井"的写照，空间具有高度的象征性。而《羊群入城》中的广场空间也具有同样的悲壮的美学震撼力：平娃赶着羊群，浩浩荡荡进城，就是为了赶赴楼兰餐厅的死亡之约。为了"赴约"，平娃和羊群从广场这头苦苦寻求穿越之路。从生至死，广场又成为承载生死的空间化象征。在小说中，平娃带领羊群入城，试图穿越广场，周大世雪夜值守，平周二人对峙、冲突直至和解，这一连串事件是外显的叙事语言，而其中内隐的故事是符号学的。这种象征从空间代码转向了一种文化代码。具体来看，广场的格局与藏传佛教的曼荼罗意象之间是形似的空间，而作家使其具有了某种内在的一致性。荣格认为"曼荼罗是秩序的原型"①，在运用这一图形对病人展开治疗时，会经过剧烈冲突和对立面统合，"整个过程由某种复杂的象征形式表现出来，'剧情'包括心灵破碎、崩溃以及重新整合，是一个从二元对立、多样性、原初无意识合一之后的心灵破碎，再到心灵重新整合、非二元对立、纯净意识的过程"②。对照小说情节的演进，我们就不难发现"广场"这个原本的空间代码转为象征心灵秩序和生死轮转的文化代码，具有了上演"天地间的一幕大戏剧"的非凡承载力。

从"乡"与"城"这一重空间维度到"生"与"死"这一重空间维度，作家叶舟以非凡的掌控力将叙事控制在"广场"这样一个典型环境中。同时，作家超越了典型环境的浮泛的特征化，为"广场"这一现代

---

① ［美］拉·莫阿卡宁：《荣格心理学与藏传佛教：东西方的心灵之路》，蓝莲花译，世界图书出版公司2015年版，第89页。

② 同上。

性产物附加了深刻的哲学意蕴，继而在"广场"的双重空间维度中上演了一部生命让渡的古老谣曲。当然，这种让渡是在时间向度中发生的。

在大雪夜羊群入城的情节演进中，有两个意象意蕴深刻。第一是雪意象。历数文学作品中出现的"雪"及"下雪"，《圣经》中的"雪"有净化内涵，亦有惩罚内涵；在中国，元曲《窦娥冤》中的"六月飞雪"则是惩罚内涵的典型例证。从民间故事类型学的 A—T 分类法来看，"惩罚"主题属于宗教故事 B840"对人们的惩罚"一条①，惩罚的实施者是"公正的上天"。《羊群入城》中的雪漫天漫野，"一泻千里地倾下，犹如雪崩，人基本上睁不开眼睛。……最后一记敲毕时，青铜余音踩着无数片雪瓣，嗡嗡嘤嘤地缭绕耳侧，不像是水凝的，倒像是铜匠铺子里打制的一种独门暗器，咄咄欺来"。从作者有意味的描写来看，此时，这场"天破了，云塌了，满各处被淹了"的"雪"就从一个天气代码衍化为一个文化代码。小说通篇随处可见充满灵性的文字细细描摹"雪"的挥洒、刚烈。再细究主人公平娃和周大世，平娃是羊群的"伴当"——"阳世上的朋友"，也是羊群的"魂灵子"和引魂幡。他将羊群喂养茁壮又亲自将它们送入"羊的命道"。周大世卖血救父，艰难度日，虽然窘迫不安，但"身疾心烈"。通过人物来看，"雪"意象蕴含着的，既有惩罚，也有净化。惩罚的是像割手的尼龙绳一样以冰冷的秩序和所谓规则对人（羊）的戕害；净化的是像平娃、周大世，以及牛先灯、秀秀这样温婉柔弱地活着的"身疾心烈"的生命。广场所承载的"乡与城"以及"乡与城"所象征的自由丧失和秩序维护中没有胜者和对错，只有艰难生存的底层浓重的生命底色和强悍的生命力。这种生命强力冲破了情节维度，令人慨叹之余又心生敬意。

第二个鲜明的意象是羊意象。小说用大量笔墨来描摹平娃与羊群的"功课"——告别。"功课"本是佛教术语，意指规定的诵经礼佛。宗教对人临终之时的祷告（基督教）、开示（佛教）、讨白（伊斯兰教）非常重视，认为这是忏悔罪过、断除疑惑的重要形式。平娃对每一只羊所做"功课"就是如此。平娃开示羊群的情节细致入微，甚至稍嫌拖沓，就是要从文本形式层面体现平娃与羊群所蕴含的救赎的象征意义。要深刻理解

①　参见［美］斯蒂·汤普森《世界民间故事分类学》，郑海等译，上海文艺出版社 1991 年版，第 566 页。

这篇小说中的羊意象所蕴含的内蕴，还可以互文的方式观照叶舟的另一篇小说《大地上的罪人》。文学的互文性强调"任何一篇文本的写成都如同一幅语录彩图的拼成，任何一篇文本都吸收和转换了别的文本"①。一篇文本也会与另一些文本相联系，彼此间产生强调、转移、复读的作用。《羊群入城》与《大地上的罪人》就是一个文本的转移和复读。它们共同揭示出"羊"所承载的宗教性内涵：迷途羔羊和人类原罪，这样看来，平娃作为羊群的"魂灵子"，也同时成为"羊的门"。羊群就具有了救赎的深刻内涵。

当我们抽离出《羊群入城》的故事内核和结构的公共主干，我们会发现这是一篇在"城乡"与"生死"维度上揭示净化与救赎的故事。而这种净化与救赎就是一种生命的让渡。平娃通过"做功课"这个仪式，与一只只羊告别，转移他们对死亡的恐惧，"安心顺意"地踏上茫茫不归路。周大世通过出让献血使父亲生命延续。这种生命让渡平静得像低吟的谣曲，波澜不惊却含义隽永，含蓄散淡却一往情深。作家叶舟以教徒才有的神圣感和敬畏感书写出了这种生命让渡的庄重。

卢卡奇认为："由于小说是成问题的人物在疏离的世界中追求意义的过程，因此就定义而言，心灵与世界就永远不会完全相适应。"② 在此基础上，卢卡奇确定了侧重行为和心理两种不同类型的小说。将这种认识植入叶舟小说，就为他小说的人物形象添加了一个重要注脚。在小说情节演进的过程中，平娃与周大世从对峙走向和解的过程是小说意蕴得以阐释的过程。人物自身的复杂性和丰富性保证了情节曲折动人地抵达叙事的终点。而平娃与老板、周大世与科长就呈现为人物设定的一种鲜明的"顶层"与"底层"的二元对立关系。这种二元对立关系的设定在某种程度上反映的是作家思维"非此即彼"的板结化。这种思维特征导致的小说结构在作家的其他小说中也有反映：《目击者》中王力可、李小果两位女性与外部世界的二元对立以及结尾的荒诞效果使文本落入类似言情小说的路数。《兄弟我》也是这样一个二元对立结构的建构。由此看来，作家叶舟可能应对这种思维模式保持必要的警惕。顶层与底层、传统与现代并非"非此即彼"的是非立断，而是彼此纠缠结绕的"剪不断理还乱"，遍布

① ［法］蒂费纳·萨莫瓦约：《互文性研究》，邵炜译，天津人民出版社 2003 年版，第4页。

② ［匈］卢卡奇：《小说理论》，燕宏远、李怀涛译，商务印书馆 2012 年版，第9页。

丰富性与复杂性丛生的礁堡。

《羊群入城》体现出作家对西北地区黄土、山地、戈壁的熟稔。这种熟稔是地理意义上的，也是人文意义上的。因此叶舟说："北方，是我全部写作的词根之一，就像敦煌，就像丝绸之路，就像几大高原一般，哺育了我，教诲了我，也成就了我。北方更是一位神圣的父亲，扶我上马，断喝我，命令我赶紧。——说到底，一个人的书写是有特定的版图和疆域的，是宿命，亦是挑战。唯其如此，天空将打开，人民和美，大地与歌哭，才能展示出她灿烂的细节，以及庄严的法相。"① 他还认为"敦煌是一个开放的、包容的、混血的概念"②。由此来看，叶舟掌握着非常丰富的写作资源。他生活的这一片高原大陆，无论向外向内掘进，都将触探到无比丰富的文化矿脉，并且这种矿脉是根性的和自性的。同时，欧亚大草原所具有的生命强力是一个重要的书写资源，与西部的底色遥相呼应。尤其是针对乡与城的边际地带，是一个无比活跃的空间，也是叶舟擅长和关注的空间。即使是《叶舟小说》的短短《后记》，作家都在极短的篇幅里勾画了一个卖调料的男人和他不乏沉重的人生。鲜有作家在后记的篇幅里还蕴藏着如此饱满的叙事张力。然而与此不相匹配的是叶舟在题材选择上的不够节制。《秦尼巴克》对欧亚大草原的想象还欠缺人性的温度和细节；《姓黄的河流》也有对异文化力不能及的盲区；《我的帐篷里有平安》是一个藏地题材的故事，作家对六世达赖喇嘛仓央嘉措的塑造显然停留在"秘史"的水准，文字隽永并不能掩盖细节驾驭的虚无和对题材掌控的乏力。虽然作家创作颇丰，但笔者总认为这是一种满目繁华的错觉。是否这就是张承志为其作序所言的担忧："T"们"下手和表态都太快了。写的也许也太多。……我不愿假装没看见他们的——某种空洞和一丝轻浮"③。叶舟始于"一只船"，和《羊群入城》一样，渡向何方是摆在其面前的一个重大命题。

① 张海龙：《北方，叶舟指认的故乡》，《甘肃日报》2017 年 12 月 6 日。

② 周新民、叶舟：《叶舟：大敦煌之鹰——六〇后作家访谈录十九》，《芳草》2016 年第 1 期。

③ 张承志："序言"，叶舟：《叶舟小说》（上），敦煌文艺出版社 2010 年版，第 4 页。

编 后 记

陈才智　孙少华

在中华文学史料学学会全体会员、广大学界同人和中国社会科学出版社的大力支持下，《中华文学史料》已经陆续出版了四辑，论文内容主要集中在中国古代文学、中国近现代文学的研究。本次出版的《中华文学史料》第五辑，论文内容出现了一大变化，就是除了传统的古代文学、近现代文学研究论文，又增加了海外华文、民族文学史料的研究论文。这一点，对《中华文学史料》是一大变化，对中华文学史料学研究，也将带来重要影响。

2017年10月13—15日，"中华文学史料学学会2017年会暨民族文学史料整理研究研讨会"在四川省西昌学院召开；2018年6月23—25日，"中华文学史料学学会2018年会暨青藏地区文学史料整理研究研讨会"在青海师范大学召开。这两次会议，共收到近百篇论文，除了以往对古代文学、近现代文学文献的讨论，还包括了对中国古代民族文学史料、海外华文的整理与研究，从而丰富了"中华文学史料"的范畴，进一步扩大了中华文学史料的研究范围。

根据参会作者的意见和论文的实际情况，我们从中精选了20篇论文，包括古代文学史料研究7篇、近现代文学与海外华文史料研究7篇、民族文学史料6篇，分为上、中、下三编。这些论文，既能体现"中华文学"概念的内涵与外延，又能体现"中华文学史料"研究的广度与深度，以及中华文学研究的未来方向与可能性。

众所周知，史料是开展学术研究的基石。而史料的广度与深度，则是深化研究、拓展视野、提升理论高度的重要基础。中华文学史料范畴的扩大，一方面会强化传统的文学研究，另一方面也会拓展中华文学史料研究的畛域，将"中华文学史料"置于更加宏阔的时间与空间范围内予以比较理解，从而为中华文学研究开辟更加广阔的道路。我们期待，在未来的研究中，随着中华文学史料的不断积累和丰富，会有更多新材料、新观点、新方法进入我们的研究范围。同时，我们欢迎更多优秀学者积极加入中华文学史料的研究队伍，为中华文学史料的整理与研究做出贡献。

《中华文学史料》第五辑的编选工作，前期由孙少华、韩高年、刘晓林、王猛等负责征集论文，后期由孙少华、陈才智负责统编工作，刘跃进先生统筹全稿。感谢为组织、召开两次会议付出辛勤工作的徐希平、孙纪文、王猛、韩高年、刘晓林等老师以及所有参与这两次学术会议的会务人员，感谢为《中华文学史料》第五辑顺利出版给予大力支持的宫京蕾老师，同时感谢中华文学史料学学会全体会员的长期支持，感谢中国社会科学院科研局对中华文学史料学学会的资助支持！